[美] 丽贝卡·特雷斯特 著
理想国 | 广西师大出版社，2018.5

单身是一种力量
30位女性的故事，一部单身的通俗史
单身不是要拒绝男人、拒绝爱，
而是要提倡一种充实、自主的生活

[美] 马修·德斯蒙德 著
理想国 | 广西师大出版社，2018.7

系统性反思驱逐现象
向住房、贫穷问题发起终极拷问
2017年普利策奖最佳非虚构图书
理解贫穷、住房问题的必读之作

[美] 丽贝卡·思科鲁特 著
理想国 | 广西师大出版社，2018.11

感动美国的生命故事
科学与人文对话的典范之作
席卷《纽约客》《华盛顿邮报》等
60多家顶级媒体"年度好书"

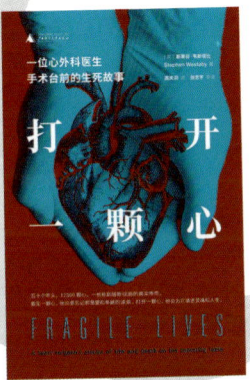

[英] 斯蒂芬·韦斯塔比 著
理想国 | 广西师大出版社，2018.11

50年，12000颗心
一桩桩超越影视剧的真实传奇
看见一颗心，忘记是爱和奉献的源泉
打开一颗心，为它填进灵魂和人生

为了人与书的相遇

改变人类医学史的海拉细胞
及其主人的生命故事

[美] 丽贝卡·思科鲁特—著
刘旸—译

THE IMMORTAL
LIFE OF
HENRIETTA
LACKS

REBECCA SKLOOT

永生的海拉

广西师范大学出版社

THE IMMORTAL LIFE OF HENRIETTA LACKS
by Rebecca Skloot
Copyright © 2010, 2011 by Rebecca Skloot
Simplified Chinese translation copyright © 2018 by Beijing Imaginist Time Culture Co., Ltd.
Published by arrangement with Writers House, LLC
through Bardon-Chinese Media Agency
ALL RIGHTS RESERVED

图书在版编目（CIP）数据

永生的海拉 /（美）丽贝卡·思科鲁特（Rebecca Skloot）著；刘旸译.
— 桂林：广西师范大学出版社，2018.11
书名原文：The Immortal Life of Henrietta Lacks
ISBN 978-7-5598-0705-2

Ⅰ.①永… Ⅱ.①丽…②刘… Ⅲ.①纪实文学 – 美国 – 现代 Ⅳ.① I712.55

中国版本图书馆 CIP 数据核字 (2018) 第 042165 号

广西师范大学出版社出版发行
　　广西桂林市五里店路9号　邮政编码：541001
　　　网址：www.bbtpress.com

出版人：张艺兵
责任编辑：罗丹妮
特约编辑：黄　燕
装帧设计：高伟哲
内文制作：马志方

全国新华书店经销
发行热线：010-64284815
山东临沂新华印刷物流集团有限责任公司

开本：965mm×635mm　1/16
印张：23.25　字数：322千字　图片：26幅
2018年11月第1版　2018年11月第1次印刷
定价：52.00元

如发现印装质量问题，影响阅读，请与出版社发行部门联系调换。

献给我的家人

妈妈贝特西,爸爸弗洛伊德;他们的另一半,特里和贝弗莉;
哥哥马特和嫂子勒妮;
还有最可爱的侄子尼克和贾斯汀。
为了写这本书,我错过了很多本该和他们共度的时光,
可他们始终对我和我的书充满信心。

我还要深深缅怀我的外公詹姆斯·罗伯特·李(1912—2003),
他对书的热爱超过我所知的任何人。

序言 没有海拉的海拉细胞

王一方（北京大学医学部 教授）

这是一个关涉生命信仰与价值、种族歧视与平权、患者与职业尊严、科学与医学的目的等一系列话题的传记故事。主人公既是海瑞塔·拉克斯（Henrietta Lacks）———一位67年前（1951年）因宫颈癌全身转移而不治身亡的默默无闻的黑人少妇，也是"海拉细胞"——一个取自于海瑞塔·拉克斯病灶的癌症细胞。海拉细胞在拉克斯女士死后给这个世界留下一串谜，因为它是一种从未被发现过的生命力超强的不死细胞，在全世界的实验室里大批繁殖、广泛传播，成为体外培养的细胞系中的霸主，大部分实验室里的离体细胞都是海拉细胞。它为实验医学做出了巨大的贡献，曾助力小儿麻痹症疫苗的研究与制备，众多抗癌药物的研究与开发，还引起人类延缓、抗击衰老的无限遐思——既然细胞在体外的培养基环境中都能够不断繁衍，长生不死，那么人类只要找到那把钥匙，不就可以长生不老了吗？

人们热衷于海拉的另一个缘由是霍普金斯，它是一个慈善家的名字，也是世界上著名的大学（1876年创立）与业内地位显赫的医学院（1893创立）和医院（1889年创立）的名字。正是霍普金斯先生身后的巨大慈善遗赠使这所名校得以创办。霍普金斯大学的医学院曾经是美国医学教育的翘楚，也是慈善医疗活动的大本营（遵循霍普金斯先生的遗愿）。20世纪初叶美国四大名医威廉·奥斯勒（William Osler，内科学泰斗）、威廉·韦尔奇（William Henry Welch，病理学及细菌学大师）、威廉·霍尔斯特德（William S. Halsted，外科学大师）和霍华德·凯利（Howard Atwood Kelly，妇产科大师）都出自该院。20世纪美国最早获得诺贝尔生理学或医学奖的四组科学家中有三位来自霍普金斯医学院。威廉·韦尔奇对中国现代医学的进步也有过贡献，他曾经受洛克菲勒基金会委派来北京考察并规划了协和医院。发生在这所白色巨塔塔尖里的"伦理黑幕"犹如道德圣人被揭露有失德行为，更容易引起人们的关注。

很多年之后，海瑞塔·拉克斯的子女还在质疑：妈妈是怎么死的？为什么会死？霍普金斯的医生们究竟在妈妈身上做（取走）了什么？为什么不征求我们的同意（行使知情同意权），还一直瞒着我们？一些人利用海拉细胞大赚，究竟赚了多少钱？为什么不分我们一点点？为什么妈妈的名字一直给弄错了也不改正？为什么全世界医学实验室里的人只知道海拉细胞，而不知道海瑞塔·拉克斯这个人，不感恩妈妈的奉献？仅仅因为妈妈是有色人种吗？联系当时发生在塔斯基吉的科研团队将非洲裔美国人作为梅毒研究的空白对照组不予治疗，以便观察梅毒的自然史，导致相当一部分人失治身亡的恶性伦理事件，这分明是对非洲裔美国人的歧视甚至迫害，应该正名、补偿才对……

作者丽贝卡·思科鲁特通过翔实的一手资料和富有温度的生命书写笔触，回眸、还原了六十多年前的一幕幕真相。霍普金斯医院以霍华德·琼斯（Howard Jones）为首的医疗团队还是遵循了霍普金斯先生的遗训，以当时最先进的诊疗路径和方法对海瑞塔·拉克斯进行了全力救治，使用了当时比较先进的局部放射治疗，无奈病情特别凶险，回天无力。病历被媒体公开之后，人们找到许多不尽如人意的地方，譬如误诊（子宫颈腺癌，而非鳞状上皮细胞癌），但两种癌症在治疗上没有差别；疼痛的管理差劲，生命终末期的护理也有可检讨的地方，但将时间回拨60年，疼痛干预的手段不足，理念落后，追求安宁、安详、安顿的舒缓医疗尚未登场，我们实在不能苛求历史。既然临床处置没有明显疏漏，那问题出在哪里呢？

问题出在医学转型的夹缝里，技术进步的台阶上。英国医学思想家詹姆斯·勒法努（James Le Fanu）将其特征归纳为三个转身：一是从医生（霍华德·琼斯）到科学家（乔治·盖伊、玛格丽特夫妇），二是从患者（海瑞塔·拉克斯）到受试者（海拉），三是从随取随弃的病理组织（海瑞塔·拉克斯女士的病理取样）到有目的、成系统地采集，送入体外培养实验流程，成为科研对象物（海拉细胞）。海拉细胞的命运恰恰映射着这个过程中的伦理（道德）脱序，告知不周，沟通不畅，知情同意阙如，以及细胞体内权利与体外权利的分野，技术进步中的异化，如非人化、工具化、功利化、技术化、商业化等。海拉成为石头缝里蹦出来的细胞，就像实验试剂，是实验室间交换而来（盖伊最早是免费赠送，海拉细胞被视为医学界的公共财产，集体共享），或是花上几十、几百美元（最初为50美元一试管，后来涨至265美元一试管）从实验室服务公司（海拉工厂）采购而来的器物。在许多研究者眼中，只有实验细胞，没有生命个体，更遑论他们的名誉、尊严。直到盖伊自己患了胰腺癌，在一系列干预无效之后，静静地等待死神的光顾，咀嚼着躯体的痛苦，心灵在反思，他在临终前留下嘱托，请同事不必再隐瞒海瑞塔·拉克斯的真实姓名。然而，患者隐私泄露的担心又浮出水面。

在实验室里，生理主义（科学主义的一种形式）与消费主义（功利主义的一种形式）交织，形成一种惯性，既驱动着科学研究的车轮滚滚向前，也驱动着人性朝着冷漠、冷酷的深渊迈进。著名生物学家文森特与商人里德合作的微生物联合公司就曾通过售卖海拉细胞大量盈利，后来这个角色被披着非营利外衣的国家标准菌种收藏所取代。更为疯狂的是曾供职于美国顶尖癌症临床研究组织斯隆—凯特林癌症纪念医院，担任过美国癌症研究会会长的头面人物索瑟姆（Chester

Southam）教授以健康人为对象，在未经知情同意的情况下向其体内注射海拉细胞，以观察癌症的传播效应，然后再进行检测、干预。他对受试者的解释是测试他们的免疫系统功能，但对生命力奇强的海拉细胞的癌症播散风险闭口不谈。这项违背法理、违背人性的实验后来遭到团队里几位犹太裔医生（联想到奥斯维辛集中营里违背人权的人体实验以及后来的纽伦堡审判）的集体抵制和控告，才不得不罢手，索瑟姆们只受到停权一年暂缓执行的轻微处分。但这件事也促进医学界、法律界的道德自省与伦理觉悟，美国国立卫生研究院随后规定凡是申请他们资助的项目必须经过伦理审查，政府也在酝酿出台在实验中规范使用人体材料的法案。

拿起这本书的每一个人都想知道，为什么海拉细胞有如此顽强的生命力？为何不能将其拓展到个体层面？细读完这本书，大家就会知其端倪——海拉是一个杂合细胞，一种被人乳头瘤病毒（HPV-18）感染（赋能）过的特殊细胞，它目前仍是体外培养的细胞系中的霸主。当下热门的宫颈癌疫苗就是根据这个原理发明的，通过接种减毒或灭活的HPV病毒来激发体内的抗体，以阻止宫颈癌的发病。海拉细胞永生不死的更深入原理是HPV病毒改变了细胞中的端粒酶，修改了有丝分裂的定数（50次），从而改变细胞复制的编程，将染色体末端的计数器不断往前拨，于是可以不断地繁衍（分裂），一直疯长。但作为整体的人，有数百亿个细胞，修补其中一个细胞的端粒酶，改变其复制的程序可以做到，但目前还无法做到让所有的细胞都步入这个进程，也无法保证营养（能量）的充分供给。体外的培养基营养（能量）供给是无限的，而癌症的发生恰恰是部分细胞组织的疯长，改变了体内的免疫和能量消耗的平衡，才招致癌症的扩散，造成个体死亡。

人类长生不老、长生不死的愿望从来就没有消退过，在当下这个技术飙升、财富丰盈的时代里，这份欲望会越来越强烈，以至上升成为一份与人生宿命（必老、必死）较量的信念、信仰。细胞永生的个例（并不是每个离体细胞都可以像海拉细胞一样具有如此强大的生命力，相反，许多离体细胞在体外十分脆弱）毕竟为生命永恒的希冀打开了一扇遐想的天窗，不过，读过《格列佛游记》之后，这一份念头可能会消退一些，因为书中那些能活800～1000岁的"幸运儿"（名为斯特鲁布鲁格）恰是那个世界上最痛苦的人们，他们最大的解脱就是寻求一死，仿佛死亡才是生命最好的安顿之地。

关于本书的简短说明

这不是一本小说。书中用的全是真名，没有虚构的人物，也没有杜撰的情节。为了写这本书，我采访了海瑞塔·拉克斯（Henrietta Lacks）的家人和朋友，还有律师、伦理学家、科学家，以及报道过拉克斯家族的记者，粗粗算下采访的时间，前后加起来超过1000个小时。另外，我借鉴了大量档案照片和文件、科学和历史研究成果，还参考了海瑞塔的女儿黛博拉·拉克斯（Deborah Lacks）的日记。

我尽可能重现人物说话的语气和写作的风格，比如，对话中体现方言，日记和其他文字资料也是原文引用。正如海瑞塔的一个亲戚所言："如果你试图美化别人说的话，或者对别人的意思做加工，都是不诚实的，等于把他们的生命、故事和性格都给抹杀了。"很多地方，我干脆直接采用采访对象的原话，来准确呈现他们所描述的世界和亲身体会。我使用了很多他们那个时代和社会背景下的字眼，比如"有色人种"等等。再有，拉克斯家族的成员很多时候把"约翰·霍普金斯"（Johns Hopkins，医院）念成"约翰·霍普金"（John Hopkin），在书中我也是用忠于他们语言习惯的方式记录的。黛博拉·拉克斯的口述全部是直接引语，只是有时为了意思明确和语句简练做了些微调整。

我开始动笔的时候，海瑞塔·拉克斯已经离开人世几十年了，因此我只能借助采访、法律文件和医疗记录来重现她的生活。和她直接相关的对话均来自文献资料和其他采访对象的转述。只要条件允许，我尽量做多方采访，以确保信息的准确。第一章出现的海瑞塔医疗记录是多种不同渠道信息的汇总。

在本书中，"海拉"（HeLa）这个词贯穿始终。这是一个细胞系的名字，这些细胞最初都是从海瑞塔·拉克斯的宫颈细胞培养来的。

至于书中的时间标示：科学研究中出现的日期指的是研究开始的时间，而非结果发表的时间。有些找不到确切日期，因此只有大概的描述。另外，本书采取多线叙事的形式，加上有些科研结果是在较长时间内逐渐明晰的，为了清楚起见，我把某些发生在同一时期的科学发现进行了一定的排序。

海瑞塔·拉克斯的生平和海拉细胞的历史涉及很多重要的问题，不仅涉及科学，还有伦理、种族和阶级等等。我已尽我所能将它们渗透在拉克斯家族的故事中，清晰呈现。目前，关于细胞的所有权和科学研究仍然存在法律和伦理争议，我在本书的后记中进行了简要的罗列。关于这段历史，要说的话还有很多，可恐怕超过了本书该关注的范围，就把它们留给相关的学者和专家吧，也望读者谅解。

目 录

前言 照片中的女人 1
黛博拉的话 9

第一部 生命 11

01 检查（1951）...... 13
02 克洛弗（1920—1942）...... 18
03 诊断和治疗（1951）...... 29
04 海拉细胞的诞生（1951）...... 36
05 "黑色已经在我身体里扩散得到处都是了"（1951）...... 44
06 "有个女的来电话了"（1999）...... 51
07 细胞培养的生与死（1951）...... 58
08 "痛苦的病人"（1951）...... 64
09 特纳车站（1999）...... 68
10 铁道的另一侧（1999）...... 77
11 "疼痛之魔"（1951）...... 83

第二部　死亡 89

12　暴风雨（1951）...... 91

13　海拉工厂（1951—1953）...... 95

14　海伦·拉恩（1953—1954）...... 107

15　"她在你不记事的时候就死了"（1951—1965）...... 111

16　"永远待在一起"（1999）...... 119

17　违背法理，违背伦理，可悲可叹（1954—1966）...... 128

18　"诡异的杂交"（1960—1966）...... 136

19　"现在就是地球上最关键的时刻"（1966—1973）...... 142

20　海拉炸弹（1966）...... 149

21　暗夜医生（2000）...... 154

22　"她应得的名誉"（1970—1973）...... 165

第三部　永生不死 171

23　"它还活着"（1973—1974）...... 173

24　"至少他们该承认她的功劳"（1975）...... 184

25　"谁允许你卖我的脾脏？"（1976—1988）...... 191

26　侵犯隐私（1980—1985）...... 198

27 永生不死的秘密（1984—1995） …… 203

28 伦敦之后（1996—1999） …… 209

29 海瑞塔村（2000） …… 221

30 扎卡里亚（2000） …… 229

31 海拉，死亡女神（2000—2001） …… 238

32 "那全是我妈妈"（2001） …… 246

33 黑人疯人院（2001） …… 255

34 病历（2001） …… 265

35 灵魂净化（2001） …… 271

36 天上的形体（2001） …… 279

37 "没什么好怕的"（2001） …… 282

38 通往克洛弗的漫漫长路（2009） …… 289

他们如今身在何处 …… 295

关于海瑞塔·拉克斯基金会 …… 298

人物表 …… 299

时间线 …… 305

后记 …… 309

致谢 …… 323

注释 …… 333

我们绝不能把任何人看成抽象的存在。相反,每个人都是一个完整的宇宙,有他自己的秘密、自己的宝藏,还有只属于他的痛苦和胜利。

——埃利·维瑟尔(Elie Wiesel)
摘自《纳粹医生和纽伦堡公约》

前言 照片中的女人

在我屋里的墙上，挂着一张女人的照片，我同她素未谋面。照片左下角撕破了，是被胶布重新贴起来的。她面带微笑望着镜头，双手叉腰，穿一袭熨得平平整整的套裙，嘴唇上涂着深红色的口红。这张照片是上世纪40年代末拍摄的，画面上的女主角当时还不到30岁。她有着光滑的浅褐色皮肤，目光活泼，焕发着青春的光彩。此时此刻，她并不知道癌细胞正在自己体内蔓延——这些细胞将让她的五个孩子幼年丧母，也将彻底改变医学的未来。照片下方写了一行注解，说她的名字叫"海瑞塔·拉克斯、海伦·拉恩或是海伦·拉森"（Henrietta Lacks, Helen Lane or Helen Larson）。

没人知道这张照片究竟是谁拍的，可它仍然出现在杂志、教科书、博客和实验室墙上。多数时候这个女人被称作海伦·拉恩，不过更多地方根本不会提她的名字，人们就叫她"海拉"，这是世上第一个长生不死的人类细胞系的代号——那全是她的细胞，是在她死前几个月从她的宫颈内取下的。

这个女人真实的姓名是海瑞塔·拉克斯。

多年来，我就这样端详这张照片，想象她的一生是怎样度过的，她的孩子们在哪里。如果这个女人知道自己数以亿计的宫颈细胞在她死后获得了永生,被打包,被买进卖出,再被运往全世界的实验室,她会作何感想?这些细胞在第一次太空任务中飞入太空,验证人类细胞在失去重力的情况下会发生什么;它们还成就了医学史上几项最为重要的成果,比如脊髓灰质炎疫苗、化疗、克隆技术、基因图谱,还有体外受精……如果海拉看到这些,心里又该是什么滋味?我敢肯定,倘若她知道曾经栖居于自己宫颈内的那些细胞已经在实验室中被扩增了亿万倍,她定会像我们一样震惊。

如今,海瑞塔的细胞究竟有多少活在世上,我们无从得知。一位科学家估算,如果把人们培养过的所有海拉细胞堆在一起,它们将重达5000万吨——这可是个天文数字,因为一个细胞几乎没有任何重量。还有一位科学家进行了另一种估算,如果把世上所有的海拉细胞依次排开,总长度将超过10万公里,这个长度几乎可绕地球三周。而海拉本人的身高只有一米五多一点。

我第一次听说海拉细胞和它背后的这个女人是在1988年,那时她已经离开人世37年了,当时我只有16岁,坐在一所社区大学的生物课堂里。生物老师唐纳德·德夫勒(Donald Defler)矮墩墩的,头有点秃,他在教室前边踱步,然后打开了头顶的投影仪。德夫勒老师指着映在身后墙上的两张示意图,画的是细胞复制周期,不过在我看来就像一堆五颜六色的箭头、方块、圆圈,还有一些我压根看不懂的文字,比如"MPF激活一系列蛋白的活化"。

那时我先在一所普通的公立高中上学,由于逃课太多第一年就没通过,后来就转学了。新的学校有我喜欢的课程,唯独没有生物课,因此我去选德夫勒老师的课,同时挣点学分。可那就意味着我要和大学生坐在一起,被"有丝分裂"(mitosis)和"激酶抑制物"(kinase inhibitors)等等奇怪的名词所包围。简直像听天书。

一个学生忍不住喊了一句:"这幅图上所有东西都要记吗?"

德夫勒老师毫不客气地说:没错,而且这幅示意图还是必考内容。他继续说,不过现在这并不重要,最重要的是我们要明白细胞有多美妙：我们每个人的身体大约是由100万亿个细胞组成的，每个细胞的个头微不足道，几千个都盖不满句子后边这个句点。它们组成肌肉、骨骼和血液等等组织，这些组织又组成我们身体的器官。

在显微镜镜头下，细胞看起来像个煎鸡蛋：细胞质相当于鸡蛋白的部分，其中充满水和蛋白质，为细胞提供营养和能量；细胞核相当于蛋黄，里边储存了遗传信息，你之所以为你，就是这些信息决定的。细胞质里车水马龙，像繁华的纽约街道，不过细胞城市里塞的不是车，而是各式各样的分子，管道纵横交错，不停地把酶和糖类送到细胞各处，也将水分、营养物质和氧气在细胞内外转运。细胞质里有好多"小工厂"，它们一刻不停地制造糖类、脂类、蛋白质和能量，以维持自己的功能，也给细胞核提供营养。细胞核在细胞中的地位相当于人的大脑，每个细胞中都有你全套的基因组，正是它们给细胞传达指令，告诉它什么时候该分裂，什么时候该生长，并且监督它们认真做好自己的工作。现在，你的心脏平稳跳动，你的大脑正飞速思考书页上的文字，这都和细胞的正常功能有关。

德夫勒老师继续在教室前边走来走去。他说，正是因为细胞会分裂（细胞学上专业的名词叫"有丝分裂"），胚胎才能长成婴儿，伤口才有新的细胞来填充，失去的血液也可以快速恢复到原来的水平。这是多么美妙，他说，整个过程好像一出设计精巧的舞蹈表演。

他语气一转，不过，细胞分裂过程中哪怕出现一点小失误，就可能使细胞生长失去控制。有时仅仅一个酶失控，或者一个蛋白在错误的时间被活化，都会引起癌症。因为有丝分裂一旦停不下来，细胞就会长得到处都是。

"我们之所以能了解到这些知识，多亏了人工培养的癌细胞。"他露出微笑，接着转过身去在黑板上写下一个大大的名字：海瑞塔·拉克斯。

他告诉我们，海瑞塔于1951年死于恶性宫颈癌。但是在她死前，一位外科医生从她体内取下一些样本并培养起来。要知道，科学家已经花费了数十年的时间，千方百计在体外培养人的细胞，全都以失败告终。海瑞塔的细胞竟然奇迹般地活了，不仅如此，这些细胞旺盛生长，每24小时增殖一倍，还能无穷无尽地分裂下去。第一株可以在实验室中永生的细胞系就这样诞生了。

"如今，海瑞塔的细胞在体外存活的年头已经远远超过了在自己主人体内生存的时间。"德夫勒老师说，你随便走进世界上任何一间做细胞培养的实验室，拉开冰柜，肯定能看到装着海瑞塔细胞的小管子，里边至少有几百万甚至几十亿个细胞。

人们不光借助这些细胞研究致癌基因和抗癌基因，还利用它们开发了治疗疱疹、白血病、流感、血友病和帕金森症的药物。另外，广泛的基础研究也都要用到海瑞塔的细胞，如乳糖的消化、性传染病、阑尾炎、人类长寿的秘密、在下水道里工作对细胞的影响，甚至还有蚊子的交配。科学家对这些细胞的染色体和蛋白研究得入木三分，对它们的每一点诡异秉性了如指掌。如今海瑞塔的细胞已经和豚鼠和小鼠一样，成为实验室的主力实验材料之一。

"海拉细胞是百年来最重要的医学发现之一。"德夫勒老师说道。

接着，他像突然想起什么，补充说："海瑞塔是个黑人。"说着三两下把黑板上的名字擦掉，呼的吹去手上的粉笔末。下课。

其他学生纷纷离开教室，我却坐在原地，脑子里禁不住想：故事就这么完了？我们就只知道这些？真相一定比这复杂。

我追着德夫勒老师来到他的办公室。

"她是哪儿的人？"我问，"那些细胞后来变得那么重要，她自己知道吗？她有孩子吗？"

"我真的很希望能帮你解答这些问题，"老师说，"可惜我们对这位女士一无所知。"

放学后，我飞快地跑回家，抱着生物书连滚带爬地坐到床上。我在附录里查到"细胞培养"这个词，啊，她可不是在那儿吗，这里有一小段文字：

在人工培养的条件下，如果持续提供营养，癌细胞就可以不停地分裂，因此被称为"永生的细胞"。一个典型例子是 1951 年在人工培养条件下开始不断分生至今的一个细胞系（它们的名字叫海拉细胞，因为最初是从一个名叫海瑞塔·拉克斯的女性的癌变组织上取下的）。

仅此而已。我又端出爸妈的百科全书，查看"海拉细胞"，接着查我自己的字典。一概没有"海瑞塔"的内容。

后来我上大学学了生物，海拉细胞简直无处不在。组织学、神经生物学、病理学的课堂都会讲到它，连我做实验研究相邻细胞的交流也用这种细胞。不过，在德夫勒老师之后，再也没有一个人提到过海瑞塔。

上世纪 90 年代中期，我有了自己的第一台电脑，并学会了上网。我在网上搜索她的名字，只找到含混不清的只言片语：几乎所有网站都说这个人叫海伦·拉恩；有人说她在三十几岁的时候去世了；有的地方说她活到 40 岁、50 岁，甚至 60 岁。至于死因，也是众说纷纭，有人说是卵巢癌，有人说是乳腺癌或宫颈癌。

最后，我终于从一些杂志上找到几篇上世纪 70 年代的文章。《乌木》（*Ebony*）杂志引用了海瑞塔丈夫的话："我只记得她病了，她刚去世医生就叫我过去，说是要征得我的同意取一些样本。我没答应。"《黑玉》（*Jet*）杂志则刊登了海瑞塔家人的抱怨，文章说他们很生气，因为现在海瑞塔的细胞卖到了 25 美元一小管，而且许多文章都在评论她的细胞，他们却对此一无所知。杂志上说："他们感觉像挨了当头一棒，就这么被科学界和媒体占了便宜。"

这些文章都刊登了海瑞塔家人的照片：她的大儿子坐在巴尔的摩家中的餐厅里，正在看一本遗传学教科书。二儿子身着军装，微笑着抱着个婴儿。但在所有照片中，有一张格外惹眼：照片上是海瑞塔的女儿黛博拉·拉克斯和她的家人,画面上所有人都面带微笑,互相搂抱着,目光中透着兴奋——黛博拉除外。她站在前排中央,看起来特别孤单,像是事后被人贴在上面的一样。当时她26岁,长得挺漂亮,留着褐色短发,双眼像猫一样迷人。但这双眼却直勾勾地瞪着镜头,目光非常严肃。照片旁边的文字说,几个月前这家人才得知,海瑞塔的细胞竟然还活着,可这时海瑞塔已经去世25年了。

所有文章都提到,科学家对海瑞塔的孩子们开展了一些研究,但这家人似乎对他们研究的内容并不知情。他们说科学家是在测试自己是不是患了海瑞塔当年所患的癌症,可记者却说,科学家们研究海瑞塔家人的目的只是为了更好地了解海瑞塔的细胞。文章引用了海瑞塔的儿子劳伦斯(Lawrence)的话,他说他想知道,妈妈的细胞永远不死,是不是意味着自己也能长生不老。家里只有一个人从始至终保持沉默,那就是海瑞塔的女儿黛博拉。

研究生期间,我转而学习写作。我越来越觉得将来一定得写写海瑞塔的故事。有一次我甚至打电话到巴尔的摩,要查海瑞塔的丈夫戴维·拉克斯(David Lacks)的电话,可惜他没有在记录里留下号码。我暗暗地想,我要为这种细胞和这个女人——一位女儿、妻子和母亲——写一部传记。

这在当时无法想象,但那个电话就是这段漫长旅程的开始。十年间,我穿梭于实验室、医院和精神病院,见过诺贝尔奖得主、杂货店店员、罪犯,还有行骗高手。这里边有细胞培养的历史,还有围绕利用人体组织做科研所产生的一系列争论,我想尽量真实地将它们呈现出来。在这个过程中,我被人怀疑图谋不轨,有时候冒着挨打的危险,更常常碰壁,有一次发现别人甚至对我驱魔。最后,我终于见到了黛博拉,她是我见过的最坚强和最有韧性的女人。后来,我们的交情日渐深厚,我们在不知不觉中变成了彼此生活的一部分。

黛博拉和我的文化背景完全不同:我是个来自美国西北部的白人和不可知论者,父母分别是纽约的犹太人和中西部的新教徒;而黛博拉是个黑人，生长于宗教信仰根深蒂固的美国南部。我对宗教话题唯恐避之不及；可是黛博拉一家却总是在祷告，相信祈祷能够治病，有时甚至使用巫术。她在美国最穷最危险的黑人区长大；而我则生活在安全平静的中产阶级白人城市，我所在的高中一共只有两名黑人。我的职业是科学记者，在我的眼里，任何所谓超自然现象都属于迷信；黛博拉却坚信，海瑞塔的灵魂就活在每个海拉细胞里，不管谁接触了这些细胞，都会受到她灵魂的控制，包括我。

"所有人都说不出她的真名，只有你的老师知道，你怎么解释这件事？"黛博拉问我，"她这就是在吸引你的注意。"这种说法可以用来解释发生在我身上的一切，比如：在写这本书的过程中，我结婚了，她会说是海瑞塔的灵魂看我工作太累了，想找个人来照顾我；后来我又离婚了，这是因为我的前夫妨碍了这本书的进展；一位编辑建议我把书里提到拉克斯一家人的内容全删掉，后来他就在一起神秘的事故中受伤了，黛博拉说，都怪他把海瑞塔给惹火了。

拉克斯一家的出现对我从前坚信的一切提出了挑战——信仰、科学、新闻行业和种族。这本书就是这些矛盾和斗争的结果。它不仅仅是关于海拉细胞和海瑞塔·拉克斯这个人的，也记录了海瑞塔整个家族，尤其是黛博拉的故事，它记录了这些人如何用一生的时间来接受海拉细胞的存在，以及这些细胞永生的科学原理。

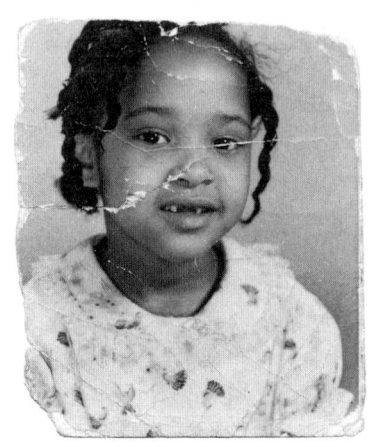

大约4岁的黛博拉·拉克斯。

黛博拉和哥哥桑尼的孙女杰布莉娅（左）和阿雅娜在一起，摄于2007年。

黛博拉的话

每当人们问起——而且似乎人们总是在问，我躲都躲不掉——我就说：没错，我妈叫海瑞塔·拉克斯，她1951年死了，约翰·霍普金斯医院拿了她的细胞，这些细胞到今天还活着，而且你要不把它们冻起来，它们就长得越来越多。科学界都叫她"海拉"，全世界的医疗机构里都有她，电脑、网络上也全是。

每次去医院体检，我都说我妈是海拉。他们立刻就兴奋起来，跟我说一大堆东西，什么没有她的细胞就没有我的血压药和抗抑郁药，所有这些重要医学成果都是因为她的细胞。可除了这些，他们也不会解释什么东西，"没错，你妈上过月球，被放在核弹里，制造出小儿麻痹疫苗"。我不明白这些事儿她怎么干的，可我想我还是为她高兴，毕竟她帮了好多人。我觉得她可能挺高兴的。

可我总觉得这一切很奇怪，要是她的细胞真的为医学做了这么多事，我们家怎么都看不起病呢？一点也想不通。好多人都靠我妈妈发了，可是我们甚至根本不知道有人从我妈身上拿过细胞，而且我们一毛钱也没见着。好长时间我一想到这就生气，后来因为这都得病了，得吃药。可我现在一点也不想再争这个了，只想知道我妈到底是谁。

第一部 生命

1951

01 检查

1951年1月29日,戴维·拉克斯坐在老式别克轿车的方向盘后,看车窗外雨水纷纷。他的车停在约翰·霍普金斯医院外一株高大的橡树下,车里坐着他的三个孩子,其中两个还在襁褓中。他们一起等待孩子们的妈妈海瑞塔。几分钟前,她跳出车门,把外套罩在头顶,快步走进医院,走过为她这样的人专设的"有色人种专用"洗手间。旁边的大楼里,一座三米多高的大理石耶稣像伫立在精美的铜制穹顶下,它面向霍普金斯医院的旧大门,展开双臂迎接来者。海瑞塔一家进霍普金斯医院看病之前,都要先来拜访这座耶稣像,把随身带来的花放在它脚下,祷告一番,然后摸摸雕像的大脚趾,希望能带来好运。可这一天,海瑞塔没有停步。

她径直走进妇科的等候室,那是一片宽敞的空间,空空如也,只有一排排直背长椅,看起来像教堂的长凳。

"我子宫里长了个肿块,"她告诉接待的护士,"得让医生看看。"

过去一年多来,海瑞塔一直对要好的姐妹抱怨说感觉有点不对劲。一天晚饭后,她同玛格丽特(Margaret)和萨蒂(Sadie)两姐妹坐在床上,对她们说:"我身子里长了个肿块。"

"长了个什么?"萨蒂问。

萨蒂·斯特迪文特,海瑞塔的表姐妹,也是闺密,摄于1940年代初。

"肿块。"她回答,"我家男人要进来,里边就特别疼,我的天啊,简直疼死了。"

在做爱时感到疼,刚开始她以为和几个月前生了黛博拉有关,或者是因为丈夫戴维出去和别的女人鬼混之后把性病给带回来了,一般来说,遇到这种情况医生会给打点青霉素和重金属。

海瑞塔抓住两位姐妹的手,放到自己的腹部,就跟怀孕的时候让她们感觉黛博拉踢她肚子一样。

"你们能摸出来吗?"

姐妹们用手指在她胃部反复按压。

"不知道。"萨蒂说,"也许是宫外孕——你知道这也不是不可能。"

"肯定不是怀孕。"海瑞塔说,"我这里就是有个肿块。"

"海瑞塔老姐,你得去看看。这可不是闹着玩的,万一要是严重呢?"

但是,海瑞塔没有听从劝告去医院,两位姐妹也没把这段卧室密谈泄露出去。在那个时代,人们一般不会谈到癌症,不过萨蒂猜测海瑞塔之所以守口如瓶,是因为她怕医生摘除自己的子宫,这样她就没法再生小孩了。

这次谈话过去大约一个星期后,海瑞塔发现自己的肚里怀上了第五个孩子乔(Joe),这时她29岁。萨蒂和玛格丽特告诉海瑞塔,没准她感觉疼只是因为怀孕。海瑞塔知道并不是这样。

"我怀上之前就开始疼了，"她回答，"肯定是别的原因。"

之后，三个人再没有谈起过这个奇怪的肿块，也没人把这件事告诉海瑞塔的丈夫戴维。然而就在乔诞生四个半月之后，有一次海瑞塔去洗手间，发现内裤上有血迹，可这并不是她的月经期。

她在浴缸里灌满温水，将身体浸入水中，缓缓打开自己的双腿。她把浴室门关上了，孩子们、丈夫和姐妹都不知道门这边发生了什么。海瑞塔把一根手指伸进身体，在宫颈壁摸索，她冥冥中知道自己能摸到什么：那是一个有点硬的肿块，位置很深，就像一块大理石，被人塞在子宫左侧开口的位置。

海瑞塔爬出浴缸，擦干身体，穿好衣服。然后，她来到丈夫跟前对他说："带我去医院吧。我病了，在流血。"

当地医生在她身体里看到了那个肿块，诊断说是梅毒。可当他们对肿块进行检查后，梅毒的指标又呈阴性。医生让海瑞塔去约翰·霍普金斯医院的妇科门诊看看。

霍普金斯是美国最好的医院之一，1889年成立伊始是一所面向穷人的慈善医院。医院位于巴尔的摩东部，占地面积超过4.8万平方米，建院之前，那片地上曾经是一座公墓和一所精神病院。医院病房里人满为患，几乎全是付不起医药费的黑人。戴维开车带着海瑞塔走了三十多公里才抵达霍普金斯，他们远道而来并不是因为对它尤为信赖，而是因为这是附近唯一一所给黑人看病的医院。当时种族隔离制度盛行，如果黑人出现在白人的医院，工作人员一般会把他们撵走，哪怕他们出门就会死在停车场里。即使在霍普金斯这样一所接纳黑人的医院，也有专门容纳黑人的病房，还有黑人专用的饮水机。

终于轮到海瑞塔，护士领她穿过一扇门，那里是一排检查室，彼此之间用透明玻璃间隔，这样护士就可以把每间的状况看得一清二楚。她们进入一间黑人专用的检查室，海瑞塔脱下衣服，套上一件浆过的病号服，在一张木质检查桌上躺好，等待妇科医生霍华德·

妇科医生霍华德·W. 琼斯，他诊断出海瑞塔体内的肿瘤，摄于 1950 年代。

琼斯（Howard Jones）的到来。琼斯医生身材消瘦，头发已经开始变得灰白，他嗓音低沉，说起话来带着温柔的南方口音。海瑞塔向医生描述了自己身体里的肿块。在开始检查之前，琼斯医生翻看了海瑞塔从前的记录——那就像是她一生的一幅速写，一笔笔记录的全是没有治疗的疾病。

六年级或七年级文化水平；家庭主妇，有五个子女。从小有呼吸问题，原因是复发性咽喉炎和鼻中隔弯曲。建议外科手术治疗。患者拒绝接受手术治疗。一颗牙齿疼痛近五年；最终连同其他若干牙齿一起被拔除。唯一导致焦虑的因素是大女儿患有癫痫并丧失话语能力。家庭融洽。偶尔饮酒。从未远行。营养良好，能同人合作。患者共有十位兄弟姐妹（含本人），其中三位分别死于车祸、风湿性心脏病和中毒。近两次怀孕伴有原因不明的阴道出血和血尿。建议进行镰刀状红细胞测试。患者拒绝接受镰刀状红细胞测试。15 岁结婚，不喜欢性交。患有无症状性神经性梅毒，但自称感觉良好，遂取消梅毒治疗。此前不久生下第五个孩子，本次来访前两月开始出现严重血尿。检测显示宫颈细胞活性增强。建议专家进行进一步诊断，确定是否为感染或癌症。患者取消预约。本次来访前一个月，患者淋病检测呈阳性。召患者再次就诊。患者不予回应。

从这份记录中，可以看出海瑞塔的身体出现过不少问题，但她经常不继续治疗，这并不令人意外。对海瑞塔来说，走进霍普金斯医院就像来到一个语言不通的陌生国度。她对采收烟草和杀猪很在行，可这辈子也没听说过"宫颈"、"活组织检查"这些莫名其妙的词汇。她不怎么读书写字，在学校里甚至根本没接触过科学类课程。她同许多黑人患者一样，不到万不得已坚决不去医院。

海瑞塔对琼斯医生解释自己的疼痛，告诉他说发现自己流血。"她说她知道自己子宫口有问题，"医生之后写道，"我问是怎么知道的，她说能感觉到里边有个肿块。我也不知道她具体是什么意思，除非她真的摸到了。"

海瑞塔重新在平板桌上躺好，目光朝着天花板，双脚用力踏在支架上。果真，琼斯医生发现就在她描述的地方确有肿块。用他的话说，那是一块凹凸不平的硬块，大小像一枚硬币。如果把海瑞塔的宫颈想象成表盘，肿块就在四点钟方向。作为妇科大夫，琼斯医生见过上千例宫颈癌患者的病灶，可还从没见过像海瑞塔体内这种。它带着紫色光泽（他后来将之比作"葡萄果冻"），而且非常脆弱，一碰就流血。琼斯医生从海瑞塔的患处取了一些样本，送到走廊尽头的病理学实验室做诊断，接着就让海瑞塔回家了。

海瑞塔走后不久，霍华德·琼斯医生坐下来记录诊断结果："有意思的是，她就是在这所医院足月分娩，时间是1950年9月19日，可竟然没发现宫颈的问题，六周之后的复查也没记录任何异常。"

这就是海瑞塔今天又出现在霍普金斯的原因。上次检查三个月后，海瑞塔体内已经长出一块完整的肿瘤。要么就是上次的医生没检查出来——看来不太可能，要么就是这些细胞的生长速度远远超过了我们的想象。

1920—1942

02　克洛弗

1920年8月1日，海瑞塔·拉克斯出生于美国弗吉尼亚州的罗阿诺克（Roanoke），她出生的时候叫洛蕾塔·普莱曾特（Loretta Pleasant），没人知道后来怎么成了海瑞塔。在接生婆范妮的陪伴下，海瑞塔在道路尽头的小窝棚里呱呱坠地。从屋里可以俯瞰火车站，每天有上百辆货运火车你来我往。海瑞塔一直同父母及八位哥哥姐姐住在一起，直到1924年，她的母亲伊丽莎·拉克斯·普莱曾特（Eliza Lacks Pleasant）在生第十个孩子的时候去世了。

海瑞塔的父亲约翰尼·普莱曾特（Johnny Pleasant）是个身材矮胖的男人，每天拄着拐杖一瘸一拐地走来走去，动辄抄起拐杖打人。据家人说，有一次约翰尼的哥哥想调戏他老婆伊丽莎，结果被他亲手给杀了。约翰尼没有耐心抚养孩子，所以伊丽莎死后，他把他们全都领回弗吉尼亚州克洛弗（Clover）的老家。从前，他们的祖先在这片土地上给白人做奴隶，如今黑人自由了，后代子孙仍在这里继续着种植烟草的行当。不过，克洛弗老家也没人能一下收养十个孩子，于是各路亲戚就把孩子分别领走。收留海瑞塔的是她的外公汤米·拉克斯（Tommy Lacks）。

汤米的木屋过去是黑人奴隶集中居住的"家屋",一共四个房间,里边铺着厚木地板,墙上挂着煤气灯,海瑞塔每天要把水从山下小溪拉上来,爬长长的山路。家屋坐落在山坡上,山风穿透墙壁,冷却屋里的空气。这样,每当一个成员死去,家人都会把尸体放在走廊门口,供人们在几天内前来告别或吊唁,最后再拖到后院坟地埋葬。

海瑞塔的外公原本就和一个外孙住在一起,他女儿把这孩子生在地板上就远走高飞。男孩儿名叫戴维·拉克斯,不过所有人都叫他戴(Day)。因为当地人口音总是拖长声,房子(house)听起来像"烦——子"(hyse),而戴维就成了"戴"。

拉克斯家的人说,戴这孩子是外人路过的时候意外在他家留下的"野种"。一个叫约翰尼·科尔曼(Johnny Coleman)的人经过村子,九个月之后,戴就出生了。为他接生的是 12 岁的表姐和一位名叫曼齐(Munchie)的接生婆。戴出生的时候浑身青黑,好像暴雨时天空的颜色,而且没有呼吸。镇上的白人医生顶着圆顶礼帽、拄着手杖来家屋看他,在出生证明上写了"死胎"俩字,就驾着马车扬长而去,车后一片红土飞扬。

看着医生的背影,曼齐只好向上帝祷告,主啊,我知道你并不想带走这个孩子。她用一盆温水洗净戴的身体,把他放在白被单上,在他胸口又是拍又是揉,直到戴有了呼吸,青色的皮肤逐渐转成柔和的褐色。

约翰尼·普莱曾特把海瑞塔送给汤米爷爷抚养的时候,她只有四岁大,戴将满九岁。没人能料到,海瑞塔从此将一生与戴相伴——开始是表兄妹,后来便成了夫妻。

小海瑞塔和戴每天早上 4 点就要起床,给奶牛挤奶、喂鸡、喂猪、喂马,还要照料果园里的玉米、花生和各色蔬菜,等干完了这些活儿,就和其他远房兄弟姐妹一起去烟草田,这帮孩子包括后边要提到的克利夫(Cliff)、弗雷德(Fred)、萨蒂和玛格丽特。他们的大部分年少时光是在烟草地里度过的,主要工作是跟在驴拉的犁后边种烟草,

海瑞塔在弗吉尼亚州克洛弗镇长大,这是克洛弗的主街道,摄于 1930 年代。
图片提供:Frances Woltz

"家屋",海瑞塔在这个位于克洛弗的四室小木屋中长大,这里曾经是黑奴宿舍,摄于 1999 年。

到了春天，再把宽大的绿叶子从茎秆上扯下来扎成捆。由于整天接触尼古丁油，他们的手指被浸得又糙又黏。采收完毕，他们爬到爷爷的烟叶棚上，把成捆的烟叶挂上去晒。夏日时节，他们总盼望着暴风雨的洗礼，好让自己那饱受阳光暴晒的皮肤得一时凉爽。因此，每逢天降大雨，这些年轻人便尖叫着在地里狂奔，从地上抓起一把一把被风吹落的成熟水果和核桃捧在怀里。

像拉克斯家其他年轻人一样，戴没能完成学业。他四年级就辍学了，因为地里需要人手。海瑞塔则一直上到六年级。在那些年月，每天早上干完菜园的活，照顾好牲畜，海瑞塔就要走三公里多的路去上课。途中经过一所白人学校，里面的孩子们边朝她扔石头边大声辱骂。她去的是一所专为黑人开设的学校，"校园"是三间木头农舍，掩映在高树下。农舍前有个小院儿，学校的科尔曼夫人（Mrs. Coleman）让男孩和女孩在两边分开玩耍。学校放学后，或者没课的时候，海瑞塔就和戴以及其他远房兄弟姐妹们一起到地里干活。

在他们居住的房子后边有条小溪，每年，孩子们都用大石头、木棍、沙袋和任何能找到的东西搭水坝，好拦住溪流做成个游泳池。若是天气好，他们一做完农活儿便直奔这个自制游泳池。他们朝剧毒的水蝮蛇扔大石头，把它们吓跑；再爬到高大的树杈上往水里扎，或者从满是泥巴的河岸潜到水下面去。

黄昏来临，这帮孩子用破旧的鞋子升起篝火来驱蚊，然后在大橡树底下仰望星空，橡树被拴上绳子当秋千，完全成了孩子们的游乐场。他们在地里追逐打闹，又唱又跳的；要不是汤米爷爷每天扯着嗓门吼他们回去睡觉，他们才不会主动回家。

每天晚上，兄弟姐妹们挤作一团，趴在距离家屋只有一米多的小木厨房房顶的狭小空间。他们一个挨一个躺着，轮流讲恐怖故事，有人讲的是半夜三更无头的烟农鬼魂在街上游荡，还有人讲小溪边无眼人的传说。孩子们不知不觉沉沉睡去。一大清早，克洛艾（Chloe）奶奶在下边的柴炉里生火，不一会儿，刚出炉的饼干便冒出香甜的气味,把睡梦中的孩子们唤醒。

在收获的季节,每个月总有一天晚上,汤米爷爷吃完晚饭就把马都套好,让它们做好准备向南波士顿进发。这里有全国第二大烟草市场,市场上有烟草游行展示,能看到盛装的烟草小姐。镇上还有港口,里边停满了船,这些船在这里收集干烟叶,然后运到世界各地,变成烟民手中的烟草。

出发之前,汤米爷爷把所有孩子都招来,让他们钻进扁扁的马车,暖暖地依偎在烟叶"床铺"上,孩子们硬挺着不睡,可不一会儿就在马车那规则的节奏中败下阵来。和弗吉尼亚其他农民一样,汤米·拉克斯和孙儿们要连夜拉着烟叶赶往南波士顿。这样所有的马车就可以在一大早依次排好,只等待竞卖场那巨大的绿色木门向他们敞开。

马车抵达目的地后,海瑞塔和其他兄弟姐妹帮爷爷解开马,给马槽里倒上麦子,再把家里种的烟草卸到仓库的木地板上。这间屋子高近九米,房顶天窗已经被灰尘严严实实地遮蔽起来,拍卖官在这里喊数字,洪亮的声音在空旷的屋里回响。汤米·拉克斯站在自家的烟叶旁,盼望它们能卖个好价钱,而海瑞塔和其他孩子们则顾自绕着一堆堆的烟叶跑来跑去,学拍卖官的口气用飞快的语速说话。到了夜晚,拍卖结束,孩子们帮爷爷把没卖掉的烟叶拖到地下室去,让爷爷铺成床来给他们睡。同是农民,白人都睡在楼上单间,黑人只能同马、驴子和狗一起待在黑乎乎的仓库,睡在落满灰尘的木地板上。地上竖着关牲畜用的木栏杆,空酒瓶子一直堆到天花板。

农民们尽情挥霍着本季的收入,仓库的夜晚成为酗酒、赌博和嫖娼的天下,有时还会发生凶杀事件。海瑞塔他们躺在烟叶做的床上,仰面盯着巨大的房梁,呼吸着干烟叶的气味,在狂笑声和酒瓶的撞击声中慢慢睡去。

早上,所有人都爬回到马车,带着没卖掉的烟叶打道回府,这又是一段漫长的旅程。那些留在克洛弗的孩子们都知道,每次一有马车从南波士顿回来,他们准能分到好吃的,要么是一大块奶酪,要么是

南波士顿的烟草拍卖场,摄于 1920 年前后。海瑞塔和她的家人就在这个拍卖场里出售他们的烟叶。

一条大腊肠。这些孩子眼巴巴地在大路边等好几个小时,然后欢天喜地地跟着马车一路回家屋去。

克洛弗那宽阔而尘土飞扬的主干道上总能见到福特 A 型老爷车,还有驴和马拉的大篷车跑来跑去。老斯诺(Old Man Snow)拥有镇上第一辆拖拉机,他驾着这辆坐骑,胳膊下夹一卷报纸,猎狗卡迪拉克和丹在左右护航,那派头就像开小汽车一样威风。主路上有电影院、银行、首饰店、诊所、五金店,还有几间小教堂。每当天气晴好,白人就穿上背带裤、戴着高帽子、叼着长长的雪茄,纷纷来到街上。从镇长到医生、丧葬官,所有人都站在路边,一边喝装在果汁瓶子里的威士忌,一边侃大山,还有人在药店门口摆个木桶,在上边摆棋局。男人们的老婆则在杂货店里唠家常,让自己的小宝宝头枕着布匹在柜台上睡大觉。

海瑞塔他们有时候出去为白人采摘烟草,一天只收一毛钱,他们拿干活儿攒下的钱看巴克·琼斯(Buck Jones)的西部牛仔电影。电影院老板总是放黑白默片,让老婆在一边为电影做钢琴配乐。她只会弹一支曲子,因此所有情节配的都是欢天喜地的狂欢节音乐,哪怕男主角挨了枪子儿就要没命。看电影的时候,拉克斯家的孩子们只能坐在黑人专区,这里离投影机非常近,自始至终,投影机都发出滴滴答答的声音,跟节拍器似的。

海瑞塔和戴慢慢长大了。他们对孩童的游戏逐渐失去兴趣,转而开始在满是灰尘的土路上策马狂奔,这条长长的路就在拉克斯烟草种植园的边上,如今人们给这里改了名字,简称为拉克斯村。汤米爷爷养了一匹高大的枣红马,名叫查理,跑得比克洛弗所有的马都快,男孩子们都抢着骑它。每当男孩们骑马飞驰而过,海瑞塔和其他女孩子就站在山坡或堆满了稻草的马车上,兴奋地又叫又跳,为男孩们鼓掌助威。

海瑞塔是戴的忠实啦啦队,但有时候也为一个绰号是"乔疯子·格利南"(Crazy Joe Grinnan)的男孩加油。弟兄们中有个叫克利夫的孩子,他常说乔疯子是个"超常的人",因为他长得牛高马大,肌肉发达,皮肤黝黑,鼻梁直挺挺的,而且周身毛发极重——整个脸上、胳膊、后背和脖子上全是毛,到了夏天,他只得剃掉全身上下的毛,否则必然要热得浑身冒火。同伴之所以叫他"疯子",是因为他爱海瑞塔爱得死去活来,不惜一切代价赢得她的注意。海瑞塔是拉克斯村最漂亮的女孩子,她拥有迷人的微笑和栗色的眼睛。

乔疯子甚至会为了海瑞塔寻死觅活,第一次是在一个寒冷的冬天,海瑞塔放学回家,乔疯子绕着她跑来跑去。他求海瑞塔和他约会:"海妮,求你了……给我一次机会吧。"海瑞塔报以一笑,拒绝了他的请求,结果乔疯子径直跳到冰窟窿里,只要海瑞塔不答应就坚决不出来。

所有同伴都嘲笑乔疯子,说:"也许他爱得热血沸腾,希望用冰水降降温,结果冰水反而差点被他搞沸腾了!"海瑞塔的表姐妹萨蒂是乔疯子的姐姐,她对乔疯子破口大骂:"你这家伙爱得都没脑子了,为了她,你连命也不要了吗!太荒唐了。"

除了约约会、亲亲嘴，没人知道海瑞塔和乔疯子之间到底有没有发生过什么事。然而海瑞塔和戴可是从四岁就睡在一间屋里，因此他俩后来的结合也是情理之中。海瑞塔刚满14岁就生下了第一个儿子劳伦斯；四年后，家里又添了女儿露西尔·埃尔西·普莱曾特（Lucile Elsie Pleasant）。兄妹俩同他们的父亲、祖父母一样，都是在家屋地板上出生的。

刚开始的几年，人们绝对没有想到埃尔西的智力有任何问题，更不会把她同"癫痫"、"痴呆"或"神经性梅毒"扯上关系。拉克斯村的人说，她只是头脑比较简单而已。她来到这个世界的过程太迅速了，戴还没来得及把接生婆带回来，埃尔西已经头朝下从海瑞塔体内飞出来撞到地板上。人们说，就因为这一下子，她的智力停留在婴儿水平了。

海瑞塔所属的教堂有一些满是灰尘的老旧记录本，上边写满了因为生私生子被逐出教会的女人的名字。村里甚至谣传海瑞塔的一个孩子是乔疯子的，可不知道为什么，她的名字并没有被列在教堂记录里。

乔疯子听说海瑞塔要嫁给戴之后，就用一把钝小刀在自己胸口捅了一刀。他爸爸发现他的时候，他喝得酩酊大醉，躺在自家院子里，衬衣已经被血浸满了。他爸爸拼命给他止血，乔就和他扭打起来，结果血流得更厉害了。最后乔的爸爸把他抱到车上，再用绳子绑在门上，硬是把他拉到医生那儿。乔被绷带五花大绑，回到家之后，萨蒂不停地说："你做这些蠢事就是为了让海瑞塔回心转意？"乔疯子不是唯一一个试图阻止这桩婚事的人。

海瑞塔的姐姐格拉迪丝（Gladys）总是说，海瑞塔该找个更好的人。几乎所有拉克斯家族的人谈起海瑞塔和戴早年在克洛弗的生活，话语中都流露出一种童话故事般的诗情画意。唯有格拉迪丝不同。没人知道她为什么执意反对，有人说是出于嫉妒，因为海瑞塔长得比她好看。不过格拉迪丝总是坚持说，戴绝不会是一位好丈夫。

1941年4月10日，海瑞塔和戴在他们牧师的家里举行了婚礼，没有亲朋在场。这一年海瑞塔20岁，戴25岁。婚后没有蜜月，家里有太多的活儿要干，而且他们也没钱出门远行。入冬前，美国卷入二战，各个烟草公司都开始为军人提供免费烟草，烟草市场因此蓬勃发展。不过烟草农场也开始两极分化，大的越来越繁盛，小的则日渐艰辛。如果走运，海瑞塔和戴每一季能卖掉足够的烟草，如此才能有钱买全家口粮，再开始新一轮的耕作。

因此，二人从婚礼殿堂直接回到地里，戴又握起木头犁耙那粗糙的把手，海瑞塔紧随其后，推着自家打的独轮车，边走边把烟草的小苗埋在刚刚翻好的红土地里。

1941 年年底的一天，他们的堂兄弟弗雷德·加勒特（Fred Garret）驾车沿着烟草地边上的土路飞驰而至。这位老兄刚从巴尔的摩回来，开一辆 1936 年的雪佛兰，衣着光鲜。也就是一年前，他和另一位兄弟克利夫还是克洛弗的普通烟农，同海瑞塔和戴没什么两样。他们曾经开了一家"有色人种"杂货店，大多数来这里买东西的人都打白条。俩人还用煤渣砖砌了一个小酒馆，海瑞塔没事就来光顾，在红土地板上跳上一曲；人们往自动点唱机里投币点歌，喝皇冠可乐，可是这么经营也赚不来钱。到头来，弗雷德卷上自己仅有的三块二毛五分钱，买了张往北的长途车票寻找新生活去了。同拉克斯家族其他几位弟兄一样，弗雷德在伯利恒钢铁公司下属的斯帕罗斯角（Sparrows Point）钢厂找到一份工作，晚上就住到巴尔的摩 30 公里开外的帕塔普斯科河（Patapsco River）一个半岛上，那地方叫特纳车站（Turner Station），是一片规模不大的黑人区。

斯帕罗斯角钢厂是 19 世纪末开业的，那时的特纳车站只是一片片沼泽地和农田，偶尔有一些小木屋，木屋之间都搭了木板供人行走。一战期间，美国对钢材的需求猛增，成批的白人工人搬到附近的邓多克（Dundalk），与此同时，伯利恒钢铁公司为黑人提供的棚屋很快就住不下了，黑人们只好在特纳车站开辟新的居所。二战初期，特纳车站铺了几条像样的路，还住进了一位医生、一个卖冰人，开了一家杂货铺。不过净水、污水管线和学校还是稀缺资源。

1941年12月，日本轰炸珍珠港，特纳车站就跟中了奖似的，因为这时候对钢材的需求又飙升到了历史新高，当然，对工人的需求量也增加了。政府投了大把的钱在特纳车站兴建公屋，平房和两层楼房拔地而起，这些房子盖得密密麻麻，里边有时甚至修了四五百套房子。建筑大部分是砖房结构，有些还加盖石棉的防火屋顶。有的有院子，也有的没有。从特纳车站多数房间里望出去，都能看见斯帕罗斯角钢厂炼钢炉里那跳动的火焰，以及烟囱里滚滚而出的恐怖的红烟。

斯帕罗斯角钢厂很快晋升为全世界最大的钢铁厂。它生产的东西种类繁多，包括混凝土强化钢筋、带刺铁丝网、钉子，除此之外还制造汽车、冰箱和军用船只的钢材。每年，为了生产800万吨钢材，工厂得烧掉600万吨煤炭，还要雇用至少3万名工人。在那个贫穷蔓延的年代，伯利恒钢铁公司简直像一座聚敛财富的金矿，尤其对来自南部的黑人家庭来说更是如此。这个消息从马里兰一路传到弗吉尼亚和卡罗来纳的农场，特纳车站成了一片"希望的土地"，南部黑人大批涌向这里，构成了美国历史上黑人大迁徙的一部分。

钢厂的工作非常辛苦，而由于黑人只能做那些白人挑剩下的工作，他们的工作境况是最差的。他们只能从船坞最底层开始——比如猫在建造中的油罐船最深处，别的工人在十米高的地方钻孔、焊接，他们就在下边捡掉下来的螺栓、铆钉和螺母。弗雷德干的就是这样的粗活儿。最终，黑人的工作位置可以逐渐"提升"到锅炉房里。白天，他们负责把煤铲进炽热的熔炉，在这个过程中，对人体有毒的煤灰和石棉就都被他们吸进肺里；到了晚上，有毒的粉末又被他们带回家，在妻子和女儿帮着男人脱下衣服抖尘土的过程中再转而被她们吸进去。斯帕罗斯角的黑人每小时最多挣八毛钱，大多数情况下还不及这个数。白人挣得多，不过弗雷德从不抱怨，要知道，每小时八毛钱已经是拉克斯家绝大多数人想都不敢想的高收入了。

弗雷德自己挣了钱还不忘兄弟，又回到克洛弗老家劝海瑞塔和戴跟他一起去钢厂。回到克洛弗的第二天，他就给戴买好了去巴尔的摩

斯帕罗斯角钢厂工人在清扫锅炉中熔化金属留下的有毒炉渣,摄于1940年代。
图片提供:邓多克—帕塔普斯科河口历史协会(Dundalk-Patapsco Neck Historical Society)

的车票。兄弟俩达成共识,海瑞塔可以先留下照看孩子和烟草地,等戴在巴尔的摩赚了钱,够盖房子外加买三张车票,就接海瑞塔和孩子过去。几个月后,弗雷德收到一纸征兵令,即将漂洋过海。临行前,他把自己攒的钱一分不剩都给了戴,对他说该把海瑞塔和孩子接到特纳车站了。

不久,海瑞塔一手牵个孩子踏上了蒸汽火车。火车载着她从克洛弗主干道尽头的木制小车站出发。就这样,她离开了那洒满青春的烟草地,还有曾替她挡住炎炎烈日的老橡树。在她21岁的年纪,海瑞塔第一次透过车窗望着连绵的山丘和广阔的水塘,向着崭新的生活飞驰而去。

1951

03 诊断和治疗

从霍普金斯回来后,海瑞塔的生活一切如常,每天操持戴和孩子们的饮食起居;自己那些远房兄弟姐妹经常来访,也是她负责照料。几天之后,琼斯医生从病理实验室拿到她活体组织检查的结果:"宫颈鳞状细胞癌,Ⅰ期。"

癌症最初都是由于一个细胞出现问题,癌症的分类便是依据这个异常细胞的种类而定。几乎所有宫颈癌都属于恶性鳞状细胞癌,这个名字的意思是说一个上皮细胞的生长失去节制,蔓延整个宫颈表面。当海瑞塔出现在霍普金斯医院,向医生诉说自己异常的出血状况时,全世界正在如火如荼地争论宫颈癌的诊断和治疗方法,巧的是,琼斯医生和他实验室的老板理查德·韦斯利·特林德(Richard Wesley TeLinde)刚好参与其中。

特林德是美国最权威的宫颈癌专家之一,他那时56岁,衣冠楚楚,举止优雅,只是十几年前一次滑冰摔跛了腿,霍普金斯的人们都叫他迪克叔叔(Uncle Dick)。他是世界上率先用雌激素治疗更年期综合征的人,也是子宫内膜异位研究领域的先驱。他还写了妇科临床学最著名的一本教科书,著成60年已先后再版十次,至今仍被医学院广泛使用。特林德的医术享誉世界，有一次摩洛哥王妃病了，国王还执意要求只有特林德才能为爱妻医治。海瑞塔是1951年来到医院的，在此之前，特林德已经独创出一套宫颈癌理论，如果这套理论是正确的，就能拯救数以百万计妇女的性命。可在当时，大多数人对他的理论并不买账。

宫颈鳞状细胞癌可以分为两类：一种是浸润性的，就是说癌细胞已经穿透了宫颈表面；而没有穿透的就是非浸润性。非浸润性宫颈癌有时候被称为"糖衣鳞状细胞癌"，因为这种癌细胞会贴着宫颈表面均匀蔓延成薄薄一层，它专业的名字是"子宫颈原位癌"，意思是发生在原位的癌变。

1951年，领域内的绝大多数医生都认为宫颈浸润性鳞状细胞癌是致命的，而原位癌则不会威胁生命。因此他们治疗两种癌症也采取不同的对策，如果是浸润性的，就用威力特别大的方式，而遇到原位癌则不怎么担心，因为他们觉得原位癌反正也不会扩散。特林德的看法大相径庭，他认为原位鳞状细胞癌是浸润性细胞癌的早期形式，如果置之不理，早晚会变成恶性的。因此他治疗原位癌的时候也一概使用极端手段，比如切除宫颈和大段的阴道，甚至摘除子宫。他的理由是，用这种方法治疗可以显著降低宫颈癌的死亡率，不过批评者大有人在，他们指责特林德的做法过于极端，也没有必要。

1941年，希腊科学家乔治·帕帕尼古劳（George Papanicolaou）发表了一篇文章，文中详细讲解了他发明的一种检测方法，如今人称帕氏涂片法（Pap smear）。直到此时，对宫颈原位癌的检测才成为可能。具体操作是这样的：首先用一根弯曲的玻璃管从子宫颈刮取一点细胞，然后放到显微镜下检测，看是否存在癌前病变。早在几年前，特林德等人就曾描述过这些病变。帕氏涂片法的发明是医学界一个极大的进步，因为癌前病变细胞只能通过显微镜才能观察到，除此之外别无他法。癌前病变没有任何明显症状，而且既摸不出来，裸眼也看不到。

一旦人体出现症状就已经晚了，基本没有治愈的可能。借助帕氏涂片法，医生能及早发现癌前病变细胞，这时候只要切除子宫，宫颈癌就几乎可以完全避免。

那时每年有 15000 名妇女死于宫颈癌。帕氏涂片技术的应用有可能让死亡率降低 70% 以上，只是仍然有两个难点需要攻克。第一，包括海瑞塔在内的许多妇女根本不会去医院做测试。第二，即使她们做了，绝大多数医生也不知道不同时期的癌细胞在显微镜下是什么样子的，也就是说他们不会对观察到的细胞下诊断。有些医生看到宫颈感染就以为是癌，结果病人本来只需要点抗生素，却被摘除了整个生殖道；还有的医生错把恶性癌变当成感染，给病人开点抗生素就让她们回家了，过不多久这些病人还是会回到医院，到那时她们的癌症已经扩散，再也无法可医。最后，即使对癌前病变做出了正确诊断，很多医生也未必知道该如何去治疗。

为了尽量减少他称之为"子宫误切除"的事故，特林德详细记录了不该诊断为宫颈癌的情况，并且呼吁医生做摘除手术前一定要做活检，来验证涂片结果。除此之外，他还希望能向世人证明，即使是子宫颈原位癌也该采取彻底而极端的治疗手段，从而消除隐患。

就在海瑞塔去医院做第一次检查前不久，特林德刚刚参加了在美国华盛顿召开的一个重要会议，会上他向一些病理学家陈述了他的观点，结果被他们轰下了台。于是他回到约翰·霍普金斯医院，设计了一项研究来证明他们都是错的：他和同事计划重新查看过去十年间约翰·霍普金斯医院所有宫颈浸润癌病人的医疗记录和活检结果，他们要看看这些人的恶性癌变究竟有多少始于原位细胞癌。

那个年代的医生往往直接用福利病房的病人做实验，经常根本不知会他们，特林德也不例外。很多科学家认为，反正福利医院的病人看病都不用交钱，拿他们来做实验就是公平的，好歹也可以算是抵了医疗费嘛。正如霍华德·琼斯医生所写的那样："约翰·霍普金斯医院要接纳大量贫困的黑人患者，这让医生获得了大量临床实验对象。"

在所有研究两种癌变关系的实验中，特林德的这项研究是迄今为止规模最大的。琼斯和特林德发现，在早期做过活检的宫颈浸润癌患者中，62%的患者早期活检结果显示为原位细胞癌。特林德并不满足于这项结果，他想，如果能找到一种方法，在实验室里分别培养正常宫颈组织和两种癌变组织，他就能同时比较三种细胞了，以前还从没有人这么干过。如果他能证明原位和浸润性细胞癌组织的细胞在实验室里表现相似，他就能让所有争论尘埃落定，让世人明白他才是对的，而那些忽视他意见的医生，就是置病人生死于不顾。抱着这个念头，他一个电话打给了约翰·霍普金斯组织培养研究组的负责人乔治·盖伊（George Gey）。

盖伊和他的夫人玛格丽特一直致力于体外培养恶性肿瘤细胞，已经整整努力了30年，他们希望找到癌症的原因，从而找到治疗方法。但是大多数细胞都很快死去了，剩下那些没死的也是奄奄一息，基本完全不分裂。夫妻俩下定决心，一定要找到第一种永不死亡的人类细胞，也就是说，他们希望找到一种细胞可以不停地分裂，源源不断地更新，这样这种细胞就相当于永生了。这种想法并非天方夜谭，八年前，也就是1943年，美国国立卫生研究院曾经用小鼠细胞证明不死的细胞是存在的。盖伊夫妇的目标就是找到不死的人类细胞，用什么样的组织都无所谓，只要取自人体。

只要是能搞到的细胞，盖伊都拿来尝试，他说自己是"世界上最贪婪的秃鹫，以人的样本为食"。因此，当特林德提出要给他提供宫颈癌组织让他培养，盖伊毫不犹豫就答应了。从此以后，特林德从霍普金斯所有宫颈癌患者身上收集样品，其中当然包括海瑞塔。

1951年2月5日，琼斯医生从实验室拿回海瑞塔的活检结果，就给她打了电话，告诉她结果是恶性的。海瑞塔没有把这个结果告诉任何人，也没有任何人向她问起。她就像什么也没有发生一样继续生活，这正是她做事的风格——如果自己能解决，就绝不牵连其他人来一起烦恼。

那天晚上海瑞塔对她丈夫说:"戴,我明天还得去医生那儿。他要给我做做检查,开点药。"第二天早上,他们的别克汽车照例停在约翰·霍普金斯医院门口,她走下车,安慰戴和孩子们。

"不是什么严重的问题,"她说,"医生一定能搞定。"

海瑞塔径直走到住院接待窗口,告诉工作人员她是来接受治疗的。随后她签署了一份名为"手术同意书"的文件,正文是这样的:

> 本人 _____ 特此同意约翰·霍普金斯医院的医护人员对我实施必要的手术,并允许他们在合理的手术和治疗过程中对我实施必要的局部或全身麻醉。

海瑞塔在空白的地方填上她的名字。一位证人在文件末尾签了名,不过字迹模糊难以辨认,海瑞塔也在旁边签了名。

手续齐备,她跟着护士穿过长长的走道,来到黑人女病房。在这里,霍华德·琼斯和另外几位白人医生给她做了好多检查,比她有生以来做的所有检查加起来还多。他们给她验尿验血,还查了肺,在她的膀胱和鼻子里都塞了管子。

在医院的第二天晚上,护士早早让她吃了晚饭,使她第二天早上能空腹。因为一早医生就要来给她麻醉,为她进行第一次治疗。海瑞塔的癌症是浸润性的,那个年代全美国的医院都是用镭来治疗浸润性宫颈癌的。镭是一种放射性白色金属,发着幽幽的蓝光。

这种金属是在19世纪末被发现的,那时报纸铺天盖地全是对它的吹捧,说它能"替代汽油、电,或许还能攻克一切疾病"。钟表匠在颜料里加入镭,让表针荧荧发光;医生拿这种金属的细粉治病,从晕船到中耳炎不一而足。可实际上,镭会把细胞都杀死,什么细胞也顶不住,那些为了治疗小毛病而吞下镭的病人,过一阵都纷纷没命了。镭还能诱发突变,细胞突变就有可能转变成癌,如果用量大,甚至能把病人的皮肤给烧下来。不过，镭也确实能杀死癌细胞。

20世纪初，霍普金斯医院一位名叫霍华德·凯利（Howard Kelly）的医生拜访了法国的居里夫妇，他们正是镭的发现者，他们还发现镭能杀死癌细胞。自打那以后，霍普金斯医院就开始用镭治疗宫颈癌。凯利医生不知道接触镭的危险，他把这种金属揣在口袋里就带回了美国，后来还跑到世界各地去收集。20世纪40年代前，包括霍华德·琼斯在内的医生们开展了多项研究，证明在治疗浸润性宫颈癌方面，镭比手术更安全，也更有效。

为海瑞塔进行第一次治疗的那个早上，一个出租车司机从镇子另一端的诊所取来一只口袋，里边装了几只盛有镭的试管。试管分别插在巴尔的摩本地妇女缝制的帆布袋内侧的小口袋里。这种小袋有个特殊的名字，叫"布拉克板"（Brack plaques），是以发明它的医生来命名的，这位医生就在霍普金斯医院工作，这次刚好由他来监督海瑞塔的治疗。他后来死于癌症，很有可能是经常接触镭的后果。还有一位住院医生经常和凯利一起四处搜集镭，也把镭直接放在衣服口袋里运来运去，他最后也没能逃脱癌症的魔爪。

一位护士把布拉克板放在不锈钢盘子里。另一位推着海瑞塔走进位于二楼的有色人种专用手术室，房间里摆了几张不锈钢桌子，上边还悬挂着巨大的手术灯。医护人员是清一色的白人，都穿着白大褂，戴着白帽子、白口罩和白色的手套。

海瑞塔不省人事地躺在手术室中央的手术台上，双脚踩在脚镫上，当天施行手术的是小劳伦斯·沃顿医生（Dr. Lawrence Wharton Jr.），他坐在海瑞塔张开的两腿之间，撑开她的子宫颈，向里窥看，准备处理癌变部位。但是在动手术之前，沃顿医生先拿起一把锋利的手术刀，从海瑞塔的子宫颈切了两片硬币大小的组织，一片来自癌变部位，一片是旁边的健康组织——这是特林德的主意，没人告诉海瑞塔有人要从她体内取样本，也没人问过她想不想捐细胞，就这么干了。沃顿医生把样本放在了培养皿里。

沃顿医生将一管镭塞进海瑞塔的子宫颈，缝在合适的位置，接着又把一个装满镭的小袋缝在子宫颈外面的表皮上，然后把另一个固定在旁边。最后，他在海瑞塔的阴道里塞了几圈纱布来固定镭管，再从她的膀胱里接出一根导尿管，这样小便的时候也不会影响治疗。

手术完成，护士把海瑞塔推回病房。沃顿在她的手术报告中写道："病人状态平稳地接受了治疗，离开手术室时状况良好。"接着又在另一页注明："海瑞塔·拉克斯的……子宫颈组织切片……交予乔治·盖伊医生。"

一位住院医生照常把样本送到盖伊的实验室。盖伊每次拿到样本都特别兴奋，这次也不例外，但在实验室其他人眼里，海瑞塔的样本也没什么特殊的。这么多年了，这些科学家和实验员尝试了无数样本，每次都以失败告终。这次估计也没什么新意，海瑞塔的细胞，肯定会和其他细胞一样，难逃死亡的命运。

1951

04 海拉细胞的诞生

21岁的玛丽·库比切克（Mary Kubicek）是盖伊的实验室助手。她正坐在长长的休息台前吃金枪鱼沙拉三明治，这个休息台是石头做的，以前是一张普通的培养台。她、玛格丽特，以及盖伊实验室其他女实验员在这里度过了数不清的时间，她们的鼻梁上都架着粗黑镜框的猫耳形眼镜，镜片厚厚的，头发一律扎在脑后。

这间屋子乍看像一间工业化厨房。大大的咖啡罐里满满地摆了各式各样的厨具和玻璃器皿；桌上放着奶精、糖、勺子和汽水瓶；靠墙放着巨大的金属冰柜；屋里还有深深的水槽，是盖伊亲手打造的，所用石料也是他从附近采石场亲手搬来的。可是，说它像厨房吧，茶壶旁边就摆了酒精喷灯，冰柜里塞满了血液、胎盘、肿瘤样本和死老鼠。另外至少还有一只鸭子，是盖伊20年前猎得的，鸭子太大，他家冰柜装不下，只好装这儿了。盖伊在一面墙边放了好多笼子，里边关着尖叫的兔子、大鼠和豚鼠；他还在玛丽享用午餐的桌子前搭了个架子，专门摆放小鼠的笼子，里边的小鼠全身长癌。玛丽经常一边吃饭一边瞪着这些小可怜儿。这天，当盖伊端着海瑞塔子宫颈的组织样本走进实验室的时候，正是这样的情景。

"我把这些新样本放在你的操作间里了。"他对玛丽说。

玛丽假装没听见。"可别再来新的了,"她边啃三明治边想,"能不能让人吃顿消停饭啊。"

可她知道不能等——这些细胞在平皿里待的时间越长,就越容易死。她做过无数次细胞培养,每次都要小心翼翼地像切牛排上的软骨一样切掉死亡的组织,最让人心灰意冷的是,经过这么多小时的折腾,最后还得看着细胞一点点死去。她对这一切实在已经没有半点兴趣。

我做这些都是为了什么啊?她想。

盖伊当初雇用玛丽,是看中了她手巧。玛丽在大学学的是生理学,毕业后被导师推荐来盖伊这里面试。盖伊先叫玛丽用桌上的笔写了几句话,然后让她拿起桌上的刀裁纸,还让她转了转吸量管。

几个月后玛丽才知道,面试时这些动作其实是在测试她的双手,只有灵巧有力的手才能胜任日后长时间的精细切割、研磨、镊取和吸量。

几乎所有抵达实验室的样本都要玛丽来处理,到海瑞塔来约翰·霍普金斯医院就诊为止,特林德所有病人的样本都死了,无一例外。

当时做细胞培养有很多难点。首先,没人知道细胞到底需要什么营养来维持生命,也没人知道给细胞提供这些营养的时候用什么方法最有效。多年来,包括盖伊在内的科研人员一直试图配制出完美的细胞培养液。盖伊夫妇不断尝试改变组分的配比,想找到完美的平衡,因此"盖伊细胞培养液"也随之不断演化。不过,再怎么变,这些培养液听起来终归跟巫婆的浓汤一样:原料有鸡血浆、牛胚胎熬的汁、特殊盐类,还有人的脐带血。乔治·盖伊甚至从院子那头的产房拉了根绳子过来,这头系在他实验室窗户上,上面拴了个铃铛,每当有婴儿出生,护士可以随时拉绳子,玛格丽特和玛丽就能立马跑过去把脐带血收回来。

搞到其他成分就没这么容易了。盖伊每周至少得到附近的屠宰场收一趟鸡血和牛胚胎。他总开着那辆锈迹斑斑的老雪佛兰，车挡泥板拍打路面，直擦出火花。屠宰场破木棚的墙上裂着大缝,地上落满木屑。盖伊天还没亮就得来，鸡叫得声嘶力竭，盖伊不管三七二十一把它从笼子里拎出来，让鸡仰面朝天躺在砧板上。他一手按住鸡爪，另一只手肘抵住鸡头，然后用空出的手往鸡胸上喷点酒精，接着拿针筒从鸡心里取血。抽完血，他总把鸡立起来，对它说句"抱歉老兄"，再把它塞回鸡笼里去。偶尔也有"鸡老兄"死掉，遇到这种情况，他就带回家交给玛格丽特，于是餐桌上就多了一只炸鸡。

"盖伊抽鸡血技术"和实验室的许多技术都是玛格丽特的发明。她先一步步研究出合理方法，再教给乔治，最后写成详细的操作指导，这样实验室其他成员想学的时候就有据可循。

细胞培养液当然还尚待完善，但是当时细胞培养最大的问题却是污染。细菌和其他微生物可能通过没洗干净的手、人的呼吸或浮尘不知不觉进入细胞培养液，而这些对脆弱的细胞来说都是致命的。不过玛格丽特是外科护士出身，无菌操作是她的强项，否则手术室的病人都得死于感染。后来很多人都说，要不是玛格丽特的外科经验，盖伊的实验室根本没法培养任何细胞。因为培养细胞的人绝大多数都是生物学家，他们对无菌操作简直一无所知，盖伊就是这样的。

玛格丽特把这些无菌技术全教给了盖伊，所有来实验室工作或学习的技术员、学生和科研人员也都要向玛格丽特学习操作。她从当地雇了一个叫明妮（Minnie）的妇女，专门负责洗玻璃器皿，而且只许用金沙双子牌除垢剂。玛格丽特只信任这种除垢剂，有一次听说这家工厂可能倒闭，立刻叫人买了整整一车。

玛格丽特整天交叉着手臂在实验室巡视。她比明妮高一头，明妮干活的时候她就越过人家的肩膀进行监督。即使玛格丽特有笑容，别人也看不见，因为她总是戴着口罩。所有玻璃器皿都要经过她的严格检查，稍有污渍她就放开嗓门大吼："明妮！"每次都吓得玛丽浑身哆嗦。问题是玛格丽特总能发现污点……

玛丽·库比切克，盖伊实验室技术员。她负责处理海瑞塔的肿瘤样本，并培养了海瑞塔的细胞。
图片提供：玛丽·库比切克

玛格丽特·盖伊与实验室技术员明妮，1960年代中期摄于约翰·霍普金斯医院盖伊实验室。
图片提供：玛丽·库比切克

玛丽严格遵循玛格丽特的无菌操作规程，免得挨骂。午饭吃完，玛丽套上一件干净的白大褂，戴上手术帽和口罩，来到自己的操作间，准备处理海瑞塔的样品。盖伊在实验室中央亲手搭了四间气密室，玛丽的就是其中一间。气密室很小，只有一米五见方，门像冰柜的门一样可以密封起来，从而防止外面的空气进入造成污染。玛丽打开杀菌系统，然后从外面看着气密室内部充满热蒸汽，这个过程能杀死危害细胞的微生物。待蒸汽消失后，她就走进去将门密封好，然后用水清洗水泥地板，再用酒精擦净工作台。而空气则经过过滤，再从天花板的通风口进入气密室。除菌完毕，玛丽点燃酒精灯，将试管和手术刀在火焰上消毒，手术刀是用过的，因为盖伊实验室经费紧张，不可能每换一个样品就用一把新刀。

待所有的步骤做停当，玛丽才开始操作海瑞塔的子宫颈样本，她一手拿镊子，另一手拿手术刀，仔仔细细地把材料切成一毫米见方的小块。接着她用吸量管把小块都吸起来，逐个放到铺了鸡血凝块的试管里。接着，她给这几十个试管都滴入培养液，让液体盖过血凝块，最后用橡胶塞堵住管口，并照她惯用的方式给试管进行标注，即分别取患者名和姓的头两个字母合成一个新词。

我们知道病人名叫海瑞塔·拉克斯（Henrietta Lacks），因此玛丽用黑笔在试管侧面写了"HeLa"四个字母，接着就把它们统统放进培养室。不用说也知道，培养室也是盖伊所建，靠的是两只手和废物场的资源。他从小就有个本领，会用常人眼中的废物来DIY，做出有用的东西。

1899年，盖伊出生于美国的匹兹堡，家在山上，俯瞰山下的钢厂。工厂烟囱不断喷出煤烟，把他家的小屋搞得像被火烧过一样，浓烟也遮蔽了午后的天空。她母亲种着一片菜地，家里所有的吃食都来自这里。小时候，盖伊就在后山挖出个小煤矿来，每天早上，他拿着锄头爬进潮湿的坑道，为家人和邻居背回一筐一筐的煤，好让他们取暖做饭。

盖伊靠做木工和泥瓦匠念完了匹兹堡大学，取得了生物学学位。他几乎什么都能做，用的都是便宜甚至免费的材料。在医学院的第二年，他把定时照相机安在显微镜上，录下活细胞的动态。整个仪器全部是东拼西凑而成，根本没人能知道他究竟从哪儿搞来的原材料，包括显微镜零件、透镜，以及一架16毫米摄影机，还有从废物场找来的金属废料和旧马达。他在霍普金斯医院停尸房楼下的地下室地上炸出个窟窿，把显微镜基座埋在地里，周围用软木做了一圈缓冲层，这样当地面有车经过，显微镜就不会晃。夜里，他派一名立陶宛来的实验室助手值夜班，助手就睡在显微镜旁的帆布床上，留意相机快门声是否规律，确保拍摄过程一切正常。每隔一小时，他还得起身重新为显微镜调焦。就是用这台照相机，盖伊和他的导师沃伦·刘易斯拍摄了细胞的生长。要知道这是一个非常缓慢的过程，就像花朵生长一样，凭肉眼很难观察到。他们快速放映拍下的图片，这样就可以从屏幕上观看流畅的细胞分裂过程，就像你快速翻书，书页上的图像会连成动画一样。

盖伊花了八年才念完医学院，因为他有好几次不得不中途休学，打工挣钱攒下一年的学费。毕业后，他和玛格丽特用约翰·霍普金斯医院维护人员的宿舍建起他们的第一间实验室。两人花了好几个星期来布线、粉刷、修水管，另外还搭了实验台和柜橱，工程中绝大部分都是自己掏腰包。

玛格丽特谨慎稳重，是实验室的顶梁柱。乔治虽然身材高大，却很调皮，像个孩子似的。工作的时候他穿得干干净净，一回家就换上法兰绒上衣和卡其布吊带裤。周末，他把院子里的大石头搬来搬去，一口气啃12根玉米，并且在车库里囤好几桶牡蛎，好让自己可以随时大快朵颐。他身高一米九三，体重将近98公斤，活像一个退役橄榄球线卫。他以前脊柱变形，为了防止病情恶化曾经做过脊椎融合术，因此如今后背直挺挺的，硬得有点不自然。一个周日，他地下室的酿酒车间发生容器破裂事故。勃艮第葡萄酒冒着气泡喷涌而出，一直漫到马路上，盖伊只是将酒统统冲进地沟，邻居们上教堂经过这里，他还朝他们挥手致意。

盖伊是个停不下来的幻想家。心血来潮就立刻付诸行动，也不管自己在做多少件事。因此他的实验室和家里地下室全是做了一半的机器、进行了一部分的发现，还堆满了从废料场捡的破烂儿，除了他之外谁也不会想到把这些废料用到实验室去。一有主意，别管是在办公桌还是餐桌旁，也不管是在喝酒还是在开车，他都会坐下来，咬着不离左右的雪茄，抄起餐巾纸或者扯下酒瓶标，在上边写写画画。转管培养法就是诞生于这种灵光乍现的时刻，这也是他最重要的发明。

这套装置的主体是一个木制的滚动圆盘，上边有好多洞，是插试管的地方，这套装置上的试管也有个特殊的名字，叫滚动管。这个圆盘转得特别慢，一个小时还不一定能转完两圈，但是却可以像搅拌机一样24小时不停歇，因此盖伊称它为"旋转木马"。盖伊认为转动至关重要，他相信培养液必须时刻保持运动，就像我们身体里的血液和体液一样，必须时刻在细胞周围流动，运送废物和营养。

玛丽终于完成了海瑞塔样本的切割，她将小块样本分别加入滚动管，然后拿到培养室，将滚动管一支支塞到圆盘的孔里，按下开关。盖伊发明的机器就在她的注视下开始缓缓转动。

第一次进行镭治疗之后，海瑞塔在医院里休养了两天。医生对她进行里里外外的检查，按压她的腹部，给她的膀胱更换导尿管，检查她的阴道和肛门，还进行抽血检查。在她的病历上，医生写道："30岁黑人女性，休养状况平静，没有明显烦躁情绪。"接着又写道，"患者今晚感觉良好，精神不错，准备出院。"

出院前，医生让海瑞塔再次躺好，踏上脚镫，取出镭管。他说：你可以回家了，如果有异常状况就和诊所联系。他还嘱咐海瑞塔两周半之后回来进行第二次放射性镭的治疗。

在实验室那边,自从海瑞塔的细胞被放进培养室后,玛丽每天继续例行公事地给操作空间消毒,然后开始一天的工作。她向管里瞅瞅,苦笑着对自己说:看,什么也没长,真意外啊。然而海瑞塔出院后两天,玛丽发现试管底部的血块边缘出现了一圈白白的像煎鸡蛋白一样的东西。这是细胞在生长的迹象,可玛丽没当回事,因为之前也遇到过能苟且活上几天的细胞。

但实际上,海瑞塔的细胞绝不仅仅是"苟活",它们长势很快,隔天早上数量已经增加了一倍。玛丽将试管里的内容物分成两半,给它们更多生长空间,结果不到24小时细胞数目又加倍了。她很快尝试将细胞分成四份,然后六份,结果,别管玛丽给它们多少空间,海瑞塔的细胞都能把它们填满。

此时,盖伊认为还不是庆祝的时候,他对玛丽说:"这些细胞随时有可能死掉。"

细胞证明他的话是错的。它们以这帮科研人员前所未见的势头持续生长,每24小时数量加倍一次,细胞大批增加,很快就达到百万个。玛格丽特说:"简直像杂草一样。"这些病灶组织的细胞长得比健康细胞快20倍,健康细胞没几天就死光了,可是海瑞塔的癌细胞似乎能永无止境地长下去,只要有营养和温暖的环境就可以。

不久,乔治·盖伊向几个比较亲密的同事透露了这件事,说自己的实验室可能培养出了第一种永远不死的人类细胞。

同事们听了都问盖伊:我能要点吗?盖伊回答:好。

1951

05 "黑色已经在我身体里扩散得到处都是了"

　　海瑞塔的细胞在实验室里旺盛生长,但海瑞塔对此一无所知。出院后,她的生活又一如从前。她从没喜欢过城市,几乎每个周末都带着孩子回到克洛弗镇。在那里,她要么打理烟草地,要么整小时整小时地坐在屋子门口台阶上搅拌奶油。镭的治疗会引发恶心、呕吐、虚弱和贫血,但没有任何记录显示海瑞塔出现过副作用,也没人记得她抱怨过身体不适。

　　不在克洛弗的时候,海瑞塔就整天为戴和孩子们及来访亲戚做饭。她做的米布丁、炖菜和猪肠人人称道,家里炉子上也总是热着一锅一锅的肉丸意大利面,好让来访客人随时享用美餐。戴要是不上晚班,就会陪海瑞塔待在家里,等孩子都上床了,他俩就一边玩牌一边听广播里放的本尼·史密斯(Bennie Smith)蓝调吉他。如果戴要出去上夜班,海瑞塔和萨蒂就悄悄等着,一听到戴的关门声,两人就一齐数到一百,然后嗖地跳下床,换上舞服,蹑手蹑脚地溜出门,省得把孩子吵醒了。姐妹俩一出家门就边扭边尖叫,连蹦带跳,一头扎进亚当斯和双子松酒馆的舞池。

　　"我俩当年跳得可真够猛的,"多年后,萨蒂对我说,"跳舞的欲望真是难以抑制。那音乐让人神魂颠倒。有两步舞，我们可以从屋子这头儿跳到那头儿，还有蓝调，我们和着音乐缓缓摇摆，有时候有人投个钢镚儿点个慢歌，哦上帝，我们准保会冲过去扭转起来。"她像小姑娘一样咯咯地笑起来，"那时候可真好。"萨蒂和海瑞塔长得都很漂亮。

海瑞塔长着胡桃色的眼睛、雪白的牙齿和饱满的双唇。她身体结实，长着方下巴和翘臀，腿又短又壮，她的手因为在烟草地和厨房的劳作而变得粗糙。她不留长指甲，省得揉面的时候面粘在指甲缝里，但她总不忘记给指甲涂上深红色指甲油，好和脚趾头的颜色相配。

海瑞塔花很多时间打理指甲。她总穿着心爱的丝衬裙坐在床上，头发高高地卷在头顶，手里拿着指甲油，给指甲补好掉色的部分，再刷上新的颜色。这件衬裙是她的最爱，每天晚上海瑞塔都要用手把它洗干净。她从不穿裤装，只要出门几乎一定会套上精心熨烫的裙子和衬衫，穿上小巧的露趾高跟鞋，再用小卡子把头发高高地别在头顶。"她的头发就好像在朝着脸庞跳舞"，萨蒂总是这样形容。

"海妮让日子活起来——和她在一起有无穷的乐趣，"萨蒂对我说的时候，目光上扬，盯着天花板，"海妮喜欢所有人。她能激发出每个人美好的一面。"

只有一个人例外，海瑞塔对表哥盖伦（Galen）的妻子埃塞尔（Ethel）束手无策。盖伦一家最近刚从克洛弗搬到特纳车站，埃塞尔对海瑞塔简直恨之入骨，兄弟姐妹们都说她是嫉妒。

"我想这也不能完全怪她，"萨蒂说，"盖伦，就是她丈夫，明显更喜欢海瑞塔。上帝，简直是跟屁虫！海妮去哪儿他就跟到哪儿，只要戴出去上班，他就千方百计腻在海妮家。上帝，埃塞尔嫉妒死了，对海妮恨得要命。总显得火冒三丈，像要动手打人。"因此如果海瑞塔和萨蒂在酒吧看见埃塞尔，便咯咯笑着从后门溜出去，换家酒吧待着。

不出去跳舞的时候，海瑞塔、萨蒂和萨蒂的姐姐玛格丽特会在海瑞塔的客厅里玩宾果游戏（bingo chips，一种靠碰运气取胜的游戏），为了一罐子钢镚儿又叫又笑，海瑞塔的宝宝小戴维、黛博拉和乔则在桌下地毯上玩筹码。劳伦斯当时快16岁了，已经离开家过自己的生活。只有一个孩子不同，既没在家里，也没出去过活，这就是海瑞塔的大女儿埃尔西。

　　海瑞塔生病前，每次回克洛弗都带着埃尔西。海瑞塔早早下地干活，埃尔西则坐在房子门前的台阶上，凝望远山和日出。她长得很美，眉目精致，很有女人味，像妈妈一样。海瑞塔亲手给女儿做衣服，衣服上点缀着蝴蝶结，她还常花几个小时的时间为女儿梳头，把那长长的棕色鬈发编成辫子。埃尔西从不张口说话，只会伸出双手在面前挥舞，同时发出呱呱啾啾的鸟叫声。她长着一双栗色的大眼睛，所有人都会不自觉地盯着她的眼睛看，想洞悉她美丽的脑袋里究竟在想些什么。可埃尔西只会直勾勾地回望他们，眼神充满恐惧和忧伤，只有海瑞塔把她抱在怀里轻轻摇晃的时候，她才能平静下来。

　　有时埃尔西在地里猛跑，追赶野火鸡，要么就抓住家里骡子的尾巴对它一顿痛打，直到劳伦斯把她拽开才肯罢手。海瑞塔的表兄彼得（Peter）总说，上帝一定从埃尔西出生就保护着她，不然为什么骡子从不伤害她？要知道这可是一只蛮不讲理的畜生，它会像疯狗一样对着空气连咬带踢，可它似乎冥冥之中知道埃尔西是特殊的。尽管如此，埃尔西在成长的过程中，不断跌跤，总往门上和墙上撞，还会在炉子上烫伤自己。海瑞塔时常叫戴开车带自己和埃尔西去参加基督教复兴派集会，趁此机会让帐篷里的牧师把手放在埃尔西的身上来为她治疗，可惜并未见效。回到特纳车站，埃尔西有时也会冲出家门，在街上狂奔尖叫。

　　等到海瑞塔怀上乔，埃尔西已经长大，加上家里添了两个小宝宝，海瑞塔实在照顾不过来了。医生建议最好的办法就是把埃尔西送走。于是她住进巴尔的摩南边约一个半小时车程的克朗斯维尔州立医院（Crownsville State Hospital），也就是以前的"黑人疯人院"。

海瑞塔的兄弟姐妹们都说,自打埃尔西被送走的那一天,海瑞塔心里的一部分也死去了,这件事对她的打击比任何事都大。后来将近一年,海瑞塔每周让戴或其他亲戚开车,把她从特纳车站带到克朗斯维尔,只为了和埃尔西坐上一会儿。埃尔西总抱着她大哭,母女俩互相抚摸彼此的头发。

海瑞塔看孩子有一套,只要她在,孩子们就又乖又安静。可她前脚一踏出家门,劳伦斯就立马开始调皮捣蛋。天气好的时候,他会跑到特纳车站的旧码头玩耍,这可是海瑞塔明令禁止的。码头几年前发生了火灾,烧得只剩些高木桩,孩子们正好可以从上边跳到水里去。萨蒂的一个儿子有一次跳下去的时候一头撞在大石头上,差点没淹死;而劳伦斯几乎每次回来都眼睛发炎,所有人都说斯帕罗斯角的工厂污染了河水。海瑞塔只要一听说劳伦斯又跑到码头去了,便冲过去把他从水里拎出来,劳伦斯就免不了一顿皮肉之苦。

"我的上帝啊,"萨蒂说,"有一次海妮是拿着鞭子去的。真的,上帝,我从没见她这么凶过。"实际上这几乎是人们唯一一次见海瑞塔发火。萨蒂说:"她可真厉害,什么也不怕。"

一个半月以来,整个特纳车站没人知道海瑞塔病了。这事儿很容易瞒过去,因为她只需要回医院一次,做点后续检查,并进行第二次镭治疗。医生对他们观察到的治疗效果非常满意:第一次治疗后,她的子宫颈略显红色,而且有点发炎,但癌症区域确实变小了。尽管镭治疗立竿见影,但她还是得做 X 射线治疗,这就意味着在接下来的一个月,海瑞塔必须每个工作日都往医院跑。她不得不求助了,因为自己家离约翰·霍普金斯医院有 20 分钟车程,戴晚上工作,很晚才能把她接回来。她想走到离医院只有几条街的表姐妹玛格丽特家,在那儿等着,戴下班后再把她接回来。但首先,她得把生病的消息告诉玛格丽特和萨蒂。

在特纳车站一年一度的狂欢节上,海瑞塔告诉姐妹们她得了癌症。当时,三人像从前一样爬上摩天轮,等她们高得可以越过斯帕罗斯角看到远方的大海，摩天轮停止了转动，她们前后晃动双腿，享受着清凉的春风。

"你们记得我说过我长了个肿块吗？"她问。姐妹们点点头。"我得了癌症，"海瑞塔继续说，"这阵子一直在约翰·霍普金斯医院治病。"

"什么？！"萨蒂瞪着海瑞塔，突然感觉一阵眩晕，差点从摩天轮座椅上掉下去。

"没什么大不了，"海瑞塔说，"我不会有事的。"

海瑞塔的说法在当时看似是对的。她的肿瘤经过放疗已经彻底消失。在医生看来，海瑞塔的子宫颈又恢复了正常，其他地方也没有出现癌症迹象。她的医生对治疗效果信心十足，因此海瑞塔第二次去做镭治疗时，医生还顺便给她的鼻子做了手术，矫正了从小一直引起鼻窦炎和头痛的鼻中隔偏曲。海瑞塔将开始全新的生活，放疗只是为了确保她身体的任何角落都没有残留的癌细胞。

第二次镭治疗结束后两周，海瑞塔来了例假，然而这次，经血量特别大，而且一直不停。3月20日，出血已经持续了几个星期，海瑞塔的放疗如期开始，戴要每天早上把她送到约翰·霍普金斯医院。海瑞塔换上病号服，在治疗桌上躺好，一台巨大的仪器挂在房顶，向下照着她。医生将几块铅片塞进她的阴道，以保护结肠和脊柱下段不受辐射。第一天，这位医生在对应她子宫两侧的腹部皮肤上用墨水点了两个暂时的黑点，好确定照射的大体位置，治疗中为了避免灼烧同一块皮肤，每天会在两点间进行交替。

每次完成治疗，海瑞塔就换回自己的衣服，走几条街到玛格丽特家，等戴半夜来接她。治疗的第一周，她和玛格丽特每天都会坐在门廊里玩牌或者玩宾果游戏，男人、兄弟姐妹和孩子都是她们的话题。那一阵，化疗除了给每天的生活带来一些麻烦，似乎没有任何其他影响。海瑞塔终于停止出血，至于治疗有没有带来不适，她从未向任何人提起。

事情并非一切顺利。放疗快结束的时候，海瑞塔问医生她什么时候能恢复健康,因为她还想要孩子。她不知道,治疗已经让她完全失去了生育能力。

根据约翰·霍普金斯医院的规定,对治疗可能造成的不孕,病人在治疗前有知情权。霍华德·琼斯也说,他和特林德医生一直以来对所有病人都是这么做的。事实上,在海瑞塔来霍普金斯医院治疗前一年半,特林德医生就曾写过一篇关于子宫切除术的论文,在里面明确陈述:

> 子宫切除术会对女性——尤其是年轻女性造成极大的心理影响。患者必须充分了解后果,医生有义务对病人简要解释种种后遗症,包括不孕……在让患者了解事实后,还应给予足够的时间理解相应后果,这种做法是有益的……应让病人在手术前调整自己的心态,这远比麻醉醒来发现事已成定局要好得多。

可这一回却阴差阳错地出了意外。在海瑞塔的医疗记录中,一位医生写道:"告知病人治疗已造成不孕。病人表示如果预先知情,则会放弃治疗。"但这时已经太晚了。

事情还没有完。X射线治疗三周后,海瑞塔感觉体内灼烧,每次排尿,都感觉尿里像掺着碎玻璃那么疼。戴说他最近的小便也不正常,一定是海瑞塔把她去约翰·霍普金斯治的病传给他了。

"我觉得事实正好相反,"琼斯医生为海瑞塔做了检查,在她的病历上写道,"总而言之,病人目前……除了放疗反应以外,还感染了急性淋病。"

然而,过不多久海瑞塔就顾不上为戴在外面寻花问柳而烦恼了。那段去玛格丽特家的路显得越来越长,并且一到她家,海瑞塔就什么也不想做,只想睡觉。有一天她差点就晕倒在路上,后来花了将近一个小时才走完这段短短的路程。从那之后,她只好改乘出租车。

一天下午,海瑞塔躺在沙发上,撩起衬衫给玛格丽特和萨蒂展示治疗在她身上留下的痕迹。萨蒂倒吸一口凉气：海瑞塔从胸部到骨盆的皮肤全被放射线烧得焦黑。其他部分还和以前一样，是原本的褐色。

"海妮，"萨蒂轻声说，"他们把你都烤黑了。"

海瑞塔只是点点头，说："上帝，我觉得这黑色已经在我身体里扩散得到处都是了。"

1999

06 "有个女的来电话了"

从德夫勒老师口中听说海瑞塔的故事之后，一晃过了11年。27岁生日那天，我无意中看到一本"海拉癌症控制研讨会"论文集。研讨会是在全美历史最为悠久的黑人大学之一——亚特兰大莫豪斯医学院（Morehouse School of Medicine）召开的。研讨会以"海瑞塔"命名，借以表达对这位女士的敬意。它的组织者是莫豪斯医学院妇科教授罗兰·帕蒂略（Roland Pattillo），他也是乔治·盖伊收过的少数几个非洲裔美国学生之一。

我拨通了罗兰·帕蒂略的电话，想知道他对海瑞塔有多少了解，我告诉他自己正在写一本关于她的书。

"真的吗？"他笑了，笑声低沉而缓慢，仿佛在说：噢，孩子，你根本不知道这意味着什么。"海瑞塔的家人不会理你的，海拉细胞可把他们整惨了。"

"你认识她的家人？"我问，"能帮我联系一下吗？"

"我确实有他们的联系方式，但是你必须回答我几个问题，首先给我一个充分的理由。"

在接下来的一个小时内，帕蒂略对我进行了严格的审问，好充分了解我的意图。我告诉他自己为什么一直热衷于海拉细胞，他不停地嘀咕叹气，不时发出"嗯……"、"好……"的声音。

最后他说："如果我没搞错，你是白人吧？"

"这么明显吗？"

"是的，"他说，"你对非洲裔美国人和科学发展之间的关系了解多少呢？"

我像在历史课做口头报告的乖学生一样，给他讲了塔斯基吉（Tuskegee）梅毒研究的例子：这件事发生在上世纪30年代，在塔斯基吉研究所工作的美国公共卫生局研究人员决定研究梅毒从感染开始如何致人死亡。他们招募了上百名患有梅毒的美国黑人男性，观察他们慢慢地、痛苦地死去，后来医学界明明已经确定青霉素可以治愈梅毒，实验仍然没有停止。没有一个受试者提出质疑。他们没钱，也没受过教育。研究者又给他们开出了诱人的报偿，包括免费体检、白吃白喝、车接进城，他们死后家人还能得到50美金的丧葬费。之所以选择黑人来进行这项研究，是因为研究者们像当时的许多白人一样，都认为黑人是被"梅毒严重侵染的种族"。

直到上世纪70年代，塔斯基吉研究才为民众所知，但几百名受试者已经为研究失去了生命。消息如天花一般在黑人群体中迅速传开：原来医生一直在拿我们黑人做实验，他们一直在欺骗我们，对我们的死袖手旁观。到后来甚至谣言四起，说医生实际上为了研究给黑人注射了梅毒。

"还有别的吗？"帕蒂略嘟囔着。

我告诉他我听说过所谓的"密西西比阑尾切除事件"，是医生对贫穷的黑人女性实施不必要的子宫切除术，从而阻止黑人生育，并给年轻医生练手的机会。除此之外，我还知道镰状细胞贫血症缺乏研究经费，因为得这种病的几乎全是黑人。

"很有意思，你电话打得正是时候，"他说，"目前我正在组织下一届海拉大会，刚才电话铃响的时候，我实际上刚刚坐下来，在电脑上打出海瑞塔·拉克斯几个字。"我们俩都笑了，说这一定是某种暗示，也许海瑞塔的在天之灵想让我俩能对上话。

"黛博拉是海瑞塔的小女儿，"他的语气听起来仅仅是在陈述事实，"家里人都叫她黛尔（Dale）。她现在快50岁了，还在巴尔的摩，有了自己的子孙。海瑞塔的丈夫还活着，现在大约84岁，时不常去约翰·霍普金斯医院看病。"最后这句话听起来略带调侃。

"你知道海瑞塔有个患癫痫病的女儿吗？"

"不知道。"

"海瑞塔刚去世她就死了，才15岁。黛博拉是活着的孩子里唯一一个女儿，"他说，"最近她差点中风，因为好多人纠缠她，成天问她母亲的死和她母亲那些细胞，把她搞得很痛苦。我不想像他们那样，再去雪上加霜地折磨她。"

我刚要开口，他突然打断我说："我得走了，病人等着我呢。我还没想好要不要帮你联系她的家人。但你说的目的我都相信，我想你很诚实。先想想再说，你明天再打来吧。"

经过三天的盘问，帕蒂略终于答应把黛博拉的电话号码给我。但首先，他说，你需要知道几件事。他压低嗓音，急匆匆地告诫我在和黛博拉打交道的时候应该做什么、不该做什么：不要咄咄逼人；要坦诚；不要太严肃；不要强迫她做任何事；不要居高临下，她最讨厌这个；要有同情心，别忘了她为海拉细胞承受了多少压力；要有耐心，"这比什么都重要"，他最后说。

挂上电话，我捏着帕蒂略罗列的注意事项，拨通了黛博拉的电话。电话接通了，我开始在屋里踱步。一个女人拿起电话轻声说了声"你好"，我脱口而出："你接电话了，我太激动了，这几年我一直盼着和你说话！我在写一本关于你妈妈的书！"

"什么？"她说。

我不知道她几乎已经聋了，很大程度上得靠读唇语来理解他人的话语,而且一旦别人说话太快,她就跟不上了。

我深深吸了口气,重新开始,这一次尽量发音清晰。

"嗨,我叫丽贝卡。"

"你好吗?"她的声音疲惫却不失亲切。

"能和你说话我很高兴。"

"嗯。"她说,像是已经听过这句话好多遍了。

我把刚才的意思重复了一遍,说我想写一本关于她母亲的书,然后告诉她说我觉得特别奇怪,尽管她母亲的细胞对科学这么重要,然而似乎没人知道她母亲的故事。

黛博拉沉默良久,突然大喊:"没错!"她笑了,一下打开了话匣子,好像我们早已熟识。"所有人都在谈论她的细胞,根本没人管她叫什么,甚至连有没有这个人也不知道。谢天谢地!要是有这么本书就太棒了!"

我完全没料到她是这种反应。

我生怕说错了话让她停下,于是只简单地答了句:"太好了。"实际上从这时候开始就成了她一个人的独白。我一个问题也没问,只是以最快的速度把听到的东西都记下来。

黛博拉把一生的故事压缩成45分钟,其叙述混乱不堪,没有逻辑,没有顺序,想到哪儿说到哪儿,从上世纪20年代到90年代,从她爸爸讲到爷爷、表兄弟姐妹,再到她妈妈,甚至还有陌生人。

"从来没人跟我提过半个字,"她说,"我是说,我妈妈的衣服去哪儿了,鞋去哪儿了,她的表和戒指都给人偷了。是在我弟弟杀了那个男孩之后。"她讲到一个男人,没提名字。"他不该偷我妈妈的病历和验尸报告。他在阿拉巴马关了15年。现在他说约翰·霍普金斯医院杀了我妈,还说那些白人医生拿我妈做实验,就因为我妈是黑人。"

"我崩溃了,"她说,"再也受不了了。现在慢慢恢复说话了,两个星期里我差点中风两次,都是因为我妈的细胞。"

接着她话锋一转,突然开始痛陈家史,其间提到一个"黑人疯人院",还说她妈妈的曾祖父以前是奴隶主。"我们都是混血。我妈妈的一个姐妹成了波多黎各人。"

她喋喋不休地说:"我再也受不了了,我们现在还能相信谁?"她说她现在最想知道的就是妈妈的故事,还有妈妈的细胞究竟为科学做了什么贡献。几十年来,人们总是信誓旦旦地向她保证,有机会一定讲给她听,但从来没人兑现。"我简直烦死了,"她说,"你知道我想要什么吗?我只想知道,我妈闻起来是什么味道。我这一辈子一无所知,连那些最平常的小事也不知道。她喜欢什么颜色?她喜欢跳舞吗?我喝没喝过她的母乳?上帝啊,我真的很想知道。但是谁也不跟我讲。"

她笑了,继续说:"告诉你一件事,这故事还没完呢。姑娘,你算是选对了。太有戏剧性了,足够写三本书的!"

接着有人走进她家的前门,只听她在电话那头大喊:"早上好!有我的信吗?"听起来有点惊慌,"哦我的上帝!哦不!真的有信吗?!"

"好了,丽贝卡小姐,"她说,"我得走了。你星期一再打给我,一定?好,亲爱的。上帝保佑你。再见。"

说完她就挂上电话,我呆住了,话筒还挂在脖子上,疯狂地记下对话中不懂的东西,比如:弟弟=凶手,信=坏事,男人偷了海瑞塔的病历,还有黑人疯人院。

星期一,我如约给黛博拉打电话,但这一次她听起来判若两人。她的声音沉闷,听起来沮丧而含糊,像吃了很多镇静剂。

"我不接受采访,"她语无伦次地嘀咕着,"你别再来纠缠我。我兄弟们说我该自己写这本书,但我又不是作家。抱歉。"

我想说点什么,却被她打断:"我不能再说了。你只能试着说服我家那些男人。"说完她给我三个电话号码,一个是她爸爸的,一个是大哥劳伦斯的,还有哥哥小戴维的寻呼机。"大家叫他桑尼。"说完她就挂断了电话。在之后的一年,我再也没听过她的声音。

我开始每天给黛博拉、她哥哥和她父亲打电话,但是没人应答,我只好留言。几天之后,戴的家里终于有人接电话了,是个小男孩,连招呼也不打,只是冲着话筒喘气,背景里充满喧闹的嘻哈音乐声。

我说我找戴维,男孩说了声"好",就扔下电话。

"叫爷爷来!"他大吼,接着是长长的停顿,"很重要,叫爷爷来!"

没有回答。

"有个女的来电话,"他继续吼道,"快点……"

他又开始对着话筒吹气,这时候另一个男孩提起分机,说了声"你好"。

"嗨,"我说,"可以找戴维接电话吗?"

"你是谁?"他问道。

"我叫丽贝卡。"我说。

他把话筒从嘴边移开,喊道:"叫爷爷来,有个女的来电话了,想问他妻子细胞的事。"

多年之后我才明白,这个年轻人为什么听到我的声音就知道我打电话的原因——白人只会为了一件事找戴,那就是海拉细胞。不过我当时很纳闷,觉得自己一定是听错了。

一个女人提起电话:"请问你有什么事?"听起来既严肃又不客气,仿佛在暗示:我可没空跟你聊这个。

我说希望能和戴维聊聊,她问我是谁,我再次回答"丽贝卡",怕多说一点她就会挂断电话。

"你等会儿。"她叹了口气,放下话筒。"拿给戴,"她对一个孩子说,"跟他说是长途,一个叫丽贝卡的人想打听他老婆的细胞。"

孩子抓过电话,扣在自己耳朵上,跑去找戴。半天没有声音。

"爷爷,起来,"孩子轻声说,"有人打电话打听你妻子。"

"谁……"

"起来,有人打电话打听你妻子的细胞。"

"谁?哪儿?"

"你妻子的细胞,电话……起来。"

"她细胞在哪儿?"

"这儿呢。"男孩说。接着把电话交给戴。

"喂?"

"嗨,是戴维·拉克斯吗?"

"对。"

我报上姓名,对他解释我的意图,还没来得及说几句,他先沉沉地叹了口气。

"怎么了,"他嘟嘟囔囔,带着浓重的南方口音,口齿不清,像中风过一样,"你有我妻子细胞?"

"是的。"我猜他想问我是不是来打听他妻子的细胞。

"真的?"他突然振作起来,警惕地说,"你有我妻子细胞?她知道你电话来?"

"对。"这次我以为他是在问我黛博拉知不知道我打电话。

"那就让我老婆的细胞和你讲,别再来烦我,"他生气地说,"你们这样的人我受够了。"电话断了。

1951

07 细胞培养的生与死

1951 年 4 月 10 日,海瑞塔放疗已经三周了,乔治·盖伊出现在电视上,这是巴尔的摩 WAAM 电视台录制的一期特别节目,专门介绍他的发现。伴着富有戏剧性的背景音乐,主持人宣布:"科学家相信癌症可以被治愈,今晚我们就将了解来龙去脉。"

镜头转向盖伊,他正坐在一张桌子前,背后的墙上挂满了细胞的照片。他长着一张长脸,面容英俊,鼻子挺拔,戴着黑塑料框双焦点眼镜,还留着查理·卓别林(Charlie Chaplin)一样的小胡子。他直挺挺地坐着,花呢西服熨得笔挺,胸前口袋塞着一块白手帕,头发油亮整齐。他的目光飞快地躲开镜头,然后开始拿手指敲击桌面,同时目光再次盯着镜头,面无表情。

"组成我们身体的正常细胞特别小,5000 个才能盖满一个针尖,"他声音有点过于洪亮,嗓音拘谨,"这些细胞如何变成癌细胞,还是一个未解的谜。"

他用小木棍指着一幅示意图,给观众讲解了细胞结构和癌细胞的基本知识,还放了细胞的动态影片,那些细胞的边缘不断向周围的空间蔓延,从屏幕上缓缓爬过。他放大了其中一个癌细胞,只见细胞呈圆形，边缘光滑，过了一会儿开始剧烈颤动，最后突然分裂成五个癌细胞。

演示之后，他说："现在我要给大家展示一个瓶子，里面是我们培养的大量的癌细胞。"他从桌上拿起一个500毫升的玻璃瓶，很可能里面装的就是海瑞塔的细胞，他把瓶子晃了几晃，说他的实验室正在用这些细胞研究如何攻克癌症。他说："通过这些基础研究，我们很可能最终找到破坏甚至彻底清除癌细胞的方法。"

为了更快地实现这个预言，盖伊慷慨地把海瑞塔的细胞寄给所有要用它们做癌症研究的科学家。今天，邮寄活细胞已经是家常便饭，但当时却从没有人这么做过。盖伊把几滴细胞培养液滴在试管里，让它们刚好能短期存活，然后把这些试管送上飞机。有时飞行员或乘务员会把试管插在上衣口袋里，这样细胞就好像仍然生长在接近体温的培养箱里。如果细胞必须放在货舱里，盖伊就在冰上钻洞，然后把试管插进去，以免细胞温度过高，最后再把整块冰放到塞满木屑的硬纸盒里。一切就绪，盖伊就联系收细胞的人，提醒他们细胞即将"转移"到他们的城市，让他们做好准备领取包裹，并以最快的速度搬回实验室去。假如一切顺利，细胞将在新的地方繁衍。如果失败了，盖伊就再补寄一批。

细胞就这样被送到得克萨斯、纽约、阿姆斯特丹、印度和其他许多地方。收到细胞的科学家再把细胞分给更多的人，然后继续传递。海瑞塔的细胞甚至被装在鞍袋里，由骡子驮着运往智利的山区。盖伊四处奔波，从一个实验室飞到另一个实验室，演示他的细胞培养技术，帮别人筹建新的细胞培养实验室，每次出门他总要在上衣口袋里揣上几管海瑞塔的细胞。其他科研人员来盖伊实验室学习技术，也总能得到一两管。在盖伊和一些同事的通信中，他们开始把这些细胞称作他"珍贵的宝贝"。

海瑞塔的细胞之所以珍贵，是因为有了它，科学家就可以做那些不能在活人身上进行的实验。他们把海拉细胞分装成许多份，让它们接触数不清的毒素、辐射和感染源。他们用各种药物对细胞进行狂轰滥炸，希望找到一种灵药，既能杀死恶性细胞又能保证正常细胞毫发无伤。他们把海拉细胞注射到免疫缺陷的大鼠体内，让它们长出和海瑞塔相似的肿瘤，从而研究免疫抑制和癌细胞生长。即使细胞在实验过程中死了也不要紧，科学家只要再从冻存管里取点细胞，重新开始就好了，因为海拉细胞可以无限繁殖。

尽管海拉细胞已经被运到世界各个角落，尽管新研究如雨后春笋层出不穷，但媒体从来没有关注过神奇的海拉细胞是怎么来的，也没有任何消息说这些细胞有可能帮人类攻克癌症。盖伊上电视那次，他对海瑞塔和细胞的名字只字未提，因此观众也对"海拉"一无所知。但即使他们知道了，估计也不太会放在心上。几十年来，媒体一直报道说：细胞培养技术将拯救人类于疾病的困扰，人类将借助它获得永生，但到1951年已经没人信这话了。在大家看来，细胞培养与其说是一项科学奇迹，还不如算是恐怖科幻电影里的玩意儿。

细胞培养的故事开始于1912年1月17日，那一天美国洛克菲勒研究所的法国医生亚历克西·卡雷尔（Alexis Carrel）宣布培养出了"长生不死的鸡心"。

从19世纪末开始，科学家就开始尝试培养细胞，但不论什么样品最终都难逃一死。很多科学家因此认为组织脱离了人体就无法存活。可卡雷尔决心证明这些人都错了。他在39岁就发明了血管缝合术，接着利用这种技术实施了人类首次冠状动脉搭桥术，并发明了器官移植的方法。他希望有一天能在实验室培养出完整的器官，然后把肺、肝脏、肾脏和其他组织存在巨大的仓库里，再寄到世界各地去实施器官移植。不过首先，他试着培养了一块鸡心切片，结果出人意料地获得了成功。鸡心细胞持续跳动，像在鸡体内一样。

几个月之后，卡雷尔由于血管缝合术和器官移植方面的贡献赢得了诺贝尔奖，这让他一夜成名。这次获奖和他培养鸡心毫无关系，但是媒体报道中却把这件事和他的器官移植贡献相提并论，好像他发现了不老泉似的。全球新闻都用头条报道：

> 卡雷尔的研究又创新奇迹，有望阻止衰老！……
> 科学家培养出不死的鸡心……
> 死亡或许不再是宿命

科学家都说卡雷尔的鸡心细胞是上世纪最重要的科学进展之一，另外，细胞培养将揭开一切生命之谜，从饮食、性爱，到"巴赫的音乐、弥尔顿的诗歌和米开朗基罗的艺术天分"。卡雷尔是科学界的救世主。报纸把他的培养基称作"长生不老药"，宣称如果用它洗澡可能获得永生。

可卡雷尔对让全体人类获得永生没有兴趣。他是优生论者：在他看来白人是优越的种族，器官移植和生命的延长都是为了保护白人，他认为白人受到智力逊色的人和下等人的污染，也就是那些贫穷、没受过教育的人和有色人种。他觉得应该让有价值的人永生，让其他人都死去或者强制绝育。后来对希特勒种族清洗所采取的"积极措施"，卡雷尔更是大加赞赏。

媒体疯狂地报道卡雷尔的工作，他那些古怪的举止正合他们的胃口。他是个身体敦实、说话飞快的法国人，两眼颜色不一，一只是褐色，另一只是蓝色，出门总戴着手术帽。他错误地认为光线会杀死体外培养的细胞，因此他的实验室看起来活像三K党照片的负片，技术员在工作的时候都要穿上长长的黑袍子，整个脑袋被罩在黑帽子里，只露出两只眼睛，所有人坐在黑椅子上，在黑色的桌上操作，房间看不见影子，因为地板、天花板、墙壁都给涂成了黑色。唯一的光亮来自一扇落满尘土的小天窗。

卡雷尔还是个神秘主义者，他相信人有心灵感应和预知未来的能力，认为人如果进入假死状态就能活上好几百年。最终他把自己的住所改成了一座教堂，开始宣扬医疗奇迹，还对记者说自己梦想去南美当独裁者。其他科学家对他避而远之，批评他背离科学，但许多美国白人还是很买他的账，在他们眼里，卡雷尔是一个天才，一个精神导师。

《读者文摘》杂志刊登了卡雷尔一篇文章，文中对女性建议说"丈夫不该被纵欲的女性所诱惑而和她做爱"，因为性会让人头脑枯竭。在畅销书《神秘的人》（*Man, the Unknown*）中，他倡议美国修改宪法中关于人人平等的条款，说这根本就是"错的"。"在法律面前，心智脆弱的人和天才根本不该平等，"他写道，"那些愚蠢、懒惰、智力不健全、注意力不能集中的人没权利享受高等教育。"

他的书卖了 200 多万本，被译成 20 种语言。他的演讲总是人满为患，有时甚至需要防暴警察维持秩序，驱走无法进入会场的信众。

然而这么多年来，媒体和公众始终为卡雷尔的不死鸡心而痴迷。每年新年到来之际，《纽约世界邮报》总会给卡雷尔打电话，询问细胞是否完好；几十年来，每到 1 月 17 日，卡雷尔和他的助手们都会身着黑西装站成一排，冲着细胞高唱生日快乐歌，报纸和杂志喋喋不休地重复同样的故事：

> 鸡心细胞存活十周年……
> 十四年……二十年……

每次，报道都宣称这些细胞会改写医学史，尽管从来没有兑现过。同时，卡雷尔关于这些细胞的言论也越来越荒谬。

他说这些细胞"会膨胀得比整个太阳系还大"。《文学文摘》杂志说细胞的面积可能已经可以"覆盖整个地球"，英国一份小报甚至说细胞"会形成一只大公鸡……大到一步就可以迈过大西洋。这只鸟大得要命，当它蹲在我们这个渺小的地球上，看起来就像一支风向标。"好多畅销书都警告组织培养的危险：其中之一预言说不久之后 70% 的婴儿都将来自体外细胞培养；另一本更夸张地想象，组织培养将制造"黑巨人"和两个头的癞蛤蟆。

真正刺激了美国人,让他们对细胞培养生出恐惧的是上世纪30年代的广播惊悚系列剧《熄灯》(Lights Out)。在其中一集中,虚构的艾伯茨博士(Dr. Alberts)在他的实验室培育出一只不死的鸡心。鸡心生长失控,像电影《陨星怪物》(The Blob)中的怪物一样占据了城市街道,把行进路上遇到的人和物全部吞噬掉,仅仅两个星期,整个国家都给毁了。

而现实中,鸡心细胞的长势就没这么乐观了。事实上,最初的细胞可能根本没活多久。卡雷尔后来因为和纳粹合作而遭到审判,在候审期间去世了。几年后,科学家伦纳德·海弗利克(Leonard Hayflick)对他的鸡心产生了怀疑。没人能重复出卡雷尔的实验,而且这些细胞似乎违背了一条基本生物学规律:正常细胞只能分裂有限次数,然后就会走向死亡。海弗利克对卡雷尔的实验进行了调查,发现其实最初加入培养基的鸡心细胞很快就死去了,也不知是出于无心还是有意,卡雷尔后来每次给细胞加入研磨组织做成的"胚胎汁"时,都会同时加入新的细胞。他的至少一位前助手证实了海弗利克的质疑。遗憾的是,这个观点永远都不能被验证了。因为在卡雷尔去世两年后,他的助手就把这些大名鼎鼎的鸡心细胞随手给扔了。

总之,1951年,海瑞塔的细胞在盖伊实验室生长,此时距离卡雷尔鸡心神话的破灭只有五年,所谓永生的细胞在公众心中的名声已经被破坏了。组织培养是种族主义和纳粹的玩意儿,是令人不寒而栗的科幻小说,是骗人的万金油,没什么值得欢欣鼓舞的。事实上,根本没人关注它。

1951

08 "痛苦的病人"

6月初,海瑞塔反复对医生说她觉得癌症在扩散,她能感觉到癌细胞在体内蔓延,但医生却查不出任何异常。"患者表示自己感觉良好,"一个医生在她的病历上写道,"但持续抱怨下腹部有轻微异常……没有复发迹象。一个月后复查。"

海瑞塔似乎从未质疑过医生的诊断,像上世纪50年代大多数病人一样,他们对医生言听计从。在那个年代,"善意的欺骗"是一种司空见惯的做法,医生时常对病人隐瞒最基本的信息,甚至连诊断结果也不告诉他们。医生们认为最好不要给病人讲那些高深的可怕名词,比如癌症,这样的词除了把病人搞得晕头转向,给他们平添紧张,没有任何益处。大多数病人从来不会质疑医生的权威。

福利医院的黑人尤其如此。要知道,在1951年的巴尔的摩,种族隔离是被写入法律的,不用说,黑人对白人的专业判断丝毫不能质疑。在医院里,黑人受到广泛的歧视,对他们来说,能得到治疗已经谢天谢地。

我们永远无法知道,如果海瑞塔是白人,她会不会得到不同的治疗。不过据霍华德·琼斯医生说,海瑞塔得到的待遇和白人一样,活检、镭治疗和放疗都是当时的标准诊断和治疗手段。但是，不止一项研究显示，黑人的治疗和住院时机都比白人晚。即使在住院期间，他们得到的止痛处理也比较少，而且死亡率也相对较高。

关于海瑞塔，我们唯一确定的信息就是病历上那些记录：她说自己感到"不适"，然而医生告诉她一切正常，让她回家了；不出几个星期她又回到霍普金斯，说现在已经不仅是不适，而是两边都开始疼。这一次，医生写的话和上次一样："没有复发迹象。一个月后复查。"

两个半星期过后，海瑞塔腹部剧痛难忍，走路都费劲，尤其是排尿的时候，简直死去活来。海瑞塔回到霍普金斯医院，可医生只用根导尿管帮她排光了膀胱就让她回家了。这当然没有用，三天后她再回来，这次医生用手按压她的腹部，发现里面有个"硬得像石头一样"的肿块。X光片显示，这个肿块就长在她的骨盆壁上，几乎阻断了尿道。当天给她看病的医生找来琼斯和另外几个给海瑞塔看过病的同事，他们重新为海瑞塔做了检查，并看了X光片，结果得出一致结论："无法施行手术。"距离上次诊断海瑞塔一切正常仅仅几个星期，医生重新在她的病历上写道："患者似乎长期处于痛苦中，明显疼痛难忍。"然后他就让海瑞塔回家卧床休养。

海瑞塔病情恶化的过程，萨蒂看在眼里，她说："海妮不是一点点消损下去的，你知道，她的相貌和身体，看起来并没有虚弱下去。好多人得了癌症，躺在床上病得不成样子。海瑞塔没有。唯一的征兆是她的眼睛，那双眼睛在告诉你她活不了多久了。"

在此之前，除了萨蒂、玛格丽特和戴，没人知道海瑞塔病了。然后，突然之间每个人都知道了。每次戴和表兄弟姐妹们从斯帕罗斯角下班回来，从一条街外就能听到海瑞塔哀嚎着向上帝求助。又过了一个星期，戴开车带她回霍普金斯医院检查，X光片清晰地显示，石块一样的肿瘤已经长满了她的腹部：一个在子宫，一个在尿道，两边肾脏各有一个。距离病历上"一切正常"的诊断只有一个月，另一个医生写道:"疾病迅速扩散,情况非常严峻。"他认为唯一的选择就是"继续放疗,至少帮助她缓解疼痛"。

海瑞塔无法从家里走到车上,但戴或其他兄弟姐妹还是想方设法每天把她送到医院做放疗。他们没有觉察到她就要死了,以为医生还在努力救她的命。

海瑞塔的医生逐天增加放疗的剂量,希望用这种方法缩小肿瘤的面积,缓解她死前的疼痛。然而,海瑞塔的腹部皮肤被放疗灼烧得越来越黑,疼痛却一点没有缓解,反而日益加重。

8月8日,海瑞塔31岁生日后一周,她照常来霍普金斯医院治疗,这次她说想留在医院。她的医生这样记录:"病人反复表示痛苦不堪,状况看起来确实十分悲惨。就诊路途遥远,她应该住院,以便得到更好的照顾。"

海瑞塔住进医院后,护士给她抽血,在小管上注明"有色人种"字样,然后把血存起来,以备回头输血之需。医生再次让她把脚放在脚镫上躺好,从她子宫颈取了一点细胞,因为盖伊想看看这次的细胞是不是和上次一样,也能在体外旺盛生长。可是这时候海瑞塔的身体已经开始溃败,正常情况下该由尿液排出的毒素散布在她全身,因此细胞拿出来培养后很快就全都死掉了。

海瑞塔住院的头几天,孩子们每天都和戴一起来看妈妈,他们走了以后海瑞塔要伤心痛哭好几个小时。护士跟戴说不要带孩子来了,海瑞塔看到孩子会特别难过。从那以后,戴就每天准时在霍普金斯医院后面停好他的别克,然后带着孩子坐在沃尔夫街正对海瑞塔窗户的一块小草坪上。每当这个时候,海瑞塔就从床上挣扎着起来,把手和脸贴在窗玻璃上,看孩子们在草地上玩耍。然而不出几天,海瑞塔已经虚弱得没法从床上爬起来,连透过窗户看孩子也成了奢望。

医生想尽办法缓解她的疼痛,但一切努力都是徒劳。"杜冷丁对疼痛起不到丝毫作用,"这位医生写道,于是他尝试了吗啡,"也没什么用。"然后他改用左啡诺。"这回有效了。"但是好景不长,药物很快失效。最后，一位医生试图把纯酒精直接注射到她的脊柱里。"酒精注射以失败告终。"他写道。

每天都有新的肿瘤出现，从淋巴结、髋骨到阴唇。海瑞塔几乎每天都高烧40.5度不退。医生停止了放疗，癌症不仅击垮了海瑞塔，也让医生束手无策。"海瑞塔仍然是个相当痛苦的病人，"他们写道，"她呻吟不止。""她不断呕吐，说自己不论吃什么都会吐出来。""病人非常痛苦……非常焦虑。""就我看来，我们已经用尽了一切手段。"

没有任何记录显示乔治·盖伊曾经来医院探望过海瑞塔，更从未给她解释过她细胞的命运。我同一些可能知情的人谈过话，他们都说据他们所知二人从未谋面，只有劳里·奥瑞利安（Laure Aurelian）例外。她是盖伊在霍普金斯的同事，一位微生物学家。

"我永远忘不了，"奥瑞利安说，"乔治跟我说过，他凑在海瑞塔床边对她说：'你的细胞会让你得到永生。'他告诉海瑞塔，她的细胞将拯救无数人的生命。海瑞塔笑了，说很高兴自己的痛苦能给别人带来幸福。"

1999

09　特纳车站

和戴取得联系后几天，我开车从匹兹堡去巴尔的摩拜访他儿子，人称"桑尼"（Sonny）的小戴维·拉克斯。他最后终于给我回电话并答应见面，说我的电话号码整天在他寻呼机上显示个不停，实在把他给弄烦了。当时我不知道，他在回电话前，已经惊慌失措地给帕蒂略打了五通电话，把我的底细问得一清二楚。

我们商量好，我到巴尔的摩后呼他，他来接我，然后带我到大哥劳伦斯家去见他们的爸爸，如果我走运，还能顺便见到黛博拉。于是我入住市区的假日酒店，坐在床上，电话放在膝盖上，拨打了桑尼的寻呼机。没有回复。

我顺着酒店窗户向外望，那里是一幢哥特风格的钟楼，顶端挂着一面饱经风霜的大钟，钟面刻了一圈字母：B-R-O-M-O-S-E-L-T-Z-E-R。我注视指针缓缓移过这些字母，每隔几分钟就呼桑尼一次，并竖着耳朵等待来电。

最后，我抓过厚厚的巴尔的摩电话簿，翻到字母"L"，用指尖扫过一大串名字：安妮特·拉克斯……查尔斯·拉克斯……其实我可以给电话簿里每个拉克斯打电话问他们知不知道海瑞塔。可我没有手机，又不想一直占着酒店的电话线路，于是就又呼了桑尼一次，然后便躺在床上，电话和电话簿还都放在腿上。我拿起一本1976年出版的《滚石》杂志，翻开泛黄的书页，重读迈克尔·罗杰斯（Michael Rogers）的文章，他是第一位联系海瑞塔家人的记者。这篇文章我已经读过很多次了，但仍然希望重温它的每一个字。

在大概一半的位置，罗杰斯写道："我坐在巴尔的摩市区假日酒店七层的房间里，透过双层隔热窗，我看到一面巨大的钟表，表盘上没有数字，而是用"B-R-O-M-O-S-E-L-T-Z-E-R"几个字母代替。我的腿上摆着电话，还有一本巴尔的摩电话簿。"

我笔直地坐起来，突然感觉自己像被吸进了《迷离境界》（*Twilight Zone*）的情境。二十多年前，我只有三岁，罗杰斯竟曾翻过同样的电话簿。"拉克斯这页过半，我逐渐意识到几乎所有人都曾经和海瑞塔相识。"他写道。看到这里，我重新翻开电话簿，开始拨那些电话，希望这些人里有人认识海瑞塔。但这些人要么不接电话，要么立马挂断，还有的说从没听过海瑞塔这个人。我翻出一份旧报纸，里面一篇文章列出了海瑞塔从前在特纳车站的地址：新匹兹堡大街713号。我查了四份地图，好不容易在一份上看到了完整的特纳车站，在其他地图上，这个地方要么掩在广告里，要么就被旁边街区的放大图盖住。

事实证明，特纳车站不只在地图上是被掩盖起来的。在从市区去那里的路上，我必须开过把它和州际公路隔开的水泥墙和围栏，横穿几条铁轨，经过夹在店面之间的教堂和一排排钉了木板的空房子，还有一座像橄榄球场一样大的嗡嗡作响的发电机。终于来到一个停车场，一块深色木牌映入眼帘，上面写着：欢迎来到特纳车站。停车场里有个外墙烧黑的酒吧，窗户上还挂着粉色的流苏窗帘。

直到今天也没人确切地知道小镇到底叫什么，名字又是怎么写的。有的人写成"特纳斯车站"（Turners Station），有人写成"特纳的车站"（Turner's Station），不过大多数时候还是"特纳车站"（Turner Station）。这里原本的名字是"好运"，只是从来名不副实。

上世纪 40 年代，海瑞塔来到这里，当时小镇正在蓬勃发展。后来二战结束，斯帕罗斯角随之衰落。巴尔的摩天然气及电力公司为了建设新电站拆了 300 座房子，使 1300 多人无家可归，而其中多数是黑人。越来越多的土地被划为工业用地，这就意味着更多的房子将被推倒。人们跑到巴尔的摩东部，或者干脆回乡下。50 年代末，特纳车站的人口已经减少了一半。在我去到那里之前，全镇只有 1000 人左右，由于工作机会的缩减，这个数目还在持续下降。

在海瑞塔生活的年代，特纳车站的居民从来不用锁门。如今，在她孩子从前玩耍的地方，一片住宅工程正在建设，周围筑了一道四公里长的水泥砖墙。商店、夜总会、小餐馆和学校全部关张，而贩毒、帮派和暴力事件则日渐猖獗。不过即便如此，特纳车站的教堂倒是仍然不下十所。

那篇写有海瑞塔家庭住址的报纸文章采访了一位当地妇女，名叫考特尼·斯皮德（Courtney Speed）。她在当地开了一家杂货店，并成立了一个基金会，最终目的是建一座海瑞塔·拉克斯博物馆。但当我开车找过去，原本该是杂货店的地点，却是一间灰突突的锈迹斑斑的移动房，破窗户上挂满了电线。房前牌子上只画了一朵红玫瑰，还有"复兴圣灵，重获神示。《箴言》29:18"的字样。六个男人聚在屋前台阶上说笑，年纪最大的三十来岁，穿着肥大的红裤子和黑衬衫，系着红背带，戴着鸭舌帽。另一个穿了件特别大的红白两色滑雪夹克。他俩周围还有四个年轻人，穿着松垮的裤子，肤色深浅不等。两个穿红衣服的男人看我开车经过，停下说话，等我慢慢开过去，他们就又谈笑风生。

特纳车站很小，方圆不过 1.6 公里，地平线尽头耸立着高大的船运起重机和冒着浓烟的烟囱，那里是斯帕罗斯角工厂的所在地。我开着车到处兜圈子，寻找斯皮德女士的杂货店，路上的孩子看到我，停下游戏，朝我挥手。他们追着我的车，飞奔过两排红砖房，又飞奔过晾衣服的女人，他们的妈妈也面带微笑，一起挥手。

我好几次经过同一辆拖车，拖车前站着个男人，后来他一看到我就开始招手。我也好多次经过海瑞塔的旧房子。她住在一幢棕色砖楼里，楼里住有四户人家，房前是个小水泥门廊，前边搭了三级台阶。砖楼周围围着铁链栏杆，外面有几米的草地。一个小男孩从海瑞塔的旧纱门后面看我，手里拿根棍子朝我挥。

我也冲着他们挥手。跟我跑的孩子不断出现在另一条街道上，他们朝我笑，我假装很吃惊再看到他们。但我很紧张，因此没有停下车来问路。特纳车站的人就这样看着我笑，并不断摇头，好像在说："这个白人小姑娘开来开去到底干什么呢？"

最后我还看见夏洛浸信会教堂，罗杰斯的报道里提到过这座教堂，当年社区居民就是在这里开会讨论建立海瑞塔·拉克斯博物馆。教堂这时没开。我把脸贴在高大的玻璃门上，此时一辆黑色老爷车在路边停下，一位温文尔雅的男子跳下车来，他大概四十来岁，戴着金边眼镜和黑色贝雷帽，身穿黑西装，手里拿着教堂钥匙。他把眼镜扒拉到鼻尖上，从镜片上方看我，问我是否需要帮助。

我告诉他到此地的缘由。

"从没听说过海瑞塔·拉克斯。"他说。

"没错，很多人都没听说过她。"接着，我告诉他以前曾看到一则报道，说有人在斯皮德的杂货店挂了块匾额纪念海瑞塔。

"哦！斯皮德的店啊？"他突然笑起来，把一只手搭在我肩上，"我能带你去斯皮德的店！"他让我开车跟上他。

在街道，所有人看到我们都会招手大喊："嗨，杰克逊牧师！""最近好吗，牧师？"他连连点头并高声回应："你好吗！""上帝保佑你！"我们开了两条街便停下了，正停在灰色拖车前，牧师将车停好，招手让我下来。台阶上的男人们面露笑容，双手握住牧师的手，说："嘿牧师，带朋友来啦？"

"是啊，"他回答，"她是来找斯皮德女士的。"

我才知道穿红吊带裤的男人其实就是斯皮德女士的大儿子基思

（Keith），他说母亲出去了，不知道什么时候回来，不如我也搬把凳子，和他们一起坐在门廊里等。于是我照办，穿红白滑雪服的男人露出灿烂的笑容，自我介绍说叫迈克（Mike），是斯皮德女士的另一个儿子。其他三个名叫赛勒斯（Cyrus）、乔（Joe）和蒂龙（Tyrone），也都是她儿子。结果，门廊里的人全是斯皮德女士的儿子，后来走进店里的几乎也全是……不一会儿，我一共数出15个儿子："等等，她难道生了15个孩子？"

"哦！"迈克高声说，"你不认识斯皮德妈妈吧？她特别让人尊敬，特别强悍！整个特纳车站都归她管，天啊，她天不怕地不怕。"

门廊里的男人们纷纷点头，连声应和。

"我们不在的时候，要是有人来攻击妈妈，也没什么好怕的，"迈克说，"她会把他们吓得屁滚尿流！有一次一个男人闯进店里大喊：'我要到柜台里把你抓出来。'当时我就躲在妈妈背后，吓得大气也不敢出！你知道妈妈怎么做的吗？她狠狠地摇着头，举起胳膊说：'你有种过来啊！来啊！你要是脑子进水了就过来试试！'"迈克讲这个故事的时候，其他人在旁边纷纷道阿门。

迈克朝我后背拍了一下，其他人都笑了。

就在这时，考特尼·斯皮德出现在台阶下面，长长的黑发松松地盘在头顶，脸庞边垂下几缕发丝。她的面容清瘦美丽，好像岁月从不曾在上边留下痕迹，浅棕色的眼睛边缘镶着一圈完美的海蓝色。她的脸长得如此精致，没有一处坚硬的线条。只见她怀里抱着一只购物袋，轻声说道："最后那人跳过来了吗？"

迈克大喊着哈哈大笑，笑得连问题也顾不上答。

斯皮德看着他，面露微笑："我问你呢，最后他跳过来没有？"

"没，根本没！"迈克咧嘴笑道，"那人撒腿就跑！所以妈妈店里根本用不着枪。她根本不需要！"

"我才用不着枪呢，"说着，她笑着转向我说，"你好吗？"随即拾级而上，一直走进店里，我和其他人也跟了进去。

"妈妈，"基思说，"是牧师把这位女士带来的。她叫丽贝卡，是来找你的。"

考特尼·斯皮德女士露出甜美得略显羞涩的笑容，眼神明亮而慈祥。"亲爱的，上帝保佑你。"她说。

店里地上到处铺着压平的纸板箱，偶尔露出一角地面，写满岁月的痕迹，是多年来各种鞋底所为。四面墙上都钉了架子，有的空着，有的堆满面包、米、厕纸和猪蹄罐头。斯皮德女士在其中一个架子上摆了好几百份《巴尔的摩太阳报》，最早的出自上世纪70年代，那时候她丈夫就去世了。斯皮德女士说总是有人打破窗玻璃，所以她干脆不修了。不过她在墙上挂了好多手写的标语，比如"雪球男山姆"，还有各种运动俱乐部、教会团体、免费普通教育班和成人扫盲班的名字。她有六个亲生儿子，又收了几十个"教子"，对他们视如已出。这些孩子来买薯片、糖果或汽水的时候，她就让他们自己算找零，算对的就奖励一块好时巧克力。

斯皮德开始整理货架上的物品，让所有商标朝外，接着转过头来朝我大喊："你是怎么找到这儿的？"

我对她讲了四幅地图的事，她把一罐猪油扔到架子上，说："现在我们得了四幅地图综合征，人们想把我们推到地球外面去，可上帝不会让他们得逞。感谢上帝，他能把值得交谈的人带来。"

她在白衬衫上抹了抹手说："好，现在你被带来了，有什么能为你效劳吗？"

"我想打听海瑞塔·拉克斯。"我说。

斯皮德倒抽一口气，突然面如土色，退后几步嘘了一声："你认识科菲尔德（Cofield）先生？是他派你来的？"

我听得一头雾水，告诉她我从未听说此人，也没有任何人派我来。

"那你怎么知道我的？"她退后几步，厉声说。

我从钱包里掏出那张皱皱的旧报纸，亮给她看。

"你和她家人说过话吗？"她问。

"还在试着联系。"我说,"前一阵和黛博拉说过一次,今天按说要见桑尼,可他没出现。"

她点点头,似乎对发生的事早有预料。"除非你得到她家人的支持,不然我不能跟你说,太冒险了。"

"那你为建博物馆准备的牌子呢?"我问,"能看看吗?"

"不在这儿,"她厉声说,"这儿什么也没有,不然坏事儿马上就得跟着来。"

她盯着我看了半天,脸色逐渐和缓下来,一手拉过我的手,另一只手抚过我的脸颊。

"我喜欢你的眼睛,"她说,"跟我来。"

她快步走出门,走下台阶,冲向自己那辆褐色的旧旅行车。一个男人坐在副驾驶座上,两眼直勾勾望着前面,好像车在开一样。斯皮德跳上车说:"跟我来。"这期间那男人连眼皮也没抬。

我们穿过特纳车站,直奔当地公共图书馆的停车场。我打开车门,斯皮德女士已经站在旁边,拍手大笑,踮着脚尖蹦蹦跳跳。她大喊:"2月1日是巴尔的摩郡的海瑞塔·拉克斯日,今年这天将在图书馆举行最重大的开幕活动!我们还在努力让博物馆的梦想成真,尽管科菲尔德搞出一堆麻烦,把黛博拉吓到了。博物馆按说现在该快建好了,就差那么一点,结果发生了那么可怕的事。可我也很高兴它派你来。"她说着用手指向天空,"这故事迟早该有人讲!感谢上帝,人们该认识认识海瑞塔!"

"谁是科菲尔德?"我问。

她向后退了一下,用手捂在嘴上:"我真的什么也不能说,除非得到那家人的许可。"说着抓起我的手,拉着我跑进图书馆。

"这是丽贝卡。"她又开始踮着脚尖蹦跳,并向图书管理员介绍我,"她正在写海瑞塔·拉克斯的事。"

"哦,太棒了!"图书管理员看着考特尼,"你要给她讲吗?"

"我要那个录像带。"考特尼说。

管理员走过一排排录像带，最后从架子上抽出一个白盒子，递给考特尼。

考特尼接过来塞在胳肢窝里，接着又抓起我的手，拉我跑回停车场。她跳进车，加速，招手叫我跟上。我们在一家便利店前停下，副驾驶座上那个人下去买了块面包。接着我们开到他家，把他放下，考特尼朝我大喊："他是我表兄，耳朵聋了！不能开车！"

最后我们终于来到她开的小美容店，这里离斯皮德杂货铺不远。她打开前门上的两把锁，挥了挥手说："闻闻，搞不好我那些捕鼠器上有战利品了。"店里很窄，一面墙边排着理发椅，对面摆着一排烘干机。洗头的水池是用胶合板撑起来的，下边连着一只巨大的白桶，经年累月，周围墙上已经溅满了各色染发剂。水池边上靠了一块价目板：剪发加造型10美元，烫卷7美元。后墙边的储物柜上放着一张海瑞塔双手叉腰的图片，图片是影印的，摆在一个略大几厘米的浅色木框里。

我指着相片，扬起眉毛。考特尼摇摇头。

"等你和那家人谈过，征得他们同意，"她轻声说，"我一定把知道的都告诉你。麻烦够多了，我不想让黛博拉又因为这个生病。"

她抓过一把裂开的红塑料理发椅，转到吹风机旁边的小电视前。"你得看看这卷录像。"说着，她把遥控器和一串钥匙递给我，就向外走去。突然，她转过身，补充说："除了我，别管发生什么事，不管谁敲门，都不能开，听见没？还有，仔细看录像，不行就倒回去重播，别漏掉任何内容。"

说完她就锁上门出去了。

录像原来是一部历时一小时的BBC纪录片，片名叫《众生之路》(*The Way of All Flesh*)，内容正是关于海瑞塔和海拉细胞，几个月来我一直想找到这部片子。开头，一个年轻的黑人女性在镜头前翩然起舞，这人不是海瑞塔。解说带着英国口音，语气抑扬顿挫很煽情，就好像在讲一个真实的鬼故事。

"1951年,一个女人在美国巴尔的摩死去了,"为了营造气氛,他刻意停顿了一下,"这个女人名叫海瑞塔·拉克斯。"他开始讲海拉细胞的故事,音乐越来越响,越来越恐怖:"这些细胞改变了现代医学……对很多国家和领导人制定政策起到了决定性作用。冷战也与它们有关,因为科学家相信,在她的细胞里隐藏了战胜死亡的秘密……"

影片中最吸引我的部分是克洛弗的镜头,它位于弗吉尼亚南部,是个有些年头的农村小镇。海瑞塔的一些亲戚似乎还生活在那里。最后一个画面是海瑞塔的表兄弟弗雷德·加勒特,他正站在一座旧的黑奴宿舍的后面,背对着家族墓地。这时解说的声音响起,说海瑞塔就葬在这里的某处,只不过没有标识,所以我们无法判断准确地点。

弗雷德手指墓地,目不转睛地望着镜头。

"你觉得那些细胞还活着吗?"他问,"我是说坟里的那些。"他顿了一下,接着长时间地高声大笑。"那就见鬼了,"他说,"才不可能呢。但那些细胞真的还在试管里长着,简直是奇迹。"

影片结束,画面一片空白。我突然意识到,要是海瑞塔的孩子们和丈夫都不见我,我就得去克洛弗见见她的那些表亲。

当晚,我回到酒店,桑尼终于回电话了。他说他突然改变主意,不想见我,但又不肯说为什么。我请他帮我联系克洛弗的亲戚,他让我自己去。然后,电话那边传来笑声,他说:祝你好运。

1999

10　铁道的另一侧

在弗吉尼亚州南部下360号公路，翻过几座小山，经过艰难溪（Difficult Creek），来到死河（River of Death）河畔，克洛弗就坐落在这里。12月的天空湛蓝如洗，空气温暖犹如春天，我把车开进镇子，仪表盘上贴着一张贴纸，上面记着桑尼给我的唯一信息："他们没找到她的坟墓。一定要白天来，晚上没灯，伸手不见五指。跟人打听拉克斯镇在哪儿。"

克洛弗镇的繁华地带始于一个停业的加油站——门前用喷漆写了"安息"两个字，止于一块空地——这里从前是火车站，海瑞塔就是从这里乘火车去巴尔的摩。镇子主干道上的旧电影院屋顶已坍塌多年，昔日的银幕如今平躺在杂草丛生的地上。旁边还有其他的商店，可看上去似乎店主在很多年前出去午餐，再也没有回来。阿博特服装店的一面墙跟前码满了新的红翼工作靴，盒子一直摆到天花板，上面铺满尘土；在长长的玻璃柜台后边是个古老的收银台，下面摆着一排排男式正装衬衫，叠得挺挺的，还都装在塑料袋里；罗茜餐厅的厅里堆满了厚坐垫椅子、沙发和粗毛地毯，一水儿的褐色、橘黄和黄色，也都被尘土覆盖；前面玻璃窗上挂了两个牌子，一个写着"七天营业"，另一个写着"休息"。"格雷戈里&马丁"超市里全是存了几十年的罐头，货架间横七竖八地停着半满的购物车，墙上的挂钟停留在6:34——自从马丁30年前关掉商店去当了殡仪员，钟的指针就再没动过。

尽管好些年轻人吸毒，老人也不断死去，但还是没有足够多的死人让殡仪员维持稳定的工作。1974年克洛弗有227名居民，1998年只剩下198个。同年克洛弗失去镇的资格，但仍然拥有几座教堂和几间美容店，只不过都不常开。唯一经常营业的是邮局，只有一间砖房，不过我到的时候也没开。

主干道空空荡荡，你可以静静坐在那里，几个小时也不会看到一个行人或一辆车。但我到的那天，罗茜餐厅门口站了一个白人男子，他靠在自己那辆红色的电动自行车边上，看到经过的车就挥手，此人身材矮胖，脸颊红红的，看不出年纪，可能有50岁，也可能70岁。本地人送他绰号——"问好专业户"，因为他几乎一辈子就面无表情地站在这个角落，对来往的车辆招手。我问他知不知道去拉克斯镇怎么走，打算到了那儿再挨家挨户地看信箱，遇到写着拉克斯的就敲门打听海瑞塔。矮胖男人只招手不说话，然后慢慢指向身后铁路的另一侧。

拉克斯镇和克洛弗其他地方的分隔很明显。一条双向公路从镇中心延伸而来，在路的一侧是广袤的丘陵，植被修剪齐整，大面积的牧场上散落着马群，还点缀着一个小池塘，远处有一辆旅行车，再远处是一座修葺良好的房子，被白栏杆拦在远离公路的地方。路的另外一侧则立着一间宽两米、长三米的小木屋，木头没有刷漆，墙壁木板的大裂缝里长满杂草和爬藤植物。

这座小木屋就是拉克斯镇的起点，一条路延伸近两公里，两边立了几十间房舍，有些被刷成明亮的黄色或绿色，还有的没刷任何颜色，破败坍塌或者几乎烧毁。奴隶时代的木屋临着煤渣砖房和拖车，有的屋顶上架着卫星接收器，廊前还摆着摇椅，有的锈迹斑斑，几乎一半埋在土里。我沿着这条拉克斯镇街开来开去，经过"州级道路养护终点"

的牌子，道路立刻变为砾石路面，后来又经过一片烟草地，地中央开辟出一块红土地，边上饱经风霜的树干上挂了个光秃秃的篮筐，就成了篮球场。

我开的是辆七零八落的黑色本田车，消音器在从匹兹堡到克洛弗的路上不翼而飞，这就意味着拉克斯镇的居民在我每次开车经过都听得一清二楚。有些人来到门廊前，还有的从窗户向外看。最后，大约在我来回开了三四趟之后，一位看上去七十多岁的老男人穿着亮绿色毛衣，围着绿围巾，头戴黑色鸭舌帽，蹒跚地从他那绿色的两室木屋里踱出来。他抬起眉毛，举起僵硬的手臂朝我挥了挥。

"你是不是迷路了？"他努力让声音盖过我的车。

我摇下窗户说也不算迷路。

"那你想到哪儿去？"他问，"我知道你不是本地人。"

我问他听没听说过海瑞塔。

他笑着自我介绍，说他叫"虱子"，正是海瑞塔的堂兄。

他真实的名字是赫克托·亨利（Hector Henry），几十年前得了小儿麻痹，自打那以后人们就改叫他"虱子"，他也不知道为什么。"虱子"的肤色不深，差不多能冒充拉丁美洲人，因此他九岁得病的时候，当地一位白人医生就把他偷偷带到最近的医院，谎称"虱子"是他儿子，因为医院都不收黑人。"虱子"在负压呼吸机里躺了一年，借助机器呼吸，之后，他便成了医院的常客。

这场病给他留下半瘫的脖子和胳膊，神经损伤则让疼痛成为生命的一部分。因此不管天气如何，他必须时刻戴着围巾，温暖至少能缓解疼痛。

我告诉他到此地的缘由，他从街道这头指向那头，说："拉克斯镇的所有人都是海瑞塔的亲戚，可她去世太久了，人们差不多都把她给忘了。"他说，"和海瑞塔有关的所有东西都死了，除了那些细胞。"

他指指我的车说："这玩意儿吵死人了，快熄火进屋。我给你搞点果汁喝。"

他打开门，里边是一间小小的厨房，厨房里摆着咖啡机和老面包机，旧旧的柴炉顶端放了两口锅，一口是空的，另一口装满了辣椒肉汤。厨房里刷的是和外墙一样的橄榄绿色，墙上安了几排插线板，还插了几只苍蝇拍。他最近又在室内装了排水系统，不过还是喜欢室外厕所。

"虱子"的双臂几乎不听使唤，可房子竟然是他自己摸索着盖的，他得把胶合板钉在一起，然后在里面刷墙灰。等他干完了，发现忘了加隔热层，只好把刚盖好的房子掀翻了重新盖。没有几年，他的电热毯又把房子给点着了，没办法，再重新来过。"虱子"说他觉得墙壁还是有点弯，不过他用了好多钉子，这下应该再也不会倒了。

"虱子"递给我一杯红色的果汁，接着就把我赶出厨房。我来到用木板钉成的阴暗的客厅。客厅里没有沙发，只有几把金属折叠椅，另外还有一把理发椅，固定在铺了油毡的地面上，理发椅的坐垫上贴满了胶布。"虱子"在拉克斯镇做理发师有几十年了。"这椅子现在卖1200美元，我买的时候只花了8美元。"厨房里传来他的喊声，"理发只要一块钱，有时候一天要剪五十八个头。"后来他实在不能把胳膊举这么长时间，只好放弃了这项工作。

客厅墙边靠着一台小立体声音响，大声放着福音来电直播节目，牧师大声吼叫，说上帝会治好打来电话的乙肝患者。

"虱子"打开一把折叠椅请我坐，自己走进卧室。他用一只手举起床垫，支在头顶，在下面成堆的纸张里翻找。

"我记得这儿有海瑞塔的一些资料，"他趴在床垫底下嘟嘟囔囔地说，"到底给塞哪儿了……你知道有的国家花25块钱买她，有的出到50，她家人一个子儿也没见着。"

那些纸看起来足有好几百张，他翻了半天，最后回到客厅。

"只找到一张她的照片，"他指着一篇复印的《滚石》杂志文章，上面海瑞塔双手叉腰，正是那张常见的照片，"我不知道文章里说的什么。我没上过学，懂的那点儿都是自学的，不会数数，几乎连读写自己的名字也不行，你看我手哆嗦成这样。"他问文章里有没有写他们在克洛弗的童年时光。我摇摇头,说没有。

"所有人都喜欢海瑞塔,因为她特别好。"他继续说,"她又可爱又温顺,总爱笑,我们去她家的时候她把我们招呼得好好的。哪怕后来她得病了,也从不会说'我不舒服,拿你撒撒气'。她就不是那样的人,难受的时候也不会这么做。她好像根本没搞清楚自己出了什么事儿,实际上她不愿意去想自己会死。"

他摇着头说:"你知道吗,我听说要是把世界上所有的她拼在一起,差不多得有700多斤。她一直不胖,只不过在不停地长。"

"虱子"说这些话的时候,广播里的牧师反复高呼:"哈利路亚!"

"我小儿麻痹严重的时候,都是她在照顾我,""虱子"告诉我,"她总说想把我给治好,实际上帮不上忙,因为我在她得病之前发病的,可她看见我病得有多糟了。我猜这就是她为什么用那些细胞帮其他人,让其他人省得也受罪。"他顿了一下说,"我们这儿没人知道为什么她死了但那些东西还能一直活着。这是最神秘的地方。"

他环视四周,朝着墙壁和屋顶之间的空间点头,那里堆满了干蒜和洋葱。

"你知道,很多东西都是他们造出来的,"他压低嗓音说,"你知道我什么意思吧?造出来的,明白吧?"

我摇头说不知道。

"巫术,"他悄声说,"有人说海瑞塔的病和他们的细胞都是那些男的和女的造出来的,还有人说是医生搞的。"

他说话的时候,广播里牧师的声音变得更加响亮:"上帝将会帮助你,但你必须现在就给我打电话。要是我女儿或者我妹妹得了癌症,我一定现在就拿起电话,没时间了!"

"虱子"的吼声盖过广播:"那帮医生说他们从没见过和海瑞塔一样的情况!我敢说不是人干的就是鬼干的。就这两种可能。"

接着他开始给我讲拉克斯镇的鬼,说他们有时候跑到人家里,让人得病。他说自己就亲眼见过鬼,就在他屋里,有时候靠在柴灶边的墙上,还有时在床边上。不过,据他所说,最吓人的鬼要数一头几吨重的无头猪,有一次他看见这只没尾巴的猪在镇上游荡。扯断的链子挂在血淋淋的脖子上,在土地上拖得当啷直响。

"我看见那怪物过了马路到家族墓园去了,""虱子"告诉我,"这头猪鬼就在路上这么站着,铁链子被风吹得直摇晃。""虱子"说鬼当时也看着他,不停地跺脚,搞得红土漫天、乌烟瘴气,好像随时都会冲过来。突然,一辆只有一只车灯的车飞驰而至。

"车开过来,一道光照在鬼身上,那绝对是一头猪鬼。""虱子"说这时鬼突然消失了。"我现在还能听见铁链子在地上拖的声音。""虱子"说多亏这辆车,他才没再得上什么病。

"现在我也不知道究竟是鬼干的还是医生干的,""虱子"说,"不过我敢肯定,她那可不是一般的癌,因为一般人死了,癌就不会继续长了。"

1951

11 "疼痛之魔"

到9月,海瑞塔的身体已经几乎完全被肿瘤占据。癌细胞侵蚀到她的横膈膜、膀胱和肺,甚至阻塞了肠道,使她看起来像怀胎六月。她的肾脏失去功能,不能正常过滤血液,结果她被自己身体里堆积的毒素搞得呕吐不止,只好不断输血。后来,她的用血量实在太大,医生不得不在她的病历里注明停止输血,"直到她把欠血库的血全部补上为止"。

海瑞塔的表兄埃米特(Emmett Lacks)从斯帕罗斯角的人那里听说她病了,急需输血,他立马扔下手里正在切割的钢管,跑去找哥哥和朋友。他们都是工人,肺里全是铁屑和石棉,多年辛劳让他们手上长满老茧,指甲也裂开了。想当年从乡下刚来巴尔的摩的时候,人生地不熟,这些人都在海瑞塔家地板上住过,吃过她做的面条,缺钱的时候也都来投靠她。不仅如此,在他们初来乍到的那几周,海瑞塔怕他们在市区迷路,每天都坐车到斯帕罗斯角给他们送午饭,直到他们能自己找到路。后来这些人在本地熟了,海瑞塔仍然体贴地让戴多带些吃的分给大家,好让他们在发工资前不至于饿肚子。她时常开玩笑,说他们得赶紧找个老婆或女友,有时候甚至帮他们介绍。埃米特在海瑞塔家待了很长时间，甚至在楼梯顶端的楼道里占有一张固定床位，直到几个月前才搬出来住。

埃米特上次见海瑞塔，是把她接到克朗斯维尔医院看埃尔西。他们到那儿的时候，埃尔西就躲在砖头宿舍外的院子角落里，面前拦着铁丝网。她看见妈妈来看她，像鸟儿一样叫着跑过来，在他们面前立定站好，一动不动地盯着他们。海瑞塔把埃尔西拥在怀中，长时间凝望女儿，然后转过身来看着埃米特。

"她看上去好些了，"海瑞塔说，"没错，埃尔西看上去不错，干干净净，一切都好。"他们默默坐了很久。海瑞塔来之前甚至有点急切，想知道女儿近况如何，现在她看上去松了口气。这是海瑞塔最后一次见到埃尔西，埃米特估计她知道这是自己最后一次来看埃尔西了。但她没料到的是，任何人都没有再来探视过埃尔西。

几个月后，埃米特听说海瑞塔需要输血。他和他兄弟以及六个朋友立刻跳上卡车直奔霍普金斯医院。护士领他们走进有色人种病房，他们经过一排排病床，最后来到海瑞塔跟前。她已经从120多斤迅速消瘦到90斤。萨蒂和海瑞塔的姐姐格拉迪丝坐在她床边，双眼由于哭泣和缺乏睡眠而红肿。格拉迪丝一听说妹妹住院，就立刻从克洛弗搭灰狗长途车赶来了。姐妹俩从来没有特别亲密过，大伙儿还时常调侃她，说她又丑又凶，不可能和海瑞塔有任何关系。但二人毕竟是姐妹，因此格拉迪丝还是守在海瑞塔旁边，怀里抱着个枕头。

护士远远站在角落里看着八个彪形大汉把海瑞塔团团围住。海瑞塔试图挪动胳膊让自己坐起来，然而手脚都被带子绑在床上。埃米特看在眼里。

"你们干什么来了？"海瑞塔呻吟道。

"我们来帮你，让你好起来。"埃米特说，其他男人纷纷应和。

海瑞塔一声不吭地躺回床上。

突然，她的身体变得直挺挺的，像木板一样，嘴里发出尖利的叫声。护士见状，飞快地跑过去，把海瑞塔手脚上的绳子拉紧，以免她像以前一样摔到地上。海瑞塔疼得抽搐不止,为了防止她咬到自己的舌头,格拉迪丝拿起枕头塞进海瑞塔嘴里。萨蒂哭着抚摸海瑞塔的头发。

"上帝啊,"多年后,埃米特对我说,"当时海瑞塔从床上挣脱起来,大声哀嚎,那样子就像被疼痛之魔附身了一样。"

护士叫埃米特和其他人保持安静,并让他们赶紧去有色人种采血室,在那里,他们将捐出近4000毫升的血。走过海瑞塔病床的时候,埃米特回头看着海瑞塔,她的疼痛慢慢平息,格拉迪丝也把枕头从她嘴里拿了出来。

"那个景象我死也忘不了,"多年后,埃米特对我说,"疼痛撞过来的时候,她的脑子里就好像在说:海瑞塔,你还有什么好活的。我从来没见人病成这个样子。她以前是世界上最甜的姑娘,比谁都好看。可那些细胞,天哪,那些细胞完全是另一码事。怪不得连医生都杀不死……那癌症简直太恐怖了。"

1951年9月24日下午4点,就在埃米特和朋友们刚拜访过海瑞塔后不久,医生给海瑞塔注射了大剂量的吗啡,并在病历上写道:"除了止痛措施,终止一切治疗。"两天后,海瑞塔突然惊醒,神志不清,不知道自己在哪里,也不记得医生做了什么。她甚至一时之间想不起自己的名字。接着她转向格拉迪丝,告诉她自己要死了。

"你一定要让戴照顾好孩子,"海瑞塔泪流满面,"尤其是我的宝贝儿黛博拉。"海瑞塔入院的时候,黛博拉才一岁多。海瑞塔多想像其他母亲一样,抱着女儿,看她慢慢长大,好好地打扮她,给她编辫子,教她把指甲涂得漂漂亮亮的,把头发卷出美丽的曲线,教她怎么应付男人。

海瑞塔望着格拉迪丝,喃喃道:"我走了之后,帮我照看孩子,让他们平平安安的。"

说完她转过身,背对格拉迪丝,闭上双眼。

格拉迪丝轻轻走出医院,坐上返回克洛弗的灰狗长途车。当晚她给戴打电话。

"海瑞塔活不过今晚了,"她说,"她叫你好好照顾孩子,我说我会转告你。别让孩子出任何意外。"

1951年10月4日凌晨12点15分,海瑞塔停止了心跳。

海瑞塔·拉克斯的死亡证明。

第二部 死亡

1951

12 暴风雨

海瑞塔去世后没有发讣告,但消息不胫而走,很快传到了盖伊实验室。当海瑞塔的尸体在"有色人种"冰库中逐渐冷却的时候,盖伊来到海瑞塔的医生那里,申请解剖尸体。很久以来,全世界的组织培养实验室都千方百计构建一个细胞库,收集所有像海拉细胞一样长生不死的细胞。盖伊希望从海瑞塔体内尽可能多的组织中取样,看它们是不是像海拉细胞一样,也能长生不死。但在海瑞塔死后,要想取得样本首先得征得她丈夫的同意。

在美国,医生从病人身上取样是不违法的,也不违背任何伦理规范;但是法律却明文规定,对死者进行解剖或从其体内取组织之前,必须征得同意。

据戴回忆,霍普金斯医院有人给他打电话,告诉他海瑞塔死了,问能不能进行解剖,戴拒绝了。几小时后,戴由一位亲戚陪同,赶到医院来看海瑞塔的尸体并签署相关文件。医生再次提出解剖的请求,说希望能做一些检测,或许能在未来对他的孩子们有所帮助。随行的亲戚说反正海瑞塔已经死了,解剖无妨;戴被说服了,在同意书上签字画押。

不一会儿，海瑞塔的遗体已经躺在巨大的地下室停尸房的不锈钢桌上，盖伊的助手玛丽站在门口，呼吸急促，几乎要晕倒。她从没见过死人，可今天竟然端着一大摞平皿和海瑞塔的尸体近距离接触。她的身边站着病理学家威尔伯医生（Dr. Wilbur），正探着身子观察解剖台上的海瑞塔。海瑞塔双臂伸展，好像在够头顶上方的什么东西。玛丽朝桌子走去，边走边低声喃喃自语：别出丑，千万别晕倒在这儿。

她绕过海瑞塔的一只手臂，站在威尔伯医生身边，后背冲着海瑞塔的腋窝。威尔伯医生和她彼此打过招呼，接着就一片寂静。戴希望海瑞塔在葬礼上能有全尸见人，因此只同意部分解剖，这就意味着医生不能切开她的胸腔，更不能切除她的四肢或头部。威尔伯医生从海瑞塔的膀胱、肠道、子宫、肾脏、阴道、卵巢、阑尾、肝脏、心脏、肺部逐一取样，玛丽则把平皿一个个打开，分别收集样本。最后，威尔伯医生还从海瑞塔那满是肿瘤的子宫颈切下一块组织，泡进盛满甲醛的容器里，以备将来还有需要。

海瑞塔确切的死因是晚期尿毒症，这是因为肿瘤完全阻塞了她的尿道，医生没法用导管排空她的膀胱，因此正常情况下能通过尿液排出的毒素在她体内严重积累。棒球一样大的肿瘤几乎完全取代了海瑞塔的肾脏、膀胱、卵巢和子宫，其他器官也像塞满了珍珠一样，密密麻麻地长满了白色的小肿瘤。

威尔伯医生取完样，为海瑞塔的腹部进行缝合，玛丽恨不得立刻跑出停尸房，回到自己的实验室去，可她没有离开，而是站在旁边目不转睛地盯着海瑞塔的四肢，她实在害怕看到那双没有了生命的眼睛。玛丽的目光落在海瑞塔的脚上，不禁倒抽一口气，那双脚的趾甲上涂了鲜艳的红色指甲油，可有些已经剥落。

很多年后，玛丽对我说："看到她的脚趾，我几乎要晕倒了。我想，天哪，她可是一个真人啊。我开始想象她坐在浴室，慢慢地把指甲油涂在脚趾甲上。那一刻，我第一次意识到这么长时间以来我们用的细胞，还有所有寄出去的细胞，都是从这样一个活生生的女人身上取来的。以前从来没这么想过。"

几天后,海瑞塔的遗体被装进松木箱,抬上火车,顺着漫长而曲折的铁路从巴尔的摩运到克洛弗。戴没钱,只买得起最一般的棺材。海瑞塔的棺材抵达克洛弗的时候,天下着雨,殡仪员把箱子塞进一辆锈迹斑斑的卡车。卡车驶过克洛弗的繁华地段,经过海瑞塔从前看白人老头下棋的五金店,又开上拉克斯镇大街,在"茅屋"酒吧转弯——短短几个月前,海瑞塔还曾经在这里跳舞。殡仪员开进拉克斯镇,兄弟姐妹们全都挤在门廊里目送海瑞塔,有的双手叉腰,有的紧紧抓住孩子,一边摇头一边喃喃祷告。

"虱子"步履蹒跚地挪到院子里,直勾勾地看着天空落下的雨点大喊:"仁慈的上帝,让那可怜的女人安息吧,你听见我说了吗?她受的苦够多了!"

临近门廊的人听到,纷纷念着:"阿门。"

顺着路往前开400米,格拉迪丝和萨蒂坐在房前破败的木台阶上,一条粉色长裙搭在她们的腿上,脚边的篮子里装满化妆品、发卷、红色指甲油和两枚硬币。回头她们要把硬币压在海瑞塔的眼皮上,这样别人来凭吊的时候,她的眼睛就会一直好好闭着。她们静静地看着殡仪员慢慢开车穿过公路和房子之间的田地,轮胎轧在红土里。

克利夫和弗雷德站在房子后面的墓园,工装裤被雨淋得透湿。这一天他们几乎一刻不停地在满是石块的地里挥锹,好为海瑞塔掘出一块坟墓。许多过世的亲戚被埋在这里,地上连个记号也没有,兄弟俩的铁锹时不时碰到棺材,只好换地方挖。最后他们终于找到一块空地,正好就在海瑞塔母亲的墓碑旁。

克利夫和弗雷德听见殡仪员的卡车声,就走到房子跟前,帮忙把海瑞塔的棺材抬下来。接着他们把棺材抬过门厅,放在地上。松木箱被打开,萨蒂突然放声痛哭。击垮她的不是海瑞塔那毫无生机的身体,而是她的脚趾:海瑞塔宁可死,也不能容忍指甲油残破成这个样子。

"上帝,"萨蒂说,"海妮临死前肯定比死了还难过。"

海瑞塔的遗体就这样在房屋门厅摆了好几天,门厅两头的门全部敞开,好让凉爽湿润的空气吹进来,这样她的尸体才不至于烂掉。几天来雨水不断,家人和邻居冒雨蹚过墓地,向海瑞塔致敬。

葬礼那天早上,戴领着黛博拉、乔、桑尼和劳伦斯蹚过泥泞,但埃尔西缺席。她还在克朗斯维尔,对妈妈的死一无所知。

葬礼没有给拉克斯家的人留下多少印象,有人念了悼词,好像还唱了一两首歌。可所有人都记得之后发生的事。克利夫和弗雷德缓缓落下海瑞塔的棺材,用手把土撒上去。说时迟那时快,天空突然阴云密布,大雨瓢泼而至。云端传来隆隆的雷声,婴儿全都尖叫起来。一阵大风猛地卷起墓园边上牲口棚的铁皮屋顶,掷到海瑞塔坟墓上方。屋顶迎风扇动,好像银色大鸟的羽翼。大风又引燃了烟草地,将树连根拔起,把电线吹出去好几公里,然后又把拉克斯家一位亲戚的木屋整个掀翻,里面的人从起居室摔到园子里,接着木屋砸到他身上,人当即断了气。

多年后,海瑞塔的表兄彼得回忆起那一天,他摇晃着自己的秃头笑着说:"海妮从不拐弯抹角,我们当时就该猜到,她想用那场暴风雨告诉我们什么。"

1951—1953

13 海拉工厂

海瑞塔死后不久，海拉工厂就正式进入筹划阶段。这是一项巨大的工程，人们希望这个工厂能达到每周数以万亿计的生产量。目的只有一个：治疗小儿麻痹症（又名脊髓灰质炎）。

1951年底，世界上出现有史以来最严重的小儿麻痹疫情。学校纷纷停课，家长们极度恐慌，全民迫切期待疫苗的出现。1952年2月，匹兹堡大学的乔纳斯·索尔克（Jonas Salk）宣布，他已经研制出世界上第一支小儿麻痹疫苗，可现在仍然无法给孩子们施用，因为必须先进行大规模的实验，证明疫苗安全有效。可实验的前提是，他必须能得到大量的体外培养细胞，而这是史无前例的。

早先，富兰克林·罗斯福（Franklin Delano Roosevelt）总统成立过一个慈善机构——美国小儿麻痹基金会，因为他本人就是患者。这次，该基金会立马行动起来，开展了验证小儿麻痹疫苗的规模最大的临床试验。索尔克将为200万名儿童进行接种，然后基金会将为他们验血，看他们是否能对脊髓灰质炎病毒免疫。这意味着他们必须做上百万次中和抗体实验，将接种儿童的血清、活性脊髓灰质炎病毒和培养细胞混合在一起。如果疫苗有效，血清就能抵抗病毒的侵袭，保护细胞免受感染。反之，如果病毒感染了细胞，科学家通过显微镜看到细胞受损，就能判断疫苗无效。

问题是，当时用来做中和抗体实验的都是猴子细胞，取细胞的过程会造成猴子的死亡。现在我们更多地强调动物保护，可那时主要的顾虑是猴子太贵。如果做上百万次的中和抗体实验，光买猴子就得花费好几百万美元。小儿麻痹基金会吃不消，于是他们开始到处寻找比猴子便宜的细胞，这种细胞还必须能大规模培养。

小儿麻痹基金会找到盖伊和其他几位细胞培养专家，请他们提供帮助。盖伊意识到这对整个领域来说是绝好的募集资金的机会。基金会发起"为一毛钱奔走"（March of Dimes）活动，每年都能募到5000万美元，它的负责人希望把大部分钱交给细胞培养专家，让他们专心研究大规模培养细胞的方法，这正是细胞培养专家多年的愿望。

时间上也太巧了：小儿麻痹基金会找到盖伊后不久，盖伊就遇到了海瑞塔，他发现海瑞塔的细胞和他以前见过的任何细胞都不一样。

大多数体外培养细胞只能在玻璃表面长成薄薄的一层，而且还会抱团儿，以这种生长方式，它们很快就没有生长空间了。这么一来，要增加细胞数量就成了相当费力的一件事，科学家必须不断把细胞从管壁刮下来，分在不同的试管里，这样它们才有足够的生长空间。然而海拉细胞却是一种相当不挑剔的细胞，甚至无须附着生长，只要把它们扔在液体培养基里，用磁力搅拌机把液体搅起来，细胞就能悬浮生长，这种方法也是盖伊发明的，叫悬浮培养。也就是说海拉细胞的生长不像其他细胞一样受到空间的限制，它们能不断分裂，直到培养基里的养料耗光为止。容器越大，生长的细胞就越多。有了这个前提，就只需要测试海拉细胞是不是能被脊髓灰质炎病毒感染，因为并不是所有细胞都能成为这种病毒的宿主。倘若一切顺利，海拉细胞就有望成为测试疫苗的绝佳细胞，无数的猴子细胞也省下了。

1952年4月，盖伊和小儿麻痹基金会的顾问委员威廉·谢勒（William Scherer）合作，尝试用脊髓灰质炎病毒感染海拉细胞。谢勒是明尼苏达大学的博士后,非常年轻。几天后结果见分晓,他们发现海拉细胞竟然比之前培养的细胞更容易受到脊髓灰质炎病毒感染。当他们意识到这一点的时候,他们明白这正是小儿麻痹基金会一直以来渴望寻找的细胞。

不过,他们也非常清楚,在开始着手大量培养海拉细胞之前,必须找到一种新的运输方法。盖伊以前采用的是空运,这对于寄送少量细胞来说没有任何问题,可要是大批量寄送,运费就先成了一笔巨大的开销。如果不能把细胞顺利寄到需要的人那里,哪怕能大规模培养也无济于事。于是,二人开始了新的实验。

1952年5月26日,是美国阵亡将士纪念日。这一天,盖伊准备了一把试管,里面装上海拉细胞和足够让细胞活几天的培养基,然后把这些试管装在罐子里,缝隙之间再塞上软木和冰块,以防细胞过热。一切包装就绪,他用打字机打出一份清晰的细胞培养说明书,让玛丽拿到邮局,寄给明尼苏达的谢勒。假日期间巴尔的摩几乎所有邮局都关门了,玛丽只好换乘好几趟车,跑到市中心的总局去。细胞不负众望,四天后抵达明尼苏达,谢勒把它们放进培养箱,它们竟然重新开始生长。这是活细胞有史以来第一次被成功通过邮政寄送。

接下来的几个月,为了验证不同的邮寄方法,也为了确保将来细胞能在各种各样的气候下经受长时间的旅行奔波,盖伊和谢勒试着把海拉细胞通过飞机、火车、卡车运往全国各地,从明尼阿波利斯到诺威奇、纽约,再回到起点。整个过程只有一支试管里的细胞死掉了。

小儿麻痹基金会得知海拉细胞既能被脊髓灰质炎病毒感染,又能大量繁殖,培养起来还便宜,立刻联络谢勒,请他协助在塔斯基吉研究所建立海拉细胞分配中心。塔斯基吉研究所是全国最好的黑人大学之一,基金会之所以选择这里,是"黑人事务"主管查尔斯·拜纳姆(Charles Bynum)的决定。拜纳姆本人是一位科学教师和民权运动家,他还是基金会里第一位黑人主管。如果细胞分配中心建在塔斯基吉,就能为这里带来几十万元资金,还能为年轻的黑人科学家提供很多的工作和培训机会。

短短几个月内,一个由六名黑人科学家和技术员组成的工作小组在塔斯基吉建成了一座前所未见的细胞工厂。墙边摆满可以进行蒸汽灭菌的不锈钢工业灭菌锅和好几排巨大的制作培养液的机械搅拌型培养缸;培养箱、玻璃培养瓶堆在旁边,还有细胞自动分装机——这是一个神奇的新玩意儿,当它运转起来,一根又长又细的金属臂就会把细胞喷到一个又一个试管里。每周,塔斯基吉的科研团队都要配置数千升的盖伊培养液,成分除了盐类、矿物质,还有血清,血是从学生、军人和棉农体内取的,这些人看到当地报纸公告,卖血换点钱。

为了保证细胞活性,工厂还设置"质量监督流水线",质检工作由几个技术员担任,每周在他们的显微镜镜头下接受检验的细胞成千上万。工厂其他员工则按照严格的日程把细胞寄往全国23所小儿麻痹研究中心。

塔斯基吉研究所细胞分配中心是世界上第一家细胞生产厂。后来,这里的科学家和技术员增加到35名,在他们的努力下,每周从这里要生产出两万管海拉细胞,如果真要用细胞数表示,就是6万亿个。而这所有细胞,都是从盖伊最初寄给谢勒的那一管细胞繁衍来的,那时距海瑞塔去世没有多久,盖伊才刚刚开始试验寄送细胞的方法。

借助这些细胞,科学家们终于证明索尔克疫苗是有效的。《纽约时报》随即刊登了头条新闻:

> 塔斯基吉的科学家团队同小儿麻痹展开斗争
> 黑人科学家团队在验证索尔克医生疫苗的工作中扮演重要角色
> 海拉细胞被源源不断地培养

消息还配了图。画面上,一些黑人女性探着身子,从显微镜里观察细胞,黑色的手指握着装海拉细胞的小瓶子。

黑人科学家和技术员——其中有很多女性，用一位黑人妇女的细胞拯救了上百万美国人的性命——多数是白人。而与此同时，就在同一片校园内，州政府的官员恰恰也在进行另一项实验，那就是后来臭名昭著的塔斯基吉梅毒研究。

起初，塔斯基吉细胞中心只把海拉细胞提供给做小儿麻痹研究的实验室。可后来他们发现，以海拉细胞的长势来看，根本不可能短缺，于是只要科学家愿意出十美元外加运输费，工作人员就把细胞寄给他们。比如，有的科学家想知道细胞如何应对不同环境，有人想看某种化学物质对细胞的作用，还有人想知道细胞怎么造出不同蛋白，他们都想用海瑞塔的细胞。因为虽然海拉细胞是癌细胞，但许多基本特征和普通细胞是一样的，比如要制造蛋白，彼此交流，会分裂并产生能量，进行基因表达并进行基因表达调控，它们还会被各种各样的病原体感染……正是因为这些特性，海拉细胞成了合成蛋白的最佳工具；人们还借助培养的海拉细胞研究许多东西，包括细菌、激素、蛋白，尤其是病毒。

病毒通过把遗传物质注入活细胞来繁殖，更重要的是，它们能给细胞重新编码，让细胞不繁殖自己而使劲繁殖病毒。因此，如果科学家想繁殖病毒，海拉细胞就成了最佳选择，因为它们是恶性肿瘤细胞，生长极度旺盛，产生实验结果比一般细胞更快，在做很多其他实验的时候这也是一大优势。海拉细胞就像个廉价劳动力，吃苦耐劳，而且哪里都能找到。

海拉细胞的出现也恰逢时机。上世纪50年代，科学家对病毒刚有些初步了解，当海瑞塔的细胞出现在全国的实验室中时，科研人员立马让它们和各种病毒"亲密接触"，包括疱疹、麻疹、腮腺炎、禽痘和马脑炎等，从而看看病毒是怎么进入细胞，在细胞里繁殖，再在细胞间传播的。

海瑞塔的细胞促进了病毒学的兴起，这只是故事的开始。海瑞塔死后没过几年，世界各地的科学家用最初培养的那批海拉细胞做研究，重要成果层出不穷。一些人用海拉细胞开发出冻存细胞的好方法，既不会损伤细胞也不会造成细胞的改变。有了这个技术，人们就可以沿用现成的冷链运输食品和牛精液的方法，在全球范围更方便地运送细胞。另外，既然可以随时把细胞冻起来，就意味着科研人员在做不同实验的间隙可以停下手，先把细胞冻起来，而不用担心持续培养和细胞污染等问题。这些还不是最激动人心的，令科学家最兴奋的，是在做实验的当间儿可以把细胞暂停在某个生长阶段。

冻存细胞就好像按下暂停键，细胞分裂、新陈代谢等一切生命活动都暂时中止。之后只要化冻，所有生命活动恢复，好像按下"播放"一样。有了冷冻技术的帮助，科学家就可以在实验进行的不同阶段把细胞冻住，之后可以同时比较细胞接触药物后一周、两周或六周的反应；或者可以观察同样的细胞在不同时间点的状态，研究它们的衰老过程。另外，他们相信理论上来说，如果把细胞暂停在不同的生长阶段，一定能抓住正常细胞转变成恶性肿瘤细胞的那个瞬间，即"自然转化"的时刻。

冻存只是第一个例子，之后，海拉细胞极大地推动了组织培养领域的发展。其中最重要的是整个领域的标准化，在此之前细胞培养界可以说是一片混乱。仅仅为了给细胞配培养基，让它们活着，就要花去大把时间，盖伊和同事们为此怨声载道。可更让人焦虑的是，每个人用的培养基成分、配方、细胞种类和培养技术都不一样，而且彼此都不知道其他人的方法，这样，就很难重复别人的实验，有时候根本就是不可能的。重复实验是科学研究中一项特别重要的要求，如果别人不能重复你的实验结果，那你的发现就没法被人接受。做组织培养的人都在担心，如果没有标准化的实验材料和实验方法，整个领域将停滞不前。

盖伊和几位同事以前就成立了一个委员会，专门研讨如何能"简化和标准化组织培养技术"。他们说服了两家新兴生物供给公司——

"微生物联合公司"（Microbiological Associates）和"迪夫科实验室"（Difco Laboratories），让它们制造和销售现成的培养基原料，还教他们必要的技术。两家公司很配合，培养基原料已经走入市场，可问题是研究人员仍然需要自己配置培养液，而在这个过程中他们用的配方都不尽相同。

直到后来发生了三件事，标准化才水到渠成：第一，塔斯基吉研究所开始大批量制造海拉细胞；第二，美国国立卫生研究院的哈利·伊格尔（Harry Eagle）用海拉细胞研发了第一种标准培养基，不仅可以批量生产，而且运到后即可使用；最后，盖伊等人用海拉细胞对实验器材进行了测试，试出哪种玻璃器皿和试管塞对细胞最无害。

直到这时，万事俱备，全世界科研人员终于可以用到相同的细胞、相同的培养基和同样的设备，而且所有这些都可以方便地买到，直接寄送到实验室来。很快，这些人又用上了第一种克隆的人细胞，多年来的梦想终于实现。

今天，当我们听到"克隆"（clone）这个词，一下就能想起著名的绵羊多莉（Dolly），我们想象科学家在实验室里用一只动物的DNA把整个动物复制出来。但其实"克隆"这个词并不新，在我们有能力复制出完整的动物之前，海拉细胞已经被无数次地复制，这个过程也叫克隆。

想要理解细胞克隆为什么这么重要，你必须先记住两点。第一，海拉细胞不是从海瑞塔的一个细胞长出来的，记得吗，科学家是用海瑞塔的一片癌变组织培养出的海拉细胞系，那片组织里有无数细胞。第二，即便是同一片样品，其中细胞和细胞间的表现有时候也会非常不同，有的长得快，有的能复制更多脊髓灰质炎病毒，有的也许对某些抗生素具有耐受性。科学家希望得到的是真正的细胞克隆，也就是从同一个细胞繁衍来的细胞，这样才有可能保证特性的单一性，然后才谈得上保留这些特征。后来，科罗拉多的一些科学家做到了！于是世界上有了上百种甚至上千种海拉细胞的克隆。

早期利用海拉细胞所发展的细胞培养和克隆技术，是日后很多依赖单细胞培养技术的重要进展的基础，比如分离干细胞、克隆完整生物体和体外受精等。另外，在多数研究中，海拉细胞都被当作模式人类细胞，因此在后来兴起的人类遗传学中起到很大作用。

过去，科学家一直以为人的细胞里有48条染色体，每条染色体是一条DNA长链，集合起来就携带了人的全部遗传信息。但染色体全都抱成一团，根本没法数清楚。1953年，得克萨斯一位遗传学家做实验的过程中出了个小失误，不小心把错误的液体加进了海拉细胞和其他一些细胞里。谁知歪打正着，细胞里的染色体全都膨胀铺散开了，这是科学家第一次亲眼看到清晰可辨的人染色体。经过这个"失误"和后面几个发现，西班牙和瑞典科学家终于得出结论，人的细胞里实际上只有46条染色体。

知道了人在正常情况下应该有多少染色体，那么当出现异常，比如染色体发生增加或缺失，科学家们就能做出判断，这是遗传筛查的前提。世界各地的研究人员很快便找出好多种染色体异常疾病，比如唐氏综合征患者是第21对染色体多出一条，克氏综合征（先天性睾丸发育不全症）患者的性染色体多了一条，特纳综合征（先天性卵巢发育不全症）患者缺失部分或整条X染色体。

新的进展反过来增加了对海拉细胞的需求。不久，塔斯基吉细胞分配中心就无法满足市场需求了。微生物联合公司的老板塞缪尔·里德（Samuel Reader）是军人出身，对科学一窍不通，好在他有个眼光敏锐的合伙人，这人叫门罗·文森特（Monroe Vincent），也是科研人员，知道细胞的潜在市场。其实，要用海拉细胞的科研工作者不计其数，但其中很少有人愿意花大把时间培养细胞，他们通常也不具备这个能力，只希望能买现成的。因此，里德和文森特联手，以海拉细胞为起点，成立了全世界第一家以营利为目的的工业化细胞营销中心。

细胞中心是从马里兰州的贝塞斯达（Bethesda）起家的，里德津津乐道地把这里称作他的"细胞工厂"。工厂开在一所现成的大库房里，这里以前是一家薯片生产厂。他搭了一座玻璃房，里面有一条不断运转的传输带，上面全是试管架。玻璃房外面的设计和塔斯基吉细胞中心很相似，也摆着庞然大物似的培养缸，而且比塔斯基吉的还大。当细胞全部准备好，需要运输的时候，他就会按铃，发出特别嘹亮的声音，这时候厂里所有工人，包括收发室的职员，必须全都停下手边的工作，在消毒站刷洗干净，穿戴好白大褂和白帽子，在传送带边上列队站好。有人负责装管，有人塞上橡胶塞，有人封口，还有人负责把试管塞到巨大的培养室，需要运输的时候就取出来包装。

微生物联合公司最大的客户是美国国立卫生研究院，他们和联合公司签下长期订单，定期购买上百万管海拉细胞。全世界其他地方的科学家也都能自由购买，只需付50美元不到，就能在第二天收到联合公司寄来的细胞。里德已经和几家主要航空公司签约，这样，不管什么时候接到订单，他都能立马叫人把细胞送到机场，并让细胞乘上最快一班飞机。抵达目的城市后，细胞被专人取走，坐上出租车直奔实验室。一个销售人体生物材料的产值达数十亿美元的产业就这样起步了。

里德召集了领域内最顶尖的科学家，随时把他们的需求告诉他，并让他们教自己相关的制作技术。其中一位顾问就是伦纳德·海弗利克，他毋庸置疑是今日还健在的早期细胞培养专家里最著名的一位。见到他后，他对我说："微生物联合公司和塞缪尔·里德给这个领域带来了翻天覆地的革命。我可不是随便用'革命'这个词的人。"

里德的生意蒸蒸日上，相反，塔斯基吉细胞中心却一落千丈。小儿麻痹基金会关闭了这里的海拉细胞中心，因为像微生物联合公司这样的大机构已经能给科研界提供足够的细胞。由于培养液和设备标准化，细胞培养变得越来越容易，没过多长时间，科研人员开始尝试培养各式各样的细胞。于是，联合公司销售的细胞也由海拉细胞一种拓宽到很多种类。只不过无论哪种都不如海拉细胞的繁殖速度快。

后来，冷战局势日益严峻，有些科学家看到可能的危险，开始试验用大剂量的辐射照射海瑞塔的细胞，他们的目的是研究核武器怎么破坏细胞，以及如何逆转这种破坏。还有的科学家尝试把细胞放在高速离心机里，让压力达到重力的十万倍，从而模拟人类细胞在深水或航天器等极端环境下的反应。

细胞研究突然之间展现出无限的可能性。基督教年轻女性协会（Young Women's Christian Association）的一名健康教育主管听说了组织培养这回事，立刻给一些研究人员写信，请求他们用这项技术帮助协会那些年纪大些的成员。"她们经常抱怨自己脸上和脖颈上的皮肤和组织留下了无法逆转的岁月痕迹，"她写道，"我想你们既然知道怎么让组织不停地生长，一定可以让人把那些神奇的返老药剂也抹在脖颈和脸上试试。"

海瑞塔的细胞当然没有办法让女人的脖子重获青春，但欧美的化妆品厂和制药厂都立刻用海拉细胞取代了实验动物，来检验新化妆品和新药会不会给细胞带来损伤。科学家切开海拉细胞，证明细胞在移除细胞核之后仍然可以存活。他们还用海拉细胞研究在不损伤细胞的情况下注射某些物质的新方法。有人用海拉细胞测试类固醇、化疗药物、激素、维生素和环境压力对细胞的影响；还有人让细胞感染结核杆菌、沙门氏菌和引起阴道炎的细菌。

1953年，盖伊应美国政府要求，携海瑞塔的细胞前往远东地区研究出血热，这种病已经让很多美国驻军失去性命。除此之外，他还把海拉细胞注射入大鼠体内，想看看人类的癌细胞会不会在老鼠身上引发癌症。但他的研究不仅局限在海拉细胞，他的研究重点是培养从同一个病人身上取得的癌细胞和正常细胞，以进行观察比较。可再怎么努力，他毕竟难以摆脱别的科学家的穷追猛打，关于海拉细胞和组织培养，他们似乎永远有无数的问题要问。每周，都有研究人员数次造访他的实验室，想学习他的技术。他自己也经常出差，帮助全世界的实验室建起细胞培养系统。

盖伊的很多同事都劝他赶紧发文章，这样他的成就才能得到认可，可他总说自己实在太忙,即使在家也经常彻夜工作。他申请延长科研基金资助期限,往往好几个月才回复别人的信件,甚至有一次发现还在向一个三个月前就去世了的雇员发放工资,竟一直没人察觉。玛丽和玛格丽特在盖伊耳边念叨了一年,他才终于答应写一篇关于培养海拉细胞的文章;最后也只是为一个会议写成一段短短的摘要,交由玛格丽特帮他发表。从那之后,玛格丽特经常替盖伊写文章,并帮助他发表研究结果。

上世纪 50 年代中期,越来越多的科学家进入组织培养领域,这让盖伊心生倦意。他给朋友和同事写信说:"应该发明一个新词,至少用来描述目前'全世界都围着组织培养团团转'的情形。我当然希望这些乱七八糟的组织培养研究能出点有意义的成果,至少能帮助一些人……不过目前我还是希望这个热门研究能冷却些。"

全世界科研界对海拉细胞的执着令盖伊不满。毕竟世界上又不只是海拉这一种细胞,他自己后来也成功开发出了 A.Fi. 和 D-I Re 两种细胞系,和海拉细胞一样,这两种也是根据病人名字命名的。他经常把这些新细胞分享给其他科学家,但它们都不太好培养,因此从来也没像海拉细胞那么流行。唯一让盖伊欣慰的是,现在有专门的细胞公司生产海拉细胞,他不必亲自来做。但事情都有两面性,海拉细胞如今已经完全脱离了他的控制,这让他有点不满。

自从塔斯基吉建立海拉细胞生产中心以来,盖伊给其他科学家写了很多封信,试图限制他们使用海拉细胞的范围。有一次他还写信给自己的老朋友和同事查尔斯·波米拉(Charles Pomerat),抱怨包括波米拉实验室在内的很多人在用海拉细胞做一些他"更有能力"来做的研究,其中有的他已经做过了,只不过没时间发表。波米拉回信说:

> 如今海拉细胞的使用范围日益膨胀,你说你不认可,但我想不出你怎么能阻止这一进展。你不加限制地四处分发这些细胞,现在已经被商业生产了。你的要求就像叫人别用仓鼠做实验一

样!……我明白你最初是出于好心,把海拉细胞分发给别人,导致现在所有人都想加入这项研究。

波米拉还说,盖伊当初应该先把自己的海拉细胞研究做完,"再把细胞分发给大家,因为一旦给了别人,就意味着它成为科学界的公共财产了"。

可惜盖伊不是这么做的,如今为时已晚。并且海拉细胞一旦成为"科学界的公共财产",人们就开始好奇:这细胞背后的女人,到底有着怎样的故事?

1953—1954

14　海伦·拉恩

天下没有不透风的墙,那么多人知道海瑞塔的名字,迟早会有人把它泄露给媒体。盖伊曾经告诉过明尼阿波利斯的威廉·谢勒和他的导师杰尔姆·赛弗顿(Jerome Syverton),小儿麻痹基金会的人也从盖伊口中听过海瑞塔的故事,之后可能又告诉了塔斯基吉研究所的人。除此之外,盖伊实验室的每个人都知道海瑞塔的名字,还有霍华德·琼斯、理查德·特林德和其他所有为海瑞塔做过治疗的医生。

果不其然,1953年11月2日,《明尼阿波利斯星报》(Minneapolis Star)率先报道了海拉细胞背后的女人,海瑞塔的名字出现在版面上。只不过记者把她的名字搞错了,报道说"细胞来自一个名叫海瑞塔·雷克斯(Henrietta Lakes)的巴尔的摩妇女"。

究竟谁把这个几乎正确的名字泄露给媒体,无人知晓。文章见报不久,盖伊收到杰尔姆·赛弗顿的信,信中称:"我可以向你保证,威廉和我都绝对没有把病人的名字告诉《明尼阿波利斯星报》。你知道,我们都同意你的观点,对外只能说细胞系的名字是海拉,绝不能提病人的名字。"

但无论如何,名字已经不胫而走。文章见诸报端后两天,小儿麻痹基金会新闻处的罗兰·伯格（Roland H. Berg）写信给盖伊，说他打算为一份著名杂志撰文，更详细地写写关于海拉细胞的故事。伯格说他对"这种故事背后的科学和人性元素非常感兴趣"，因此希望更加深入地了解这件事的前因后果。

盖伊答复："我和特林德医生讨论了这件事，他同意让大众杂志发表。可我们必须替病人保密，不能把病人名字公布出去。"

然而伯格却不肯让步：

> 关于这篇文章，我可能需要更详细地给你解释一下我的想法，尤其是您提到不能透露病人姓名……要知道，想让公众接受你的故事，首先需要让他们感兴趣……如果文章中没有人性元素，就不能抓住他们的注意力。就我目前有限的了解，海拉细胞的故事里其实包含了很多这样吸引人的元素。
>
> 这篇报道的中心内容是介绍科学家怎么从海瑞塔·雷克斯体内取得细胞，然后让它们在体外生长，而这造福了整个人类……像这样的故事，人物的名字就是故事的一部分。事实上，如果能做这篇报道，我还希望能采访到雷克斯女士的家人。没有他们的充分合作和同意，我是不会发表文章的。顺便提一句，你可能没有注意，其实病人的名字已经不是秘密了，媒体报道已经把病人信息完全公布出来。我建议你可以看看1953年11月2日的《明尼阿波利斯星报》。
>
> 我非常理解你对侵犯患者隐私的顾虑，然而我相信我写的这种文章一定会充分保护所有人的权利。

透露了海瑞塔的名字怎么还能保护她家人的隐私和权利，这点伯格没有解释。事实上，这么做的后果是，海瑞塔和家人必将永远同细胞联系在一起，另外，一切从他们DNA里取得的医疗信息从此也将有源可循。拉克斯家族不仅不再有隐私可言，相反，他们的生活将发生翻天覆地的变化。故事一经发表，他们会知道海瑞塔的细胞还活着，有人把细胞从海瑞塔体内取出来，拿去培养、繁殖、买卖、用在科研领域，然而这一切海瑞塔和她家人都不知情。

盖伊把信转给特林德医生和约翰·霍普金斯医院的同事，包括公共关系部门的主管，问他们觉得应该如何回复。

特林德回答说："我看不出为什么得有病人的名字故事才能有趣。既然不是必须的，就不要冒险公开病人信息，以免将来惹麻烦。"

他没有解释自己担心的"麻烦"具体是什么。保护病人隐私在医疗界已经逐渐成为一项约定俗成的规矩，但没有法律明文规定必须这么做，因此透露也并不是不可以。事实上他也在信中表示："如果你坚决不同意我的看法，我很高兴和你当面解释。"

盖伊回复伯格说："你完全可以编造一个名字，同样可以写出有意思的故事来。"但他也并没有把话说死。"我理解你为了使故事有趣，觉得有必要公布一些基本的引人入胜的个人信息，所以我建议你过来一趟，跟我和特林德医生当面谈谈。"

盖伊没有告诉伯格《明尼阿波利斯星报》把海瑞塔的名字搞错了，伯格后来也没有把文章落实下去。但是媒体并没有就此罢休。几个月以后，《科利尔》（*Collier's*）杂志的记者比尔·戴维森（Bill Davidson）找上门，他的写作构想和伯格如出一辙。这一次盖伊的立场更加强硬，或许是因为戴维森不像伯格，他和盖伊的资助机构没有半点干系。盖伊同意接受采访，但是有两个条件：第一，文章发表前必须让他对内容进行审核，批准后才准许发表；第二，杂志不许公开细胞是从谁身上取的，更不能涉及病人的个人信息。

杂志的编辑听了很犹豫。她同伯格一样，认为"对公众来说，细胞背后的人的故事一定是最有意思的"。但盖伊丝毫不肯让步。他说如果编辑还想让自己和同事接受采访，就没什么可商量的，《科利尔》坚决不能公布病人姓名。

编辑最终让步了。1954年5月14日，海拉细胞的文章出现在《科利尔》上，通篇都是组织培养的强大力量和光明前景。戴维森写道，目睹细胞在屏幕上分裂，"就像瞥见了长生不死的秘密"。他还说，借助细胞培养，世界"即将迎来充满希望的崭新时代，到那时，包括癌症、精神疾病在内的所有绝症，终将不再折磨人类"。所有这些成就和前景，都该归功于一个女人——"一个医学史上的无名女英雄"。文章把这个女人称作"海伦·L"，说她"大约三十来岁，去约翰·霍普金斯医院就诊时被诊断患有晚期宫颈癌"。文章还说，细胞不是她死之前取的，而是盖伊医生在她死后从她身上取下的。

至于这两点错误信息到底是从哪儿来的，我们现在无从得知，可以肯定的是，消息来源必然在霍普金斯医院的院墙之内。按照预先的协议，《科利尔》的编辑在发刊前把文章发给盖伊审查过。一个星期后她收到来自霍普金斯公关总管约瑟夫·凯利（Joseph Kelly）的修订版本。凯利应该是在盖伊的协助下把文章重写了一遍，修改了包括科学事实在内的错误，不过留下了两处不属实的细节：一个是获取细胞的时间，另外就是病人的名字——海伦·L。

几十年之后，《滚石》杂志的记者询问玛格丽特·盖伊假名从何而来时，她回答说："噢，我不知道。是被明尼阿波利斯的媒体搞错的。病人的名字根本不该出现，准是有人搞错了。"

盖伊的一名同事却说假名是盖伊编的，目的是让记者不再对海瑞塔的真实身份纠缠不休。如果真如他所说，盖伊的目的是达到了。从《科利尔》的报道到上世纪70年代，人们一直以为海拉细胞背后的女人要么叫海伦·拉恩，要么叫海伦·拉森，从来没人知道真实的名字——海瑞塔·拉克斯。也正因为这个假名，海瑞塔的家人始终也不知道，海瑞塔的细胞还活着。

1951—1965

15 "她在你不记事的时候就死了"

海瑞塔的葬礼过后，兄弟姐妹纷纷从克洛弗和特纳车站赶来，帮她家做饭，照顾年幼的孩子。他们每次都拖家带口，带着小孩、孙子，甚至侄子和侄女。其中一个人还带来了结核杆菌——只是没人知道是谁。海瑞塔死后几星期之内，桑尼、黛博拉和小宝宝乔全都患上了肺结核，当时他们都在一岁到四岁之间。

医生给黛博拉开了治疗肺结核的药，药丸都像子弹那么大。可她好歹可以回家，弟弟乔的情形完全不同，他太小，肺结核差点要了他的小命儿。乔一岁那年几乎都是在医院度过的，他在隔离病房不停咯血。出院后的几个月里，他被辗转寄养在不同的亲戚家。

戴同时做两份工作，劳伦斯被迫辍学，整天在家照顾弟弟们和黛博拉。可他总想溜出门去打台球，只是他那时只有16岁，台球厅不让他进，于是他谎报年龄，还搞到一张选民证证明自己年满18岁。没人能证明他撒谎，因为他是在家里出生的，既没有出生证明也没有社会安全卡。然而小聪明让他搬起石头砸了自己的脚——后来朝鲜战争爆发，美国国会把服役的最低年龄降低到18岁半。就这么阴差阳错，16岁的劳伦斯应征入伍了。他没去朝鲜，而是被派到弗吉尼亚，在比弗堡（Fort Belvoir）当了两年医护兵。劳伦斯走了，家里就急需一个人来照顾孩子。

从来没人告诉桑尼、黛博拉和乔发生了什么，他们也不敢问。当年家里的规矩是，大人说什么小孩子必须照做，否则有你好看。他们只能乖乖坐好，双手叠在一起摆在正确的位置，别人问话才开口。在他们的记忆里，妈妈前一天还在，后一天就没了，之后再没回来，埃塞尔接替了她的位置。

埃塞尔就是萨蒂和海瑞塔从前在舞池刻意躲开的那个女人，也就是萨蒂和玛格丽特发誓说嫉妒海瑞塔的那个。她们叫她"可恶的女人"。埃塞尔和丈夫盖伦搬进海瑞塔家，说他们是来照顾孩子的，萨蒂和玛格丽特就觉得她是瞄准了戴。不久，流言四起，说埃塞尔和盖伦分居，却上了戴的床。直到现在家里很多兄弟姐妹还说，埃塞尔搬过去和戴乱搞，其实是为了折磨海瑞塔的孩子们，从而发泄她对海瑞塔的仇恨。

海瑞塔的孩子们是饿着肚子长大的。每天早上，埃塞尔只给孩子每人一块凉饼干，让他们一直挨到晚饭。她在冰箱和食品柜门上加了锁，孩子饿了也拿不到食物；水里从来不许放冰块，省得发出噪音。有时候，如果孩子表现良好，埃塞尔就赏他们一片火腿或一片冰冷的香肠，或者把煎培根用剩的汁浇在他们的饼干上，要么就用醋和糖调成饮料给孩子喝。只是在她的标准下，孩子们表现好的时候实在不多。

1953年，劳伦斯退役回家。他单独住在外面，因此并不知道埃塞尔一直以来是如何对待弟弟们和黛博拉的。等孩子们稍微长大一点，每天一大早埃塞尔就把他们从床上轰起来，让他们整理房间、做饭、买东西、洗衣服。夏天，她把孩子们带回克洛弗，让他们在烟草田里干活，徒手摘除烟草叶上的虫子。烟草叶的汁液把他们的手指都染上了颜色，有时候抹到嘴里，弄得人想吐。可孩子们逐渐适应了。拉克斯家的孩子被强迫着从早干到晚，即使烈日炎炎也不能休息。埃塞尔有时坐在沙发上，或者从窗户里监督他们干活，要是有人偷懒，就把他抽得皮开肉绽。有一次她用电线狠狠地抽打桑尼，直把他打得住了院。不过乔被她修理得最惨。

即使乔老老实实躺在床上或者坐在饭桌前,她也会毫无缘由地打他。有时拳打脚踢,有时见什么抄起什么打——鞋子、椅子、棍子,什么都用。她让乔一个人在漆黑的地下室单脚罚站,鼻子贴墙,搞得眼睛里全是土;有时候把他绑起来,让他在那里一待几个小时,甚至整夜都不理他。罚站的当间儿她还搞突然袭击,下去检查,要是发现乔把脚放下了,就用皮带抽他的后背。如果乔掉眼泪,准会招来更严酷的鞭打。桑尼和黛博拉对此无能为力,他们胆敢多嘴,埃塞尔就把他们仨一起打。然而,不久乔就习惯了,他再不觉得疼,只有无以复加的愤怒。

警察不止一次来家里,勒令戴和埃塞尔把乔从房顶上抓下来,因为他总是趴在那儿用气枪打路上的行人。警察问乔他到底想干什么,他说这是在为长大当狙击手做准备。警察不相信,觉得是小孩子在闹着玩。

长大之后,乔变成拉克斯家有史以来最刻薄、最愤怒的孩子。家人都说,这一定和海瑞塔怀他时得了癌症有关,当时他脑子里一定发生了什么不同寻常的变化。

1959年,劳伦斯和女朋友博贝特·库珀(Bobbette Cooper)搬进新居。五年前,库珀第一次看到劳伦斯穿着制服从街上走过,就对他一见钟情。她奶奶警告她:"别惹那男孩儿,你看,他的眼珠是绿的,制服是绿的,连开的车都是绿色的。这人不能信。"博贝特怎么听得进去。他们同居了,当年就生下一个孩子,这时博贝特20岁,劳伦斯也只有24岁。很快,他们发现埃塞尔长期殴打弟弟们和黛博拉。博贝特坚持让孩子们搬来和他们同住,对待他们像对自己亲生的孩子一样。

这一年黛博拉10岁。搬家固然让乔和桑尼摆脱了埃塞尔的魔爪,可黛博拉的灾难并没有终结。埃塞尔的丈夫盖伦对她纠缠不休,跑到哪里都躲不掉。

15 "她在你不记事的时候就死了"

她试着对戴诉苦，说盖伦摸她，让她很不舒服。戴却不相信。埃塞尔也对黛博拉恶语相加，说她是"婊子"，是"荡妇"。戴开车出门，埃塞尔坐在副驾驶位，所有人都在喝酒，只有黛博拉没有。她紧紧地贴着车门，尽量坐得离盖伦远远的。可盖伦总会慢慢靠近她。戴在前面搂着埃塞尔的肩开车，盖伦就在后边抓住黛博拉，把手摸进她的衬衫、裤子里，再到两腿间。自从第一次发生这种事后，黛博拉就发誓再不穿带按扣的牛仔裤，改穿带拉链的裤子。可拉链拦不住盖伦的手，即使是再紧的腰带也没用。黛博拉实在没有别的办法，只好盯着窗外，不停地把盖伦的手扒拉开，祈祷戴把车开得再快一点。

有一天盖伦给黛博拉打电话，说："黛尔，来这儿拿钱。埃塞尔让你给她买几瓶汽水。"

可当黛博拉来到房子里，却发现盖伦一丝不挂地躺在床上。她从来没见过男人的阴茎，不知道勃起意味着什么，也不知道盖伦为什么揉搓它。她只知道什么事不对劲。

"埃塞尔想要六听汽水，"盖伦拍拍身边的床垫说，"钱在这儿。"

黛博拉的眼睛紧紧盯着地面，飞快地跑过去抓起钱就跑，灵敏地躲过了盖伦的手，接着疯狂地冲下楼梯，盖伦光着身子在后面追她，边跑边喊："给我回来，黛尔！咱俩的事儿还没完呢！你这个小婊子，看我怎么跟你爸说！"这一次，黛博拉逃脱了，盖伦却因此更加怀恨在心。

尽管遭到殴打和猥亵，黛博拉和盖伦还是比和戴更亲近。盖伦不打她的时候，对她还算关怀有加，甚至还会送她礼物，有时候给她买漂亮衣服，还带她去吃冰淇淋。每当这种时候，黛博拉就在心里假装盖伦是她爸爸，这时她会觉得自己真的成了一个正常的女儿。但自从那次盖伦光着身子追她，她觉得盖伦对她的好一点也不值得，有一次，她告诉盖伦不想再要他的礼物了。

"我要给你买双鞋子，"他顿了一下，抚摸黛博拉的胳膊，"你什么也不用担心。我会戴套，你别担心怀孕。"黛博拉从没听说过"套"

这种东西,甚至不知道怀孕是什么,她只想让盖伦离她远远的。

当时,黛博拉已经开始挣点小钱。她给别人擦地、熨衣服,工作完了就自己走回家去。可盖伦总是开车在路上拦她,一到车上,就试图摸她。黛博拉12岁生日后不久,有一次盖伦又把车开到她身边让她上车。这次黛博拉没有停下脚步,继续往前走。

盖伦把车停下,狂躁地大喊:"你他妈的快给我上车!"

黛博拉不同意:"凭什么?我又没做错什么,大白天的,我只是在街上走。"

"你爸找你呢!"他厉声说。

"那让他过来找我!你老碰我,你不该那么做,"她喊道,"我再也不想和你单独待着。我还没这么迟钝。"

她掉头就跑,却被盖伦追上痛打。盖伦抓起她的胳膊,把她扔进车里为所欲为。几个星期后,黛博拉下班回家,和邻居一个名叫阿尔弗雷德·卡特(Alfred Carter)的男孩走在一起,男孩外号叫"猎豹"。盖伦把车停在他们身边,对黛博拉大吼,叫她上车。黛博拉不肯,盖伦就猛踩油门冲出去,轮胎在地上摩擦发出刺耳的声音。几分钟后他又在黛博拉身边停下,这次戴也坐在旁边。盖伦跳下车对黛博拉咆哮,骂她是妓女,又抓住她的胳膊,把她扔到车上,猛打她的脸。戴一言不发地盯着窗外。

黛博拉在车上哭了一路,眉角流着血,车一停她就跳下来,跑进博贝特和劳伦斯家,冲进衣柜躲起来,手紧紧拉住柜门,每次她难过的时候都会躲在这里。博贝特看到黛博拉哭着跑过屋子,脸上还流着血,就追到衣柜前。黛博拉在里面一个劲儿地哭,博贝特只能不断地敲着门问:"黛尔,发生了什么事?"

博贝特已经接触这个大家庭很长时间,深知家族里的男女之间有时会产生亲密关系。可她万万也想不到盖伦会伤害黛博拉,因为黛博拉怕惹麻烦,从没对任何人讲过。

博贝特把黛博拉从衣柜里拽出来,抓住她的肩膀说:"黛尔,你

13岁左右的黛博拉，此时正奋力躲避表兄盖伦的纠缠。

要是不说，我永远不会明白。我知道你很喜欢盖伦，把他当成爸爸一样，但是你得告诉我到底发生了什么。"

黛博拉说盖伦打她，两个人单独待在车里的时候还会说一些污秽的话。可她没说盖伦对她动手动脚。她敢肯定，要是博贝特知道了准会跑去把盖伦杀了。她怕盖伦没了命，而博贝特也会因为杀人而坐牢，这样她将失去这个世界上最关心她的两个人。

博贝特冲到盖伦和埃塞尔家，推开门破口大骂，说要是将来谁再敢碰拉克斯家的孩子，她就来亲手把他们杀了。

这事过了不久，黛博拉突然问博贝特什么是"怀孕"。博贝特解释给她听，接着抓住她的肩膀，叫她听仔细。"黛尔，我知道你爸爸妈妈和其他所有亲戚都习惯彼此乱搞，但我不允许你这么做。一家人之间发生性关系是不正常的。这么做完全不对。"

黛博拉点点头。

"你必须答应我，"博贝特说，"要是他们想占你便宜，你必须反抗。我不管你是不是会伤害他们。别让他们碰你。"

黛博拉连连许诺。

"你只要好好上学,"博贝特接着说,"别和那帮亲戚乱搞,而且长大之前绝对不能有小孩。"

其实,黛博拉的脑子里压根没想生小孩,不过她13岁的时候确实想过嫁给隔壁的"猎豹",她觉得自己要是有丈夫了,盖伦就不敢继续对她动手动脚。而且她也不想继续上学了。

黛博拉有和兄弟们一样的毛病,她听不清老师讲话,因此听课很费劲。这是拉克斯家孩子的普遍问题,除非你挨在他身边,大声而且慢慢说话,否则他们基本上听不见。可大人们从小就教育他们,大人说话要乖乖听着,因此他们从没和老师讲过自己的问题。直到长大成人,他们才意识到自己的听力有多差,这个时候才开始戴助听器。

黛博拉告诉博贝特她想辍学,博贝特说:"要是上课听不见,就坐到前排去。我不管你想什么办法,你得把书念完,这是你唯一的希望。"

于是,黛博拉放弃了辍学的想法。夏天她就待在克洛弗,那些兄弟们总想抓她,对她为所欲为。有时候他们把她拉到田里或者房子后边。每当这种时候,黛博拉就用拳头和牙齿回应。不久兄弟们都放弃了,转而对她冷嘲热讽,说她长得丑,还说:"戴尔是贱货——天生的贱货,永远是贱货。"尽管这样,还是有三四个表兄弟说要娶她,她只是笑笑,说:"兄弟你疯了?这不是闹着玩的,你懂吗?会影响孩子的!"

博贝特曾经告诉黛博拉,她和那么多兄弟都有听力问题,或许就是因为近亲结婚。黛博拉也确实知道,有些亲戚生下了侏儒或者智障。她觉得或许埃尔西的问题就在这里。

很长时间以来,黛博拉都不知道自己有这样一个姐姐。戴告诉她的时候,只是说这个姐姐又聋又傻,15岁就死在一家医疗机构。黛博拉听了非常震惊,她想知道姐姐活着的时候有没有人教她手语。实际上从来没有。

黛博拉求劳伦斯多讲讲姐姐的故事,他只是说埃尔西很漂亮,还说他到哪里都得带着她,好让她不受伤害。一个想法在黛博拉头脑中挥之不去,她想,埃尔西不能说话,那她肯定不能像自己一样对男孩说不,要是有什么坏事发生了,她也不能告诉任何人。黛博拉不断追问,叫劳伦斯多给自己讲讲姐姐和妈妈的事儿。到最后,劳伦斯终于崩溃了,他号啕大哭,黛博拉只好停下不再询问。

高中时期,黛博拉常常深夜醒来,躺在床上哭泣,久久无法入睡,她不知道自己的妈妈和姐姐究竟遭遇过什么样的折磨。她去问戴和其他长辈:"我姐姐到底怎么了?我的妈妈是什么样的人?她发生了什么事?"戴每次的回答都是一样的:"她叫海瑞塔·拉克斯,在你不记事的时候就死了。"

1999

16 "永远待在一起"

我第一次见到海瑞塔的表兄"虱子"的时候，我俩坐在一起喝着饮料，他告诉我从没人问起过海瑞塔。生病的时候没有，死后没有，如今也没有。"我们从不会提起'癌'这个字，"他说，"我们也不谈论死去的亲人。"他说家里似乎很长时间没人说起过这个名字，要不是有她的那些孩子和那些细胞，就好像这个人从来没存在过一样。

"听起来很奇怪，"他说，"可她的那些细胞真的活得比别人对她的记忆长久。"

他还对我说，要是我真想多知道些海瑞塔的事儿，最好往前走，去找她的表兄克利夫，他俩一起长大，克利夫就像她的亲哥哥。

当我开车拐进克利夫家的停车道，他以为我是耶和华见证会或者保险公司的，通常只有这两家机构才会有白人来拜访他。可他还是笑着招手向我问好。

克利夫已经七十多岁，仍然操持农舍后面的烟叶棚，这是他父亲几十年前亲手盖的。克利夫每天要检查好几次火炉，确定炉温维持在50度左右。他屋子的墙壁原本是铁青色和白色的，经年累月覆上了油渍和灰尘。他用纸板和毯子挡住了通往二楼的楼梯，好让暖和的空气别从上面的破窗户里散走了，天花板、墙壁和窗户的破洞都被他用报纸和胶带糊住。他自己的床在楼下，床铺薄薄的，连床单也没有，对面摆着冰箱和柴炉，床边还有张折叠桌，堆满了药片，他自己都不记得这些药是干什么用的了。他说，可能是治前列腺癌的，也可能是缓压药。

一天的大部分时间，克利夫都坐在门廊的方格花呢躺椅上朝来往的车挥手，这躺椅真够破的，恨不得只剩下顶出来的海绵和弹簧。他有点驼背，可驼着背还有一米八高。浅棕色的皮肤干枯得如同鳄鱼皮，而眼睛却是海绿色的，周围镶嵌着蓝色的边缘。他在船坞和烟草地工作了几十年，双手磨得像粗布一样，指甲发黄开裂，表面磨损严重。克利夫说话的时候，盯着地板，扭动着患有关节炎的手指头，十根指头依次两两扣在一起，好像让它们轮番打出"好运"的手势。一轮结束就全部松开，然后再来一次。

他听说我在写一本关于海瑞塔的书，立刻从他的躺椅里起来，穿上外套，走到我车旁大喊："那就快过来，我带你看她的坟墓。"

顺着拉克斯镇路向下开出不到一公里，克利夫让我把车停在一座空心砖和压制板搭建的房子前，房子不到30平方米。克利夫推开木桩和铁丝网做成的大门，走上一片草地，并示意我跟上。草地的尽头，在绿树掩映中，有一间奴隶时代的小木屋，墙体木板空隙很大，都能看进去。窗户上都没有玻璃，只是钉了几根窄木条和一块生锈的可口可乐招牌，准是上世纪50年代的产物。屋子歪歪斜斜，屋角被大大小小的石头撑起不下200年，房子离开地面有一定高度，个头小一点的孩子甚至可以爬到下面去。

"海瑞塔就是在这间房子里长大的！"克利夫指着屋子喊道。我们向它走去，脚下踩过红土和枯叶，空气里充斥着野蔷薇、松树和牲畜的味道。

"海瑞塔把它张罗得挺好，特别有生活气息。现在我都快认不出它来了。"

走进屋子,地面铺满麦秆和牛粪;地板被四处乱跑的牛踩得几处坍塌。楼上,是海瑞塔和戴居住过的屋子,地板上散落的物件映射出从前生活的迹象。有一双破工作靴,金属扣眼还在,但是鞋带没了,还有贴着红白标签的汽水瓶,旁边是一双小巧的露趾高跟鞋,我问是不是海瑞塔的。

"可能还真是!"克利夫说,"看着就像她的。"

他指着曾经是后墙的地方说:"海瑞塔以前就睡在这儿。"后墙已经坍塌多年,几乎只剩两扇高窗户的窗框。

海瑞塔从前喜欢趴在床上望着窗外,那里是树林和家族墓园,墓园占地面积只有大约1000平方米,如今只剩几条铁丝网围着零星散落的墓碑。踩漏屋子地板的那些牛似乎也来此祸害过,它们拱翻几处篱笆,在墓地留下横七竖八的脚印和粪便,把昔日陈列的花圈踢散,变成一堆堆茎秆、缎带和零散的泡沫塑料,几座墓碑也被踢倒,躺在基座旁边。

走出屋外,克利夫摇摇头,拾起标牌的碎片,一块写着"我们爱",另一块写着"妈妈"。

有的墓碑是用水泥自己浇筑的,有的是大理石材质,是从商店直接买的。"那些是有钱人的。"克利夫指着一块大理石墓碑说。不少坟上插着索引卡大小的金属牌,上面写了长眠者的姓名和生卒年月。其他坟上则空空如也。

"以前我们就用石头在坟头上做标记,省得回头找不到,"克利夫告诉我说,"后来墓园用推土机整过一次,把石块基本上都清理走了。"他说,拉克斯墓园埋的人太多,几十年前就塞满了,后来只好一个摞一个地埋。

他指着地上一块没有墓碑的凹地说:"这儿埋着我的好朋友。"接着他逐一给我指出墓园里其他像人一样大的凹坑:"看见那边的坑了吗?……还有那边那个……还有那个……全是没标记的坟。过上一阵子,埋人的地方土压实了,就陷下去了。"他时不常指着一些突出地面的大石头,说是某个兄弟或姨妈。

"那是海瑞塔的妈妈。"他指着墓园尽头一块孤零零的墓碑说。那

海瑞塔的母亲伊丽莎·普莱曾特在海瑞塔4岁时去世,这是她的墓碑。海瑞塔死后埋在她母亲的墓旁,但没有做任何标记。

座坟墓被树丛和野蔷薇所环绕,上面立了块一米来高的墓碑,已被岁月侵蚀,变成黄褐色。碑文写道:

伊丽莎

J. R. 普莱曾特之妻

1888 年 7 月 12 日

至 1924 年 10 月 28 日

音容宛在

看着墓碑上的日期,我不禁做起算术:海瑞塔四岁就失去了母亲,和桑尼失去海瑞塔是一个年纪。

"海瑞塔以前常常来和妈妈讲话,照顾她的坟墓。如今她就睡在这里的某个地方,和她妈妈在一起。"克利夫说着,抬起手臂指了指伊丽莎坟墓和五米开外一棵树之间的空地。"从没人给她做个记号,所以我也不知道具体在哪儿,不过一般关系近的亲戚都是被埋在一起的。所以我估计她就在这附近。"

接着,他指向空地上三处塌陷说:"没准就是这三个之一。"

克利夫用脚尖踢打地上的土,我们就这么静静地站着。

"我不知道她身上那些细胞后来到底怎么了,"最后他终于开口,"这里没一个人说起这些细胞。我只知道她得了一种少见的病,因为她死了好久了,可是细胞竟然还活着,简直神了。"他又朝地上踢了两脚,"我听说有人拿这些细胞做了好多研究,有人还用她的一些细胞搞出好些治病的东西。简直是奇迹。我就知道这么些了。"

突然,他朝地上大喊,好像在直接对海瑞塔说话:"他们管它叫海拉!还活着呢!"说完他继续踢土。

过了几分钟,他指着地面没头没尾地说:"你知道,在这片土地上黑人和白人挨着埋,你压着我、我压着你。我猜白人老爹和他兄弟也埋在这儿。真的,现在谁也不知道到底谁埋在哪儿。"他说只有一件事确凿无疑,那就是拉克斯家族的白人奴隶主埋在黑人家庭成员下面,这多么美妙呀!

"他们永远待在一起了。"说着,他笑起来,"这会儿,在下边有什么问题都该解决了吧!"

海瑞塔上面四代的祖母是一名黑奴,名叫莫宁(Mourning)。使唤他们的白人是克洛弗第一批奴隶主。他是贵格会(Quakers)信徒,有个弗吉尼亚的远房亲戚,这亲戚是那个州第一个通过法律程序成功解放家里黑奴的人,只可惜莫宁的主人没有继承反对奴隶制的家族传统。这个白人死后,就把莫宁和她丈夫乔治当遗产给了儿子约翰·史密斯·普莱曾茨(John Smith Pleasants)。

莫宁和乔治在克洛弗的烟草田做奴隶。他们的儿子,也就是海瑞塔的太爷爷埃德蒙(Edmund),改用主人的姓,但是变了个音节,叫普莱曾特。他40岁那年终于获得了自由身,后来却因为老年痴呆住进了精神病院。还是奴隶的时候,他就有很多孩子,这些孩子当然生为奴隶,其中有个女孩叫海瑞塔·普莱曾特,就是海瑞塔·拉克斯的婶祖母。

至于母亲那边,海瑞塔的曾祖父是个名叫艾伯特·拉克斯(Albert Lacks)的白人,1885年父亲去世,把拉克斯家族种植园分给了三个白人儿子——温斯顿、本杰明和艾伯特。

温斯顿长得五大三粗,留着长及肚脐的胡子。这人嗜好喝酒,几乎每晚都在杂货店地下室的沙龙畅饮。当地人都知道,一旦温斯顿喝到酩酊大醉,开始发酒疯打人,就赶紧叫最清醒的人去找范妮(Fannie)。关于范妮没留下什么文字记录,她很有可能像拉克斯家的其他黑奴一样,在拉克斯农场出生,奴隶制被废除后一辈子在拉克斯农场做佃农,从来不曾离开。她总陪温斯顿并排坐在他的马车里,每次他喝多了,范妮就冲进沙龙,拎起温斯顿的胡子,把他拉下酒吧椅,然后拽他回家。

另外两兄弟艾伯特和本杰明的生活显得颇为低调,除了身后遗嘱和一些土地买卖记录,他俩几乎没留下任何信息,好像躲在历史背后活了一辈子。这些年来,我采访过的拉克斯家黑人大多管本杰明叫"白人老爹"(old white granddaddy),其他的跟着自己父母亲的习惯叫他"本老爷"(Massuh Ben)。

1889年2月26日,艾伯特去世,此时奴隶制度已经被推翻了,不过真正拥有自己土地的黑人还是屈指可数。艾伯特把土地分成大约四公顷的小块,然后分给五个"有色人种"继承人,其中一个便是海瑞塔和戴的外祖父——汤米·拉克斯。艾伯特在遗嘱中没有说明自己和五个继承人的关系,但是拉克斯镇的人都知道,这五个是他和从前的奴隶玛丽亚生的。

艾伯特死后,他哥哥本杰明上诉法庭,要求从艾伯特五个黑人继承人手里收回一部分土地,他的理由是,既然这最初是自己父亲的财产,他就有权利挑选自己喜欢的那片地。法院认可了他的申诉,把拉克斯种植园"平分"成两半,地势低的河边土地分给本杰明,地势高的部分分给了拉克斯家的黑人——这片土地就是今日的拉克斯镇。

在这次判决16年后,本杰明·拉克斯也走到了生命的尽头,他死前几天留下遗嘱,把土地的一小部分分给姐姐妹妹,然后把剩下的50公顷土地和所有马匹全留给了七个"有色人种"继承人,包括他侄子汤米·拉克斯。本杰明和艾伯特有没有娶妻,有没有白人孩子,现在已经不得而知,而且和艾伯特一样,本杰明的遗嘱里也没有提这七个继承人是不是他的亲生孩子。但他把他们称作自己的"黑人孩子",而且拉克斯家族黑人口口相传,在克洛弗,居住在原拉克斯种植园一带的所有人都是这两个白人和他们的黑奴情妇的后人。

我抵达克洛弗的时候,还能感受到种族的区别。罗斯兰(Roseland)是罗茜餐馆倒闭前的"好黑人老板";山猫是小超市的"白人老板";海瑞塔经常去的是圣马太"黑人教堂"。"虱子"见到我后说的第一句话是:"我是黑人,你见到我没有什么奇怪的表现,你肯定不是本地人。"

每一位我拜访过的克洛弗居民都信誓旦旦地宣称本地种族关系和睦。但他们同时说,距拉克斯镇20公里就是三K党的"死刑树"(Lynch Tree),直到上世纪80年代,那帮人还在离克洛弗中央大街16公里开外的学校球场聚会。

我们站在墓园里,克利夫告诉我:"拉克斯家那些白人都知道自己的亲戚和我们的亲戚是埋在一起的,我们其实是一家人。他们明明知道,却不肯承认。他们就会说'他们黑人拉克斯和我们没关系'。"

卡尔顿·拉克斯和鲁比·拉克斯夫妇(Carlton and Ruby Lacks)是克洛弗镇拉克斯家族中年龄最大的白人成员。我去拜访他们时,他们谈笑风生地领我穿过前门,走进起居室。这里摆满鼓鼓的淡蓝色椅子,南北战争时期南方联盟的旗子随处可见,所有烟灰缸上都插了一支,咖啡桌上有几支,屋角还有一面正规大小的,立在支架上。同海瑞塔和戴一样,卡尔顿和鲁比原本也是表兄妹。两人都是艾伯特、本杰明和温斯顿的父亲罗宾·拉克斯(Robin Lacks)的亲戚。因此说起来,卡尔顿和鲁比同海瑞塔和戴是远房表亲。

卡尔顿和鲁比结婚几十年，儿孙甚至曾孙多得数不过来，他们只知道总数肯定超过 100 人。卡尔顿已经九十多岁，看起来弱不禁风，皮肤苍白得近乎透明。一丛丛毛发乱蓬蓬地从头顶、眉骨、耳朵和鼻孔冒出来，像出芽的棉花。他窝在安乐椅里，喋喋不休地诉说当年在烟草仓库管账的岁月。

"我负责开工资，"他像在自言自语，"整个烟草地里我说了算。"

鲁比也快九十了，和羸弱的身体比起来，她的头脑似乎年轻好几十岁。她不顾卡尔顿正在讲话，开始给我介绍经营拉克斯种植园的祖辈人，以及这些人同本杰明和艾伯特·拉克斯的关系。我提到海瑞塔就是从拉克斯镇来的，鲁比从椅子里直起身来。

"哎，她可是黑人！"她勃然大怒，"我不知道你在说什么。你说的不是黑人吧？"

我说我对拉克斯家的白人和黑人成员都感兴趣。

"我们可从来没有往来，"她说，"那时候白人和黑人没有往来，不像现在。我不喜欢现在这样儿，我不知道有什么好。"她顿了一下，摇摇头说："要是黑人和白人混在一起，从学校到教堂等等，之后他们就会在一起，结婚……我实在看不出这有什么好的。"

我问他俩和拉克斯家的黑人有什么关系，他们从咖啡桌的两端对视了一眼，那神情就好像被人问到是不是火星人。

"我爸爸的叔叔有好多黑人奴隶，"鲁比说，"他们的姓准是这么来的。很明显，后来他们离开种植园的时候就把拉克斯当成自己的姓了。我只想到这点。"

后来，我把这个答复告诉海瑞塔的姐姐格拉迪丝，想听听她的看法。格拉迪丝九十多岁了，这么多年一直住在离卡尔顿夫妇不到两公里的地方，但她竟然从没听说过他们。

"拉克斯家族的黑人和白人确实是亲戚，"她说，"但从不往来。"她指着我坐的沙发下面。

"帮我把莉莲（Lillian）的信拿出来。"她招呼儿子加里（Gary）。

据格拉迪丝所知，海瑞塔所有兄弟姐妹都死光了，只有最小的莉莲可能还活着。但莉莲上世纪80年代给一个亲戚寄了封信之后，就音讯全无。格拉迪丝把这封信保存在沙发下的鞋盒里。莉莲在信里说："我听说爸爸被烧死了。"她还问这是不是真的，这封信写于1989年。事实上，她父亲1969年就死了。莉莲真正想打听的是究竟谁提起过她。她说她中了彩票，觉得有人要杀害她，因为好多白人突然开始询问她当年在克洛弗的生活和她家人的情况，尤其会问起海瑞塔。"他们说的有些事连我都不知道，"她写道，"我觉得议论别人没什么好的。"从此再没人听到过她的任何消息。

"莉莲后来变成波多黎各人了。"格拉迪丝把信贴在胸口说。

我看看她身边的加里。

"莉莲的肤色特别浅，比妈妈的还浅。"加里解释道，"她在纽约附近嫁了个波多黎各人。因为皮肤白，能蒙混过关，所以放弃了黑人身份，变成波多黎各人。她不想再当黑人了。"

1954—1966

17 违背法理，违背伦理，可悲可叹

海拉细胞像雨后春笋似的在世界各地的实验室不断增殖，病毒学家切斯特·索瑟姆（Chester Southam）的脑海里突然冒出一个可怕的念头：要是科学家被海瑞塔的癌细胞感染了可怎么办？盖伊和其他科学家已经证明，大鼠注射了活的海拉细胞会长肿瘤，人难道不会吗？

科研人员呼吸着海拉细胞周围的空气，整天把它们从一个小瓶移到另一个小瓶，有可能不小心碰到它们，他们甚至就在海拉细胞旁边的实验桌上吃饭。有个科学家用海拉细胞研制出一种对抗感冒病毒的疫苗，他给400多人进行了注射，疫苗不纯，里面还含有少量海拉细胞。没人知道海拉细胞或者其他癌细胞会不会让人患上癌症。

"可能有危险，"索瑟姆写道，"研究过程中不小心注射，或者在注射抗病毒疫苗时带进了残留细胞或者细胞代谢物，都有可能引发肿瘤。"

索瑟姆是一位颇具声望的癌症研究专家，他还是美国斯隆—凯特林癌症研究中心（Sloan-Kettering Institute for Cancer Research）病毒学系的负责人。他和许多科学家都认为，癌症是由病毒感染或免疫系统缺陷所致。索瑟姆决定用海拉细胞检验他的理论。

1954年2月，索瑟姆在针管里装满掺有海拉细胞的盐溶液。他

把针头扎入一位女士的大臂，这个人刚因白血病住进医院。接着，他缓缓推动针柄，大约500万个海拉细胞随之进入女士的体内。注射的部位鼓起一个小包，索瑟姆换了个针头，小心地在旁边点了个小墨点留作印记。这样不管几天、几周甚至几个月后，他都可以很容易地找到注射部位，检查海拉细胞有没有引发癌症。用这种方法，他把恶性肿瘤细胞注射到十几位癌症患者体内，然而给他们的解释却是测试免疫系统，对真相绝口不提。

注射完成几小时之内，病人大臂开始红肿；五至十天后，注射部位出现硬瘤。索瑟姆切下一些瘤子，检验里面是不是癌细胞，但却有意留下一些，好看看病人的免疫系统是否能抗衡，或者相反，这些癌细胞是否会扩散。不出几个星期，有的瘤子已经长到直径两厘米——当初海瑞塔开始接受放射性镭治疗的时候，体内癌变就是这么大。

索瑟姆最终为接种者切除了大部分硬瘤，其他的几个月后也自行消失了。可其中的四位病人不久后又肿瘤复发。索瑟姆不断为他们切除，但肿瘤却一次又一次地长起来。一位病人的癌细胞甚至扩散至淋巴结。

但这些病人不足以说明问题，因为他们本身就患有癌症，为了比较，索瑟姆决定用健康人做对照注射实验。1956年5月，他在《俄亥俄州监狱通讯》上刊登广告：医生欲召集25名志愿者进行癌症研究。几天后他竟然征集到96名志愿者，不久增加到150名。

之所以选择俄亥俄监狱，是因为之前这里的犯人曾经非常配合地参与过几次科学研究，有一次还让他们感染可能致命的兔热病。15年后，在犯人身上做实验就要经过审核了，而且被严格控制，因为那时人们意识到犯人无法给予知情同意，他们应被视为弱势群体。可在索瑟姆做实验的年代，全国犯人都被用来做各种各样的实验，比如检测化学武器的效果，再比如判定X射线照射睾丸对精子数的影响。

1956年6月，索瑟姆的同事艾丽斯·穆尔（Alice Moore）用手提袋把海拉细胞从纽约带到俄亥俄。索瑟姆把它们注射到65名犯人体内。杀人犯、盗用公款者、抢劫犯和伪造犯坐在木板凳上排成一排，有人换上了白病号服，有的刚劳动回来，还穿着蓝色工作服。

不久，肿瘤纷纷从接受注射的犯人胳膊上冒出来，和之前在癌症患者身上一模一样。媒体接二连三地报道俄亥俄监狱的英雄，表扬他们"是世界上第一批同意接受这么严谨的癌症实验的健康人"。他们还引用了一个犯人的话："如果我说一点也不怕，那是骗人。你躺在床上，想着癌细胞在自己胳膊上长……你作何感想！"

记者一遍又一遍地问："你为什么报名当志愿者？"

犯人的回答千篇一律："我对一个女孩做了不可饶恕的事儿，我想我这么做，总能弥补点什么吧。"

"我相信从整个社会的角度，这么做算是为我之前的罪行做了一点补偿吧。"

索瑟姆给每个犯人做了多次注射，和之前那些病入膏肓的病人不同，这些人靠自身免疫力战胜了癌细胞，而且注射次数越多，他们的身体做出反应就越快，就好像产生了免疫力。索瑟姆公开了他的结果，媒体疯狂地大肆宣传，称此项研究有可能带来抗癌疫苗的大突破。

在接下来的几年中，索瑟姆继续用海拉细胞和其他活性癌细胞做人体实验，他前后给600多人进行了注射，其中一半是癌症患者。此外，每个来斯隆—凯特林纪念医院和詹姆斯·尤因医院（James Ewing Hospital）做妇科手术的病人都逃不过他的手掌。即使做解释，他也就是简单地说是在做癌症测试。而且他真就是这么想的：由于癌症患者排斥这些细胞的速度比健康人慢，索瑟姆认为只要记录排斥发生的时间，他就能发现尚未诊断出的癌症。

针对这项研究，索瑟姆在后来的听证会上反复申明："当然，这些细胞是不是癌细胞根本不是问题的关键，不论什么外来细胞，给人体注射后自然会产生排异反应。使用癌细胞只有一个坏处，那就是公众对'癌'这个词具有很大的恐惧与无知。"

索瑟姆表示，正因为考虑到这种"恐惧与无知"，他才没有告知病人给他们注射的是癌细胞，因为这会引起不必要的恐慌。照他的话说："把这个可怕的词和临床实验联系起来，会对病人造成伤害，因为病人可能觉得（有可能对，也可能不对）自己要么得了癌症，要么已经无药可救……这种医学上无关紧要的小细节可能给病人情绪造成很大的影响，隐瞒这种细节……是负责任而且符合医学传统的。"

然而，索瑟姆不是这些病人的医生，他隐瞒的也不是病人的病情。欺骗病人只是为了他自己的利益——要是病人知道医生给自己注射的是什么，很可能拒绝参与实验。1963年7月5日索瑟姆同布鲁克林犹太人慢性病医院的医学系主任伊曼纽尔·曼德尔（Emanuel Mandel）签订协议，要用其医院病人做实验。要不是这次合作导致事情败露，索瑟姆的实验还指不定会继续多少年。

索瑟姆打算让曼德尔手下的医生给22位病人注射癌细胞。曼德尔把计划告诉手下，并禁止他们向病人透露注射的是什么，三位年轻的犹太医生拒绝遵命，说他们不会在病人不知情的情况下做这种实验。这三位医生都知道纳粹在犹太犯人身上做的实验，也都听说过纽伦堡审判。

16年前，也就是1947年8月20日，美国主持的纽伦堡国际战争法庭对七名纳粹医生进行宣判，判处他们绞刑。罪名是：在未经参与人同意的情况下用犹太人进行惨无人道的实验，比如把兄弟姐妹缝合成连体婴，为研究器官功能进行活体解剖，等等。

法庭立下十条道德准则来约束全世界的人体实验，也就是日后我们所知的《纽伦堡公约》(Nuremberg Code)。公约第一句便是：受试者必须在未受胁迫下自愿同意。这个概念是前所未有的。写于公元前4世纪的《希波克拉底誓言》(Hippocratic Oath)中并没有病人知情同意这一项。而且，虽然美国医学学会早在1910年就制定了保护实验动物的条例，但在纽伦堡公约之前竟然没有任何相关法律保护人的利益。

尽管如此，《纽伦堡公约》毕竟只是"公约"，同后来出现的许多公约一样，它们并不是法律，最多只能算是建议。医学院里未必教，包括索瑟姆在内的许多科研人员号称根本不知道它的存在。那些听说过《纽伦堡公约》的人，很多以为它是"纳粹公约"，是为野蛮人和独裁者制定的公约，和有良的美国医生没关系。

索瑟姆给病人注射海拉细胞的时间是1954年，当时美国还没有正式的研究监管机构。其实20世纪初就有政治家尝试把监管条例写入州法和联邦法，但每次都遭到医生和科研人员的抗议。因此，以"阻碍科学进展"为由，这类提案一次次遭到否决。然而在其他国家，早在1891年就有规范人体实验的条款，讽刺的是，在这些国家中，就有德国的前身普鲁士。

唯一能在美国强制推行科研伦理的办法就是通过民事法庭。律师在法庭上可以用《纽伦堡公约》来评判科学家是否符合职业道德。但想把科学家推上法庭并非易事，得有钱、有办法，并且需要知道自己被用于科研实验了。

"知情同意"（informed consent）这个词最早出现在1957年的一份民事裁决中。原告是一个名叫马丁·萨尔戈（Martin Salgo）的病人。医生给他施行麻醉，他以为医生要给他做的是一项常规手术，谁知道当自己从麻醉中醒来，竟发现腰部以下已完全瘫痪。医生从没告诉他整个操作过程的风险。法官裁定医生败诉："医生如果隐瞒必要信息，致使病人无法对即将进行的医疗做出理性判断，那他就没有履行对病人应尽的职责，是有过错的。"他还写道："医生必须提供足够的信息，这是知情同意的基础。"

"知情同意"强调了医生必须把相关信息告知病人，但是对类似于索瑟姆的研究却没有任何约束，因为索瑟姆的研究对象并不是他的病人。得再过几十年，人们才开始质疑，像海瑞塔这样的情况是不是也有"知情同意"的问题，这次医生是从海瑞塔体内取组织，然后在体外进行实验。

但是对那三位拒不配合索瑟姆的医生来说，未经病人同意便往他们体内注射癌细胞，是绝对违背人权的，也违反了《纽伦堡公约》。

曼德尔却不是这么看的。他要一名住院医生代替这三个人给病人注射。1963年8月27日，三名医生集体辞职，辞职信中给出的理由是"违背伦理的科学研究"。他们把信交给曼德尔和至少一名记者。曼德尔收到信，立即把三位医生中的一位叫来，指责他们因为自己的犹太人背景而过分敏感。

医院董事会成员中有个名叫威廉·海曼（William Hyman）的律师，他并不认为三位医生是过于敏感。得知他们辞职后，他要求查看参与研究的病人的资料。可要求遭到拒绝。另一方面，就在三位医生辞职后几天，《纽约时报》恰好刊登了一篇小报道，标题为《瑞典惩罚癌症专家》，故事主人公是个名叫贝蒂尔·比约克隆德（Bertil Björklund）的癌症研究人员。他利用海拉细胞做疫苗，然后给自己和病人做静脉注射。他的细胞全是从盖伊实验室弄来的，数量庞大，以至于大家都开玩笑说与其拿细胞来注射，还不如把细胞灌到游泳池甚至湖里，然后让人在里面游泳，从而获得免疫。由于用海拉细胞进行注射，比约克隆德被实验室开除。海曼希望索瑟姆也能有同样的下场，因此于1963年12月将一纸诉状递到法院，要求获取该项研究的记录。

海曼把索瑟姆的研究同纳粹研究作比，并从三位辞职医生那里获得供词，他们用"违背法理，违背伦理，可悲可叹"来形容索瑟姆的做法。海曼也从另一位医生那里取得供词，这位医生说：即使索瑟姆问了，病人也不可能给予知情同意，因为其中一位患有帕金森症，不能说话，另外两位只会说意第绪语，还有一个人患有多发性硬化症和抑郁症。无论如何，海曼写道："他们告诉我没必要签署同意书……那些犹太病人根本不可能同意注射活的癌细胞。"

这件事引起了媒体的关注。医院说诉讼充满"误导和错误"，可报章杂志还是刊出头条新闻：

> 被注射癌细胞，病人不知情……医学专家谴责注射癌细胞违背伦理

报道说《纽伦堡公约》在美国一贯遭到无视，目前全国还没有保护科研对象的相关法律。《科学》杂志将此事件称为"自纽伦堡审判以来，关于医学伦理的最激烈的公共争论"，并表示"目前形势对每个人都不容乐观"。该杂志一名记者质问索瑟姆：如果注射诚如你说的那么安全，你为何没有给自己注射？

"我跟你直说，"索瑟姆回答，"现在有经验的癌症研究者屈指可数，即使只有一丁点危险，拿自己做实验也不是明智之举。"

在不知情的情况下被注射了癌细胞的病人看到报道，纷纷联系记者。纽约州检察长路易斯·莱夫科维茨（Louis Lefkowitz）也从媒体报道得知此事，随即展开调查。之后，他写了一份五页的报告，其中慷慨陈词，指控索瑟姆和曼德尔有欺骗行为、违背职业道德，并要求纽约州立大学评议委员会撤销二人的医疗执照。莱夫科维茨写道："任何人都有权决定别人能对自己的身体做什么，不能做什么，绝不能剥夺这种权利。病人有权知道……针筒里究竟装了什么。如果知情导致恐惧和焦虑，他们有权表达出恐慌的情绪并拒绝接受注射。"

然而，不少医生站出来，在评议委员会和媒体面前为索瑟姆辩护，说医学界开展此类研究已经有几十年了。他们表示没有必要对科研对象交代所有信息，索瑟姆的做法符合科研领域的职业道德。索瑟姆的律师也辩称："如果整个领域都是这么做的，那怎么能将索瑟姆的做法称为'违背职业道德'？"

这件事在评议委员会激起不小的波澜。1965年6月10日，委员会的医疗纠纷委员会裁定索瑟姆和曼德尔"在行医过程中存在欺骗和违反职业道德的行为"，并建议吊销二人的行医执照一年。委员会写道："从整个事件过程的记录可明显看出，某些医生认为他们可以对病人为所欲为……病人同意只是可有可无的形式。对此我们不敢苟同。"

委员会在评议中也号召针对临床研究制定更加具体的规范，他们表示："委员会相信此类规范相当于严肃的警告，以约束科研行为，使其不违反基本的人权和豁免权。"

后来对索瑟姆和曼德尔的处理是，吊销执照暂缓执行，给予一年察看期。然而，这件事似乎对索瑟姆的学术地位没有丝毫影响，察看期一结束，索瑟姆就当选美国癌症研究协会主席。不过，事件终究在人体实验监管史上写下了重要的一笔。

评议委员会宣判之前，媒体对索瑟姆的负面评价就引起了美国国立卫生研究院的注意。该机构一直为索瑟姆的研究提供经费，可它早就规定，所有研究人员进行人体实验前必须征得他们同意。索瑟姆事件出现后，国立卫生研究院对其资助的52个研究机构进行了审查，发现只有9个有保护实验对象权利的规定，只有16个会给病人签署知情同意书。国立卫生研究院的结论是："对于有病人参与的实验研究，研究人员的判断不足以作为评判该实验是否符合医学伦理的基础。"

此次调查后，国立卫生研究院规定：所有涉及人体的研究必须经过审核委员会评议，判断它们是否符合研究院的伦理准则，其中必须包括受试者签署内容详尽的知情同意书。审核通过才给予经费。而审核委员会应是一个独立的小组，由不同种族、阶级和背景的专家和社会人士共同组成。

科学家纷纷表示医疗研究前途堪忧。其中一位甚至给《科学》杂志主编写信说："明显无害的人体癌症研究都遭到了制止……1966年将为所有医学进展画上句号。"

同年晚些时候，哈佛大学的麻醉学家亨利·比彻（Henry Beecher）在《新英格兰医学期刊》上发表了一份调查，结果显示，索瑟姆并不孤单，像他一样的反伦理研究足有上百个。比彻把其中最恶劣的22个公之于众，比如，有人曾给儿童注射肝炎病毒，还有人给麻醉中的病人吸二氧化碳，导致病人中毒。索瑟姆的研究名列第17位。

后来的事实证明，科学家多虑了。伦理规范的出台并没有阻碍科研的进展。事实上，研究反而突飞猛进，而且其中的很多都要感谢海拉细胞。

1960—1966

18 "诡异的杂交"

上世纪 60 年代,科学家经常开海拉细胞的玩笑,说它们这么顽强,恐怕在下水道口或门把手上都能存活。海拉细胞简直无处不在。甚至连普通人也能培养,只要照着《科学美国人》的教学文章,就能在家繁殖海拉细胞。而且,苏联和美国的科学家都已成功把这种细胞带到太空培养。

苏联于 1960 年发射了人类第二颗人造地球卫星,海瑞塔的细胞便是坐着它首次进入太空。美国国家航空航天局(NASA)随即发射"发现者 18 号"卫星,上面也装了几小瓶海拉细胞。科学家以前曾经用动物模拟过失重状态,推测太空旅行可能导致心血管异常、骨骼和肌肉损失以及红细胞减少。他们还知道在臭氧层以上,辐射会显著升高。但他们不了解这些改变能对人体产生什么影响。细胞会出现改变甚至死亡吗?

首批进入太空的人类也把海瑞塔的细胞带进了宇宙空间,科学家想看看细胞在太空旅行中表现如何,有没有什么特殊的营养需求;他们还想知道,在失重状态,正常细胞和癌细胞的反应是不是相同。结果,实验现象令人非常困惑:正常细胞在太空仍然正常生长,而海拉细胞到了太空，则长得更加旺盛，而且每次再升空，分裂速度就变得更快。

反应奇怪的并不只有海拉细胞。上世纪60年代，科学家发现了体外培养细胞的两个新特征。首先，体外培养的正常细胞最后总逃不过两种命运，要么死亡，要么自发转化成癌细胞。研究癌症机理的科学家对此特别兴奋，因为这就意味着他们有可能捕捉到正常细胞癌变的转化瞬间。可这个现象对想利用细胞培养技术研究医疗方法的人来说却是个大麻烦。

乔治·海厄特（George Hyatt）是美国国家癌症研究所的海军军医，他就亲眼见到过这种现象。他培养人的皮肤细胞，想用来给严重烧伤的士兵进行治疗。首先他找来一名年轻军官做志愿者，在他胳膊上划出一个创口，然后把培养出的皮肤细胞抹上，想看看细胞会不会自己长成一层新的皮肤。要是这种方法管用，那将来医生就能在战场上给受伤的士兵移植皮肤细胞。细胞确实长起来了，然而，几个星期后，当海厄特对新的细胞进行活检，却发现它们都是癌细胞。他吓坏了，赶紧清除军官胳膊上的细胞，从此再没做过类似尝试。

关于培养细胞的第二个新发现是，不管什么细胞，不管它们之前的新陈代谢有多大区别，一旦癌变，就变得极为相像，不仅分裂方式相同，还合成完全一样的蛋白质和酶。著名细胞培养学权威刘易斯·科里尔（Lewis Coriell）认为他可能找到了原因。他发表了一篇论文，说或许"转化"细胞并没有都变成癌细胞，而是被某种病毒或细菌感染，所以看起来才那么一致。他还提出一种其他人从没想到的假说，他写道：所有转化细胞看起来都和海拉细胞一样，所以海拉细胞很可能就是污染源。

他的文章发表后不久，科里尔和另外几个组织培养权威召开紧急会议，讨论他们领域的现状，生怕自己的研究会带来一场人类灾难。他们开发的细胞培养技术已经炉火纯青，甚至得到大大地简化，正如一位研究人员所说，现在"业余人士也可以做点细胞培养"。

那些年，科学家用自己、家人和病人的组织样本，轻松培养出各式各样的细胞，有前列腺癌细胞、阑尾细胞、包皮细胞，甚至角膜细胞——简单得惊人。科研人员用这个培养细胞库做出了许多划时代的发现，包括吸烟导致肺癌，X射线和某些化学物质怎样把正常细胞诱导成癌细胞，还有为什么癌细胞不会像正常细胞那样有限生长。用包括海拉细胞在内的多种细胞，国家癌症研究所对三万多种化学物质和植物提取物进行了筛查，其中的一些就发展成今日最普遍和最有效的化疗药物，包括长春新碱和紫杉醇。

虽然人人知道细胞研究的重要性，但许多科学家似乎对自己的细胞漫不经心，几乎没人仔细记录细胞的来源，很多细胞没贴标签，即使有，很多还是错的。有的科学家做的研究并不需要使用特定种类的细胞，比如看辐射对DNA的损伤，在这种情况下，即使不知道细胞种类，对结果恐怕也没有什么影响。然而多数实验都必须使用特定的细胞，如果细胞被污染或者种类不明，结果很可能就会毫无价值。总之，与会专家纷纷表示，严谨是科研的前提，科研人员必须明确他们用的细胞种类，而且必须随时注意细胞是否遭到污染。

列席会议的科学家罗伯特·史蒂文森（Robert Stevenson）说，他们希望避免科研界"陷入完全混乱"。与会成员鼓励科研人员采取适当的防护措施，比如在通风橱里操作——这是一种特殊的操作台，顶部连接吸气装置，能把空气和混在其中的潜在污染物吸进过滤系统。他们还建议美国国立卫生研究院建立一个标准细胞库，这相当于一个"中央银行"，所有培养细胞都要用最先进的无菌技术进行操作，并在最安全的环境里接受检测，然后分门别类地储存。国立卫生研究院采纳了他们的建议，并组建了细胞培养收藏委员会，委员会成员全是细胞培养专家，比如威廉·谢勒、刘易斯·科里尔，还有罗伯特·史蒂文森等。他们的主要任务是在美国标准菌种收藏所下建立一个非营利的细胞银行；收藏所从1925年就开始卖各种细菌、真菌、酵母和病毒，并监控它们的纯度，只是他们的工作从未涉及培养细胞。

就这样，收藏委员会的科学家开始着手打造这个纯净细胞堡垒。他们用带锁的手提箱运送细胞，并规定细胞入库前必须符合若干条件，如必须经过测试，确认其未受任何污染，再比如入库细胞必须是从源头直接取得的。

入编标准菌种收藏所的一号细胞是 L 细胞，这是威尔顿·厄尔（Wilton Earle）早先培养的不死的小鼠细胞。接着，收藏委员会和盖伊取得联络，想取点最原始的海拉细胞作为第二号，谁知当初盖伊兴奋过了头，把最早的海拉细胞全都分给其他研究者了，自己一点也没留。最后，他终于顺藤摸瓜，从威廉·谢勒实验室找到了想要的细胞，当初谢勒曾经用这些细胞研究过小儿麻痹症。

起初，委员会只能检测细胞是不是被病毒或细菌感染了，不久，委员会成员又发明了一种检测方法，能从一种细胞里检出混入的其他物种细胞，这样他们就能知道细胞标记是不是确凿无误。用这种新技术，他们果然很快发现了问题，本来有十种细胞，应该来自九个物种，包括狗、猪、鸭等等，结果除了一种以外，其他九种其实全来自灵长类动物。他们迅速进行了重新标定。看起来，一切尽在掌控，没有惊动公众。

没想到媒体却死死咬住海拉细胞的一点新闻大做文章，兴致之浓，堪比当年报道亚历克西·卡雷尔的不死鸡心。这一切都是从细胞交配开始的。

1960 年，法国科学家发现，如果用某些病毒感染体外培养细胞，细胞就会粘在一起并彼此融合。之后，两个细胞的遗传物质就会结合在一起，好像精子卵子融合一样。这个过程有个生物学说法，叫"体细胞融合"，可也有些科学家管它叫"细胞交配"。体细胞融合同精卵结合有本质区别：顾名思义，体细胞是非生殖细胞，比如皮肤细胞；它们融合后每隔几个小时就分裂一次。最重要的是，所谓细胞交配完全是研究人员人为控制的过程。

从遗传学角度来看，人是很糟糕的实验对象。我们通常自由婚恋，喜欢谁就要和谁在一起，基本上不听从科学家的安排。另外，不像植物和小鼠，人类生产后代数量不多，要是指望我们给科学家提供具有统计学意义的数据，那得等上几十年。从19世纪中叶，科学家就开始研究基因，他们用特殊的方法进行植物杂交和动物杂交，比如让光滑和皱皮的豌豆产生后代，或者让小黑鼠和小白鼠交配产仔，然后让子代自交，观察结果，就能看出遗传物质是通过什么形式从一代传到下一代的。这种实验用人做可不灵。然而"细胞交配"就解决了这个问题，科学家可以让具有他们感兴趣性状的细胞自由结合，然后看这些性状是如何传递的。

1965年，英国科学家亨利·哈里斯（Henry Harris）和约翰·沃特金斯（John Watkins）在"细胞交配"领域取得了巨大的成果。他们把海拉细胞和小鼠细胞进行了融合。这是人类细胞和动物细胞有史以来的第一次杂交，细胞里含有等量的海拉DNA和小鼠DNA。科学家可以用这些细胞研究基因功能，以及基因如何发挥这些功能。

除了小鼠细胞，哈里斯还把海拉细胞和失去增殖能力的鸡细胞融合在一起。他预感到，如果让失去部分活性的鸡细胞同海拉细胞相结合，那海拉细胞里的某些东西可能让鸡细胞的分裂重新启动。他的猜测完全正确。虽然不知道具体机制，但他的实验向人们显示，细胞里有些能够调节基因表达的东西。如果科学家能想办法关掉致病基因，那他们不就能实现基因疗法了吗？

哈里斯的海拉—鸡细胞融合实验后不久，纽约大学的两位科学家发现，人鼠杂交细胞在代代分裂过程中会逐渐失去人类染色体，最后细胞里只剩下小鼠染色体。这么一来，他们就可以一代一代地看细胞失去了什么功能，从而判断某个基因位于哪段染色体上。比如，如果一条染色体消失，同时细胞也不再制造某种酶了，科学家就知道这种酶的编码基因就在刚刚丢失的染色体上。

北美和欧洲的科学家闻风而起，他们不断进行细胞融合实验，在染色体上定位了一个又一个基因，这也成为我们今天的基因组图谱的先声。他们用杂交细胞研制出第一种单克隆抗体，之后用这些特殊的蛋白质做出了赫赛汀（Herceptin）等抗癌药物。科学家还利用单克隆抗体技术确定血型，使输血变得更安全，并研究免疫系统对器官移植的影响。杂交细胞的成功让人们看到，来自不同个体甚至不同物种的DNA可以在同一细胞里相安无事，不会有器官移植过程中所见的"排异现象"，因此器官移植的排异必定不能归因于细胞，而是细胞外的层面出了问题。

科学家为杂交细胞研究欢欣鼓舞，可与此同时美国和英国的媒体都发表了耸动的文章，不断引起公众恐慌，新闻是这么写的：

> 实验室杂交出人兽细胞……下一步就是"树人"……科学家制造怪物

伦敦《泰晤士报》将海拉—小鼠融合细胞称作"实验室内外前所未见的诡异杂交"。《华盛顿邮报》社论表示："我们不能接受人造的人鼠杂种！"文中称此类研究"耸人听闻"，科学家不应该打人类的主意，"老老实实做你们的酵母和真菌实验吧"。一篇文章配了幅半人半鼠图，画面上的怪物拖了一条覆着鳞片的长尾巴；还有一篇文章配着女河马人在车站看着报等车的漫画。英国媒体说海拉杂交细胞"侮辱生命"，将哈里斯描绘成疯狂科学家。而哈里斯也忙中添乱，他在一部BBC纪录片中说人和猿的卵细胞可以结合成"人猿"，这一言论在公众中造成了极度的惶恐。

哈里斯和沃特金斯写信给报社编辑，抱怨他们的话遭到断章取义，他们的科研成果也被添油加醋地炒作和"歪曲"，从而引起公众的"误解和恐惧"。他们向公众保证只是在做细胞，根本没想做"人兽杂交怪物"。但怎么解释也没用，民意调查显示，公众对他们的研究基本上持负面评价，大家都认为他们的研究毫无价值而且极为危险，竟敢"妄想充当上帝"。自此之后，细胞培养不得翻身，名声每况愈下。

1966—1973

19 "现在就是地球上最关键的时刻"

黛博拉高二那年怀上第一个孩子,那时她只有16岁。博贝特得知后痛哭失声。后来,黛博拉就不去上课了,博贝特警告她说:"别过得太优哉了,你必须得毕业。"黛博拉立马吼回去,反问博贝特大着肚子怎么上学。

"这你不用操心,"博贝特说,"你就去特殊的女子学校,那儿有的是和你一样的大肚子女孩儿。"

黛博拉不肯,但博贝特替她填了申请表,开学那天还是把她拽了过去。1966年11月10日,黛博拉生下个儿子,随爸爸阿尔弗雷德·卡特叫小阿尔弗雷德,这位父亲就是盖伦以前吃过醋的男孩儿"猎豹"。每天早上,博贝特给黛博拉做好午饭,把她送到学校,然后回家照顾小阿尔弗雷德,晚上一般也是博贝特照顾小孩,好让黛博拉有时间上学完成学业。黛博拉毕业后,博贝特又帮她找了第一份工作。总之,不管黛博拉是不是乐意,博贝特都要对她和儿子帮助到底。

黛博拉的哥哥们已经能自力更生。劳伦斯自己做生意,在一座老房子的地下室开了一家小便利店;桑尼高中毕业后加入空军,变成一个英俊潇洒的花花公子。他四处拈花惹草,不过还知道怎么避免麻烦。他们最小的弟弟乔,却有着完全不同的故事。

乔和体制格格不入。他和老师吵架，和同学斗殴，初一退学，17岁便被告上法庭，罪名是"攻击他人身体罪"。乔18岁参军，可是他的臭脾气给他在军中找了更多麻烦。不管是士兵还是上级，乔一概大打出手。有时候打到自己受伤住院，但多数时候是被关禁闭。禁闭的小屋四壁土墙，活像个黑色的洞穴，这倒和他小时候被埃塞尔关在地下室的情形差不多。然而他却宁可被关禁闭，在那儿就没人能烦他。每次一被放出来，他就再祸害别人，并再被关进去。他服役了九个月，几乎全是在小黑屋里度过的，人也变得越来越易怒。经过多次的心理评估和治疗，部队以情绪无法适应军旅生活为由，把乔赶走了。

乔的家人本来希望军队能管管他，消磨他的愤怒，让他学会遵守纪律，服从体制。谁知他从军营回来后，反而比从前更加暴躁。

乔退伍回家一周左右，邻居一个叫艾维的瘦高个儿男孩拿着刀来找他挑衅。这可不是一般人敢做的。因为19岁的乔虽然比艾维起码矮10厘米，体重也只有140斤，但这一带的人都叫他"疯子乔"，因为他似乎特别热衷于暴力。但艾维可不看在眼里，他酗酒成性，注射海洛因好多年了，身上全是打架留下的伤疤。他恐吓乔，说要杀了他。

乔起初没理他。谁知过了三个月，那是在1970年9月12日，正值周六的晚上，乔和朋友琼（June）走在巴尔的摩东区的街上。他们刚喝了酒，追着一群年轻女孩搭讪，三个男子迎面走来。其中一个就是埃尔德里奇·李·艾维（Eldridge Lee Ivy）。

艾维见乔和琼跟姑娘们说话，立刻大吼，号称其中一个姑娘是他表妹，警告他俩趁早滚远点儿。

"少废话。"琼也吼道。

就这样，两人开始当街吵架，艾维扬言要给琼脸上来一拳，乔跳到两人中间，面不改色地对艾维说他才不敢呢。

艾维扑上去掐住乔的脖子，差点让他窒息，艾维的两个朋友拼命想把他拉开。乔双腿乱踹一气，大喊："你他妈的不想活了吧！"可艾维把他打得头破血流，琼吓呆了，只顾在一旁哆嗦。

当晚，乔浑身是血地敲开黛博拉的门。黛博拉帮他清理脸颊上的血，他只是直勾勾地盯着前方，眼里喷着怒火。黛博拉把他扶到沙发上，替他冰敷，让他平静下来。整整一夜，乔恶狠狠地盯着墙壁，黛博拉从没见过如此可怕的表情。

第二天早上，乔走进黛博拉的厨房，拿走一把锋利的黑把儿切肉刀。两天后，也就是 1970 年 9 月 15 日，乔照常去当地卡车公司上班。5 点不到，他和一个同伴已经干掉五分之一瓶老爷爷威士忌，随后又灌下半斤多。乔下班时，天色还早，他走到东区蓝威尔大街和蒙特福德大街的交叉口，艾维正站在房门口和几个朋友聊天。乔走过马路，喊了句："嘿，艾维。"就把黛博拉的刀插进他的胸口。刀刃直捅心脏。乔追着跌跌撞撞的艾维跑进邻居的房子，艾维倒在自己的血泊里，嘴里大喊："我要死了，叫救护车！"然而根本来不及。几分钟后消防员赶到了，可艾维已经断了气。

乔离开杀人现场，把行凶的刀扔在附近的小巷，然后找到公用电话拨通了父亲的号码。但警察已经抢先一步通知了他父亲，说他儿子杀了人。桑尼和劳伦斯叫父亲把乔带回克洛弗的烟草农庄，兴许能躲过法网恢恢。黛博拉却说他们全都疯了。

"他必须自首，"她对他们说，"警察已经发了通缉令，不论死活都要逮住他。"

可家里男人们对此充耳不闻。戴给乔塞了 20 美元，把他送上去克洛弗的长途车。

回到拉克斯镇，乔每天喝得酩酊大醉，在亲戚间寻衅滋事，急了就威胁说要杀了他们，连"虱子"也见识过他的厉害。过了一周，"虱子"给戴打电话，说最好找个人把乔带走，否则搞不好哪天乔再杀人或者被人杀了。桑尼开着父亲的车把乔从克洛弗接走，拉到华盛顿一位朋友家。可乔在那里也不安生。第二天一早他就给桑尼打电话，说："过来接我，我要自首。"

1970 年 9 月 29 日早晨，乔走进巴尔的摩警察总署，镇定地说：

"我是乔·拉克斯。你们在通缉我,因为我把艾维给杀了。"接着他填了下面这个表格:

被告有无工作?	无
随身携带现金或在银行有存款?	无
父母姓名?	戴维·拉克斯
父母最近是否见过你?	没有
朋友或家人能否为你请律师?	不能。没钱

此后,乔每天只有干等。他知道自己会认罪,只想赶快走完这些程序。五个月后,他等得不耐烦了,给刑事法庭的法官写了封信:

亲爱的先生或法官阁下,

现在就是地球上最关键的时刻今天我反错的气氛我要说不,已经在我身上堕落的理解。犯了非常不改发生的问题。我把我心里憎恶,感觉特别崩塌。求你(最好快点审我)让我知道我讲来什么,我觉得好向我一定为我做过的错误严厉惩罚。所以准备好现在就完事。

乔·拉克斯

(快点审我)

(谢谢)

(法官阁下)

1971年4月6日,也就是艾维死后七个月,乔终于站在了法庭之上,承认自己犯了二级谋杀罪,审判过程中桑尼都在旁边。法官反复警告乔,承认罪行意味着自动放弃接受审判、作证和上诉的机会。法官一边说,乔一边回答"是,女士"或者"不是,女士"。他告诉法官全是因为喝了酒他才这么做,他本来没想杀了艾维。

"我就想给他肩膀一刀,他慌了,转了个身,结果正好插心脏里了。"乔继续说,"我只想让他受点皮肉苦,这样他就没法再害我……周六晚上我们干了一架,他说要杀了我。我就想让你知道我完全在保护自己的生命。我没想给任何人找任何麻烦。"

可艾维14岁的邻居当时在场目击了全部经过,邻居说亲眼看见乔追上来,径直朝艾维胸口猛刺,艾维想跑,跌跌撞撞的,乔还想上去给他后背一刀。

乔走下台子,法院指派的辩护律师走到法官面前做最后陈述:

> 法官阁下,我只想补充一点,我和这个年轻人的哥哥聊过他的经历,包括他在军队的问题,他今天之所以会站在法庭上,可能就是由于这些问题。出于某种原因,在他成长过程中获得了强烈的自卑感。似乎无论是谁,只要和他稍有冲突,他就觉得那人对他很有敌意,敏感程度远远超过一般人……有件事希望法庭参考,他在部队曾经做过精神方面的治疗,可从未住院治疗。

法官对乔的经历一无所知,更不知道他小时候受的那些虐待,她说:"乔的自我保护意识比常人强。这样,可能有的情况不会让一般人发怒,却会让乔爆发。"

"大家都叫你'疯子乔'对吗?"法官问。

"有的朋友这么叫我。"乔说。

"知道他们为什么这么叫你吗?"

"不知道,女士。"他说。

法官接受了乔的认罪,但是在做出判决之前,她要求先看看乔的医疗和精神治疗记录。记录是保密的,但里面的内容让他得到了减刑——本可能判30年徒刑,法官只判了15年。就这样,乔被送到巴尔的摩西边120公里的马里兰劳教所,这是一家中等戒备的监狱。

开始,乔的表现和在部队一样,经常因为打架或违抗命令被关禁闭。后来他突然不打了，转而将能量汇聚到内心。乔皈依了伊斯兰教，把所有时间都用来学《古兰经》。不久后还把名字改了，叫扎卡里亚·巴里·阿卜杜勒·拉赫曼（Zakariyya Bari Abdul Rahman）。

在监狱外面，拉克斯家其他兄弟的生活蒸蒸日上。桑尼从空军光荣退伍，劳伦斯也在铁路上找到一份好工作。可黛博拉的情况就没这么妙了。扎卡里亚入狱前，黛博拉已经嫁给"猎豹"。婚礼是在博贝特和劳伦斯家的客厅举行的，黛博拉18岁，穿了一条蓝色薄纱裙。回想两人初次相见那天，黛博拉正站在自家门前的便道上，"猎豹"朝她扔了个保龄球。她以为"猎豹"在开玩笑，没想到婚后变本加厉。他们第二个孩子拉敦亚（LaTonya）出生后不久，"猎豹"染上毒瘾，只要一亢奋就对黛博拉大打出手。后来他改在街上鬼混，和别的女人过夜，每次回家只是为了在家里贩卖毒品，而黛博拉的孩子们就坐在旁边看着。

一天，黛博拉在水池边洗碗，手上全是肥皂泡，"猎豹"冲进厨房污蔑她跟别的男人睡，接着就上前打了她一个嘴巴。

"别再这样。"黛博拉直挺挺地站着，手还泡在水池里。

"猎豹"从架子上抓起一只盘子朝她脸上打去，盘子都被打碎了。

"我告诉你别再碰我！"黛博拉声嘶力竭地喊，把一只手从水里抽出来，抓过一把带锯齿的牛排刀。

"猎豹"想再打她，可酒精和毒品却让他动作迟钝。黛博拉用另一只手挡住他，把他顶到墙边，将刀刺向他的胸口，不过刺得不深，刀尖恰好捅破了皮，黛博拉把刀一直向下划过他的肚脐，"猎豹"尖叫，骂她疯子。

之后，"猎豹"给了她几天清静，可不久又来找麻烦。每次都吸了毒，而且喝得烂醉，进门就打。一天晚上他来到客厅，冲着黛博拉就是一脚，黛博拉喊道："你为什么总要骂我打我？""猎豹"没有回答，黛博拉当即决定要杀了他。他转过身，跌跌撞撞朝楼梯走去，边走边喊，黛博拉使出全力把他推下楼梯。"猎豹"滚下去，血流不止。黛博拉从楼梯顶端看着他,一点感觉也没有——没有恐惧,也没有任何感情。"猎豹"动了一下,黛博拉立刻走下楼梯抓住他,把他从地下室拖到外面的人行道上。当时正值严冬,还下着雪,"猎豹"没穿外套。黛博拉可不管,把他扔在屋外,转身将门甩上,上楼睡觉。

第二天早上醒过来,黛博拉希望"猎豹"已经冻死了,谁知道他正坐在屋前,浑身淤青,冻得够呛。

"我觉得好像有人扑过来把我打了一顿。"他说。

黛博拉让"猎豹"进屋,让他洗澡吃饭,心想他真是笨到家了。"猎豹"睡着后,黛博拉就给博贝特打电话,说:"就这样了。他活不过今晚了。"

"你说什么呢?"博贝特问。

"我有个大扳手,"黛博拉说,"我要敲碎他的脑壳,把他的脑浆敲出来。我受够了。"

"黛尔,别做傻事,"博贝特说,"你忘了扎卡里亚的下场吗?他进监狱了。你要是杀了那个蠢男人,你孩子怎么办?快把扳手收走。"

第二天,"猎豹"出去上班。他前脚刚走,一辆搬家公司的车就停在了屋门口。黛博拉把孩子和全部家当搬上车,暂时躲进了父亲的老房子。她同时做两份工作,并努力尝试做一个单亲妈妈,开始新生活。她还不知道,比对付"猎豹"还要难得多的事即将发生。

1966

20 海拉炸弹

1966年9月,美国宾夕法尼亚州贝德福德市(Bedford)一家酒店里,遗传学家斯坦利·加特勒(Stanley Gartler)走上讲台,当着乔治·盖伊和其他细胞培养领域的权威,他宣布自己发现了一个"技术问题"。

这是细胞和组织培养第二届十年回顾大会的现场,与会科学家超过700人。他们有的来自生物技术公司,有的来自科研领域。这些人从纽约、阿拉斯加和英国、荷兰、日本等世界各地赶来,在此讨论细胞培养的未来。会议厅里气氛活跃,人们兴致勃勃地谈论细胞克隆、杂交细胞、人类基因图谱,以及使用培养细胞治疗癌症。

没几个人听说过斯坦利·加特勒,但他很快就要名声大振。加特勒凑向麦克风,说自己在寻找新的遗传标记的过程中用到很多细胞,他发现18种最为常用的培养细胞全都含有一个罕见的遗传标记——葡萄糖-6-磷酸脱氢酶A型突变(G6PD-A),这种变异型几乎只出现在美国黑人体内,而且即使在黑人中也极为罕见。

"我还没法确定全部18种细胞系的种族来源,"加特勒对听众说,"但起码有些来自白人,至少一种来自黑人,那就是海拉细胞。"他对

这一点非常确定,因为几个月前他刚刚去信乔治·盖伊:

> 我想知道您的海拉细胞最初是从什么人种取得的。我查了早期一些讲海拉细胞发展史的论文,没有一篇提到过捐赠者的种族。

盖伊回信解释说海拉细胞取自一名女性,是"有色人种"。加特勒明白问题出在哪儿了。

"我认为最简单的解释是,"他对听众说,"所有培养细胞都被海拉细胞污染了。"

科学家们都知道必须避免细胞被细菌和病毒所污染,他们也知道如果不小心把不同的细胞掺和在一起,可能造成交叉感染。然而现在摆在科学家面前的是海拉细胞,他们根本不知道海拉细胞有多厉害。这些细胞能附着在尘土颗粒上在空气中飘浮,可以粘在手上或者用过的吸量管上在培养皿间传递,也可能附着在工作服和鞋上,甚至通过换气系统从一个实验室转移到另一个实验室。这些细胞还异常强壮:哪怕海拉细胞单枪匹马在培养皿里着陆,它也可以繁衍生息,消耗掉所有培养基,霸占一切空间。

加特勒的发现可不怎么受欢迎。从15年前乔治·盖伊刚培养出海拉细胞至今,每年和细胞培养有关的论文以三倍以上的速度增长。科学家花费了上百万美元,用培养细胞研究不同组织的特性,把不同细胞做比较,检验不同类型细胞对特定药物、化学物质和不同环境的反应。要是所有细胞其实都是海拉细胞,那么之前大把的银子就白花了,而那些观察到不同种类细胞不同特性的科学家也有的解释了。

多年后,美国标准菌种收藏所主席罗伯特·史蒂文森回想当年加特勒的演讲,这样对我说:"他就这么突然杀出来,没有任何背景,在细胞培养领域名不见经传,可他就这么大大方方地上来把局给搅了。"

加特勒指着墙上的图表列举被海拉细胞污染的18种细胞,以及这些细胞的提供者。史蒂文森和细胞培养收藏委员会的成员坐在台下，听得目瞪口呆，这18种被污染的细胞中至少有6种是从美国标准菌种收藏所来的。海拉细胞显然已经渗透到各个角落。

当时，菌种收藏所已经收藏了几十种细胞，全都经过检测，确定没有病毒、细菌和异种细胞污染。但从没有人检测一种人类细胞有没有被另一种人类细胞污染。何况几乎所有培养细胞看上去都差不多。

现在加特勒其实是在告诉听众，他们这么多年来一直以为自己建立了一个人体组织的细胞库，实际上可能只是反复不停地在培养海拉细胞。他指出，自从科研工作者们几年前开始使用防范措施避免跨物种的污染——比如在无菌通风橱里操作，培养新细胞系就突然变得非常艰难。事实上"从那之后科学家几乎再没培养出新的人类细胞系"。不仅如此，他还指出从那之后"再没人观察到人类细胞自发转化现象"。

在座的每个人都知道这句话是什么意思。加特勒不仅在告诉他们，大家已经浪费了十几年的时间和上百万美元，他还暗示自发转化也许根本就不存在，当时人们对这个现象寄予了特别大的期望，觉得能从中发现治疗癌症的方法。加特勒说，正常细胞根本不能自发转变成癌细胞，它们只是被海拉细胞代替了。

加特勒用一句话总结他的发言："无论科研工作者认为自己的细胞系是什么起源，不管是肝脏还是骨髓，所有来源都很可疑。我认为这些工作都该被摒弃。"

演讲厅一片死寂，在座所有观众瞠目结舌。直到本场主持人徐道觉（T. C. Hsu）开口打破沉默。徐道觉是得克萨斯大学的遗传学家，他早先用海拉和其他细胞做了一系列有价值的研究，为后来找出人类染色体正确数目做了铺垫。

"几年前我就提出过细胞系污染的质疑，"徐道觉说，"因此看到加特勒博士的论文感到很高兴，但我知道一定也有很多人不高兴。"

他说得没错，这些人很快开始发问。

"细胞在你实验室培养了多长时间？"一位科学家问，言下之意是在说，细胞或许是抵达加特勒实验室后遭到污染的。

"分析检测是细胞在我实验室培养之前做的。"加特勒回答。

"你是说细胞寄到你实验室的时候不是冷冻的？"这位科学家知道细胞解冻过程中也会被污染，因此穷追不舍。

加特勒回答说这些都不重要，因为细胞不需化冻也可以检测。

另一位科学家质疑，或许是加特勒培养的细胞全部自发转化成癌细胞，所以看起来才这么相似。

最后，细胞培养收藏委员会的罗伯特·史蒂文森发话了："看来还需做更多测试……才能判断我们是不是需要重新分离新的人类细胞系。"

徐道觉接茬说："我想邀请加特勒博士演讲中提到的细胞系培养者先发言。有没有人想提出反面意见，或者为自己辩护，我们想优先听听这样的声音。"

哈佛大学的罗伯特·张（Robert Chang）坐在下面，盯着加特勒一言不发。他培养的"张氏肝细胞系"已经被广泛应用，然而却在加特勒的污染细胞表上榜上有名。他自己更是用这种细胞发现了好多肝细胞特有的酶和基因。如果加特勒的结论是正确的，即这些肝细胞实际上全都是海瑞塔的子宫颈细胞，那张博士的研究就一钱不值了。

伦纳德·海弗利克的人羊膜细胞系来自孕育过他女儿的羊膜囊，因此他对这些细胞有着特殊的感情，将它命名为"希望"（WISH）。非常不幸，他的细胞也上了加特勒博士的黑名单。他抱着一线希望，问白人的细胞里是不是也可能有 G6PD-A 变异型。

可加特勒回答："目前还没发现有这个变异型的白人。"

同一天的晚些时候，在乔治·盖伊主持的另一场论坛上，海弗利克讲解了自己的研究，主题是体外培养细胞自发转化的"现象及理论"。演讲前，海弗利克站在讲台上，说刚才听说"希望"细胞系里检测出了只有黑人才有的遗传标记，大惊失色，于是趁休息的空当打电话给老婆，问自己到底是不是孩子的父亲。"我老婆跟我保证我就是父亲，我的担心根本毫无道理。"他的话引来哄堂大笑,之后人们似乎把加特勒的话暂时忘在了一边,再没人提起。

不过有几个人可没敢忽视加特勒的意见:会议结束前,史蒂文森同几位细胞培养领域的巨擘共进午餐,警告他们回去一定要检测自己的细胞到底有没有 G6PD-A 遗传标记,从而看看细胞污染问题到底有多普遍。结果,好多人的细胞系里真的检测出了这个标记,包括乔治·海厄特几年前移植到军官手臂上的那些上皮细胞。可当年海厄特的实验室里根本就没有培养海拉细胞,所以细胞必然在运抵之前就被污染了。同样的事情发生在全世界若干实验室,只是从来没人觉察。

尽管铁证如山,很多科学家仍不愿承认"海拉污染"是真的。人们说加特勒在会议上的言辞如同扔出一枚"海拉炸弹",可大多数学者离开会场回到他们的实验室,仍然继续使用有污染嫌疑的细胞。只有史蒂文森和其他几名科学家认识到海拉污染可能带来的严重后果,他们马上着手研究新的基因检测法,希望能研制出比检测 G6PD-A 更精确的方法检出培养细胞里污染的海拉细胞。让人始料未及的是,这些基因检测最终又把这些科学家和海瑞塔的家庭联系在一起。

2000

21　暗夜医生

桑尼·拉克斯放我鸽子后两个月,我又一次呆坐着等他,这次换了地点,是在巴尔的摩假日酒店大厅。这天是元旦,约定时间过了两个小时他都没有出现。我猜他保准又要爽约,于是收拾东西准备离开,谁知突然听见一个男人朝我大喊:"你就是丽贝卡小姐吧?"

桑尼突然出现在我身边,脸上现出甜美、羞怯的微笑,嘴中间露出个豁牙口子,像个50岁的老顽童。他笑着拍了拍我的后背。

"你不肯放弃,是吧?"他说,"我不得不说,我遇见的人里只有一个比你还固执,那就是我妹妹黛尔。"他继续咧嘴笑着,扶正头上的黑色鸭舌帽。"我本来想劝她今天一起来见你,她就是不肯。"

桑尼笑起来声音很大,眼神里透着顽皮,笑的时候眼睛几乎眯成一条缝。他留着精心修剪的胡子,脸庞温暖而英俊,看上去开朗外向;身材瘦削,而且并不高,最多只有一米七五。他拎过我的书包。

"走吧,"他说,"咱们开始吧。"

我跟着他朝他的沃尔沃走去,车没锁也没熄火,就停在酒店旁的停车场。他说车是管女儿借的,"没人想坐我那辆破货车,"说着他挂上挡,"准备好去见大法官了吗?"

"大法官?"

"没错,"桑尼咧嘴笑道,"黛博拉说你得和大哥劳伦斯先聊聊,让他先探探你的底细。经过了他的检验,其他人才可能见你。"

我们默默地开过几条街。

"劳伦斯是我们兄妹几个里唯一记得妈妈的人,"桑尼终于打破沉默,"黛博拉和我对她毫无印象。"接着,桑尼就把他知道的关于母亲的一切都讲给我听,整个过程目光一直没离开过前方的路面。

"所有人都夸她人好,做饭也好吃,人当然长得漂亮。她的细胞曾经在核弹里炸了。好些发明创造都是从她细胞里来的,好些医疗奇迹,什么小儿麻痹疫苗,癌症的什么疗法,还有其他东西,比如艾滋病疗法什么的……她以前就喜欢照顾人,所以她的细胞做了这些好事都挺合情合理的。我是说,大家总说她特别无私,你知道,把什么都安排得好好的,把家里照顾得特别周到,每天一起床就给所有人做早饭,哪怕家里来二十几号人也没问题。"

他在一排红砖房后面的空巷里停下车,然后扭过头望着我,这是我们坐上车以来他第一次看我。

"一般科学家和记者想打听妈妈的事儿,我们就带他们来这儿。我们几个人一起对付他们,"他说着,笑起来,"可你看上去人不错,所以我也给你特殊对待,这次就不叫我弟弟扎卡里亚来了。"

我从车里下来,桑尼边把车开走边探出窗子冲我大喊:"祝你好运!"

我对桑尼的兄弟所知甚少,只知道他们脾气都不小,其中一个还杀过人——我不记得是哪个,也不知道是为了什么。几个月前,当黛博拉把她哥哥劳伦斯的电话号码给我的时候,她发誓再不和我讲话,她说:"每次白人来打听我妈妈,兄弟们就暴跳如雷。"

我穿过巷子旁一片铺了一半水泥的狭长院落走向劳伦斯的房子,一缕青烟从他厨房纱门的缝隙里飘出来,折叠桌上的小电视发出刺啦刺啦的声音。我敲敲门,然后静静等待。没人回应。我把头探进厨房,只见几块肥猪肉在炉子上吱吱流油。我喊道:"有人在吗?"仍然寂静无声。

我深深吸了口气,壮着胆子走进屋,把门关好。转过身,突然看见劳伦斯就站在我身后,他差不多有一米八,足有250斤重,看上去比两个我还大。他一手撑在长桌上,一手抵着对面的墙,宽宽的身体几乎挡住了狭窄的厨房。

"你好啊,丽贝卡小姐。"他打量了我一眼,"想尝尝我做的肉吗?"

我差不多有十年没吃过猪肉了,但当时我突然觉得这有什么关系。"听上去太诱人了。"我说。

劳伦斯脸上掠过一抹和善的笑容。他已经64岁了,棕褐色的皮肤平整光滑,褐色的眼睛透出活力,要不是灰白的卷发暴露了年龄,他看起来要年轻好几十岁。他提了提松垮的牛仔裤,把手在沾满油渍的T恤上蹭了几下,拍拍手说:"好,不错,非常好。我还要给你煎个蛋。你实在瘦得不像样儿。"

劳伦斯一边忙活一边给我讲乡下的生活。"每次大人进城卖烟草,总能给我们这帮孩子带点香肠。要是我们听话,他们就允许我们拿面包蘸煎培根的汤儿吃。"他对细节有着惊人的记忆。比如,他在纸上给我画了他爸爸用木条钉的马车,还拿绳子和餐巾示范小时候晒烟草之前怎么把烟叶绑成捆儿。

可我一问到他的妈妈,劳伦斯顿时沉默了,只说了句"她长得特别好看",就继续喋喋不休地说起他的烟草。我再次询问海瑞塔,他说:"我爸爸和他朋友以前老在拉克斯镇路上赛马。"我们就这么来回来去地周旋了几个回合,他终于叹了口气,说不记得妈妈的事儿了。事实上,他说他对自己十几岁的时光压根儿没什么印象。

"因为那段日子太痛苦,我就有意把它们从脑子里抹掉了。"看来他再不想去揭这块伤疤。

"我只记得妈妈很严格。"他回忆说,海瑞塔让他在水池里洗尿布,他刚把尿布晾起来,妈妈就又把它们丢到水里,说洗得不干净。可妈妈只打过他一回,就是他跑到特纳车站码头游泳那次。"她让我回去拿一条鞭子,好让她抽我,可她不满意,让我回去拿了条粗的,然后又回去拿了条更粗的。最后她把三条绑在一起追着我打。"

就在他说话的当间儿,厨房里又漫起油烟,我俩都忘了炉子上的东西。他把我从厨房攥到客厅,在我面前的圣诞图案餐垫上摆好盘子。盘子里盛着煎蛋和焦黑的猪肉,猪肉有我手掌那么大,可比我的手还厚。然后他一屁股坐在我旁边的木头椅子上,手肘放在膝盖上,一言不发地盯着地面,等着我吃。

最后他终于开口:"你在写我妈妈?"

我边嚼边点点头。

"她的细胞长得和全世界一样大,把地球都盖满了,"说着,他伸出手臂,在空气中划出一个星球,眼里泛起泪花,"不可思议……它们一直不停地长,把其他的都给比下去了。"

他探了探身子,脸都快贴上我的脸了,悄声说:"你知道我听说什么了吗?我听说2050年所有婴儿都会注射用我妈的细胞做的血清,那样他们能活800岁。"他露出诡异的笑容,好像在说"我打赌你妈可做不到"。"有了它们,什么病都不怕了,"他说,"简直是奇迹。"

劳伦斯向椅子里靠回去,低头望着双腿,笑容逐渐消失。长长的沉默之后,他又抬头望着我的眼睛,喃喃地说:"你能告诉我我妈的细胞到底干了什么吗?我知道它们很重要,可从没人告诉我。"

我问他知不知道细胞是什么,他像没做作业被老师拎起来的孩子一样,盯着脚尖说:"差不多吧,不怎么知道。"

我撕了张纸,画了个大圆,中间点上个小黑点,给他解释细胞和海拉细胞对科学做出的几项贡献,最后还给他讲了细胞培养在那之后的进展。

"科学家现在甚至能在实验室培养出角膜,"我边说边从书包里取出一页剪报递给他,说细胞培养技术因为海拉细胞得到了大大的发展,现在科学家能从一个人的角膜上取样培养,然后移植到另一个人的角膜上,让他重见光明。

"想想,"劳伦斯边说边摇头,"真是奇迹!"

此时桑尼突然破门而入,边走边喊:"丽贝卡小姐还活着待在这儿?"说着靠在厨房和客厅之间的墙上。

"看来你过关了。"他指着我空了一半的盘子说。

"丽贝卡小姐给我讲了咱妈的细胞,"劳伦斯说,"不可思议。你知道妈妈的细胞能让史蒂维·旺德(Stevie Wonder)恢复视觉吗?"

"哦,事实上,我是说,并不是把她的细胞放到别人眼睛里,"我结结巴巴地说,"科学家是用她的细胞发展了技术,然后再用这种技术培养别人的角膜。"

"真是奇迹。"桑尼说,"我一点也不知道这些事儿,不过前一阵克林顿总统说小儿麻痹疫苗是20世纪最重要的一项发明,妈妈的细胞也和这件事有关。"

"真是奇迹。"劳伦斯说。

"这也是。"桑尼说着慢慢伸开手臂退到一边,在他身后颤巍巍地站着84岁的老父亲戴。

戴因为不停地流鼻血,已经几乎一周没出过家门了。他穿着褪色的牛仔裤和法兰绒衬衫站在门廊里,虽然时值1月,脚上却穿着蓝色塑料拖鞋。他的身体又瘦又弱,几乎直不起腰来,浅褐色的脸上满是岁月留下的痕迹,沟壑纵横,但看上去挺柔软,像饱经风霜的工作靴。他戴着和桑尼一样的鸭舌帽,盖不住满头银丝。

"他脚上长疮了。"桑尼指着戴的脚趾说。我低头一看,他的脚趾多处溃烂,比身体其他部位都黑好多。"他的脚穿一般的鞋太疼了。"坏疽已经从戴的脚趾向膝盖蔓延;医生建议把脚趾截掉,可戴不同意。他说不想像海瑞塔一样被医生乱切。52岁的桑尼也有一样的想法,医生劝他做血管成形术,他死也不肯。

戴在我旁边坐下,棕色塑料框太阳镜挡住他不断流泪的双眼。

"爸,"劳伦斯吼道,"你知道吗,妈的细胞能让史蒂维·旺德重新看见东西。"

戴像慢动作一样摇摇头，嘟嘟囔囔地说："不知道。你告诉我之前都没听说过，不过一点也不意外。"

这时房顶发出"砰"的一声响，接着有人窸窸窣窣在上边走。劳伦斯从桌边一跃而起，冲进厨房："我老婆要是早上没咖啡喝准要火冒三丈，我得赶紧做一杯。"这时是下午2点。

几分钟后，博贝特·拉克斯走下台阶，慢慢向客厅走来，身上穿一件褪色的蓝睡袍。她好像没看见任何人，穿过客厅走向厨房，大家停止谈天。

博贝特看上去就是个聒噪的女人，笑起来一定很大声，好像随时会对别人爆发，只不过暂时安静下来。她身上散发出一股气场，警告别人"别惹我"，脸上表情严肃，直勾勾看着前方。她知道我为什么在这儿，对我的疑问看起来有很多想说，但似乎懒得和我说话——这是当然，又是一个来打听她家往事的白人。

博贝特走进厨房，桑尼把一张皱皱巴巴的纸塞在戴手里，是影印的海瑞塔的老照片，画面上的她双手叉腰。接着他从桌上抓起我的录音笔，递给戴说："好吧，丽贝卡小姐有问题要问你，爸。把你知道的都告诉她。"

戴从桑尼手中接过录音笔，却一句话也不说。

"她就是想知道黛尔一直问你的那些东西。"桑尼说。

我对桑尼说，要不让戴打电话给黛博拉，问她想不想一起来听听。这些男人们听到我的提议，全都摇头笑了。

桑尼说："黛尔现在和谁也不想说。"

"因为她受够了，"戴喃喃说道，"人们总是对她纠缠不休，拿各种问题骚扰她，她没完没了地回答问题，但自己什么也没得到。人们过后就把她给忘了，连张卡片也不给她寄。"

"没错，"桑尼接茬说，"一点不错。人们就想知道前因后果。丽贝卡小姐也是这个目的。所以爸爸你就说吧，说完就没事了。"

可戴不想再谈海瑞塔。

"我最早就知道她得了癌症,"他几乎是逐字逐句地重复多年来给数十位记者讲过的故事,"约翰·霍普金斯医院打电话让我过去,说她死了。他们让我把海瑞塔交给他们处理,我说不行。我说:'我不知道你们干了什么,我只知道她死在你们手里。别再把她切来切去。'之后亲戚说这样也没什么害处,我就又同意了。"

戴紧紧咬着仅剩的三颗牙。"我从没签过文件,"他说,"我就跟他们说,'你们想剖就剖吧',其他什么也没说。医生从没跟我说过要让她长在什么管子里,也没说要养她的什么细胞。他们只告诉我想剖她,看能不能帮我的孩子。我从来不知道他们在干什么,他们是医生,说什么你就得照办。他们比我懂得多,说我要是把我老婆交出来,他们就能用她研究癌症,兴许能帮我孩子,还有我孙子。"

"对!"桑尼大喊,"他们说他的小孩儿要是得了癌症,就能帮上忙。他有五个孩子,他听了这话还能说什么?"

"她死了之后,我去医院,他们知道她的细胞已经长起来了,"戴摇头说,"可他们什么也没告诉我,就说要把她切开,看看癌症怎么样。"

"你能指望霍普金斯干点什么?"博贝特的声音突然从厨房传来,她正坐在那儿看肥皂剧,"我剪脚趾甲也不会去那儿。"

"嗯。哼。"戴吼着,把银色拐杖在地板上狠狠一敲,像在地上点了一颗感叹号。

"当时他们就干这种勾当,"桑尼说,"尤其对我们黑人。谁都知道约翰·霍普金斯拿黑人做实验,就从街上抓人……"

"没错!"博贝特说着出现在厨房门口,手里端着咖啡,"众人皆知。"

"他们就随便从街上抓人。"桑尼在一边帮腔。

"随便抓人!"博贝特喊道,声音更大了。

"拿人做实验!"桑尼也咆哮起来。

"你要知道我小时候巴尔的摩东区有多少人突然消失,得吓你一大跳。"博贝特对我说,"告诉你,他们把海瑞塔弄进去的时候我就住在那儿,那还是50年代,大人也不许我们接近霍普金斯医院。我们这帮小孩天一黑就得回到家门口,不然霍普金斯就把我们抓走了。"

不只有拉克斯家的人,很多黑人从小就听说约翰·霍普金斯医院和其他医院绑架黑人做实验。至少从19世纪初,"暗夜医生"(night doctors)绑架黑人做实验的说法就在黑人群体内部口口相传。事实上,这些传说背后有可怕的真相。

有些故事是白人奴隶主编造的。在非洲有一种流传已久的说法,说疾病和死亡都是由于幽灵缠身。奴隶主就利用这条迷信,先放出谣言,说有人拿黑人的尸体做可怕的研究;等到了深更半夜,再自己披上白布单假扮幽灵飘来荡去,假装是来让黑人得病或者抓黑人去做实验的。这些白布单子就是三K党白袍的前身。

然而,"暗夜医生"的说法可不仅是吓人的鬼把戏。在现实中很多医生确实在奴隶身上测试新药的疗效,甚至拿奴隶试验新的外科手术方法,很多时候连麻醉也不打。20世纪初,黑人向北方的华盛顿和巴尔的摩迁移,人们纷纷传说这些大城市的医学院出钱买尸体,因此对"暗夜医生"的恐惧与日俱增。有人说医院从坟地里挖黑人做研究,还有人说北方学校解剖课上用的标本全是从南方偷运来的黑人尸体,这些尸体十几个一批,装在桶里运来,桶上标的是"松节油"的字样。

由于对这段历史的记忆,霍普金斯医院周围的黑人普遍认为医院在这里选址,肯定是为了让医生更容易获得实验品。可实际上刚好相反,医院当初建在这里,本来是为了方便巴尔的摩的穷人。

约翰·霍普金斯其人出生于马里兰州一个烟草种植园,后来他父亲把自己的黑人奴隶全释放了,那时距美国正式解放黑奴还有60年。霍普金斯靠经营银行和杂货店成了百万富翁,还销售自创的威士忌,可他终身未娶,也没有孩子。1873年,即将辞世的他捐出700万美元建立医学院和慈善医院。他亲自选了12个人组成理事会,并写信给他们，列举自己的遗愿，规定霍普金斯医院要救助那些没钱接受治疗的人：

> 这座城市及周边的贫困疾苦的人们，不论性别、年龄、肤色，凡是需要手术或治疗，只要入院不伤及他人，就必须给予免费治疗；这座城市及这个州的穷人，不论种族，不管因为什么样的意外而受伤，医院必须给予免费治疗。

他特意指出，只有对能轻松支付医疗费的病人才能收费，并且这些收入必须用于治疗那些没钱就诊的人。除此以外，他还另外留下价值200万美元的土地，和每年2万美元的现金，来帮助黑人儿童：

> 你们有责任为有色人种的孤儿提供适当的住所、生活费，并提供适当的教育。我要求你们必须为300~400名有色人种孤儿提供上述便利。你们有权根据具体情况和自己的判断自行决定是否接纳单亲甚至父母健在但可能需要救助的有色人种孩子。

写下这封信后不久，霍普金斯就离开了人世。理事会成员基本上都是朋友和家人，他们在霍普金斯死后组建了美国数一数二的医学院，而同时建起的医院也确实坚持履行霍普金斯的遗愿，即每年为穷人免费提供价值上百万美元的医疗服务，这些获益者里，大部分都是黑人。

不过，约翰·霍普金斯医院救治黑人患者的医疗史上也不是毫无污点。1969年一位霍普金斯研究人员从该地区7000多名儿童身上取血，寻找所谓犯罪行为的"遗传倾向"。这些儿童多数来自穷苦的黑人家庭，而且多数没有知情同意。美国公民自由联盟（American Civil Liberties Union）提出诉讼，状告该研究侵犯了被试验孩子的人权，而且研究者还将结果透露给州法院和少年法庭，这一点违背了医生对病人的保密义务。研究被叫停，然而几个月后又重新启动，因为他们

"弥补了错误"，开始使用知情同意书。

上世纪 90 年代，两名妇女又把霍普金斯医院告上法庭，说医院研究人员故意把她们的孩子暴露在含铅的环境中，而且在测知孩子血液中铅含量明显上升甚至导致一名孩子铅中毒之后，也没有及时告知她们。该实验其实是一项研究的一部分，研究的目的是测试除铅方法的功效，参与研究的全是黑人家庭。研究人员先对一些房间进行了不同程度的处理，然后叫房东把房子租给有孩子的家庭，好让他们对孩子体内的铅含量进行跟踪监测。刚开始这个案子竟然遭到驳回，后来两位妇女继续上诉，法官将这项研究同索瑟姆的海拉细胞注射实验、塔斯基吉研究和纳粹研究作比，最终双方庭外和解。美国卫生及公共服务部启动调查，最终认定研究所使用的知情同意书对房子接受的不同程度的除铅处理"缺乏详尽描述"。

可今天每当人们说起霍普金斯医院同黑人的关系，人们总是拿海瑞塔·拉克斯作为反面典型。在他们眼中，一帮白人医生瓜分利用了这位黑人妇女的身体。

坐在劳伦斯的客厅，桑尼和博贝特来回来去喊了将近一个小时，控诉霍普金斯医院抓黑人的种种罪行。最后桑尼靠在椅背上说："约翰·霍普金什么也没告诉我们。这点最坏了。不是让人伤心，是坏，因为我不知道他们不告诉我们是为了私自赚钱，还是专门就不想让我们知道。我觉得他们肯定赚钱了，因为他们满世界卖她的细胞。"

"霍普金斯说他们只是把细胞送人，"劳伦斯大吼，"可他们发了！不公平！她是全世界最重要的人，可她家人还这么穷。要是我们的妈妈对科学这么重要，我们怎么连医疗保险也没有？"

戴患有前列腺癌，肺里充满了石棉；桑尼心脏有问题；黛博拉毛病更多，她患有关节炎、骨质疏松、神经性耳聋、焦虑和抑郁。不仅如此，全家人都被高血压和糖尿病所困扰，拉克斯一家觉得他们真算是养活了制药业和医生。然而他们的保险却一点也不稳定，有人能享受国家的老年医疗保险,其他人可能有时能被配偶的保险覆盖,可他们所有人都承受着很大的经济压力,都有因为没有保险或没钱而没办法治病的时候。

拉克斯家的男人大谈霍普金斯医院和医疗保险,博贝特却对此嗤之以鼻,只管走进客厅,坐在她的躺椅上。"我血压又上来了,我可不想因为这个死,你知道不?"她说这件事根本不值得生气,可她还是控制不住。"所有人都知道很多黑人消失了,全是霍普金斯医院抓去做实验了!"她提高嗓门,"我相信这里边很多都确有其事。"

"也许吧,"桑尼说,"可能也有的是瞎掰。可你也没法判断。不过我们都知道关于我妈妈那些细胞的事肯定都是真的。"

戴又拿拐杖在地上敲了一下。

"你知道这件事里哪些是胡诌的吗?"博贝特突然从躺椅里欠起身,厉声说,"他们说那些细胞是海瑞塔·拉克斯捐的。她什么也没捐。是那帮医生自己拿的,一句话也没问。"她深吸一口气,让自己稳定情绪。"你知道什么会让海瑞塔最伤心?盖伊医生什么也没告诉我们家,我们对细胞一无所知,盖伊一点也不在乎。就是他们这些态度让我们受不了。我见人就问:'他们为什么不告诉我们?'他们明明知道怎么联系我们!要是盖伊医生没死,我一定亲手把他给捅了!"

1970—1973

22 "她应得的名誉"

1970年晚春的一个下午,乔治·盖伊穿着心爱的防水靴,站在波托马克河(Potomac River)的岸边。他和霍普金斯几个同事每周三都来钓鱼,已经坚持很多年了。盖伊突然感到精疲力竭,几乎连钓竿也拿不住。同行的人赶紧把他拖上堤岸,抬上他的那辆白色吉普。这辆车是用癌症研究奖金买的。

那次钓鱼后不久,71岁的盖伊得知自己竟然患上研究了一辈子的病,而且是最致命的种类之一:胰腺癌。盖伊非常清楚,如果不做手术,他活不过几个月。要是做手术,或许能争取到一些时间,但也只是或许。

1970年8月8日早上6点,玛格丽特把盖伊实验室的人召集齐,包括前一天夜里刚从欧洲飞到美国的博士后。

"快点来实验室,越快越好,"她通知所有人,"今天早上有个紧急手术。"可她没说这个紧急手术是什么。

进手术室前,乔治嘱咐医生从自己的胰腺癌变组织上取样,像几十年前沃顿医生对海瑞塔做的那样。然后盖伊跟实验室成员仔细交代了培养"乔盖"(GeGe)细胞的注意事项。他希望自己的细胞也能像海瑞塔的一样,永生不死。

"要是有必要,夜以继日地干,"他告诉自己手下的博士后和研究助理,"只能成功,不能失败。"

不一会儿,盖伊全身麻醉,躺在手术台上,医生打开他的腹腔,发现癌症已经扩散得不可救药,遍布了胃、脾、肝和肠。他们担心贸然对癌变组织动刀闹不好会要了他的命。因此,尽管盖伊术前千叮咛万嘱咐,他们还是没敢取样,直接进行了缝合。待他从麻醉中醒来,发现"乔盖"细胞成了泡影,气得火冒三丈。要知道,他的美妙想法是,如果这些癌细胞注定要让他一命呜呼,他希望自己的死能为医学做贡献。

等他稍微恢复,可以出远门的时候,盖伊立刻联系全国的癌症专家,问有没有人研究胰腺癌并且需要活人做临床实验。回复像雪片一样飞来,有不认识的科学家,也有朋友和同仁。

手术后到死亡前的三个月,盖伊先到明尼苏达梅奥医学中心(Mayo Clinic)接受了一个星期的日本药物试验治疗,使他产生了严重的药物反应。他儿子小乔治刚从医学院毕业,陪父亲扛过整个疗程,确保他每天都能穿上新熨的西装。离开梅奥医学中心后,盖伊又跑到纽约斯隆—凯特林肿瘤医院待了几天,参与另一项研究。最后再回到霍普金斯做化疗,用的是一种尚未批准在人身上用的药。

刚确诊胰腺癌的时候,盖伊身高两米,体重将近200斤,发病之后身体很快萎缩下去。他常因腹痛直不起腰来,还呕吐不止,最后,各种治疗把他打垮了,他只能坐在轮椅里。可他仍坚持去实验室,不停地给同行写信。死前不久,盖伊告诉从前的助理玛丽·库比切克,如果有人问海瑞塔的真名,那就告诉他吧,毕竟已经这么多年了。可玛丽自始至终也没跟任何人提起。

1970年11月8日,盖伊离开了人世。

盖伊死后几个月,霍华德·琼斯和其他几位霍普金斯的同事决定撰文讲讲海拉细胞的历史,从而缅怀盖伊的贡献。执笔人中包括顶尖的遗传学家维克多·麦库西克（Victor McKusick）。动笔之前，琼斯查看了海瑞塔的医疗记录，好让自己回忆起更多细节。当他看到活组织切片的照片，琼斯瞬间意识到，当初海瑞塔的病被误诊了。为了确定自己的判断，他甚至找出1951年的切片样本，重新观察。

1971年12月，琼斯和同事在《产科与妇科学》期刊上发表了他们向盖伊致敬的文章，文中指出当年的病理学家"误读"并"误标"了海瑞塔的癌症。她的癌症是浸润性的，但不是最初诊断的"鳞状上皮细胞癌"。文章说海瑞塔的癌症是"极度恶性的子宫颈腺癌"，也就是说，癌细胞来自腺体组织，而不是上皮组织。

在当时，这样的误诊并不稀奇。琼斯医生对海瑞塔的癌变组织做切片是在1951年，同年，哥伦比亚大学的研究人员发表报告，指出两种癌症非常容易混淆，也确实经常遭到混淆。

霍华德·琼斯和其他我采访过的妇科肿瘤学家都说，哪怕当年诊断对了，海瑞塔还是会得到同样的治疗。到1951年为止，至少12项研究都报道说子宫颈腺癌和鳞状上皮细胞癌对放射性疗法的反应并无二致，因此不管得了哪种癌症都会使用放疗。

虽然诊断结果并不能影响治疗方式，却能解释为什么海瑞塔的癌症扩散得如此迅速，让医生都措手不及。这是因为子宫颈腺癌往往比上皮细胞癌发病更猛（其实她的梅毒可能也是原因之一，梅毒能抑制自身免疫系统，让癌症扩散得更快）。

尽管发现了这个瑕疵，琼斯和同事仍然写道，新的诊断结果"在乔治·盖伊天才的一生中只是一个微不足道的注脚……人们总说，科学发现是有正确的人在正确的时间做正确的事"，他们说，盖伊恰恰就是这么一个人。海拉细胞就是这一切巧合的结果。"如果让海拉细胞在最适宜的培养环境自由生长，那它们此时早就占据整个星球了。活组织切片结果……让病人海瑞塔·拉克斯借助'海拉'获得了20年的额外生命。如果未来的人们继续培养，她会不会永远活下去？即使只看到今天，算上海瑞塔和海拉双重身份，她也已经活了51年了。"

这是海瑞塔的名字第一次公之于众。同时发表的是她那张如今无处不在的双手叉腰的照片。图注写着"海瑞塔·拉克斯（海拉）"。自从海瑞塔的医生和该领域同行写了这篇文章，海瑞塔、劳伦斯、桑尼、黛博拉、扎卡里亚，以及他们的子孙后代，甚至他们的DNA，永远都和海拉细胞联系在了一起。不久之后，海瑞塔的真实身份如同当年的海拉细胞，很快在实验室间流传开去。

海瑞塔的名字见诸报端后三个星期，美国总统理查德·尼克松（Richard Nixon）签署了《国家癌症法案》（National Cancer Act），正式向癌症宣战，预计在未来三年拨款15亿美元开展癌症研究。他宣称科学家将在五年内找到治疗癌症的方法，向美国建国二百周年献礼。但很多人认为尼克松搞这么大动作是为了转移公众对越战的注意力。

此次拨款给科学家带来了巨大的政治压力，他们必须努力在规定期限完成总统的任务，因此所有人都拼命寻找那让人捉摸不定的"癌症病毒"，并致力于研发疫苗。1972年5月，尼克松许诺美国和苏联科学家将联手开展一项生物医学交流计划，其目的就在于找出癌症病毒。

尽管抗癌大战必须要用到体外培养细胞，但几乎没人注意到这些细胞早就被海拉细胞污染了。虽然加特勒早就在细胞大会上宣布了自己的发现，《华盛顿邮报》一位记者也在场，可这位记者事后没有对此事进行报道，大多数科学家也否认问题的存在，甚至有人开展研究，想证明加特勒是错的。

可问题一旦出现就不会自己消失。1972年底，苏联科学家宣布从苏联癌症病人细胞里找到了癌症病毒，美国政府派人把细胞样本送到加州海军生物医学研究实验室检测，结果发现细胞根本不是苏联癌症病人的，它们全都来自海瑞塔·拉克斯。

查明真相的是海军实验室细胞培养主管、染色体专家沃尔特·纳尔逊—里斯（Walter Nelson-Rees）。当年加特勒做那次著名的报告时，纳尔逊—里斯也在现场,并且是为数不多的相信加特勒的人之一。之后,纳尔逊—里斯受聘于国家癌症研究所,专门致力于解决细胞污染问题。他后来在《科学》杂志发表"海拉污染名单",列出他发现的所有被污染的细胞系,以及提供细胞系的研究者,因此在人们心中成了海拉督察员。而且他发现细胞系被污染以后压根儿不通知主人,直接把他们揭发出来,等于在人家实验室门上直接刷上个猩红的"海"字。

虽然证据层出不穷,多数科研人员还是不相信自己的细胞有问题。媒体似乎也视若无睹,直到人们查出苏联的细胞竟然已经被美国细胞污染了。伦敦、亚利桑那、纽约和华盛顿的报纸纷纷刊出消息,称"去世多年的妇女的细胞侵入其他体外培养细胞",他们表示污染造成了"严重的混乱","误导了研究",还浪费了上百万美元。

自50年代《科利尔》杂志报道后就沉寂下去的媒体,如今突然兴致大发,将目光重新聚焦到海拉细胞背后的女人身上,长篇累牍地报道这个女人的"长生不死如何非比寻常",可是用的名字要么是海伦·拉森,要么是海伦·拉恩,自始至终没有出现正确的名字海瑞塔·拉克斯,因为琼斯和麦库西克的文章是在一本名不见经传的科学期刊发表的,基本上没人读。

关于这个神秘人物"海伦·L"的流言迅速传开。有人说她是盖伊以前的秘书或情人,有人说她是约翰·霍普金斯医院附近的妓女,甚至有人说她只是盖伊为了隐瞒真实情况而杜撰出来的人物。

由于"海伦"每次在媒体上出现用的姓都不一样,有些科学家觉得有必要找出真相。1973年3月9日,《自然》杂志刊出布鲁内尔大学(Brunel University)生物学家J.道格拉斯(J. Douglas)的信:

> 乔治·盖伊从一名美国黑人的宫颈癌组织中培养出海拉细胞,至今已21载。有人估算,如今世界上这种细胞的总重量已经超过这位女性的体重。这个女人真正地长生不死了,不仅在试管中,也在全世界科学家的心里,因为它为科研和医疗诊断做出

了不可估量的贡献。可我们还不知道她的真名！我们都知道，"海"（He）"拉"（La）是她名和姓的缩写，可有书上写成"海伦·拉恩"，有的地方是"海瑞塔·拉克斯"。我曾写信给各种文章的作者询问名字的出处，其中包括盖伊发表论文的医院，从没得到过答复。请问有人知道真相吗？如今海拉细胞发展成熟，那么还海……拉……一个真实身份，让这个女人享受她应得的名誉，难道这也违背医学伦理吗？

道格拉斯收到了无数的回应。但据资料显示，读者并没有直接回答他关于医学伦理的问题，倒是纠正了他的语法和用词，比如应该说"黑人女性"（negress）而不是"黑人"（negro）。许多人也提供了可能的姓名，比如海尔格·拉森（Helga Larsen）、希瑟·拉特里（Heather Langtree），甚至女影星海蒂·拉马尔（Hedy Lamarr）的名字也在人们备选之列。终于，1973年4月20日，道格拉斯发出了一篇后续，郑重宣布所有提名都该"优雅退场"，因为他收到了霍华德·琼斯的来信，"确定海拉细胞是以海瑞塔·拉克斯的名字命名的"。

琼斯并不是唯一一个站出来明确真相的人。不久，他的合作作者维克多·麦库西克也给《科学》杂志的记者去信，纠正她错用了"海伦·拉恩"这个名字。记者随即在《科学》上发表了勘误文章，题目便是《海拉是海瑞塔·拉克斯的简写》。她承认对细胞来源问题，由于疏忽采用了来源不确凿的小道消息。接着，就在这本可能是全球读者最多的科学期刊上，她对之前的错误进行了更正："看来海伦·拉恩从来不存在，然而这个从不存在的名字却掩盖了海瑞塔·拉克斯这个真实存在的人。"文中还提到海瑞塔当初被误诊的事。

"这个错误无法撼动使用海拉细胞得到的科研成就，"她写道，"但真相或许值得一提——只为还原历史。"

第三部　永生不死

海瑞塔和戴维·拉克斯，1945年。

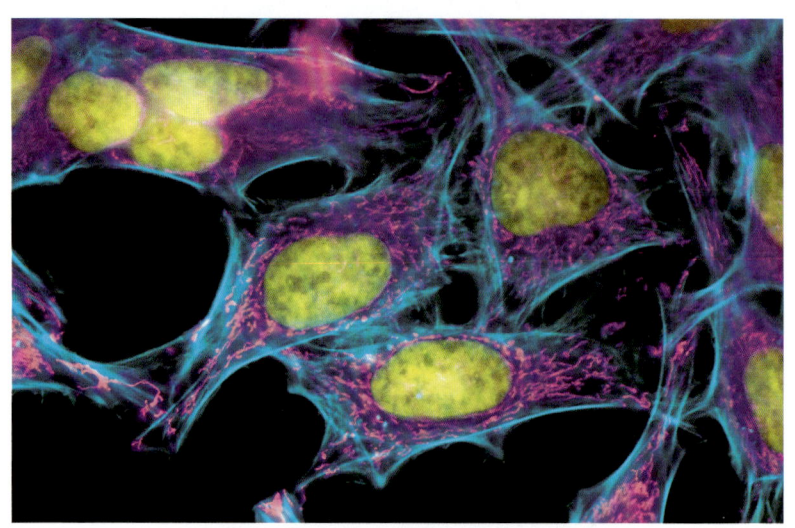

视野中的海拉细胞经过特殊染色,突出了细胞的特定区域。图中细胞核内的 DNA 呈现黄色,微管为浅蓝色,而细胞的能量工厂——线粒体被染成了粉色。
© Omar Quintero

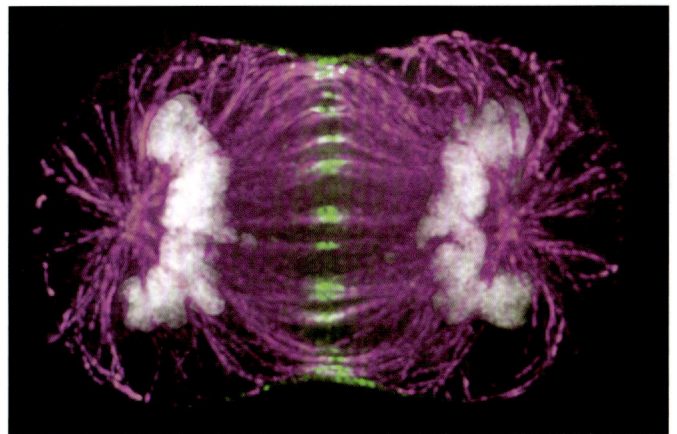

有丝分裂中的海拉细胞。
图片提供：Paul D. Andrews

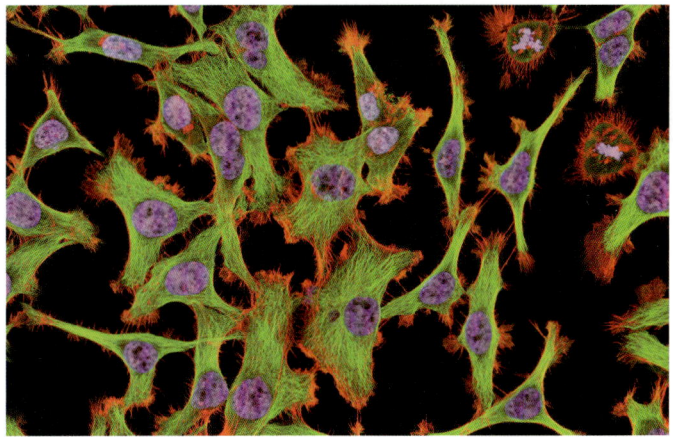

有丝分裂中的海拉细胞。
图片提供：Paul D. Andrews

2001年，在接二连三听到母亲和姐姐的一系列坏消息后，黛博拉得了严重的荨麻疹。

黛博拉举着克里斯托夫·伦盖威尔送给她的经荧光标记的海瑞塔细胞染色体照片，"看起来就像夜空中闪烁着红黄绿青蓝紫色光的萤火虫"。

1973—1974

23 "它还活着"

1973年一个雾蒙蒙的日子,博贝特·拉克斯坐在朋友加德尼亚(Gardenia)的客厅餐桌旁。朋友家是一座褐色砖房,离她家只隔四户。加德尼亚的姐夫从华盛顿来访。他们刚吃过午餐,加德尼亚在厨房丁零当啷地刷碗,加德尼亚的姐夫随口问博贝特是做什么工作的。博贝特说自己在巴尔的摩医院看护病人,加德尼亚的姐夫说:"真的吗?我在国家癌症研究所。"

他们从医疗聊到加德尼亚种的植物,这些绿色植物铺满了窗台和桌面。"它们在我手里准得死。"博贝特说完俩人都笑了。

"你是哪里人?"他问。

"巴尔的摩北部。"

"真的吗?我也是。你姓什么?"

"唔,库珀,可我嫁人了,改姓拉克斯。"

"你姓拉克斯?"

"是啊,怎么了?"

"太有意思了,"他说,"我在实验室拿一种细胞做了好几年实验,最近又读到一篇文章,说这些细胞都是从一个叫海瑞塔·拉克斯的女人身上来的。我以前从没听过这个名字。"

博贝特笑了。"我婆婆就叫海瑞塔·拉克斯,不过我肯定你说的不是她,她25年前就死了。"

"海瑞塔·拉克斯是你婆婆?"他立马兴奋起来,"她是死于宫颈癌吗?"

博贝特的表情僵住了,厉声说道:"你是怎么知道的?"

"那我实验室的细胞准是她的,"他说,"据说它们来自一位黑人妇女,就叫海瑞塔·拉克斯,而且这人50年代死在霍普金斯,死因就是宫颈癌。"

"你说什么?!"博贝特从椅子里跳起来,高声叫道,"你实验室有她的细胞,你这话什么意思?"

他吓了一跳,举起双手,好像在说"嘿,等等"。"我和其他人一样,都是从细胞供应商那儿买的。"

"什么叫'其他人'?!"博贝特勃然大怒,"什么供应商?谁拿了我婆婆的细胞?"

简直是一场噩梦。博贝特从报纸上读过塔斯基吉梅毒研究,这项耸人听闻的研究持续了40年之久,最近刚被政府叫停。而这会儿加德尼亚的姐夫又告诉她海瑞塔的一部分还活在霍普金斯,而且全世界的科学家都在拿她做实验,她家人却对此一无所知。当时,她感觉从小听说的那些霍普金斯的可怕传说突然一下全都成真了,而且就发生在她自己身边。她想,现在人们拿海瑞塔做实验,要不了多久就得来找海瑞塔的子女和孙子。

加德尼亚的姐夫告诉博贝特,最近海瑞塔的细胞被媒体炒得很热,因为它们把其他细胞都污染了,惹了好多麻烦。可博贝特哪里听得进去,她只管摇着头说:"她身体的一部分还活着,为什么没人告诉她的家人?"

"我真希望能告诉你。"他说。和大多数科研工作者一样,他从没想过海拉细胞背后的女人当初是不是自愿捐出细胞。

博贝特告辞跑回家，冲进厨房纱门，喊劳伦斯出来："你妈妈的一部分，它还活着！"

劳伦斯打电话给父亲，把博贝特听说的事告诉他，戴听了不知如何是好。海瑞塔还活着？这完全说不过去。他在海瑞塔葬礼上亲眼看见她被埋了。难道有人把她挖出来了？还是解剖的时候做了手脚？

劳伦斯又打电话给霍普金斯医院的总机："我是来打听我妈海瑞塔·拉克斯的，听说你们拿着她身上的一部分，这部分还活着。"可接线员死活也找不出个叫海瑞塔的人，劳伦斯只好作罢，挂上电话，不知道还能打给谁。

劳伦斯打电话给霍普金斯后不久，也就在同年6月，人类基因图谱第一届国际研讨会在耶鲁大学召开，这标志着人类基因组计划的开始。一群科学家聚首纽黑文，讨论如何解决海拉污染问题。有人提出，如果能找到一种海瑞塔特有的遗传标记，大家就能轻而易举地确定哪些细胞是海瑞塔的，这样一来，混乱局面就能迎刃而解。但要找到海瑞塔特有的遗传标记，必须从她直系亲属体内提取DNA，理想状况下，应该提取到她丈夫和孩子的，然后同海拉细胞DNA进行对比，这样就能做出海瑞塔的基因图谱。

这场会议维克多·麦库西克恰好在场，他是最先公开海瑞塔名字的科学家。他说他有办法。海瑞塔的丈夫和孩子都是霍普金斯医院的病人，因此找到他们并非难事。麦库西克自己又是在职医生，有权查看病历和病人的联系方式。

在场遗传学家听了，全都振奋起来。海瑞塔的子女DNA的价值非同小可。有了它们，科学家不仅能解决海拉细胞污染的问题，还能从前所未有的新高度研究海瑞塔的细胞。麦库西克对此完全赞同，他对自己的博士后苏珊·许（Susan Hsu）说："你回巴尔的摩就赶紧把这件事搞定。"

麦库西克没告诉苏珊怎么跟拉克斯家的人解释这件事背后的科研

目的,只交代她给拉克斯家打电话。

多年后,苏珊告诉我:"那时候我们对他言听计从,他是个特别、特别有名的人,世界上著名的遗传学家几乎全是他训练出来的。麦库西克博士说'你回巴尔的摩就赶紧把这件事搞定',我就照办了。"

会议结束,苏珊回到巴尔的摩,立马打电话给戴,问能不能从他家人身上取点血。"他们说我老婆在他们那儿,一部分还活着,"多年后,他这样告诉我,"他们说一直在拿她做实验,现在还想测测我的孩子,看他们身上有没有让海瑞塔送命的癌症。"

实际上,苏珊对给海瑞塔的子女测癌症只字未提。因为世界上根本没有"癌症检测"这回事,即使有,麦库西克的实验室也不可能做,因为他压根儿就不是研究癌症的。麦库西克是著名的遗传学家,世界上第一个人类遗传学系就是他在约翰·霍普金斯大学成立的,他记录了上百个基因,其中几个还是麦库西克亲自从阿米什(Amish)人群中发现的。他把这些基因的相关信息,包括和这些基因有关的科研成果都收集在一起,建成"人类孟德尔遗传数据库"(Mendelian Inheritance in Man),这个数据库成了该领域的圣经,如今已有将近2000个条目,而且数目还在增加。

麦库西克和苏珊计划用拉克斯家庭成员的细胞开展体细胞杂交实验,从而测试他们细胞中几个不同的遗传标记,包括一种特殊蛋白——人白细胞抗原(HLA)的基因。他们希望通过测试海瑞塔的孩子,推测海瑞塔的HLA标记,之后就能用这些标记确定她的细胞。

那时候,苏珊刚从中国来到美国,英语不是她的母语。据苏珊回忆,1973年她打电话给戴时说:"我们想抽点血,从里面提取HLA抗原,我们要做一些遗传标记分析,因为根据海瑞塔的孩子和丈夫的情况,我们能对海瑞塔的基因型做出很多推测。"

我问她戴明不明白这话的意思,苏珊说:"从电话里听,他们似乎挺理解。他们很聪明。我觉得拉克斯先生应该已经知道他妻子做出了很多贡献,而且我觉得他很清楚海拉细胞的价值。他们可能听别人说过海拉细胞有多重要。那时这细胞可是谈论的焦点。拉克斯家的人都很好，他们特别慷慨，允许我们抽血。"

苏珊口音很重，戴也好不到哪儿去——他带着浓重的南方口音，发音含糊，拖着长音，有时连自己的孩子也不懂他在说什么。可语言并不是二人唯一的交流障碍。不管苏珊有没有口音，戴都不可能明白永生不死的细胞意味着什么，也不懂什么HLA标记。戴只上过四年学，而且没学过科学。他只听说过一种"细胞"，就是儿子扎卡里亚待的那种（英语中，细胞和牢房都可以写作cell）。以前也有医生对他讲深奥的话，而这一次苏珊也是医生，因此戴像以前对别的医生一样，如遇不懂，一概点头称是。

若干年后，我问麦库西克有没有人试着得到拉克斯家成员的知情同意，他答："我猜从来没人给他们详细解释过。但我也不信有人跟他们说我们要做癌症检查，因为这根本不符合事实。前去联系的人只可能说：'你们的妈妈死于癌症，那些癌细胞被培养出来，现在全世界都有，人们仔细地研究这些细胞，想更好地了解癌症。所以我们想从你们身体里抽点血。'"

我拿相同的问题问苏珊，她也给了我否定的答案："我们从没让他们签过什么同意书，因为只是抽血，而不是拿来做医学研究，你知道，至少不是那种长期医学研究。我们就想收集几管血，利用里面的细胞检测几个遗传标记，和人体研究委员会什么的没有关系。"

尽管这种想法在当时并不少见，但美国国立卫生研究院确实明文规定，凡是它资助的项目，只要用到人类受试者，必须签署知情同意书，而且必须经过霍普金斯审核小组的批准。麦库西克的研究当然也在规定范围之内。此项规定从1966年索瑟姆审判之后就开始实施，1971年又得到了补充，加入了知情同意书的详细定义。苏珊给戴打电话那会儿，规定即将被写入法律。

麦库西克对拉克斯家人展开研究的时候，正好是科研监管政策波动起伏的时期。仅仅一年前，塔斯基吉和其他几个不道德的研究被曝光，之后，美国健康、教育及福利部启动一项调查，想看看联邦政府对涉及人类受试者的研究的监管是不是得力，结果让人沮丧。一份政府报告说，当今"风险评估标准非常混乱"，有些研究人员甚至"拒绝配合监管"，"还有的科研管理者对相关规定漠然视之"。健康、教育及福利部中止了塔斯基吉研究，随后拟了一份新的《人类受试者保护规范》，内容之一便是强调知情同意书必不可少。1973年10月，健康、教育及福利部在《联邦公报》刊出公告，征集大家对草案的意见。这时距离苏珊打电话给戴只有几个月的时间。

戴挂下苏珊的电话，立刻拨给劳伦斯、桑尼和黛博拉，叫他们第二天都过来："霍普金斯的医生要来给你们查血，看你们身上有没有你们妈妈的癌症。"

海瑞塔死的时候，戴同意让医生解剖，因为他们说没准将来对他的孩子有好处。戴相信了。海瑞塔患癌症的时候怀上了扎卡里亚，因此这个儿子从小脾气暴躁。如今黛博拉已经快24岁了，再有几年就到了海瑞塔去世的年纪，医生这个时候说黛博拉需要接受检查，正是合情合理。

黛博拉慌了神。她知道妈妈30岁得病，认为相同的事也会发生在自己身上，所以对30岁这个年纪非常恐慌。她无法想象自己的孩子要是跟自己一样从小就没了妈，日子要怎么过。拉敦亚才两岁，阿尔弗雷德只有六岁，"猎豹"从没尽过父亲的职责，连抚养费也没出过，根本指望不上。黛博拉领过三个月的社会福利，但对这种感觉很不爽，于是找了两份工作，白天去郊区的玩具商城上班，那地方很远，单程要一个小时，换两次车才能到；傍晚回家，再去附近的吉诺汉堡店上夜班。

黛博拉请不起保姆，因此汉堡店老板破例允许拉敦亚和阿尔弗雷德在角落里等妈妈。晚上8点半是黛博拉的晚餐休息时间，她趁这段时间带孩子回家，哄他们上床睡觉。孩子虽然年纪小，却知道不能给陌生人开门，除非听见妈妈敲门的暗号，他们也知道不把煤油灯拿到窗帘和地毯边上。不过，黛博拉仍然担心自己不在的时候家里意外着火，所以还带孩子做"防火演习"：她事先在床腿上绑了一条被单拧成的绳子，然后教他们在着火的情况下爬到窗户边上，把被单绳子扔到窗外，顺着它爬到安全的地方。

孩子是黛博拉的一切，她不会允许任何意外发生在他们身上。因此，当她父亲打电话说霍普金斯医院想抽血，查查她有没有患上她妈妈当年罹患的癌症，黛博拉哽咽着说："上帝啊，千万别在这个时候把我从孩子们身边带走，我们一起经历了那么多事，好不容易才走到今天。"

就在苏珊联系戴之后不几天，戴、桑尼、劳伦斯和黛博拉全在戴的客厅集合。苏珊和麦库西克实验室另一位医生从他们每人身体里抽了几管血。

接下来几天，黛博拉反复给霍普金斯医院打电话，每次都跟接线员说："我想问问我的癌症检测结果。"可没有一位接线员明白黛博拉说的到底是什么检测，因此也不知道把电话往哪里转。

不久，苏珊又写信给劳伦斯，问能不能派个护士到黑格斯敦（Hagerstown）的监狱给扎卡里亚取个样，信中还附了麦库西克和琼斯医生缅怀乔治·盖伊的那篇文章，她说也许劳伦斯想看看关于他母亲细胞的报道。可事后家里人全都说没见过文章，他们觉得可能是劳伦斯顺手塞在抽屉里忘记了。

拉克斯家的男人们对妈妈的细胞和所谓癌症测试都没多想。劳伦斯整天在铁路上工作，回到家还有一帮孩子要照顾；扎卡里亚在牢里；桑尼的日子每况愈下，转而贩卖毒品。

黛博拉可不一样。她每时每刻都在担心，怕自己患上癌症，而且她深信科学家曾经对母亲做过可怕的事，没准现在还在做。她以前就听说霍普金斯医院抓黑人做实验，还在《黑玉》杂志上看到过塔斯基吉研究的报道，报道暗示医生可能为了做实验给黑人注射梅毒螺旋体。

"在美国的医疗史上,以前就有医生给不知情的病人注射致病物质的先例,"文章解释道,"八年前,纽约癌症专家索瑟姆医生曾经给患有慢性病的老年人注射活性癌细胞。"

黛博拉心里开始犯嘀咕,没准苏珊和麦库西克根本不是给他们检查癌症,而是把要了母亲命的血也注射给他们。于是她开始问戴关于母亲的事,比如妈妈是怎么得病的,死了之后是什么状况,医生们到底对她干了什么。戴的答复似乎印证了她的疑心。戴说,本来一点也看不出海瑞塔有病,他把海瑞塔带到霍普金斯,医生就开始给她治疗,把她的上腹部搞得像炭那么黑,之后她就死了。萨蒂和其他亲戚也是这种说法。可当黛博拉问到癌症的细节,竟然没有人知道海瑞塔得的到底是什么癌,至于她的什么部位还活着,大家更是一无所知。

因此,当麦库西克的助手打来电话,叫她去霍普金斯医院抽血,她二话没说就去了,心里盘算着或许能让助手解答这些问题。她以为霍普金斯医院要给她检查癌症,实际上血是被另一位加州科学家拿走做海拉细胞研究。黛博拉也不知道麦库西克的助手为什么单单只叫她,她猜也许妈妈的病不影响儿子,只传女儿。

1974年6月26日,黛博拉走进麦库西克的办公室抽血。仅仅四天后,新的联邦法案生效,其中规定所有联邦资助的研究都必须经过机构伦理审查委员会审核批准,而且必须使用知情同意书。这份法案的草案一个月前就被刊登在《联邦公报》上,里面明确说明"适用于所有参与有风险实验的受试者","包括可能造成生理、心理或社会性伤害的实验"。然而,究竟什么才构成"风险"和"伤害",仍然存在争议。很多研究人员上书健康、教育和福利部,申诉说取血液和组织样本不应在法案规定范围之内。毕竟验血诊断病情已经有几百年历史,而且除了扎针的时候有点疼之外,也不会给病人造成什么风险。然而健康、教育和福利部否定了他们的意见,不仅如此,后来他们还进一步对法案进行说明,明确强调抽血和取组织样本也在规定之内。

麦库西克研究拉克斯家人的时候，遗传学研究正迎来翻天覆地的改变，对病人承受的风险也有了完全不同的认识。科学家可以用血液甚至单细胞做基因检测，这就意味着抽血的风险将不再只是轻微感染和针头扎一下这么简单，别人可能轻而易举地获取你的遗传信息，这就变成侵犯隐私权的问题了。

戴博拉同麦库西克只有一面之交，就是她去霍普金斯医院抽血那次。麦库西克同她握手，告诉她海瑞塔对科学做出了重要贡献。戴博拉有一肚子的问题：妈妈到底为什么生病？人都死了怎么会有一部分还活着？海瑞塔到底为科学做了什么？还有，麦库西克多次给自己抽血，是不是意味着自己和妈妈一样，也要死了？

麦库西克没有解释为什么反复给戴博拉抽血。他只告诉戴博拉，海瑞塔的细胞帮科学家开发出小儿麻痹疫苗，还让他们做了很多遗传学研究；另外，她的细胞在早期太空计划中上了天，还参与了原子弹试验。戴博拉听说过这些事，她总想象妈妈在月亮上或者被炸弹炸飞，觉得特别可怕。她琢磨，科学家拿妈妈的一部分做各种各样的实验，那这部分是不是对发生的一切有所感知呢？

戴博拉请麦库西克多给自己讲讲妈妈细胞的事儿，麦库西克送她一本自己编著的《医学遗传学》，这本书后来是这个领域最重要的一本教科书。他告诉戴博拉，她的所有问题都能从这本书里找到答案，接着就翻开第一页签了个名，又在下面写了个电话号码，说将来抽血可以打这个电话预约。

交代停当，他又翻到前言的第二页，在"婴儿疾病死亡率"图表和"加罗德先天性代谢缺陷的基因纯合状态"说明文字之间，是海瑞塔那张双手叉腰的照片。他指着描述文字给戴博拉看：

> 顺便说一句，医学遗传学家用细胞代替人体开展研究，于是得以充分借助形态学、生物化学和其他细胞生物学资源。而这些信息有很大一部分来自对一个细胞系的研究，这个著名的细胞系

就来自插图中的病人——海瑞塔·拉克斯。

书中写满了深奥的句子，比如海瑞塔细胞的"组织生物学特性非常不典型，这同癌变区域种种反常的恶性特征可能相关"，还提到"肿瘤特异性之间的相关性"。

平时，黛博拉看杂志都要花很长时间，因为她有很多字不认得，总要查字典。现在她坐在医院抱着麦库西克的书，却一点也读不下去，她满脑子都是妈妈这张照片，自己以前从没见过。"她是怎么跑到这本书里来的？"她想，"麦库西克怎么拿到这张照片？"戴说自己从没把海瑞塔的照片给过麦库西克或任何一位医生；黛博拉的兄弟也说没有。戴觉得，唯一的可能是霍华德·琼斯医生或许管海瑞塔要过照片，好放在病历里。可是后来人们发表这张照片，却从没征求过他们家的意见。

麦库西克是在2008年去世的。在那之前几年，我曾找到麦库西克，那时他已经79岁高龄，仍然坚持做实验、培养年轻科学家。他也不记得自己是如何找到海瑞塔的照片的，据他推断，应该是海瑞塔的家人给霍华德·琼斯或其他霍普金斯的医生的。他还记得自己关于拉克斯家人的研究，不过对会见黛博拉和给她书的事儿没有半点印象，不仅如此，他还说自己从没和拉克斯家的人有过直接接触，每次都是叫苏珊去联系的。

我又找到苏珊·许，她现在担任美国红十字会医学遗传学主任。苏珊说，同麦库西克工作的经历是她事业中最重要的一个时期。"我觉得非常自豪，"她说，"我可能会把当时发表的文章印出来给我孩子看，告诉他们这些工作有多重要。"我告诉她拉克斯家的人一直以为当年她是给他们检查癌症，而且对科学家不经他们许可滥用海瑞塔的细胞极为不满，苏珊听了非常震惊。

"我觉得很难过，"她说，"应该有人告诉他们。你知道，我们那时根本想不到他们会不懂。"

她还嘱咐我带话给拉克斯家的成员。"请转告他们,我由衷地感谢他们,"她说,"他们应该为自己的妈妈和妻子感到自豪。我觉得他们之所以生气,是因为没有意识到这些细胞现在在全世界是多么著名。事情变成这样非常不幸,可他们还是应该为海瑞塔而骄傲。只要医学还继续,他们的妈妈就没有死,她会永远为人们所知。"

那天见面的最后,苏珊说要是如今能再从拉克斯家人体内取血,就能得到更多信息,因为今日的 DNA 技术和上世纪 70 年代完全不可同日而语。接着她问我能不能再帮她给拉克斯家的人转达一件事:"要是他们愿意,我很愿意回去再给他们抽点血。"

1975

24 "至少他们该承认她的功劳"

麦库西克和苏珊找到拉克斯一家,是为了解决海拉细胞污染的问题,但这家人对此却不知情,直到留着长发、穿着摇滚范儿衣服的迈克尔·罗杰斯闯进他们的生活。

此人是《滚石》杂志一位年轻记者,称得上新闻界奇才,19岁就拿到创新写作和物理学学位,还在《时尚先生》杂志发表了第一篇报道;当他20岁出头开始研究海拉细胞的故事时,已经出版过两本书,并成为《滚石》杂志的记者;此后他做到《新闻周刊》的编辑,接着转战《华盛顿邮报》。

罗杰斯头一次听说海拉细胞是在医学院的厕所里——小便池上写着"海伦·拉恩万岁!"几个字。他很好奇,开始查阅关于海拉细胞的报道,还了解到细胞污染的问题,在整个故事中,科学和人的利益错综复杂,直觉告诉他这将成为《滚石》上一篇精彩的文章。于是他着手寻找神秘女子海伦·拉恩。

罗杰斯打电话给玛格丽特·盖伊。夫人原本友善、健谈,然而一听到海伦·拉恩这个名字,立马拉下脸来,说最好不要和罗杰斯见面,接着就挂了电话。后来罗杰斯想方设法联系上沃尔特·纳尔逊—里斯,他顺嘴提到,海瑞塔·拉克斯才是细胞背后女人的真实姓名。之后,当他坐在巴尔的摩酒店床上时,窗外就是那口写了"B-R-O-M-O-S-E-L-T-Z-E-R"的大钟,他低头翻阅当地电话簿,找到了劳伦斯·拉克斯的名字。

那是1975年,正值严冬,街道被冰雪覆盖。罗杰斯坐出租车去劳伦斯的住处,经过一个路口时被另一辆车拦腰撞上。出租车原地转了五六圈,像打转的饮料瓶。罗杰斯以前满世界跑,冒着风险做过很多报道;这回他坐在出租车后排,手紧紧抓住车门,心里骂道:他妈的!要是我为了这篇报道死在巴尔的摩,那真是蠢透了。这故事连危险的边儿都沾不上。

30年后,当我俩坐在他位于纽约布鲁克林的房子里,我们半开玩笑地达成共识:这件事也许并不是偶然。黛博拉准会说,这分明是海瑞塔·拉克斯在警告罗杰斯离她家人远远的,因为他将给这家人带来令人难过的消息。罗杰斯的房子后来遭遇加州奥克兰那场著名的大火,关于海拉细胞和海瑞塔家人的手稿、资料全部付之一炬,黛博拉会说这也是海瑞塔干的。

最后,罗杰斯总算抵达劳伦斯的家,他本是来采访拉克斯家人的,结果反而被他们的问题围攻。

"很明显他们没有得到应得的待遇,"罗杰斯告诉我,"他们真的不知道自始至终究竟发生了什么,而且他们真的很想知道。可那些医生就说要取点血,其他什么也没解释,结果让这家人在一边担惊受怕。"

劳伦斯问道:"我琢磨,那些细胞……人们说这些细胞很强势,把其他细胞都取代了——这到底是好还是不好?是不是说要是我们得病,就能比其他人活得长?"

罗杰斯告诉拉克斯一家,事情并不是这样的,细胞不死,并不代表它们的主人也能长生不死,也不意味着他们都会死于癌症。可他不确定他们是不是认可他的说法。罗杰斯尽可能清楚地给他们讲解细胞是什么,另外还给他们转述了媒体上对海拉细胞的报道,最后他答应会把这些报道寄给他们看。

当时，这家人似乎对海瑞塔的故事和细胞的存在没有什么抵触情绪，只有黛博拉例外。

"我刚知道这些细胞的时候没什么感觉，"桑尼日后对我说，"只要这些细胞能帮助别人。当时就是这么想的。"

可当他和兄弟们看见罗杰斯的文章，看到下面的文字，态度就变了：

> 不同的细胞系在全世界的研究所之间交换、买卖、转寄、索求、借用……如今提供细胞的有政府资助机构，比如纳尔逊—里斯的实验室，还有商业公司，这些公司设立了免费服务电话，只要打个电话，付上25美元，就能拿到一小瓶海拉细胞。

这段话让拉克斯兄弟们对海拉细胞兴趣大增。他们认定乔治·盖伊和约翰·霍普金斯医院偷了妈妈的细胞，从中捞取大把银子。

实际上，从盖伊的经历来看，他对拿科学赚钱没兴趣：上世纪40年代就有人叫他成立和领导第一个商业运营的细胞培养实验室，盖伊拒绝了。如今为细胞系申请专利已经是国际惯例，然而在50年代却是闻所未闻，哪怕不是这样，盖伊也许也想不起给海拉细胞申请专利，因为他连旋转培养仪的专利也没申请，这个仪器直到今天还在用，要是他早想着专利，肯定已经发了。

盖伊后来在霍普金斯的工资也不少，可完全称不上富有。他和玛格丽特的住宅很朴素，是从朋友那里买的，预付款只要一美元，后来很多年一直在修缮和还房贷。玛格丽特帮盖伊打理实验室，十几年一直没领过工资。盖伊还总自掏腰包买昂贵的实验室设备，把自家的积蓄用得分文不剩，搞得玛格丽特有时候连还贷和买家庭必需品的钱也没有。最后她只好强迫盖伊单开一个实验室账户，并且尽量拦着他用家里的钱。两人结婚30周年那天，盖伊送给玛格丽特一张100美元的支票，另外夹了一张铝箔纸，在背面潦草地写了一句话："往后30年再不会那么艰辛。爱你的乔治。"玛格丽特最终也没有兑现这张支票。

不过他们的生活状况也没有好到哪儿去。

这些年来，约翰·霍普金斯好几位发言人，包括一位前校长，给我和其他记者发出过声明，说霍普金斯从来没用过海拉细胞盈利，乔治·盖伊总是把它们慷慨送人。

确实，从现有记录来看，不管是霍普金斯还是盖伊都没发过海拉细胞的财，可的确有许多盈利的细胞银行和生物技术公司这么干了。微生物联合公司靠出售海拉细胞起家，后来成为鼎鼎大名的Invitrogen和BioWhittaker生物技术公司的一部分。当时，因为它是私人企业，加上销售的生物制品不止海拉细胞一种，所以没法估计到底从海拉细胞赚了多少钱。这种情况不一而足。我们只知道，如今Invitrogen公司仍然在卖海拉细胞制品，一管要100~10000美元不等。如果搜索美国专利商标局的数据库，会找出至少17000个和海拉细胞有关的专利。更别说世界上有多少科学家用海拉细胞做科研，取得的成就更是难以量化。

美国标准菌种收藏所是非营利机构，经费基本上用于自身的维持，即为科研工作保存和提供纯净的培养细胞。他们从上世纪60年代开始卖海拉细胞，这本书出版之时，价格是每管256美元。菌种收藏所不肯透露每年从海拉细胞的盈利，不过想必数目不在少数，因为海拉细胞一直是世界上使用最广泛的细胞系。

劳伦斯和桑尼不知道这些细节。他们只知道盖伊在霍普金斯医院培养妈妈的细胞，然后就有人靠它们赚钱，关键是这些人和拉克斯家一点关系也没有。因此，为了逼霍普金斯把他们该得的还给他们，拉克斯兄弟俩就在劳伦斯的店里发传单，控诉自己没得到应有的报偿。

黛博拉可没兴趣和霍普金斯医院干架。她忙着养孩子，还努力自学妈妈细胞的知识。她搞到几本理科教科书和一本不错的字典，把从生物书上学的知识大段大段地摘抄下来。"细胞是生物体的微小组成部分，"她写道，"它们组成身体所有组织和器官，还负责身体的新陈代谢。"但本子里大多数时候是记录当时发生的事：

痛苦地继续

……我们应该知道所有拿着她细胞的人都用她的细胞干了什么。你恐怕得问这个消息为什么有这么长时间，好多年了，反复出现在全世界的录像、书、杂志、广播、电视上……我吃惊极了。问他们，没人回复。从小，大人就让我悄悄地，别乱说话，乖乖听着……现在我必须说，海瑞塔·拉克斯怎么搞得都失控了，我妈妈经受了那么多痛苦，一个人应付那些冷血的医生。噢，我爸爸说过他们用那些放射治疗活活地烤她。那短短几个月她脑子里都想些什么啊。病也不见好，离家里人越来越远。瞧瞧，我试着在心里想象那些日子。最小的孩子因为肺结核住院，最大的孩子在另一家医院，三个在家，还有丈夫，听听，丈夫不得不玩儿命工作，好让孩子不挨饿。妻子还快死了……她就在约翰·霍普金医院那个看起来冷冰冰的病房里，还是专门给黑人待的病房，没错，我都知道。到了我妈死的那天，人家抢了她的细胞，霍普金斯医院研究那些细胞，据为己有，之后，谁要就给谁，还把名字改成海拉细胞了，瞒了我们二十多年。他们说是"捐"的。不不不，绝对是抢劫。

我爸从来没签过字……我要他们给我看证据。在哪儿呢。

黛博拉越是努力去了解妈妈的细胞，越觉得海拉细胞的研究格外可怕。有一次她看见《新闻周刊》上一篇文章叫《人植体》(PEOPLE-PLANTS)，说的是科学家把海拉细胞和烟草细胞做杂交，黛博拉以为他们准会造一个"人植体怪物"出来，一半是她妈妈，一半是烟草。她还看见科学家拿海拉细胞研究艾滋病和埃博拉病毒，黛博拉不禁想象妈妈不断被两种疾病所困扰，疼痛刺骨，七窍流血，无法呼吸。此外，"会特异功能的治疗师"也拿妈妈的细胞做实验，那人把手放在海拉细胞上，想用超自然力治疗癌症。他写道：

> 我拿着瓶子，精神高度集中，脑子里只想着细胞的样子，想象细胞场内部出现扰动，细胞破裂……过程中我感到我的双手在对抗细胞强大的黏着力……后来我的力量穿透细胞场，使它不断瓦解……就好像有人把微小的手榴弹放在每个细胞里，培养基里的东西突然之间爆炸了，分崩离析！死细胞漂起来，数目增加了20倍！

黛博拉吓坏了，她觉得这段话的描写是对妈妈的暴力攻击。可她最生气的是全世界这么多科学家和记者还管她妈妈叫海伦·拉恩。"既然他们已经把她的细胞拿走了,而且这些细胞对科学这么重要,"她想,"至少他们该承认她的功劳,给她应得的名誉。"

1976年3月25日，刊登了迈克尔·罗杰斯文章的那期《滚石》出现在报摊上，这是第一次有人真实记录海瑞塔·拉克斯和她家人，也是主流媒体第一次明确指出海拉细胞背后的女性是黑人。这篇报道出现得恰是时机，引起了轰动效果：塔斯基吉研究的热乎劲儿还没过去；黑豹党（Black Panthers）在街区公园为黑人设立免费门诊，抨击现有的"种族主义"医疗系统。在这样的社会形势下，海拉细胞背后的故事变得无法忽视。海瑞塔生来是奴隶和佃农，后来逃去北方寻找新生活，最后的命运竟然是被白人科学家利用，没经她允许就把她的细胞据为己有。这是白人买卖黑人的故事，是黑人通过一个细胞污染所有白人细胞（culture，培养细胞，同时也有文化的意思）的故事，而那个年代，只要有一点黑人血统就会被划分为黑人，黑人同白人的跨种族婚姻不久前才被合法化。除了这层意思之外，海拉细胞成为医学上最了不起的工具，然而细胞背后的黑人女性从没得到过认可。这绝对是大新闻。

罗杰斯的报道又引起其他几位记者的关注，他们纷纷联系拉克斯一家。之后的三个月，《黑玉》、《乌木》、《史密森》（Smithsonian）杂志和其他若干报纸纷纷报道海瑞塔，说她是"癌症圣战中的关键人物"。

与此同时，维克多·麦库西克和苏珊·许同其他几位作者在《科学》杂志上发表了研究结果。在一个占据半页版面的图表上方分别写着"丈夫"、"孩子Ⅰ"、"孩子Ⅱ"、"海瑞塔"和"海拉细胞"，下面是这些样本的43个遗传标记的具体信息，所有结果全是利用戴和两个孩子的DNA做出来的。科学家们利用这些标记做出了海瑞塔的基因图谱，这样就能轻而易举地确定培养细胞中有没有海拉细胞。

如今，科学家绝对不能公开受试者的基因信息和真名，因为我们已经知道从DNA能推知多少信息，包括此人患上某些疾病的风险。美国1996年颁布《健康保险转移和责任法案》（HIPAA），里面规定如果公开受试者的医疗信息，比如这样的基因信息，最多可能被罚款25万美元外加10年徒刑。2008年美国又颁布《反基因歧视法》，同样禁止公开遗传信息，以保证人们不会因为基因歧视而失去工作或健康保险。但在30年前可没有这样的联邦法规。

律师可能可以帮拉克斯一家想出其他办法，比如让他们以"侵犯隐私"和"没有知情同意"为由诉讼。可这家人从没咨询过律师，他们甚至不知道有人拿自己的DNA做实验，更何况在什么杂志上发表结果。黛博拉仍然在等她的"癌症检测结果"，桑尼和劳伦斯还忙着琢磨怎么从霍普金斯捞点钱。他们根本不知道，在这个国家的另一端，一位名叫约翰·穆尔（John Moore）的白人正怀着同样的目的展开一场战斗。同拉克斯家不同的是，穆尔非常清楚谁是取走自己细胞的罪魁祸首，也知道他们从中赚了多少钱。而且，他有能力请律师。

1976—1988

25 "谁允许你卖我的脾脏?"

1976年,也就是罗杰斯在《滚石》杂志发表文章、拉克斯一家发现海瑞塔的细胞一直遭买卖那年,约翰·穆尔正在阿拉斯加石油管道公司做测量员,一天工作12小时,一周工作七天。他突然开始牙龈出血,腹部肿胀,全身淤青,他本来以为是工作在要他的命,事实是,在穆尔31岁这一年,他得了毛细胞白血病。这是一种罕见而致命的癌症,不久,他的脾脏就塞满了恶性癌细胞,肿胀不堪,像满得要爆的内胎。

当地医生把穆尔转给加州大学洛杉矶分校的戴维·戈尔德(David Golde)——一位有名的癌症专家。戈尔德告诉穆尔,只有摘除脾脏才能救他的命,除此之外别无选择。穆尔签署了同意书,表示医院可以"把移除的组织和身体部位焚烧处理"。接着戈尔德摘除了穆尔的脾脏。一般人的脾脏只有九两重,而穆尔的重达20斤。

手术后,穆尔搬到西雅图,改卖牡蛎为生。不过从1976年一直到1983年,他每隔几个月就得飞到洛杉矶让戈尔德给他做后续检查,取骨髓、血液和精液。起初穆尔没多想,可折腾了几年后他不禁琢磨,西雅图的医生不能做这些事吗?穆尔告诉戈尔德,他想在离家近点儿的地方做这些检查，然而戈尔德提出要帮穆尔报销机票钱，还出钱让他住威尔希尔这样的昂贵酒店。穆尔觉得这件事很诡异，不过也没怀疑什么，直到1983年——也就是手术七年后，一个护士递给他一张新的知情同意书：

> 本人（自愿　不愿）将从本人或后代身体培养出的细胞系，以及可能从本人血液和/或骨髓衍生出的所有产品的权益，授予加州大学。

穆尔圈了"自愿"。几年后他却告诉《发现》杂志："谁也不想惹麻烦。谁也不知道这些人会不会停掉你的治疗，让你死掉或者怎样。"

穆尔怀疑戈尔德对他有所隐瞒，因此下次检查前，当护士递给他一张一模一样的文件让他签，他却转而问戈尔德后续的这些检查是不是有商业价值。据穆尔所说，戈尔德当时的回答是"没有"，不过穆尔还是圈了"不愿"，以防万一。

检查结束。穆尔回到附近的父母家。一进家门电话就响了。戈尔德说穆尔离开医院后他们已经打了两次电话，他说穆尔肯定是没留神，在同意书上圈错了地方，他让穆尔回医院改回来。

"我不想顶撞他，"穆尔后来告诉记者，"就说：'哎呀，医生，我不知道怎么圈错了。'可我还说自己回不去，得马上飞回西雅图。"

穆尔回去不久就收到一封信，信中正是知情同意书，另外还附有一张纸条，写着"圈'愿意'"。他没有照办，结果几周后又收到戈尔德另一封信，叫他别再找麻烦，赶紧签同意书。他还是没有签，不仅如此，还把同意书交给律师，律师发现术后七年来戈尔德竟然一直致力于研发和贩卖一个新的细胞系——穆（Mo）。

穆尔对另一位记者说："在别人的心里我就是一个代号Mo，在病历里也被写成Mo，'今天会见了Mo'，这种做法非常缺乏人性。忽然之间，我觉得自己不再是戈尔德拥抱的那个活生生的人，而变成了 Mo，一个细胞系，一块没有生命的肉。"

戈尔德为穆尔做了七年的"后续检查"，就在让穆尔签署新同意书前几周，他刚给穆尔的细胞系和这些细胞制造的几种极为重要的蛋白质申请了专利。戈尔德尚未出售专利权，但是根据穆尔最后提出的诉讼，戈尔德已经同一家生物技术公司达成协议，他将获得价值 350 万美元的公司股票和经费，用于对 Mo 细胞系开展"商业性研发"和"科学研究"。据当时的估值，这个细胞系的市场价值高达 30 亿美元。

直到 1980 年，也就在穆尔提出上诉前几年，生物制品才被纳入专利保护范围内。改变源自最高法院对阿南达·莫汉·查卡拉巴提（Ananda Mohan Chakrabarty）的判案。查卡拉巴提是通用电气公司的科学家，他用遗传工程的方法开发出一种嗜油细菌，可以用来清除泄漏的石油。他提出专利申请，却遭到驳回，评审委员说生物不属于发明。查卡拉巴提的律师申辩说，既然自然界没有能吃石油的细菌，那查卡拉巴提的细菌就不是天然的，它们之所以存在，全是凭借了"人类的才能"。

查卡拉巴提胜诉了，"生物专利"成为了可能。经基因改造的动物和细胞系都在许可范围之内，理由是它们并非自然产生。同时，给细胞系申请专利更是无需"细胞捐赠者"的同意或许可。

科学家马上指出，约翰·穆尔的细胞是很特殊的，实际上真正值得申请专利的细胞系屈指可数。穆尔的细胞能合成一些罕见的蛋白质，制药公司可以用来治疗感染和癌症；这些细胞里还带有一种罕见的人 T 细胞白血病病毒（HTLV），这种病毒是人体免疫缺损病毒（HIV）的远亲，科学家希望利用它研发疫苗，控制艾滋病的流行。正是因为看到这些价值，制药公司才愿意出巨资支持 Mo 细胞系的研究。而如果穆尔在戈尔德申请专利前便得知这些信息，他就能亲自联系公司卖自己的细胞。

类似做法在上世纪 70 年代初就有先例。那人名叫泰德·斯莱文

(Ted Slavin)，卖的是从自己血液中提取的抗体。斯莱文生于1950年代，天生患有血友病，当时这种病只有一种治疗方法，就是从捐献的血中提取凝血因子，输入病人体内。可那时捐来的血也没进行筛查，于是他就这么输了几十年血，直到验血结果显示他的血液中有高浓度的乙肝抗体，大家才知道他通过输血反复接触过乙肝病毒。同穆尔的遭遇相反，验血结果出来以后，斯莱文的医生如实告诉他，他的身体能制造一种非常珍贵的东西。

全世界的研究人员一直在研发乙肝疫苗，而想要让科研顺利进行，则需要保障抗体的供给，因此制药厂都愿意花大价钱买斯莱文的抗体。当时斯莱文恰好需要钱。他靠打零工为生，做过餐厅服务员，也当过建筑工人，后来血友病再次发作，丢了工作。因此，得知自己的验血结果后，斯莱文主动联系实验室和制药厂，问他们要不要自己的抗体，他们当然趋之若鹜。

刚开始，斯莱文只是卖血清挣钱，一毫升10美元，每次最多500毫升，只要出钱他就卖。可他想的绝不仅仅是钱，而是希望有人最终找到治疗乙肝的办法。于是他给诺贝尔奖得主——病毒学家巴鲁克·布卢姆伯格（Baruch Blumberg）写信，布卢姆伯格是乙肝抗体的发现者，从斯莱文的血液中检出这种抗体的方法也是他发明的。斯莱文允许布卢姆伯格免费取用他的血和组织，想要多少就给多少，于是二人开始了长期合作。最终，在斯莱文血清的帮助下，布卢姆伯格发现了乙肝和肝癌的联系，并制造出第一支乙肝疫苗，挽救了上百万人的生命。

之后，斯莱文意识到自己或许不是唯一一个能提供宝贵血液的人，于是召集这些人，合伙创办了"必要元素"生物公司（Essential Biologicals），公司后来同另一个更大的生物制品公司合并。斯莱文之后，又有很多人认识到自己身体的商业价值。今天，美国就有将近200万人卖自己的血浆，其中的一大部分还是定期出售。

话说回来，穆尔却不能卖自己的Mo细胞，因为戈尔德已经抢先申请了专利。于是，1984年，穆尔一纸诉状控告戈尔德和他所在的加州大学洛杉矶分校欺骗病人，并在未经许可的情况下擅用病人身体进行研究；他还对自己的身体组织主张"产权"，因此戈尔德的行为属于偷窃。这件事具有划时代的意义，穆尔成为第一个对自己的组织主张产权并针对利益损害提出诉讼的人。

案子是约瑟夫·韦普纳（Joseph Wapner）法官接手的。这个法官很有名，是电视节目《人民法庭》（*The People's Court*）中的法官。穆尔本来预期没人会真的重视这个案子，谁知全世界的科学家惊慌失措。想想看，要是包括血细胞在内的人体组织样本都成了病人财产，那科研人员取样就必须事先征求许可并进行所有权让渡，否则便都成了"偷窃"。媒体接二连三地刊出律师和科学家的声音，说如果这次穆尔胜诉，"科研领域会一片大乱"，如同"为大学的医生和科学家敲响丧钟"。报道称，穆尔的申诉"对以科研为目的的生物组织共享造成威胁"，而且，病人会为了争取更多利益而阻碍科学进步，哪怕他们的细胞不可能像穆尔的一样价值百万，这种前景将非常令人担忧。

可实际上，科学已经受到阻碍了：科研人员、大学和生物技术公司为细胞系的所有权争得你死我活，告上法庭的例子有的是，而其中只有两例提到了细胞的主人。1976年那次的主角是一种极其重要的人类胚胎细胞。伦纳德·海弗利克是细胞最初的培养者，他的观点是：任何培养细胞的合法产权都该归多方所有，包括确立细胞系的科学家、研究出资方，以及细胞"捐赠者"。他表示这些因素缺一不可，否则细胞就不可能存在，更别说卖细胞盈利。最后案子庭外和解，因此没能成为判例，细胞所有权被诉讼参与者瓜分，只有细胞捐赠者被排除在外。不久之后的另一个案子也有差不多的结局，一位年轻科学家带着他在美国培养出的细胞系飞回祖国日本，声称细胞理应归自己所有，因为最初是从妈妈身上取得的。

可直到穆尔的案子被媒体高度曝光，公众才意识到细胞系关乎巨大的经济利益，全国上下的媒体都刊出消息：

细胞所有权引发棘手争端……

谁是病人细胞的合法拥有者？……

谁允许你卖我的脾脏？

科学家、律师、伦理学家和政策制定者更是围绕这个问题争辩不休：有人呼吁立法禁止医生获取病人细胞，并禁止医生未经病人同意将细胞商业化，或对病人隐瞒潜在的商业利益；还有人持完全相反的意见，说这样做的结果必然是一场噩梦，将带来医学的末日。

最终法官驳回了穆尔的请求，认为诉讼不成立。讽刺的是，他对 Mo 细胞系做出裁决，凭借的竟然是海拉细胞的"先例"。他指出，没人对海拉细胞的培养和所有权提出过诉讼，这就证明病人并不在意医生取细胞并进行商业化。法官认为穆尔的反对是个案，而事实上，穆尔只不过是第一个意识到这种做法应该反对的人。

穆尔不服，提出上诉。1988 年，加州上诉法院对他做出有利判决，依据的是 1978 年通过的《医学实验人体受试者保护条例》，《条例》规定人体实验必须尊重"受试者对自己身体该被如何处置的决定权"。法官写道："对自身组织遭到何种处理，病人应有最终决定权。否则，势必让人以医学进步为由，极大侵害个人隐私和个人尊严。"

然而戈尔德继续上诉，而且还赢了。媒体口径也随着判决的改变翻来覆去，一会儿是：

法院判决细胞为病人所有……

一会儿又变成：

法院支持医生有权使用病人的组织

最后,加州最高法院的最终裁决终于让细胞所有权之争尘埃落定:在经过将近七年的努力后,穆尔还是败诉了。判决是这样的:一旦组织从身体取出,无论病人是否同意,其对组织的所有权随之消失。一旦把组织留在医生办公室或实验室,即代表病人把它们视为废物并主动遗弃,任何人都可以获取和销售。既然穆尔抛弃了自己的细胞,这些细胞就不再是穆尔身体的产物。此时它们就"转变"成一种发明,即戈尔德的"人类才能"和"创造性努力"的产物。

穆尔没有得到一分钱利润,不过法官确实认同他提出的两点指控:第一是戈尔德从未向穆尔透露细胞的商业价值,因此违反了知情同意原则;第二,他利用自己的医生身份,辜负了病人的信任,违反了诚信原则。法庭表示,尽管没有相关法规的约束,科研人员理应坦诚交代病人组织的潜在商业利益。法庭还指出现今的组织研究缺乏规范,同时缺乏对病人的保护,呼吁议会寻求解决办法。可它同时表示,如果判决穆尔胜诉,便会"使研究者失去进行重大医疗研究的经济动力",如果给予病人对自身组织的所有权,可能"干扰科研人员获取必要实验原材料,从而对科研造成阻碍",最终让"每个拿到细胞样本的"研究人员都"面临打官司的风险"。

科学家为自己的胜利得意洋洋,甚至沾沾自喜。斯坦福大学医学院院长告诉记者,只要科研工作者公开样本的商业价值,病人就不该反对医生使用自己的组织。他说:"否则,你也可以忍着发作的阑尾炎坐在那儿和医生讨价还价。"

尽管媒体已经极为广泛地报道穆尔的案子,拉克斯一家仍然对此一无所知。当全国上下都在为人体组织的所有权争得不可开交的时候,拉克斯家的兄弟们只顾四处宣传约翰·霍普金斯偷了他们妈妈的细胞,欠他们上百万美元。黛博拉也忙着收集妈妈细胞的报道,并四处散发,她逢人便说:"我只想让你们看看报纸上写了什么!告诉所有人!把消息传出去。我们希望全世界的人都知道我们的妈妈。"

1980—1985

26 侵犯隐私

黛博拉担心的事并没有发生,她迎来而立之年,还活得好好的。照顾小孩,做各种工作,包括理发师、公证人、水泥厂化学品搅拌员、杂货店收银员和轿车司机,一如从前。

1980年,也就是同"猎豹"离婚四年后,黛博拉把车开到修理工詹姆斯·普鲁姆(James Pullum)那儿修,普鲁姆也在当地钢厂工作。二人第二年即步入婚姻殿堂,黛博拉此时31岁,普鲁姆46岁。这个男人不久前刚应神的召唤做了兼职牧师。此前他曾经小小地犯过几次法,可黛博拉和他在一起还是觉得很有安全感。他那时老骑着他的哈雷摩托在巴尔的摩转悠,口袋里揣着小刀,手枪也不离身。他问黛博拉为什么从没见过她妈妈,黛博拉把《滚石》杂志的文章放在床上让他看,普鲁姆读过之后说她应该找个律师,黛博拉却叫他少管闲事。后来,俩人合伙在临街的地方开了间小教堂,有那么一阵子,黛博拉似乎不再为妈妈的细胞焦虑了。

扎卡里亚原本被判了15年,实际上7年就获释出狱。他拿到了修空调和修卡车的执照,可还是控制不住自己的脾气,加上时常酗酒,因此什么工作也做不长。他付不起房钱,经常在联邦丘(Federal

黛博拉与她的孩子们，拉敦亚和阿尔弗雷德，以及她的第二任丈夫詹姆斯·普鲁姆，摄于1980年代中期。

Hill）公园长椅上过夜，有时也睡在父亲房子对面的教堂台阶上。戴从卧室窗户望出去，看见儿子躺在水泥地上，就让他进屋，可扎卡里亚往往报以怒吼，说宁可睡在地上。扎卡里亚对父亲只有仇恨，他觉得妈妈的死全是父亲的责任，而且妈妈就这么被胡乱一埋，连个像样的墓也没有。最让他无法原谅的是，爸爸竟然把孩子们都交给埃塞尔抚养。戴终于死心了，即使看见扎卡里亚睡在便道上，也径直走过，不再叫他进屋。

有一次，扎卡里亚看到霍普金斯医院招募志愿者参与医学研究，他想，何不去当一次实验对象，不仅能换点钱，还能得到免费美餐和过夜的床位。他需要钱买眼镜，于是就自愿感染疟疾，好让医生试一种新药。他还报名参加酗酒研究，好赚钱去上技能培训课。有一次，扎卡里亚准备参加一项艾滋病研究，可以让他将近一个星期有床可睡，可医生说要给他注射，把他给吓跑了，他以为医生要给他注射艾滋病病毒。

由于扎卡里亚早已更名换姓，没有一个医生发现他们研究的竟是海瑞塔的儿子。扎卡里亚和黛博拉后来都说，要是当初医院发现他是拉克斯家的成员，准保放不了他。

拉克斯家孩子见到的最大一笔钱还是来自爸爸。戴和其他工人集体控告一家锅炉制造厂，说他们当年在伯利恒钢厂工作的时候被暴露在石棉环境中，导致肺部受损。戴拿到12000美元的赔偿，给每个孩子2000美元。黛博拉用她的那份在克洛弗买了一小片地，她还是希望有朝一日能搬回乡下，住在妈妈的墓旁。

桑尼的处境丝毫没有好转，他主要依靠在劳伦斯店外组织贩售食品券赚钱，可没过多久就因为倒卖毒品进了监狱。更糟糕的是，黛博拉的儿子阿尔弗雷德似乎也要步舅舅的后尘，还不到18岁，他已经因为入室盗窃这样的小问题多次被捕。黛博拉为儿子保释了几次之后干脆不管他，让他在监狱受点教训。她说："你就在里头待着吧，直到自己付得起保释金。"后来阿尔弗雷德加入海军，可又擅离职守。黛博拉找到他，逼他自首，以为在监狱里待待就能让他老实点，记住监禁的滋味。可事与愿违，阿尔弗雷德破罐子破摔，不仅偷东西，还成了瘾君子，黛博拉终于意识到自己无能为力。她说："你恶魔缠身了，孩子，你被毒品搞疯了。我不认识你，也不想再见到你。"

这段时间，有人告诉黛博拉，作为海瑞塔的直系亲属，她可以向约翰·霍普金斯医院索要海瑞塔的病历，从而了解她的死因。黛博拉没有照办，她怕会从中发现可怕的事实，让自己无法承受。1985年，一所大学的出版社出版了一本名为《细胞阴谋：一个女人的不朽传奇和她背后的医疗丑闻》（*A Conspiracy of Cells: One Woman's Immortal Legacy and the Medical Scandal It Caused*）的书，作者是《科学八五》（*Science 85*）杂志记者迈克尔·戈尔德（Michael Gold），书中记述了沃尔特·纳尔逊—里斯排除海拉细胞污染的卓越努力。

拉克斯家的人不记得具体是如何得知这本书的，总之书一到手，黛博拉就迫不及待地从头到尾翻阅了一遍，想从中找到对妈妈的描述。书的开头就是妈妈那张双手叉腰的照片，第一章末尾又提到她的名字。

她激动得身体颤抖,把这段大声念出来:

> 这些细胞全部来自一个美国女性,她的家在马里兰州的巴尔的摩,她可能一辈子也没怎么离开过这里……她的名字叫海瑞塔·拉克斯。

接下来的一章足有十页,戈尔德从她的病历中引用了大量内容,如内裤被血沾染、患上梅毒,还有后来病情迅速恶化。海瑞塔的家人从没见过这份病历,更别说允许霍普金斯医院对记者公开病历内容,让他写进书里,给全世界观瞻品评。黛博拉继续往下读,在毫无心理准备的情况下看到母亲去世的经过:剧痛、高烧、呕吐;毒素在血液中积累。一位医生写道:"停止一切药物及治疗,只提供镇痛药。"书中还描述了解剖过程中海瑞塔的身体所遭受的摧残:

> 死去妇女的胳膊被反复抬起、放下,以便病理学家检查胸腔……尸体被从中间剖开……灰白色的肿瘤小球……充满尸体内部,像塞满珍珠。肝脏、横膈膜、肠、阑尾、直肠及心脏表面覆着成串的肿瘤。卵巢和输卵管表面堆满厚厚的一层。膀胱附近最为恶化,厚实的癌变组织覆盖了一大片。

这段话让黛博拉崩溃了。她整天整夜地流泪,想象妈妈承受的痛苦,只要一闭眼,眼前就出现妈妈被开膛的样子,双臂歪斜,肚子里全是肿瘤。她开始失眠,很快就和兄弟们一样,对霍普金斯医院深恶痛绝。夜里睡不着觉,她就在那儿琢磨,到底是谁把妈妈的病历交给了记者。劳伦斯和扎卡里亚认为迈克尔·戈尔德肯定和乔治·盖伊或霍普金斯医院其他医生有牵连,否则他怎么可能拿到病历?

后来我打电话给戈尔德,他也记不得到底是谁把病历给他的,只记得同维克多·麦库西克和霍华德·琼斯有过长谈,而且非常肯定海瑞塔的照片是琼斯医生给他的，不过病历就没有太多印象了。"我记得病历放在谁的抽屉里，但不记得是维克多·麦库西克还是霍华德·琼斯的。"我又找到琼斯，他对戈尔德没有半点印象，更不知道他的书，他保证自己和麦库西克都不可能把海瑞塔的病历给任何人。

记者把从某些渠道获取的医疗信息公之于众并不违法，可是，不联系病人家属进一步取证，把如此私密的信息公布出来也不通知他们，确实是很有争议的。我问戈尔德有没有试着联系拉克斯一家，他说："我记得我写了几封信，还打过电话，可地址和电话似乎都不对。实话说，拉克斯的家人并不是我的故事的重点……只是觉得他们的出现能为这个有趣的科学故事锦上添花而已。"

无论如何，医生把病人的病历交给记者是很罕见的做法。尊重病人隐私已经是几个世纪以来的共识：几乎每个医学院学生都要宣誓遵守《希波克拉底誓言》，里面提到医生必须严格保护病人的隐私，不然病人就不会把个人信息毫无保留地告诉医生，这势必影响诊断。《纽伦堡公约》和《美国医学协会伦理条例》也明确表示医生必须对病人信息进行保密。不过所有这些条例都不是法律。

如今，未经许可公布病历可能触犯联邦法。然而在上世纪80年代早期，也就是戈尔德拿到病历的年代，还没有相关法律。事实上当时美国至少有30个州通过了保护病历隐私的法规，但马里兰州却不在其中。

在医疗史上，病人控告医生侵犯隐私有过成功案例，其中一位病人告的正是医生未经许可将她的病历公之于众；其他案例则是由于医生未经病人许可公开照片或视频。然而，同海瑞塔相比，这些病人有一项绝对优势——他们活着。死人还谈什么隐私？哪怕他们的一部分还活着也不顶用。

1984—1995

27 永生不死的秘密

海瑞塔死的时候,人们并不清楚她的癌症是如何发病的,也不知道她的细胞为什么不死,直到三十多年后,对海拉细胞的研究才终于给这些问题交出了答卷。1984年,德国病毒学家哈拉尔德·楚尔·豪森(Harald zur Hausen)发现了一种通过性接触传播的新病毒——人类乳头瘤病毒18型(HPV-18)。他认为宫颈癌正是由这种病毒和前一年发现的HPV-16病毒导致的。豪森在自己实验室的海拉细胞中检出了HPV-18,不过并没急着下结论,而是管霍普金斯医院要来了海瑞塔最初的样本切片,以排除自己实验室细胞遭到污染的可能性。结果,原始样本的检测结果也是阳性。不仅如此,结果还显示海瑞塔当初感染了好几株HPV-18,而这正是这种病毒中毒性最强的亚株之一。

HPV病毒共有100多种,其中13种会引发宫颈癌、肛门癌、口腔癌和阴茎癌。今天,所有有性生活史的成年人中,90%都会在一生的某个时刻感染至少一种HPV病毒。上世纪80年代,科学家用海拉细胞和其他细胞研究人类乳头瘤病毒的感染途径和致癌原理。他们发现人类乳头瘤病毒会把自己的DNA插入宿主DNA中,从而在宿主细胞中制造新蛋白质,诱发癌症。科学家还发现如果阻碍病毒DNA

的表达，就能有效阻止宫颈细胞癌变。这些发现促进了人类乳头瘤病毒疫苗的研发，楚尔·豪森也因此获得了诺贝尔奖。

后来，人们通过对HPV的研究，终于搞清了海瑞塔癌症的起因：HPV将自己的DNA插入海瑞塔第11号染色体的长臂，关闭了p53抑癌基因。不过，科学家仍然很困惑：一个基因的关闭为什么会造就出侵害性如此之强的癌细胞，不仅在海瑞塔体内猖獗生长，连拿出体外都生命力无限？要知道，宫颈癌细胞是最难体外培养的。

后来我见到了90岁高龄的霍华德·琼斯，从30年前发现海瑞塔的宫颈癌之后，经他诊断过的宫颈癌足有上千例。可当我问起他记不记得海瑞塔，他笑着说："我永远忘不了她的肿瘤，前所未见。"

我同许多科学家聊过海拉细胞，没人知道为什么这些细胞生长这么旺盛，而其他细胞有的连活命都成问题。时至今日，科学家可以用某些病毒或化学物质使细胞不死，然而，没有几个细胞能自己转化出这种本事。

关于这一点，海瑞塔的家人有自己的见解。当初海瑞塔搬到巴尔的摩，把年迈的父亲留给姐姐格拉迪丝，格拉迪丝永远不会原谅她。在她眼里，癌症是上帝对海瑞塔的惩罚。格拉迪丝的儿子加里相信，人之所以生病，是因为亚当偷食了夏娃给他的禁果，上帝要惩罚人类。"虱子"说得病是因为魔鬼附身。海瑞塔的表姐妹萨蒂则不确定到底该怎么想。

"上帝啊，"她对我说，"听说那些细胞的时候，我就想，会不会有什么活的东西跑到她身体里了，你明白吗？我吓坏了，因为我俩总是形影不离。海妮和我从不会像其他人一样，随便到特纳车站脏水里去泡，我们也没去过海滩什么的，出门从来都穿内裤，所以我真不知道那些东西怎么钻到海妮身体里的。可真就进去了。什么活的东西从她下面进到她身体里。她死了，可这些东西还活着。我翻来覆去地想，你知道，也许是从外太空掉下来，她恰好一迈腿从上面跨过去。"

萨蒂笑起来，她也觉得这想法听起来太离谱了。"可我真这么想过，"她说，"没骗人，脑子里冒出好多怪想法，你懂吗？不然怎么解释这些细胞疯长？"

每个年代，海拉细胞研究都有其标志性事件，HPV病毒同宫颈癌的联系只是上世纪80年代著名成就中的一例。后来，艾滋病开始蔓延，一群科学家尝试用病毒侵染海拉细胞，后来的诺贝尔奖得主、分子生物学家理查德·阿克塞尔（Richard Axel）也在他们之列。人类免疫缺陷病毒（HIV）通常只感染血细胞，阿克塞尔把血细胞DNA片段插入海拉细胞DNA里，病毒错把海拉细胞当血细胞，也去感染。这么一来，科学家就知道HIV感染细胞的先决条件，向了解病毒和最终制服它迈出了关键一步。

阿克塞尔的科研结果引起杰里米·里夫金（Jeremy Rifkin）的注意。里夫金是一位作家及社会活动家，当时公众正热烈探讨科学家究竟应不应该对生物DNA进行改写和操纵，里夫金也积极参与其中。包括他在内的很多人认为，对DNA的任何操作都有隐患，即使在严格控制的实验室也不例外，涉及DNA的操作可能引发基因突变，甚至有一天让"人为设计的婴儿"成为可能。可当时还没有任何法律条款限制基因工程，因此里夫金经常千方百计从现有法律里找依据，力图通过诉讼阻挠科学家的实验。

1987年，里夫金向联邦法庭提出诉讼，告阿克塞尔尚未证明其研究对环境无害，因此违反了1975年颁布的《国家环境政策法》。里夫金指出，众所周知海拉细胞是"一种极其恶性且具传染性的细胞系"，可能污染其他体外培养细胞。他还说，一旦阿克塞尔用HIV病毒感染海拉细胞，这些受感染的海拉细胞就可以进一步传染其他细胞，如此一来，全世界科研人员都有可能接触HIV病毒，从而"增加病毒的宿主范围，导致艾滋病病毒基因组扩散，造成更大的威胁"。

阿克塞尔反驳说，细胞离开培养基就无法存活，而且，细胞污染和HIV感染有天壤之别。《科学》杂志深入报道了这起官司。文章写道：

"连里夫金也承认,把几项正常的生物医学研究搅和在一起,简直像二流恐怖电影里的情节。"最后他败诉了,阿克塞尔继续拿海拉细胞搞 HIV 研究,里夫金的恐怖电影情节也没有成真。

与此同时,另外两个科学家却发展出另一种理论,比里夫金的说法听起来更像科幻小说。他们说,海拉细胞已经不能称之为人类细胞了。

细胞在一代代培养的过程中会产生变化,就像它们在人体内会变化一样。由于它们被暴露在化学物质、光照等不同环境中,其中很多条件都可能造成 DNA 的变化。细胞产生了这些变化,再通过细胞分裂把这些变化传给下一代;不仅如此,细胞分裂本身就可以算是一种随机过程,在这个过程中还会产生新的改变。像人一样,细胞也会演化。

海瑞塔的细胞在培养过程中就经历了这些变化,然后把变化传给子细胞。如此便造就出一批新的海拉细胞:尽管都是由同一种细胞衍生而来,然而彼此不同,接下来的第二代、第三代、第四代也不同。

1950 年代,玛丽在盖伊实验室培养起海拉细胞;到 1990 年代初期,当初海瑞塔宫颈的一小块样本已经生长成数以吨计各种各样的细胞。尽管我们把它们一概称作海拉细胞,实际上彼此之间、同最初的海拉细胞之间,还是略有不同。正因如此,芝加哥大学演化生物学家利·范·瓦伦(Leigh Van Valen)写道:"我们严肃提出,所谓的'海拉细胞'已经变成另一个物种。"

范·瓦伦后来解释这个想法说:"海拉细胞同人类是分别演化的,这正是一个单独物种的定义。"遗憾的是,"海拉"(Hela)作为一个物种的名字已经被一种螃蟹抢先占去了,所以科学家们建议,可以把它称为"海拉加特勒",Helacyton gartleri,"Hela"自然代表海拉细胞,后面的"cyton"在希腊语中是细胞的意思,种加词"gartleri"则是为了纪念斯坦利·加特勒博士,此人于 25 年前扔出一颗"海拉炸弹",轰动了学术圈。

没人表示反对,也没人行动,所以后来海瑞塔的细胞还是被归为人类细胞。不过即使在今天，仍然有科学家坚持反对，他们认为，既然二者遗传信息并不完全一致，就不该再说海拉细胞同海瑞塔有关联。

罗伯特·史蒂文森几乎把自己的职业生涯都搭在解决海拉污染的烂摊子上了。他听到上述观点不禁发笑。"太荒谬了。"他告诉我说，"科学家不想把海拉细胞想象成海瑞塔的一小部分，如果你能把实验材料同它们的来源完全分离，就能更方便地做研究。可今天要是还能从海瑞塔身上取样，做DNA指纹鉴定，结果肯定还和海拉细胞的吻合。"

范·瓦伦还在认认真真地论证海拉细胞不是人类细胞，另外的科研人员则已经开始尝试从海瑞塔的细胞中揭示延长生命甚至长生不死的奥秘。媒体头条再次刊出"科学家找到青春之泉"的消息。

上世纪初，卡雷尔的鸡心细胞本想证明所有细胞都蕴藏着长生不死的潜能。可正常人类细胞，不管在人为培养状态还是在人体里，都无法像癌细胞一样不停地生长。它们只能分裂有限次数，接着就停止生长，走向死亡。细胞能分裂的次数是一定的，伦纳德·海弗利克1961年发表论文，论证正常细胞的分裂极限大约是50次，因此这个数目以他命名，被称为"海弗利克上限"。

海弗利克的结果刚开始并不为人所接受。很多年来其他科学家一直对他的理论提出质疑和反驳，不过最终转为认可，他的论文也成为该领域被引用最广的文献之一。科学家们花了几十年时间，期望用正常细胞取代肿瘤细胞培养出不死的细胞系，从没成功过。他们以为问题出在技术上。现在终于恍然大悟：答案很简单，正常细胞被预先编程了，寿命就只有这么长。只有被病毒感染，或者发生基因突变，细胞才可能转化出永生不死的潜能。

通过研究海拉细胞，科学家知道癌细胞可以无限分裂，很多年来他们一直猜想，癌症之所以发生，是不是细胞在达到海弗利克上限的时候，让细胞死亡的机制出现了问题。后来他们发现，原来每条染色体末端有一段特殊的DNA，被称为端粒，细胞每分裂一次，端粒就缩短一小段，好像计时器一样。正常细胞生长过程中，每次分裂都伴随端粒的缩短，直到几乎完全消失。这时细胞就该停止分裂走向死亡了。这个过程同人的衰老是一致的，因为随着年龄增加，细胞在有生之年可分裂的次数也随之减少。

上世纪 90 年代初，耶鲁大学一名科学家用海拉细胞做研究，发现人的癌细胞里有一种端粒酶，这种酶可以把端粒重新加上去，让端粒再生。这相当于不断地把染色体末端的计时器往前拨，于是细胞就永远不会经历衰老和死亡。海拉细胞之所以会侵占其他细胞的领地并取代他们，只是由于海拉细胞比其他细胞活得更久、长得更快而已。

1996—1999

28 伦敦之后

后来，海瑞塔·拉克斯的故事终于引起英国广播公司（BBC）一位制作人的兴趣，这人在伦敦，名叫亚当·柯蒂斯（Adam Curtis）。他于1996年着手制作海瑞塔的纪录片，就是我后来在考特尼·斯皮德女士美容院看到的那部。柯蒂斯带着助手、摄像机和麦克风空降巴尔的摩，黛博拉以为一切都会改变，她和全世界都能看到海瑞塔·拉克斯和海拉细胞的真实故事，她自己也终于可以走出阴影，轻装前进。她恨不得把这次经历看成人生的分水岭，并把人生轨迹分成"伦敦之前"和"伦敦之后"。

柯蒂斯和他的制作组以前所未有的深度报道了拉克斯家的故事，光对黛博拉的采访就留下几十小时的影像资料，他们得在镜头这边提醒，好让她说完整句子并不要跑题。比如黛博拉会说："结婚之后，我时不常跑到角落里一个人待着。我特别伤心，一个人掉眼泪，这些我丈夫一无所知……我问自己……为什么啊，上帝，为什么在我这么需要妈妈的时候把她带走？"

其实原先的问题是："癌症是什么？"

BBC是在克洛弗的家屋门口对黛博拉进行采访的。他们还拍摄了戴和桑尼。两个男人倚在海瑞塔母亲的墓碑上,谈论海瑞塔的厨艺有多好,他们还说从没听说过细胞,直到做科研的人找他们取血。拍摄团队还随拉克斯家人去了亚特兰大,出席罗兰·帕蒂略借纪念海瑞塔之名举办的会议。后来,正是帕蒂略把我引入了黛博拉的世界。

帕蒂略生长于上世纪30年代,父亲先是铁匠,后在路易斯安那州一个种族隔离小镇当铁路工。帕蒂略是家族里第一个上学的人,他在盖伊实验室做博士后的时候听说了海瑞塔的故事,当即觉得心有戚戚焉。从那以后,他总希望能找机会纪念海瑞塔对科学所做的贡献。这一天终于来了。1996年10月11日,帕蒂略在亚特兰大的莫豪斯医学院举行了第一届海拉癌症控制年度研讨会,邀请全世界科学家来讲述他们对少数群体的癌症研究。他还组织联名请愿,让亚特兰大把10月11日,也就是会议日这天,定为"海瑞塔·拉克斯日"。提议通过,而且市长办公室发出了官方声明。除此之外,帕蒂略特意请霍华德·琼斯医生写文章回忆为海瑞塔诊断的经过。琼斯写道:

> 从临床医学的角度,拉克斯女士的病情始终没有半点起色……引用查尔斯·狄更斯在《双城记》开头的一段话:"这是最好的时代,也是最坏的时代。"对科学来说,这终究是最好的时代,因为这种奇特肿瘤造就了海拉细胞……但对拉克斯女士和她抛下的家人来说,这无疑是最坏的时代。科学进展通常是建立在巨大代价的基础上,其实所有进展都是如此,这一次,海瑞塔·拉克斯充当了牺牲品。

帕蒂略从霍普金斯的医生朋友那里拿到黛博拉的电话号码,给她拨过去。当她听说会议计划,得知亚特兰大已经正式设立"海瑞塔·拉克斯日",当即欣喜若狂——终于有科学家要纪念她妈妈了。不久,拉克斯一家,包括戴、桑尼、劳伦斯、黛博拉、博贝特、扎卡里亚,还有黛博拉的外孙达文(Davon),一起挤上帕蒂略给他们租的旅行车,直奔亚特兰大。后面还跟着 BBC 的纪录片小组。

途径一座加油站,黛博拉对镜头露出微笑,解释一家人为什么要去莫豪斯。

"他们请来好多医生,大家在一起讨论科学的不同问题,不同领域,"她说,"他们还要给我哥哥、爸爸和我发纪念牌,感谢我妈妈。所以我觉得一定会非常盛大。"

事实也正如此。黛博拉一家头一次被当成名人:住宾馆,被人索要签名。可也有些难以预料的小差池。桑尼在活动中兴奋过度,血压飙高,住进医院,差点错过整个活动。扎卡里亚把自己屋里小酒吧的酒干得一滴不剩,后来又喝光了爸爸和黛博拉屋里的。当他发现日程表把自己的名字写成"约瑟夫·拉克斯",还说细胞是海瑞塔"捐赠"的,暴跳如雷,把日程表摔了一地。

黛博拉尽量不往心里去。走上台的时候,由于太紧张,她的手一放在讲台上,整个台子都颤起来。几个星期以来,她一直担心观众席里会坐着个枪手,有科学家想拿她的身体去做实验,或者拿她的尸体威胁家人。然而帕蒂略向她保证,她很安全。

"要是我的发音有错,请原谅,"她对台下观众说,"我听力有问题,上学的时候没人好好教,长大之后别人才给我戴助听器。不过我从不因此觉得丢脸。"

帕蒂略在一边鼓劲儿,黛博拉清了清嗓子,开始演讲:

> 帕蒂略医生给我打电话那天,我感觉一切成真了。一直觉得像做梦一样。不知道这么多年发生着什么,甚至连怎么谈论它也不知道。关于我母亲的事是真的吗?不知道谁能告诉我们,整个医学领域似乎都没人愿意花时间。

接着,黛博拉突然开始对妈妈说话,中间连停顿也没有:

我们想你，妈妈……我无时无刻不想你，期望看你一眼，搂着你，就像你以前搂着我那样。我爸爸说你临死前躺在病床上说，要他照顾黛博拉。谢谢，妈，总有一天我会见到你。我们尽量读你的事，尽量理解发生了什么。我总在想，要是上帝没把你带走，把你留在我们身边，今天会是什么样子……我把对你所知的一切珍藏在灵魂深处，因为我就是你的一部分，你也是我的一部分。我们爱你，妈妈。

在拉克斯家看来，似乎一切真的出现了转机，海瑞塔仿佛真的会像黛博拉期望的那样，得到了人们的承认。

不久BBC的人又出现在特纳车站，向当地人打听四五十年代的往事。他们到来的消息像其他所有消息一样不胫而走，迅速传到考特尼·斯皮德女士耳朵里，这是她第一次听说海瑞塔·拉克斯的故事。无巧不成书，她和镇上另外几位女同胞刚刚联手成立了特纳遗产委员会，正想方设法筹办活动挖掘特纳车站的黑人为世界做出的贡献。比如说，这里出过宇航员；出过前国会议员，后来那人成了美国有色人种促进会主席；还出过一位著名配音演员，他给《芝麻街》（Sesame Street）里的埃尔莫（Elmo）配音，得了好多次艾美奖。

当斯皮德和摩根州立大学的社会学家芭芭拉·威奇（Barbara Wyche）得知海瑞塔和海拉细胞的故事，她们马上行动起来。她们给国会和市长办公室写信，要求他们承认海瑞塔对科学的贡献，还联系了史密森美国历史博物馆管理员特里·沙雷尔（Terry Sharrer），以他的名义邀请拉克斯一家来博物馆参加一场小型活动。活动当天，戴在博物馆里欣赏了旧式农具，还坚持要看看老婆的细胞（博物馆某处确实存了一瓶海拉细胞，培养液已经像泥塘那么黑，没有公开展示）。观众泪流满面地来到黛博拉跟前，说她母亲的细胞帮他们战胜了癌症，黛博拉很受感染。后来她听了一场关于细胞克隆的演讲，就问沙雷尔有没有可能从海拉细胞里取点DNA，放进黛博拉自己的卵细胞里，让妈妈重生。沙雷尔给了否定的答案。

活动后,沙雷尔写信给威奇,建议她和斯皮德女士在特纳车站建一座美国黑人健康博物馆,以此纪念海瑞塔。不久,海瑞塔·拉克斯健康历史博物馆基金会正式成立,斯皮德女士担任基金会主席。她们组织了"装扮海瑞塔·拉克斯"活动,特纳车站几位妇女梳起海瑞塔的头,穿上她那张经典照片上的装束。为了让海瑞塔的贡献广为人知,斯皮德女士自掏腰包制作并发放海瑞塔·拉克斯T恤衫,也有人做出海瑞塔·拉克斯圆珠笔。当地报纸报道了斯皮德女士和威奇的700万美元博物馆计划,她俩在银行给海瑞塔·拉克斯基金会开了户,申请了税号,开始为博物馆筹资并收集资料。她们的第一个目标就是为海瑞塔塑一座等身蜡像。

黛博拉不是基金会董事,也不参与行政事务,不过斯皮德和威奇经常叫她在纪念海瑞塔的活动上发言,一次在斯皮德杂货铺旁的帐篷里,多数时候在当地教堂。后来有人建议黛博拉把海瑞塔的《圣经》捐出来,外带夹在里面的黛博拉和埃尔西的头发。他们说是出于安全考虑,怕黛博拉的房子意外失火,书也没了。黛博拉听到这个说法,跑回家把《圣经》藏起来了,还跟丈夫说:"我妈妈就给我留下这么一件东西,他们还想拿走!"

她发现斯皮德女士和威奇以母亲的名义成立了基金会,建立了银行账户,暴跳如雷。"我们家不需要博物馆,也不需要蜡做的海瑞塔,"她说,"真要说筹钱,海瑞塔的孩子最需要筹钱看病。"

黛博拉对博物馆没兴趣,只有当斯皮德和威奇可能给她提供母亲消息的时候,她才给点帮助。三人在斯皮德杂货铺边上和特纳车站其他地方散发手写传单,问:"谁知道她最喜欢的圣歌?谁知道她最喜欢《圣经》里哪段?谁知道她最喜欢什么颜色?谁知道她最喜欢什么游戏?"前两个问题是斯皮德女士提的,后面的来自黛博拉。

斯皮德女士和威奇请盖伊以前的助手玛丽·库比切克来参加活动,讲她最初如何培养出海拉细胞,活动在特纳车站新希洛浸信教堂(New

Shiloh Baptist Church）地下室举行。玛丽的眼睛已经快看不见了，她身上裹着围巾，站在小小的舞台上，紧张得要命。拉克斯家的亲戚和当地人在台下大声质问，想知道究竟谁从海拉细胞里捞了钱，还有盖伊究竟有没有拿细胞申请专利。

"噢没有，"玛丽说着，紧张得左摇右晃，"绝对没有，没有没有……那时候根本没法给细胞申请专利。"她说 1950 年代的时候根本想不到这么做，盖伊为了科学发展，把细胞无私地送给别人。

台下怨声四起，气氛更加紧张了。一个女人起身说："那些细胞治好了我的癌症，要是我的细胞也能像她的细胞一样帮助别人，我保准让别人随便拿！"另一个女人说她还是相信盖伊为细胞申请了专利，她大喊："我希望将来不要这样！"黛博拉则在屋里走来走去，不停地说妈妈治好了别人的癌症，叫大家冷静。接着她让玛丽回忆解剖过程中看见妈妈红色脚趾甲的情景，她在戈尔德的书里读到过这段。玛丽如实讲了一遍，全场陷入沉静。

斯皮德努力从特纳车站居民脑子里搜集关于海瑞塔的记忆，威奇则一封接一封地写信，期望得到对海瑞塔的认可，并吸引人来给博物馆捐钱。她的努力果然没有白费，马里兰州参议院寄来一纸华丽文书，上面是他们的表态："在此，马里兰州参议院对海瑞塔·拉克斯献上最诚挚的敬贺。"1997 年 6 月 4 日，小罗伯特·埃利希（Robert Ehrlich Jr.）议员在国会众议院发言："议长先生，今天我要向海瑞塔·拉克斯女士致意"。他向国会介绍了海瑞塔的故事，表示"拉克斯女士细胞捐赠者的身份至今尚未获得承认"，还说如今到了改变的时候。所有人似乎达成共识，到了霍普金斯医院站出来澄清问题的时候了。

威奇也确实一直致力于落实这件事，她给约翰·霍普金斯当时的校长威廉·布罗迪（William Brody）写信，整整三页，密密麻麻。信中说海瑞塔是"未受承认的当地女英雄"，还引用了一位历史学家的话，说海瑞塔的故事是"约翰·霍普金斯医学院研究史上最具戏剧性和最关键的事件之一"。她写道：

> 拉克斯一家承担了巨大的痛苦……他们同当今许多其他家庭一样，面对围绕海拉"诞生"和拉克斯女士"死亡"的道德和伦理问题……问题主要有：(1) 当年究竟有没有得到"捐献者"或拉克斯家人的允许，在世界范围"使用"海拉细胞，并将它"大规模"商业化制造、分发和销售……(2) 科学家、大学、政府官员和其他人在上述两方面的行为是否符合伦理，在同拉克斯家人沟通过程中的行为是否道德……拉克斯女士的黑人身份还牵扯到其他社会议题。

一个月后，约翰·霍普金斯大学校长助理罗斯·琼斯（Rose Jones）回信表示"不确定霍普金斯应在纪念拉克斯女士生平的活动中扮演什么角色"，不过他也想同威奇分享一些信息：

> 请让我强调，霍普金斯从未将海拉细胞用于商业用途，从未从研发、分发和使用海拉细胞中谋求或获取利益。不仅霍普金斯，当时全世界认可的方式是，医生和科学家可以使用以诊断和治疗为目的获取的病人组织，无须征求当事人同意。另外，根据当时学术圈的传统，培养细胞是自由共享的，世界上不管什么地方的科学家需要，都要免费善意分享。事实上，海拉细胞日后做出这么多贡献，霍普金斯科学家慷慨提供绝对是主要原因。
> 我相信我们都了解，近年医疗研究的标准有了极大的转变，我希望病人今后在看病或参与研究的过程中，他们的愿望和需求能得到更多关注和理解。这对医疗研究和我们所服务的患者都是有益的。

琼斯还告诉威奇，他已经把威奇的来信转给霍普金斯医院"其他同事，征求他们意见，请他们思考"。不久，霍普金斯一些人开始举行非正式会议，讨论大学应该采取什么行动，来表达对海瑞塔和拉克斯一家的感激。这些行动都是背着威奇和斯皮德女士开展的。

接着他们却听说了科菲尔德。

基南·凯斯特·科菲尔德爵士勋爵（Sir Lord Keenan Kester Cofield）是黛博拉丈夫继女的表兄，或者其他什么类似的远房关系，家里没人记得，也不知道他什么时候或怎么知道海瑞塔的细胞的。他们只记得有一天，自称律师的科菲尔德打电话给黛博拉，劝她为海瑞塔·拉克斯这个名字申请著作权，说是为了保护她自己和她的母亲。科菲尔德还说，他认为霍普金斯有医疗过失，早该告他们了，他们从 1950 年代就开始拿海拉细胞赚钱，现在总该把属于拉克斯家的吐出来。至于律师费嘛，先甭忙着给，等回头从霍普金斯拿到钱分他一部分就得。要是拿不回钱他分文不取。

黛博拉从没听说过要给什么东西申请著作权，不过家人早说想找个律师聊聊细胞的事儿，而且科菲尔德提的付费方式看来合情合理。黛博拉的兄弟们欣喜若狂。不久，当黛博拉把科菲尔德介绍给斯皮德和威奇的时候，科菲尔德就成了"家族律师"。

从此以后，科菲尔德整天泡在霍普金斯，翻档案、做笔记。这些年，很多人来拉克斯家谈细胞，他是第一个告诉他们海瑞塔在霍普金斯究竟经历了什么的人。据拉克斯家人回忆，他的发现证实了他们最恐惧的猜测。科菲尔德说，给海瑞塔治疗的医生里，一个没有医疗执照，另一个已被美国医疗协会除名。不仅如此，海瑞塔的癌症还被误诊了，据他所说，她很可能就是死于过量的放疗。

科菲尔德跟黛博拉说，他必须看看她妈妈的病历，才知道医生是怎么给她治疗的，其中又有多少医疗过失。而只有海瑞塔的家人才能向医院要求查看医疗记录，因此黛博拉同意跟他去一趟霍普金斯，提交一下申请。当天复印机坏了，前台的接待员让黛博拉和科菲尔德改天再来。

然而，几天后当科菲尔德单独前往，工作人员却拒不给他病历，因为他既不是医生，也不是病人家属。他报上自己的姓名：基南·凯斯特·科菲尔德爵士勋爵医生，霍普金斯管病历的工作人员立刻联系了医院律师理查德·基德韦尔（Richard Kidwell）。基德韦尔一听说有人竟然用"爵士勋爵医生"的名号在医院打探消息，立刻警觉起来，做了个简单的背景核查。

这一查不要紧，基南·凯斯特·科菲尔德根本不是什么医生，也不是律师。事实上他还因为诈骗蹲过几年监狱，其中大部分是因支票诈骗。不过他利用在监狱的时间上了些法律课，打了几个被法官称之为"无聊"的官司。比如科菲尔德曾经控告狱警和州政府官员，可他自己也遭到控告，因为他从监狱打电话给阿拉巴马州州长，威胁要杀了他。科菲尔德告过麦当劳和汉堡王快餐店，说他们拿猪油炸薯条，污染了自己的身体。除此之外他还扬言要控告其他几家餐厅的食物有毒，包括纽约的四季酒店餐厅。可当时他身陷囹圄，根本不可能去这些餐馆就餐。他状告可口可乐公司，说自己买了一瓶汽水，里面全是玻璃碴，实际上监狱里只提供罐装的百事可乐。还有一次，他被控诈骗，那次他刊登自己的讣告，再告报纸诽谤，索赔一亿美元作为损失费。他跟美国联邦调查局说自己已经递交至少150份类似的诉状了。

在法院文件中，有的法官说他是"行骗高手"，有的说他"不过是个成天找法律体系漏洞的臭虫"，还有人把他称为"最爱打官司的犯人"。科菲尔德找上拉克斯家，让他们告霍普金斯的时候，他已经被两个县剥夺了起诉的权利。

黛博拉对此一无所知。科菲尔德自称医生和律师，并且看似确实能从霍普金斯医院获取信息、理解它们的含义，这一点比拉克斯家的人都强。他还风度翩翩，考特尼·斯皮德女士事后对我描述科菲尔德："这人简直太有魅力了！他八面玲珑，谈吐得体，而且见多识广。"

了解了科菲尔德的底细，基德韦尔马上想到要保护黛博拉，拉克斯家人从没想到霍普金斯的人会这样对他们。基德韦尔告诉黛博拉，科菲尔德就是个行骗高手,他还让黛博拉签署了文件,禁止科菲尔德接触到她家的医疗信息。和我聊过的每个霍普金斯的人都记得,当科菲尔德再次出现,得知拉克斯家已经先下手为强,禁止他接近病历时,他暴跳如雷,坚决要求复印病历,最后医院守卫只好威胁要把他赶出去,还要叫警察,科菲尔德这才离去。

结果科菲尔德反倒告起黛博拉、劳伦斯、考特尼·斯皮德和海瑞塔·拉克斯历史博物馆基金会,上了被告名单的还有一大串霍普金斯职员,包括院长、病历主管、档案保管员、理查德·基德韦尔,以及尸检部门总管格罗弗·哈钦斯(Grover Hutchins)。在十名被告中,有的霍普金斯工作人员甚至连科菲尔德和海瑞塔·拉克斯的名字也没有听说过,就收到一纸传票。

科菲尔德控告黛博拉、斯皮德以及博物馆基金会违约,因为他们先让他去弄海瑞塔的医疗记录,后来却进行阻挠。他称黛博拉不能依法禁止他为海瑞塔·拉克斯健康历史博物馆基金会做调查研究,因为黛博拉既不是基金会董事,也不参与基金会运作。他还拿种族歧视说事,说自己"遭到约翰·霍普金斯医院黑人保安和档案馆工作人员的骚扰",称"被告和霍普金斯员工的行为全都带有种族歧视动机,他们对黑人抱有歧视"。他强烈要求查看海瑞塔和黛博拉姐姐埃尔西的医疗记录和尸检结果,同时要求被告每人给他15000美元赔偿金,外加利息。

科菲尔德诉讼中最让人哭笑不得的是,他提出拉克斯一家无权查看海瑞塔·拉克斯的任何信息,因为海瑞塔原本叫洛蕾塔·普莱曾特。科菲尔德论证说,既然没有官方的姓名变更记录,那就意味着海瑞塔·普莱曾特根本没存在过,更别说海瑞塔·拉克斯了。不管她是谁,从法律上说拉克斯一家和她也没有关系。科菲尔德递交了一份满是语病、常人难以理解的声明,说拉克斯家人的行为是赤裸裸的"诈骗和阴谋",他的诉讼将"还海瑞塔·拉克斯女士以公正,也将还沦为既小又大的诈骗行为牺牲品的原告一个公道"。

每天,成堆的法律文件被送到黛博拉门口,包括传票、申诉书、进展报告，以及各种各样的动议。她大惊失色，跑到特纳车站，冲进斯皮德的杂货店，大吵大嚷，让斯皮德把关于海瑞塔的所有东西都交出来，包括收藏在超人枕套里的文件、海瑞塔·拉克斯 T 恤衫、海瑞塔笔，还有威奇在斯皮德美容院采访戴的录像带。黛博拉控诉斯皮德和科菲尔德串通一气，扬言要是斯皮德不立马关了基金会，停止关于海瑞塔的一切活动，她就请美国球星辛普森（O. J. Simpson）的律师约翰尼·科克伦（Johnnie Cochran），告到斯皮德倾家荡产。

可斯皮德真是家徒四壁，而且其实和黛博拉一样恐慌。她是个单亲妈妈，有六个儿子，还指望靠理发和卖杂货的钱供他们上大学。她的店总挨抢，最近又接二连三收到科菲尔德寄来的法院文件，一点也不比黛博拉的少。后来，斯皮德再不看那些信了，而是把它们统统堆在商店后面的储藏室，三十封一摞。她向上帝祈祷，恳求信别再来了，希望丈夫还活着，帮她对付科菲尔德。

恰好这个时候，BBC 摄录的纪录片播放了，记者频繁地给黛博拉打电话，索要海瑞塔和家人的照片，不停地打听海瑞塔的往事和死因。可这时的黛博拉，除了从戈尔德书里了解的那些故事，对其他仍然一无所知。于是，黛博拉下定决心，一定要亲自看看妈妈病历上究竟是怎么说的。她从霍普金斯要来一份复印件，顺便还要来姐姐的病历。

在霍普金斯，她见到了基德韦尔。律师叫她别担心，说霍普金斯一定会对付科菲尔德。霍普金斯说到做到，诉讼被驳回，但案子牵扯的人都遭到了不小的打击。原本霍普金斯一些人正安排纪念海瑞塔的活动，一听说科菲尔德的案子，纷纷退却，对拉克斯家也没提。

几年后，我见到了病理学家格罗弗·哈钦斯，他也在科菲尔德案件的被告人之列，他摇着头说："这整件事让人非常遗憾。他们本来想为海瑞塔赢得一些认可，谁知道半路杀出个科菲尔德，事情就复杂了。科菲尔德把拉克斯一家对霍普金斯的看法添油加醋地描述了一番，这样谁还敢和他们打交道，于是就决定多一事不如少一事。"

我又见到了约翰·霍普金斯医院的发言人乔安·罗杰斯（JoAnn

Rodgers），她说霍普金斯官方从没想纪念海瑞塔的贡献，"只是一两个人的个人行为。这些人撤了，整个事情就没下文了。从来没有上升到医学院决策的层面"。

传票终于不再来了，黛博拉却不相信案子彻底结束了。她总觉得科菲尔德对妈妈的《圣经》和里面夹的头发没死心，有朝一日还会派人来偷；闹不好科菲尔德还想来偷黛博拉的细胞，以为它们跟她妈妈的一样值钱。

她干脆再也不查邮箱，除了需要去工作给残疾儿童开校车，几乎足不出户。后来黛博拉受了一次惊吓，车上一个十岁的孩子攻击她，扑到她身上连抓带咬，还是两个男人上来才把孩子拉开。几天后这个孩子又发作了，这次更严重，造成她的几节脊椎骨永久损伤。

黛博拉让丈夫在屋里挂上黑窗帘，她从此再不接电话，只是一个人坐在黑洞洞的客厅。科菲尔德的案子结束后一年半，她终于鼓起气力，开始一遍一遍读妈妈的病历，细细看妈妈死去的那些细节。她第一次得知，自己的姐姐原来被送到一家名为克朗斯维尔的精神病院去了。

黛博拉转而担心姐姐，猜想她在那些年遭遇了什么事。"或许她和我们的妈妈一样，也被用于诡异的科学研究了。"黛博拉打电话给克朗斯维尔索要埃尔西的记录，谁知管事的人说 1955 年前的记录都被毁了，而那正是埃尔西去世的年份。黛博拉本来就怀疑霍普金斯藏了海瑞塔的信息，这次更本能地怀疑克朗斯维尔把姐姐的记录有意藏起来了。

挂上电话几个小时，黛博拉突然头晕目眩，呼吸困难，满身起疹，脸上、脖子上、全身上下，甚至脚底板都是红斑。她一进医院就说："我妈妈和我姐姐的事儿已经把我整得精神崩溃了。"而医生也说她的血压过高，刚才差点没中风。

黛博拉好不容易出院回家了。几周后的一天，她收到罗兰·帕蒂略的电话留言，说有个记者想写一本关于海瑞塔和海拉细胞的书，建议她见见这个记者。这个记者便是我。

2000

29 海瑞塔村

我们第一次通话后,黛博拉整整一年都拒绝再同我说话。我多次开车前往克洛弗找克利夫、"虱子"和格拉迪丝的儿子加里,要么坐在门廊里聊天,要么一起漫步在烟草地。我一头扎进档案文件堆里,出没于教堂地下室和海瑞塔从前的学校,教学楼已经废弃,差不多要倒了。每次去的路上,我都会试探地给黛博拉留言,期望她能回心转意同我交流,这样我们就能一起了解海瑞塔的故事了。

"嘿,我现在正在你妈妈的烟草地里,就在家屋旁边,"我说,"我和克利夫一起坐在门廊里呢,他向你问好。""今天我找到你妈妈受洗的记录了。""格拉迪丝姨妈中风后恢复得不错。她给我讲了你妈妈的故事,简直太棒了。"我想象黛博拉在留言机前,探着身子仔细倾听,迫切地想知道我到底发现了什么。

可她从没拿起过电话。

一天,我又打电话过去。电话铃响过两声后,她丈夫詹姆斯·普鲁姆牧师突然拎起电话,连"你好"也不说就大声咆哮:"他们只是想从金钱上得到点满足。要是再没人给他们保证,把这些东西写成白纸黑字,他们就再也不说了。所有人都拿到了报酬,就他们没有,那可是他们的妈妈啊！他们就是觉得这不应该。我老婆已经被折磨得太久了。以前她只希望约翰·霍普金给她妈妈一点肯定，跟她解释解释那些细胞是怎么回事，让她明白她妈妈到底怎么了。结果他们根本不理睬，我们能不生气吗？"说完就挂了电话。

又过了几天，也就是我和黛博拉通话后十个月，她终于打来电话，对着听筒大吼："好吧，我和你谈！"她没说自己是谁，也不需要说。"你必须也答应我几件事。第一，要是我妈妈在科学史上这么有名，你得让大家把她的名字写对。她才不叫海伦·拉恩。第二，他们都说海瑞塔·拉克斯生了四个小孩，这也错了，是五个。我姐姐虽然死了，但不该把她漏掉。我知道你想报道拉克斯家所有的故事，所以这里有好事也有坏事，因为我兄弟们。你会知道的，我不在乎。我在乎的是你必须找出我妈妈和姐姐后来发生了什么，我必须知道。"

她深深吸了口气，接着笑了。

"做好准备吧，姑娘，"她说，"你现在根本不知道等着你的是什么。"

2000年7月9日，我和黛博拉终于见面了。我们相约在巴尔的摩码头附近一条石子路口的小旅店，这一带叫菲尔斯角（Fell's Point）。我站在大厅等候，她看见我，指着自己的头发对我说："看见了吗？我是我们这帮孩子里唯一一个头发都灰了的，因为只有我成天操心妈妈的事儿。这也是为什么我这一年不肯和你说话的原因。我发誓再不和任何人讲我妈妈。"她叹了口气，"可我还是来了……希望我不要因此而后悔。"

黛博拉长得很结实，一米五的身高，差不多有90公斤重。一头乌黑的卷发也就两三厘米长，只有一缕灰发像头带一样勾勒在脸庞侧面。50岁的她看上去既像60岁也像40岁，光滑的褐色皮肤上点缀着大大的雀斑和两个酒窝，眼神明亮而调皮。她身着七分裤，脚上踩着帆布鞋，走路很慢，全身重量似乎都在那根铝拐杖上。

她跟着我来到房间，床上摆了一个扁平的大包裹，外面裹着一张鲜艳的包装纸。我对她说,这是霍普金斯一位年轻的癌症研究者给她的礼物,那人名叫克里斯托夫·伦盖威尔(Christoph Lengauer)。几个月前,我见了拉克斯家的男性成员,然后在《约翰·霍普金斯杂志》撰文。伦盖威尔读过之后给我写了封邮件。"我为拉克斯家人感到难过,"他说,"他们该得到更好的对待。"

伦盖威尔自从工作以来,每天都要和海拉细胞打交道,然而如今海瑞塔和她家人的故事在他脑海中挥之不去。他现在是一名博士生,用海拉细胞改善了荧光原位杂交技术(Fluorescence in situ hybridization, FISH),就是用不同颜色的荧光标记不同的染色体,在紫外线下染色体就能发光。经过训练的研究者可以通过 FISH 结果获得 DNA 的细节;而对外行来说,也就是把细胞里的染色体变得五颜六色。

克里斯托夫把自己用 FISH 技术标记出的海瑞塔细胞染色体照片洗成 35 厘米×50 厘米大小,裱在相框里,画面看起来就像夜空中闪烁着红黄绿青蓝紫色光的萤火虫。

"我想让他们知道,对于我这么一个年轻的癌症研究人员来说,海拉细胞意味着什么,我很感激他们多年前把细胞捐出来。"他写道,"我不代表霍普金斯,可我是他们的一部分。从某种程度上来讲,我甚至想向他们表达我的歉意。"

黛博拉把自己的黑帆布手提包扔在地上,扯开照片外的包装纸,把相框举在眼前。她一言不发地穿过几扇门跑到露台上,借着夕阳欣赏照片。

"太美了!"她在外面大喊,"我从来不知道它们有这么美!"她抓着照片走回来,涨红了脸。"你知道我觉得什么最奇怪吗?这个世界上有那么多我妈妈细胞的照片,比她本人的照片还多。我猜这是为什么没人记得她。她留给世间的就只有这些细胞了。"

黛博拉坐在床上继续说:"我真想去那些实验室和研讨会,看看我妈的细胞究竟干什么了,和那些治好了癌症的人聊聊。"说着,她又蹦又跳，兴奋得像个小姑娘。"光想想这些，我就想再出门去。可总有些意想不到的事发生，我就只能再回来藏着。"

我跟她说，伦盖威尔希望她能去实验室看看。"他想向你道谢，让你亲眼看看你妈妈的细胞。"

黛博拉用手指抚摸照片上妈妈的染色体。"我真的想去看看这些细胞，但我还没准备好，"她说，"我爸爸和兄弟们也该去，可他们觉得我光来这儿就够疯狂的了。他们总是大叫大嚷，说：'那些白人靠妈妈发了财，咱们却一个子儿也没得到。'"黛博拉叹了口气说："我们不准备靠妈妈细胞这些东西赚钱，她在医学上帮了那么些人，这特别好，我就希望历史能被讲出来，让人们知道我妈妈，海拉，就是海瑞塔·拉克斯。我想多知道点关于妈妈的事。她应该用母乳喂过我，可我不敢肯定。没人聊起我妈妈和我姐姐，就跟她们从没存在过一样。"

黛博拉从地上拿起包，把里头的东西倒在床上。"我手里和我妈有关的全在这儿了。"她指着床上那堆东西说。里面有BBC纪录片的未剪辑原片、一本破字典、一本日记、一本遗传学教科书、好多科学期刊论文、专利记录，还有几张从没寄出的卡片，包括给海瑞塔的生日卡和母亲节贺卡。黛博拉拿起母亲节贺卡。

"我把它带在包里已经很久了。"说着她把卡片递给我。白底色上印着粉色的花朵，里面用舞动的字体写着："愿圣灵和救世主今日与你同在，你给予家人和爱人的爱将得到他们的赞美。献上祈祷和爱。母亲节快乐。"署名是"爱你的，黛博拉"。

她口袋里最多的还是揉得破破烂烂的报纸杂志文章。她拎出《世界新闻周报》上的一篇，大标题写着"永生不死的女人！"。左右分别报道了一条会心灵感应的狗和一位半人半鳄的男孩。

"我在杂货店看见这篇文章，差点吓个半死，"黛博拉说，"我琢磨，他们又胡扯我妈什么呢？人人都说霍普金斯抓黑人，在地下室做实验。没人能证明，所以我从来都不信。可当我看见妈妈细胞的事，真是不知道该怎么判断，也许拿人做实验的事都是真的。"

黛博拉告诉我，几周前戴的新老婆玛格丽特从霍普金斯医院回来，嚷嚷她在医院地下室看到了吓人的东西。"她不小心按错了按钮，电梯把她一路带到伸手不见五指的地下室，"黛博拉说，"门开了，她直直往前一看，那儿摆着好多笼子。她尖叫着对我说：'黛尔，你肯定不信，笼子里全是像人一样大的兔子！'"

黛博拉笑起来。"我才不信呢。当时我就说：'人一样大的兔子？！你疯了吧！'谁听说过有人一样大的兔子啊？可玛格丽特对我一直实话实说，我明白她肯定是看见了什么，吓坏了。什么都有可能。"

接着，她用平静的语气说下去，好像在聊"明天要下雨"这样的稀松平常事："科学家做的实验千奇百怪，你永远不知道他们在干什么。我总在想，伦敦有多少长得跟我妈很像的人，在街上走来走去。"

"什么？"我问，"为什么伦敦会有和你妈长得很像的人？"

"他们在那儿做我妈的克隆来着。"她说，看起来她对我没打探到这则消息感到很吃惊。"一个英国记者说他们克隆了一只羊。现在他们又开始把我妈克隆得到处都是。"她举起伦敦《独立报》(*The Independent*)，指着用笔圈起来的那段说，"海瑞塔·拉克斯的细胞旺盛繁衍，总重量已经超过最初捐细胞的女人的体重，多到可以组成一个海瑞塔村。"文章作者还开玩笑地说，海瑞塔1951年的时候应该在银行存上十美元，那样她的克隆们今天就发了。

黛博拉抬了抬眉毛，仿佛在说：瞅见没？我说的吧！

我跟她说，文章里说的不是海瑞塔，科学家克隆的只是海瑞塔的细胞。可黛博拉在我眼前摆了摆手，就跟我在胡说八道一样。她从那堆东西里翻出一盘录像带给我看，侧面写着《侏罗纪公园》(*Jurassic Park*)。

"这个电影我看了好几遍，"她说，"里面就说什么基因，从细胞里拿基因，然后让恐龙复活。我就想，哦天哪，我这儿还有一篇论文，讲的就是他们怎么拿我妈的细胞做克隆！"她举起另一盘录像带，这次是一部电视电影，名字就叫《克隆人》(*The Clone*)。讲的是一个女人的儿子年轻时死于车祸，治疗不孕的医生秘密地从这个女人体内拿到多余的胚胎，给她克隆出一大群儿子。

"医生从那个女人体内取细胞，整出一帮小男孩，长得和她儿子一模一样，"黛博拉说，"可怜的女人，根本不知道什么克隆的事儿，直到有一天突然看见商店里走出这么个男孩。我真不知道要是我看见克隆的我妈，我该怎么办。"

黛博拉知道这些电影都是虚构的，可自从多年前医院第一次给她爸爸打电话，告诉他海瑞塔的细胞还活着，科幻和现实之间的界线就被模糊了。黛博拉以为妈妈的细胞就跟《陨星怪物》中的怪物一样，越来越大，已经够把地球裹上几圈。听起来太疯狂了，可却是千真万确。

"你真说不准到底怎么回事。"接着黛博拉又拎出两篇报道递给我。一篇题目是《人—植物细胞融合：接下来是会走路的萝卜吗？》，另一篇叫《实验室杂交出人—动物细胞》。两篇说的都是她妈妈的细胞，而且都不是科幻小说。

"我不知道他们究竟干了什么，"黛博拉说，"听起来和《侏罗纪公园》没什么区别。"

接下来三天，黛博拉每天早上都来我住的小旅店，坐在床上对我倾诉。要是需要换个环境，我们就乘水上出租到巴尔的摩的港口漫步。或者去吃螃蟹、汉堡和炸薯条，驾车在街上兜风。我们去拜访过她童年居住的房子，现在绝大多数都拿木板封住了，门口挂着"报废"的牌子。我白天黑夜跟她形影不离，脑子里塞满她的故事，然而却总在担心她有朝一日会改变主意，再不和我讲话。事实上，黛博拉看起来已经打开了话匣子，再也不会停止了。

黛博拉的字典里就没有"安静"这个词。她说话嗓门很大，几乎每说一句都要尖声大笑，而且对身边的一切都有话可说："看那些树多大啊！""那辆车的绿色多好看啊！""哦我的上帝，我从没见过这么好看的花。"她走在街上，和游客、清洁工、流浪汉攀谈，不管看见谁都挥舞手杖打招呼:"嘿你好吗?"一遍一遍地说,从没厌倦的时候。

黛博拉有好多稀奇古怪的小毛病,想起来又非常有趣。比如她车里老放一瓶消毒剂,没事就拿出来乱喷,其实她自己也没当真。有几次我一打喷嚏她就往我鼻子前面喷,不过多数时候是当我们到达一些看起来不是那么卫生的地方,车一停她就朝窗外喷,这种地方还真不少。她说话的时候总要挥动手杖,还经常用手杖敲我的肩膀让我注意,要强调什么东西的时候就猛击我的腿。

她第一次拿手杖敲我,我们就坐在我屋里。她递给我一本维克多·麦库西克的《医学遗传学》说:"我见过这人,他想给我抽血做癌症测试。"

我跟她说麦库西克是想取血研究海瑞塔的细胞,并不是给她和她兄弟们检查癌症。她当即拿手杖敲我的腿。

"妈的!"她怒骂一声,"你可算告诉我了!我一问问题,想让他告诉我这是什么测试,讲讲我妈的细胞,他就不搭理我了,只给我一本书,拍拍我的后背,就打发我走了。"她伸过手,把书翻开,指着里面说:"他还给我签名来着。"黛博拉翻着白眼说:"要是能告诉我这本破书里说的是什么就更好了。"

黛博拉和我每天都花好几个小时趴在床上,翻阅材料,也聊她的生活。第三天即将结束的时候,我在枕头上发现了一个厚厚的硬纸夹。

"这些是你妈妈的病历吗?"我问道,一边伸手去拿。

"不!"黛博拉尖叫一声,睁大眼睛扑到纸夹上,就跟扑橄榄球似的,然后把纸夹贴在胸口,紧紧搂在怀里。

我呆住了,手还悬在半空,结结巴巴地说:"我……我的意思是……我没想……"

"你最好没想!"黛博拉气呼呼地说,"你要拿我妈的病历干什么?!"

"我以为你把它放在那儿是想给我看……对不起……我现在不看

……没关系。"

"我还没准备给你看！"黛博拉怒目圆睁，厉声说道。她抓起包，把所有东西塞回去，朝门口跑去。

我呆若木鸡。这么多天来，我和她肩并肩躺在一起，说笑、打闹，互相安慰，然而现在，她却像躲避追击一样逃跑。

"黛博拉！"我朝她的背影大喊，"我没想做什么坏事，只想了解你妈妈的故事，和你的心是一样的。"

她猛地转过身，眼神中仍然充满恐惧："我不知道该相信谁。"说着嘘了口气跑出去。门在她身后被狠狠甩上了。

2000

30 扎卡里亚

第二天，黛博拉从前台打电话给我，就像什么事也没发生过。"下楼，"她说，"你该去见见扎卡里亚，他总打听你。"

我其实没想见扎卡里亚，因为很多人跟我说，在拉克斯家的孩子中，对母亲的遭遇怨气最大的就是他，只要有机会就想着报复。我还想活到 30 岁呢，但作为第一个跑去向他问东问西的白人，这个愿望很可能没法实现了。

我跟着黛博拉向她的车走去，她说："扎卡里亚出狱后一直过得不太好。但别担心，我敢肯定他现在已经可以再谈我们的妈妈了。"

"你肯定？"我问。

"是这样的，我以前总是把关于妈妈的材料印一份给他，后来他受够了，有一天愣是把我给撵走了。他追着我喊：'我再也不想听见我妈的事，还有那个抢了我妈细胞的狗屁医生！'从那之后我们再没谈起过这件事。"黛博拉耸耸肩说，"但他说你今天可以去找他问问题。我们趁他没喝醉，赶紧去找他。"

我们一坐进黛博拉的车，就听见她的外孙达文和孙子阿尔弗雷德在后座嚷嚷，他俩一个不到八岁，另一个不到四岁。"这是我的两个

黛博拉的外孙达文，摄于 2000 年。

小心肝儿。"黛博拉说。小家伙们漂亮极了，脸上满是笑容，还长着大大的黑眼睛。阿尔弗雷德脸上架着两副巨大的黑塑料框墨镜，一副压着一副，都比他的脸宽很多。

我们刚坐进车里，他就大喊："丽贝卡小姐！丽贝卡小姐！"

我转过身问："什么事呀？"

"我爱你。"

"谢谢。"

我转向黛博拉，她不住地嘱咐我，见到扎卡里亚该说什么，不该说什么。

"丽贝卡小姐！丽贝卡小姐！"阿尔弗雷德又叫起来，把两副墨镜慢慢向下推到鼻尖上，朝我挤眉弄眼。

"你是我的。"他说。

"快给我住嘴！"黛博拉呵斥道，回头给了他一巴掌。"我的上帝，他就跟他爸爸一样，就喜欢纠缠女孩。"她摇着头说，"我儿子老在街上追女人，喝酒、吸毒，这又随了他爸爸。真担心他惹麻烦，回头可怎么办。我担心他已经从他爸那儿学了不少坏习气。"虽然小阿尔弗雷德比达文小几岁，长得也比达文瘦小，但总动手打哥哥，哥哥不经黛博拉允许从不还手。

我让小家伙们给我讲讲他们的舅爷爷扎卡里亚，达文挺起胸，使劲吸气，鼻孔都快看不见了，突然暴出一声吼："你他妈的给我滚！"声音低沉，根本不像八岁男孩的。接着他俩就笑作一团。"跟电视上的摔跤运动员似的！"达文上气不接下气地说。

阿尔弗雷德在座位上又叫又跳："世界摔跤联盟！！世界摔跤联盟！！"

黛博拉笑着望着我说："别担心，我知道怎么对付他。我会提醒他区分清楚，丽贝卡和那帮科学家不一样，也不是约翰·霍普金派来的。她就是自己来的。他一直说：'我没事，我不会做傻事。'可我会长个心眼儿，要是发觉有什么不对劲，我们马上撤。"

我们默默开出几条街，经过钉上木板的店面，一排排快餐店和烟酒店。路上达文把他的学校指给我看，说里面安了金属探测仪，还说学校上课的时候会把他们都锁在里面。最后，黛博拉终于凑过来悄悄对我说："我弟弟总觉得生活对他不公，因为妈妈生下他四个月后就病倒了。我弟弟脾气很大。你必须得把他的名字念对。"

经黛博拉指点，我才知道我的发音一直是错的，可千万不能让扎卡里亚听见了。他把自己的名字念成"扎卡里亚"，而不是"宰卡瑞亚"。博贝特和桑尼总是记不住，干脆叫他的中间名阿卜杜勒。可也只能背着他叫。

"不管怎么样，千万别叫他乔，"黛博拉说，"有一次过感恩节，劳伦斯的朋友这么叫他，扎卡里亚直接把他按在土豆泥里。"

扎卡里亚年近半百，住在黛博拉给他安排的协助生活机构里，省得睡大街。扎卡里亚耳朵不行，不戴眼镜几乎什么也看不见，所以算是满足住进去的资格。可他在那儿还没待多长时间，就已经因为大声喧哗和寻衅滋事被"留院察看"。

我们停下车，一行人走向机构正门，一个穿卡其布裤的壮汉蹒跚从楼里走出来,黛博拉大声清清嗓子,朝来人点头。壮汉大约一米七高,体重差不多有 180 公斤,脚踩蓝色矫形鞋,身穿褪色鲍勃·马利(Bob Marley)T 恤衫,头上的白色棒球帽上写着:火腿,培根,香肠。

"嗨,扎卡里亚!"黛博拉大声打招呼,同时举起双手在头顶挥舞。

扎卡里亚停下脚步,看着我们。他的黑发打着细弯紧贴着头皮,脸和黛博拉的一样光滑、年轻,可眉头却拧在一起,就跟皱了几十年似的。厚厚的塑料眼镜遮挡着红肿充血的双眼,黑眼圈很重。他一手拄着同黛博拉一样的金属拐杖,另一只手托着大号纸盘,里面装了至少半升冰淇淋,胳膊底下还夹着一摞报纸广告。

"你跟我说一个小时后才来。"他怒气冲冲地说。

"哦……是……对不起,"黛博拉嘟囔着,"路上不堵车。"

"我没准备好。"说着他从胳肢窝底下抄起报纸在达文脸上狠狠扫了一下,怒吼道:"你干吗带他们来?你知道我不喜欢这些小兔崽子。"

黛博拉一把搂过达文,贴在自己身上,一边抚摸他的脸颊,一边结结巴巴地解释说他父母要上班,没人照顾小孩。她保证小家伙会乖乖待着。扎卡里亚一言不发,掉头朝楼门口的长椅走去。

黛博拉拍拍我的肩膀,指着门口另一边的长椅悄声说:"咱俩到那边坐。"那地方离扎卡里亚足有四五米远,接着黛博拉又转过头去朝孩子们喊:"孩子们,来吧,让丽贝卡小姐看看你们能跑多快!"

阿尔弗雷德和达文绕着楼前的水泥路死胡同赛跑,"看我!看我啊!给我照相!"

扎卡里亚坐下,一边吃冰淇淋一边看广告,就跟我们不存在似的。黛博拉每隔几秒钟就瞄他一眼,然后看我,再看两个小鬼,接着再瞄向扎卡里亚。一次,她朝扎卡里亚对眼儿吐舌头,扎卡里亚没看见。

最后他终于发话了。

"你带杂志来了?"他问,眼睛却盯着街上。

扎卡里亚曾经告诉黛博拉,他和我说话之前想先看看我写在《约翰·霍普金斯杂志》上的报道,读的时候还要我坐在旁边。黛博拉把我朝他拉了拉，然后跳起来说她要带孩子们到楼上等我们，还说外面天气不错，我们在这儿交谈比在屋里强。其实当时屋外足有三十几度，湿热得让人头晕眼花，可黛博拉和我都不想让我和扎卡里亚单独待在屋里。

"我会从上面的窗户看着你，"黛博拉指着几层楼高的地方悄悄对我说，"要是觉得不对劲就招手，我马上下来。"

黛博拉带着两个男孩走进楼里，我则坐到扎卡里亚身边，跟他讲我为什么来。扎卡里亚眼皮也不抬，一言不发地从我手里拿过杂志开始读。他不时叹气，每次都搞得我心跳加速。

"妈的！"他突然指着一幅图的图注大喊一声，图注说桑尼是海瑞塔最小的儿子。"他不是最小的！我才是！"说着把杂志摔在椅子上，狠狠地瞪着它。我慌忙说，我知道你是最小的，但图注是杂志后加的。

"我觉得我的出生就是一出奇迹，"他说，"我相信我妈妈等我出生后才去看医生，因为她希望把我生下来。一个妈妈身体里都是癌，病成她那样，还能生出我这样没伤没残的孩子，真可能是上帝的手笔。"

他第一次抬头看了我一眼，举起手来把耳朵上的助听器扭了一下。

"我刚才把助听器关上了，省得听蠢货小兔崽子鬼哭狼嚎。"他一边说一边调节音量，直到尖叫停止，"我觉得那帮医生的做法都不对。他们骗了我们25年，一直不让我们知道细胞的事，然后说是我妈'捐'的。全是他们偷的！那帮蠢货给我们抽血，说要化验，都不说他们拿她赚了多少钱？就跟在我们背上挂牌儿说'我是蠢猪，随便踢'似的。没人知道我们多穷，他们准保以为我们靠妈妈的细胞发了。我希望乔治·格雷在地狱里受尽折磨。要是他还没死，我现在就拿草耙戳他屁眼！"

我像条件反射似的脱口而出："不是格雷，是乔治·盖伊。"

扎卡里亚勃然大怒："谁管他叫什么？他还到处乱传我妈的名字是海伦·拉恩呢！"他站起身来居高临下地大吼："他错了！他的做法大错特错了。让上帝裁决吧。有人说，他们拿她的细胞，让细胞一直活着好做药,都是上帝的旨意。我才不信呢。要是上帝想让一种病有的治,他早就把治法自己搞出来了,还轮得着人自己捣鼓。而且你不能说谎,背着人做克隆。这根本就不对,这是整件事里最恶劣的。就跟你在自家洗手间里脱了裤子,我闯进去一样,是最严重的不敬。所以我说我希望他到地狱里受罪去。要是他在我跟前,我肯定宰了他。"

突然,黛博拉出现在我身边,手里举着一杯水。"我怕你口渴。"可语气严肃,好像在说:这究竟是怎么回事?恐怕她看见扎卡里亚站起来朝我吼。

"一切正常?"她问道,"你们还在聊?"

"没错。"扎卡里亚回答。可黛博拉把手放在他肩膀上,建议我们都进屋去。

我们朝楼门口走去,扎卡里亚扭头说:"那些医生说她的细胞特别重要,为别人做了这做了那。可她没得到半点好处,我们也没有。我和我姐需要帮助的时候,连病都看不起。能从我妈细胞里得到好处的都是有钱人;卖细胞的人也能得到好处,他们都靠我妈发了,可我们一个子儿也没有。"他摇着头说:"我觉得那帮烂人根本不值得她帮。"

扎卡里亚住的小套房里有一间狭窄的厨房,刚才黛博拉和孩子们就是从厨房窗户看着我们。扎卡里亚的全部家当只有一张小桌、两把木椅、一个大床垫、一条透明塑料床围和一套深蓝色被罩,没有被子和枕头,全部装在皮卡车里一趟就运来了。床对面摆着一台小电视,上头放着一台录像机。

屋里墙上空空如也,除了贴着一排复印的相片。当然有海瑞塔双手叉腰那张,旁边是仅存的另一张海瑞塔的相片,摄于1940年代,画面上她和丈夫戴站在摄影棚里,后背笔直,双眼圆睁目视前方,嘴上带着僵硬的微笑。有人修过相片,把海瑞塔的脸色修成了不自然的黄色。再向旁边看过去,是一张令人屏息的照片——扎卡里亚的姐姐埃尔西站在白色门廊扶手前,身边摆着一篮干花。当年的她只有六岁,

埃尔西·拉克斯,海瑞塔的长女,五年后她被送往克朗斯维尔州立医院,被诊断为"痴呆"。

身着白 T 恤和格子背带裙,脚上穿着挽口袜。她发辫松开,右手捏着什么东西放在胸前,嘴巴微微张开,眉头锁住,似乎在担心什么,目光朝向右方,黛博拉觉得当时他们的妈妈应该站在那儿。

照片边上还挂了三张文凭,分别是焊接、制冷和内燃机方面的。扎卡里亚指着它们说:"我有这么多操蛋的文凭,就是没工作,因为我有前科和别的乱七八糟的经历,所以还是麻烦不断。"扎卡里亚从监狱里出来后也没消停,不断犯事儿,时不常攻击他人、酗酒或妨碍治安。

"我感觉我这么坏都是因为那些细胞,"他说,"我还没成人形儿的时候就开始做斗争。不然我也没法解释在娘胎里的时候怎么没搞得浑身是癌。从在她子宫里,我就开始斗争,闹得后来压根儿不知道还有别的活法。"

黛博拉认为不止如此。"埃塞尔那个母夜叉,扎卡里亚的仇恨都是她教的,"她说,"她把仇恨一点一滴全灌输在他弱小的躯体里,最后积攒成杀人犯一样的仇恨。"

扎卡里亚听见埃塞尔的名字,鼻子里哼了一声。"和那个女虐待狂住一起比蹲监狱还糟!"他眼睛眯成一条缝,吼道,"我都没法跟你讲她对我做了什么。我一想起过去那些事就想杀了她,还有我爸。就因为他,我连我妈埋在哪儿都不知道。他死了之后随便埋哪儿,我也没兴趣知道。要去医院,自己打车去吧!其他合伙埋了她的人,所谓家人,也见鬼去吧。我再也不愿意见到那帮黑鬼。"

黛博拉抖了一下,望着我说:"看,其他人从不让他开口,因为他说话毫无遮拦。我觉得就让他想说什么说什么吧,哪怕我们不高兴也没关系。他就是这么疯狂,得找地儿释放,要不他自己憋着早晚得爆炸。"

"对不起,"扎卡里亚说,"她的细胞也许确实帮了一些人,可我宁愿要我妈。要是她没这么被牺牲掉,我也许后来能长成一个好点的人。"

黛博拉本来坐在床边,孙子的头枕在她腿上,她起身走到扎卡里亚身边,伸手搂住他的腰说:"陪我们到车那儿去吧,我有东西给你。"

走出楼门,黛博拉打开吉普车后盖,在毯子、衣服和纸张之间翻找,最后终于转过身来,手里抱着克里斯托夫·伦盖威尔给她的那张海瑞塔染色体照片。她的手指滑过照片表面的玻璃,接着递给扎卡里亚。

"这是她的细胞?"他问。

黛博拉点点头:"看见那些亮色了吗?是她的DNA。"

扎卡里亚把照片举到面前,默默注视。黛博拉抚摸着他的后背,轻声说:"我觉得,要说谁有资格拥有这张照片,那就是你,扎卡里亚。"

扎卡里亚试着从各种角度观察照片,最后终于说:"你希望我留着?"

"嗯,我希望你留着,挂在你墙上。"黛博拉说。

扎卡里亚热泪盈眶。有那么一瞬间,眼睛周围的黑眼圈似乎都消失了,他的身体也放松下来。

"好。"他的声音特别温柔,是那天我们听到的最温柔的一句话。接着他搂住黛博拉的肩膀说:"嘿,谢谢你。"

黛博拉伸长手臂抱着他的腰,然后紧紧搂住。"给我照片的医生说他一直用妈妈的细胞做实验,却从来不知道这些细胞是从哪儿来的。他说他很抱歉。"

扎卡里亚望着我问:"他叫什么?"

我把伦盖威尔的名字告诉他,说:"他特别想见见你们,让你们亲眼看看那些细胞。"

扎卡里亚点点头,手臂还搭在黛博拉肩上。"好,听起来挺好。就这么干。"接着他慢慢走回自己的住处,照片仍然举在眼前。此时,他眼里除了妈妈的细胞,什么也没有。

2000—2001

31 海拉,死亡女神

　　我的马拉松式访谈告一段落,一名陌生男子给黛博拉打电话,问她想不想以黑人身份借海拉细胞闹个天翻地覆。男子叫黛博拉提防那些打听海瑞塔坟墓的人,海瑞塔的身体对科学特别有价值,保不准有人想偷她的尸骨。黛博拉告诉对方说已经和我聊过了,目的是出书。男子警告她千万不要再跟白人说海瑞塔的事。黛博拉慌了,立刻打电话给劳伦斯,结果劳伦斯对那男子的观点表示赞同。于是,黛博拉给我留言,说再不和我讲话了。所幸的是,等我听见留言给她回电话的时候,她已经回心转意。

　　"所有人都叫着:'种族主义!种族主义!白人偷了女黑人的细胞!白人杀了那个女黑人!'真是疯了,这事儿可不是白人、黑人这么简单,不只是种族主义。故事有两面,这才是我们要让世人知道的。折腾我妈的事不是要让哪个科学家下不来台。我们并不是为了惩罚医生,也不是为了诋毁医院。我根本不希望事情变成这样。"

　　黛博拉和我如此相处了一年。每次拜访,我都和她一起在巴尔的摩港口漫步、乘船,一起阅读科学书籍,谈论她妈妈的细胞。我们带达文和阿尔弗雷德去马里兰科学中心参观,那里有一面六米高的墙,顶天立地地挂着一张绿色荧光的细胞显微照片。达文拉着我的手,把我拽到墙跟前喊道:"丽贝卡小姐!丽贝卡小姐!这是曾外祖母海瑞塔吗?"旁边参观的人全将目光投向我们,我说:"事实上,没准还真是。"达文听了,跳得像一匹小马,高声唱道:"海瑞塔奶奶出名了!海瑞塔奶奶出名了!"

一天深夜,黛博拉和我顺着菲尔斯角的石子路散步,她突然转身,毫无预兆地对我说:"我要依自己的判断,在我认为合适的时间把病历拿给你看。"她告诉我,那天晚上她以为我要偷走她妈妈的病历,所以才攥着病历跑了。"我只是想找个可以信任的人,那个人得把知道的告诉我,不让我蒙在鼓里。"她让我保证不对她有所隐瞒。我答应了她的要求。

不见面的时候,我和黛博拉每周都要在电话里谈几个小时。有时别人还是会劝她别信任白人,更别把妈妈的事儿告诉白人。每当这种时候,她就惊慌失措地给我打电话,问我是不是像其他人说的那样从霍普金斯拿钱来打探消息,并且她还是拿不准钱的事。一次,一个遗传学教科书出版社打电话给她,说想征求她的同意刊登她妈妈的照片,作为报偿,他们愿意付300美元。黛博拉没答应,给他们报价25000美元,对方不肯。于是她就打电话给我,问谁给我钱写这本书,书成之后我能分她多少。

每次我给她的回答都一样:书还没卖呢,我做调查用的是学生贷款和信用卡。无论如何,我不能花钱买她的故事。不过要是书顺利出版,我就要为海瑞塔·拉克斯的后代成立一个奖学金。黛博拉心情好的时候就特别看好这个主意,她说:"教育就是一切。要是我当年多读点书,我妈的这些事或许就不会像今天这么艰难。所以我老跟达文说:'继续好好学,尽量多学点东西。'"可她也有不高兴的时候,每当这时她会觉得我在骗她,转而对我置之不理。

好在这样的时候并不会维持太久。每次黛博拉都主动打电话给我,让我保证绝不对她有隐瞒,然后我俩就一切如旧。之后我干脆跟她说,我做调查的时候，她要是愿意可以一道来。她说："我是很想去那些中心、大学之类学习的地方。我还想拿到我姐姐的病历和尸检报告。"

从此以后，只要找到和她妈妈有关的信息，我统统发给她。包括一摞摞科学论文、细胞的显微照片，还有提到海拉细胞的小说、诗歌和短文。在一本书里，一个疯狂的科学家把海拉细胞当成生化武器，到处散播狂犬病。还有一本更离奇，说的是把海拉细胞做成能说话的黄油漆。有的艺术家把海瑞塔的细胞投影在墙上举办展览，还曾经有一名女艺术家把她自己的细胞和海拉细胞融合，再让一片细胞长成心形，我也把这些展览的信息告诉黛博拉。每次寄东西，我都会附上一张便签，解释信封里的材料是什么意思，清晰地注明哪些内容是虚构的，哪些不是，警告她哪些内容可能让她不高兴。

每次收到包裹，黛博拉都会打电话，和我分享她的心得。后来她慌乱的时候越来越少。再后来，她发现我竟然和她女儿一样大，就开始管我叫"卜卜"（Boo），而且坚持让我去买手机，因为她担心我一个人在州际公路上开车不安全。每次我和她兄弟们说话，她都喝住他们，半开玩笑地说："你们别想把我的记者给拐跑了！想要自己也找一个啊！"

我和黛博拉第一次相约出行，一见面，她从车上下来，身着黑色长裙，黑色高跟凉鞋，黑衬衫和黑开衫上衣。我们拥抱之后，她说："我也穿上记者这样的衣服了！"她指着我的黑衬衫、黑裤子和黑靴子说："你老穿黑的，我琢磨着得和你穿一样的，好和你一起混。"

每次旅行，黛博拉的吉普车里都塞满了衣服和鞋子，只要是她觉得可能用上的都统统带上（"你可不知道，天气说变就变"）。另外，为防中途抛锚带了枕头和毛毯，怕热中暑装上电扇，还有从美容学校搬来的所有理发和修甲器具，成盒的录像带、音乐CD、办公用品，当然和海瑞塔有关的所有文件更不能落下。我们每次都分开驾车，因为我还没得到她的信任。我开车尾随其后，望着她的黑色鸭舌帽随着音乐上下颠簸。减速拐弯或者停下等红灯的时候，我还能听见她引吭高歌，什么《天生狂野》、《忘了做你的爱人》，后者是她最喜欢的威廉·贝尔（William Bell）的歌。

后来黛博拉终于同意让我去她家。屋里很暗，厚厚的窗帘紧紧拉起，只能透进微弱的光，深褐色的木板墙上挂着宗教主题的黑底荧光画。我们来到她的书房，她在这间屋里度过的夜晚比在卧室还多，她说自己老和普鲁姆吵架，需要清静清静。

这间屋子只有不到两米宽，墙边靠着一张单人床，对面挤了张小桌。桌面上摆满纸张、成箱的信封、书信和账单，在这些东西下面，是她妈妈的《圣经》。年代已久，书页卷曲残破，甚至有些纸面已经霉斑点点，不过里面依然夹着妈妈和姐姐的头发。

黛博拉的墙上从上到下挂满了她从挂历上扯下来的花花绿绿的动物画，画面上有熊、马、猫和狗等动物。墙上还挂着她和达文亲手做的方形毛毡，颜色鲜亮，足有十几条。其中一条是亮黄色，上面写了"感谢基督对我的爱"几个大字；另一条上写的是"预言实现"，旁边还装点了锡纸做的硬币。她床头架子上堆满了广告录像带，有介绍按摩浴缸、旅行车的，还有介绍迪士尼乐园的。几乎每天晚上黛博拉都问达文："嘿，想不想出去度个假？"他点头应和，黛博拉就问："想去哪儿啊，迪士尼乐园、水疗还是自驾车？"他们已经一起把这些广告片看了无数遍了。

一次采访结束，我用几年前人家送给黛博拉的一台计算机教她上网，然后教她用谷歌进行搜索。不久她就开始一边吞安眠药一边大耳机里放着威廉·贝尔的音乐，昏昏沉沉地在网上搜索"海瑞塔"和"海拉"。

达文给黛博拉的安眠药取了个绰号，叫"晕菜药"，因为黛博拉吃了药，就会深更半夜在屋里晃来晃去，跟僵尸似的，不仅顾自胡言乱语，还拿切肉刀切麦片做早饭。达文在她家住的时候，只要夜里醒来，多半会看见黛博拉耷拉着脑袋，已经在电脑前睡着了，手还搭在键盘上。他会把黛博拉推到床上，帮她掖好被子。达文不在就没人管她了。黛博拉常常一觉醒来发现自己的脸枕在桌上，打印出的纸飞了一地，在她周围堆积如山，有科学论文、专利申请，还有零散的报纸文章和博客，很多东西其实和她妈妈一点关系也没有，只是文中出现了海瑞塔、拉克斯，或者"海拉"字样。

出人意料的是，后者竟然如此之多。海拉是斯里兰卡当地人对自己国家的称呼，社会活动家常常举起"为海拉之国寻求正义"的大旗。以海拉命名的还有一家已倒闭的德国拖拉机公司、一只获奖狮子狗、波兰海边度假村、瑞士广告公司、丹麦一艘供人喝酒看戏的船、漫威漫画里一个角色——这个角色还出现在在线游戏里，其形象是一个两米多高，半边黑半边白、半边死半边活的女神，拥有"难以估量"的智慧、"超人"的力量、"神一般"的体力和耐力，以及230公斤的肌肉。她掌管瘟疫、疾病和灾难；烈火、辐射、毒药、腐蚀物都没法伤她一根汗毛，她也不会得病或衰老。海拉女神还能在空中飘来飘去，控制人的意识。

这些描述里都或多或少能找到海瑞塔细胞的影子，所以黛博拉以为海拉女神这个漫画角色就是在描述她妈妈。事实上，这个科幻世界的海拉的原型，是古斯堪的纳维亚的死亡女神，她被困在人间和地狱之间。结果黛博拉以为这个传说人物也是源自她妈妈。

一天凌晨3点，我正在睡觉，还发着烧，电话铃响了。黛博拉的吼声从听筒那端传来："我就跟你说过伦敦在克隆我妈！"嗓音缓慢又模糊，是安眠药的结果。

就在刚才，黛博拉用谷歌搜索"海拉"、"克隆"、"伦敦"、"DNA"几个词，结果从一个在线聊天室的记录里找到几千条相关记录，大意是说："每个细胞里都含有能复制海瑞塔·拉克斯的遗传蓝本……我们能克隆她吗？"她妈妈的名字出现在"克隆"和"人类养殖"这样的标题下，她以为几千条搜索结果铁证如山，说明科学家已经把海瑞塔克隆了几千个。

"他们没有克隆你妈妈，"我说，"克隆的只是细胞。我向你保证。"

"谢谢你，卜卜，我是不是把你吵醒了。"她温柔地说，"可今天他们克隆了她的细胞，以后是不是要克隆她这个人？"

"不会的，"我说，"晚安。"

之后好几次，达文发现黛博拉失去知觉，手里攥着电话，或者头枕在键盘上。达文跟他妈妈说，他得长期住到奶奶家去，好在她服药后照顾她。

黛博拉平均每天要吃14片药，除去丈夫的保险和国家医疗保险承担的那部分费用，剩下的需要每月自己支付150美元。有一次，她跟我说，这里面大概有11种处方药，也没准是12种。"我算不清楚，因为总在变。"一次，一种治疗胃酸回流的药从8美元突然涨到135美元，她就用不起了。后来她丈夫的保险不再承担她的医疗费，她只好把药量全部减半，这样至少暂时不至于停药。不过安眠药还是有吃完的一天，她彻底失眠，直到重新拿到药为止。

黛博拉跟我说，她从1997年"骗钱事件"之后就开始吃药了，却不肯告诉我这个事件到底是什么，只说是她申请社会保障残障资格时发生的事。至于社保残障资格，也是她出庭好几次才换来的。

"社保局那边的人说，我的病都是我自己臆想的，"她告诉我说，"他们甚至前后要我看了五个精神科医生，还不算其他乱七八糟好几个医生。他们说我有妄想症、精神分裂症，说我太紧张。我被确诊为焦虑、抑郁、膝盖骨退化、滑囊炎、椎间盘突出、糖尿病、骨质疏松、高血压、高胆固醇。好多病我都记不住名字，我怀疑没人能记住。我只知道自己只要情绪一变，就特别害怕，会自己找个地儿躲起来。"

她说我第一次给她打电话之后就是这样的情形。"我当时激动坏了，说我真想看到这么一本写我妈的书。可后来好多念头冒出来，我就怕了。"

"我知道自己可以过得更好，也确实希望如此。"她告诉我说，"别人听说我妈妈的事，总说：'哦，你们要发了！去告约翰·霍普金斯，还可以这么做那么做……'可我不想那样。"她笑道："说实话我没法恨科学，毕竟科学救了很多人的命，我自己要离了科学肯定一团糟。我就是一个会动的药罐子！我不能说科学的坏话，可我也不会骗人，要是我有医疗保险之类的东西就好了，这样我就不用花那么多钱买药，有的药可能还是借助我妈的细胞研制出来的。"

后来黛博拉渐渐适应了网络，网络带给她的，不再只有夜深人静时的担惊受怕。她给我列了一串问题，还打出一些研究案例，讲的都是未经病人知情或许可擅自拿人做实验的事，比如乌干达的疫苗试验和美国军人参与的药物试验等等。后来她开始整理，把收集的信息分门别类，放进仔细标记的文件夹，一类是"关于细胞"的，一类"关于癌症"，还有一类专门解释"诉讼时效"、"病人隐私"这样的法律名词。她曾无意中看到一篇文章，标题是"海瑞塔·拉克斯还剩下什么？"，文中说这个女人也许感染了人乳头瘤病毒，因为她"水性杨花"。黛博拉看后勃然大怒。

"那帮家伙根本不懂科学，"她说，"感染人乳头瘤病毒并不代表我妈随便和人上床。大多数人都是这种病毒的携带者——我在网上看见的。"

2001年4月，也就是我们第一次见面后差不多一年，黛博拉打电话给我，跟我说"一个癌症俱乐部主席"打电话，希望她参加一个感谢她母亲的活动，并上台亮相。她说很担心，想让我帮她查查这人是不是骗子。

结果打电话来的其实是美国癌症研究基金会主席小富兰克林·索尔兹伯里（Franklin Salisbury Jr.）。他决定以2001年的大会向海瑞塔致敬。他告诉黛博拉，大会定在9月13日举行，届时来自世界各地的70位顶尖癌症研究人员将介绍自己的研究成果，听者更有数百人，其中不乏华盛顿市长和公共卫生局局长这样的重量级人物。他希望黛博拉能登台发言，并代表妈妈接受奖章。

"我明白这家人觉得自己一直受到不公正对待，"索尔兹伯里告诉我,"我们没法给他们任何金钱补偿,但我希望这次的会议能让人们了解历史真相,从而让他们心里好受点,尽管我们已经晚了50年。"

我把谈话内容转述给黛博拉,她听了特别高兴,说这个会议将会和帕蒂略在亚特兰大的大会一样,而且只会比那个规模更大。她立马开始计划上台穿什么,还问我那些科学家会谈什么话题。后来她又开始担心在台上是不是安全,保不准有枪手在台下等着她。

"他们会不会以为我要给他们找麻烦,因为他们拿走了细胞之类的事,要是这样可怎么办?"

"我觉得你不用为这担心,"我说,"科学家特别希望见到你。"除此之外我还告诉她,会议将在联邦大楼里举行,安全一定是有保障的。

"好吧,"她说,"但我得先去看看我妈的细胞,这样我才知道其他人在会上都在聊什么。"

挂上电话,我立马准备联系克里斯托夫·伦盖威尔,就是给黛博拉染色体照片的癌症研究者。谁知还没翻出号码,电话又响了。是黛博拉,她在电话那头放声大哭。我以为她害怕了,或者不想看细胞了。谁知她哀号道:"哦我的宝贝!上帝啊,帮帮他,他们在比萨饼盒子上查出他的指纹了。"

她的儿子阿尔弗雷德和一名同伙持枪抢劫,至少抢了五家烟酒店。监视摄像机拍下阿尔弗雷德朝一名店员咆哮,还在头顶挥舞一瓶"爱尔兰野玫瑰"。他抢了一瓶350毫升的啤酒、一瓶爱尔兰野玫瑰,两条新港香烟,还有大约100美元现金。警察在他家门口将他逮捕了,一把扔到警车里。小阿尔弗雷德就在草地上玩,把这一切看在眼里。

"我想看那些细胞,没变主意,"黛博拉哽咽着说,"我不会为了这次的意外放弃了解我妈妈和姐姐的机会。"

2001

32 "那全是我妈妈"

等到黛博拉一切就绪，准备去看妈妈的细胞，戴已经无法同行了。他总说希望在死前看看老婆的细胞，可他已经 85 岁高龄，高血压和心脏病让他成了医院的常客，糖尿病刚让他丢了一条腿。桑尼必须上班，劳伦斯说他现在对看细胞没兴趣，只想找个律师告了霍普金斯这家"亿万美元大企业"。

因此，2001 年 5 月 11 日，黛博拉、扎卡里亚和我三个人约在霍普金斯耶稣像前碰面，一起去看海瑞塔的细胞。当天早上，黛博拉警告我，劳伦斯认定我收了霍普金斯的钱，是专被派来打探拉克斯家情况的。来见面前，他给黛博拉打了好几次电话，号称要把她收集的母亲的资料都收走。所以黛博拉临走前把东西都锁进了书房，拿走钥匙，然后再来打电话给我："千万别告诉他你在哪儿，也别单独和他见面，一定要有我在。"

我在约定的时间来到耶稣像下，50 年前海瑞塔也曾走过这里。雕像足有三米多高，立在层叠的穹顶下，没有瞳孔的眼睛凝视前方，双臂外展，身裹石袍。人们在耶稣脚下扔了好多零钱，旁边摆着枯萎的雏菊，还有两朵玫瑰，一朵新鲜带刺，另一朵是布做的，上面还镶嵌着塑料露珠。耶稣像灰不溜秋的,唯有右脚光亮泛白,这是几十年来人们祈求好运不断抚摸的结果。

黛博拉和扎卡里亚还没来,于是我退到远处,倚在墙边看来来往往的人,一个穿绿色手术服的医生在耶稣像前屈膝祈祷,其他去医院的人经过这里也都会顺手摸摸雕像的脚趾头,既不抬头看也不放慢脚步。雕像附近有几个木头底座,上面摆了几本大书,有些人会在此驻足,写下他们的愿望:"敬爱的天父,请容许我再和埃迪说一次话吧。""请帮我儿子们战胜毒瘾。""求您赐给我和我丈夫工作。""主啊,感谢您又给了我一次机会。"

我又朝雕像走去,鞋跟在大理石地面上敲出回响,接着我也把手放在耶稣的脚上——这是我第一次做出类似于祈祷的动作。突然,黛博拉出现在我身边,轻声说:"希望他这次能保护我们。"她的嗓音很平静,往日的紧张和亢奋一扫而光。

我告诉她我的想法也一样。

黛博拉闭上双眼开始祷告。这时候扎卡里亚也突然出现在我们身后,发出一声低沉的笑。

"耶稣这时什么也做不了,根本帮不了你!"扎卡里亚大吼一声。我才发现他比我们上次见面的时候胖了,厚重的褐色毛料裤和蓝羽绒服让他的块头显得更大。他的眼镜宽度不合适,黑色镜腿紧紧箍在肉里,可是他没钱换新的。

扎卡里亚望着我说:"我这姐姐疯了,竟然不想从这些细胞里拿钱。"

黛博拉翻了翻白眼,提起手杖敲他的腿,说:"老实待会儿,否则别想看细胞。"

扎卡里亚收敛了笑容,紧跟在我们身后走向克里斯托夫·伦盖威尔的实验室。几分钟后,我们便看到克里斯托夫穿过他那栋楼的前厅迎面朝我们走来,他脸上带着微笑,朝我们伸开双臂。克里斯托夫看上去三十来岁,头发凌乱,是浅褐色的,穿着磨得恰到好处的牛仔裤和蓝格子衬衫。他同我和黛博拉分别握手,接着又把手伸向扎卡里亚。扎卡里亚理也不理。

"好吧!"克里斯托夫望着黛博拉说,"你们经历了那么多事还愿意来霍普金斯的实验室看看,做出这个决定一定很不容易。见到你们非常高兴。"他说话带奥地利口音,黛博拉趁他转身按电梯的当间儿朝我耸了耸眉毛。"我觉得不如从冻存间开始,这样你们就能看到我们是如何保存你们妈妈的细胞了,然后咱们再拿活细胞到显微镜下观察。"

"太好了,"黛博拉的语气就好像在回应一件特别稀松平常的事。走进电梯,黛博拉靠在扎卡里亚身上,一手拄着拐杖,另一只手里抓着她的破字典。电梯门打开了,我们跟着克里斯托夫排成一列,走过一条狭长的走道。墙壁和天花板不停颤动,发出嗡嗡的声音,而且随着我们的行走越来越响。"这是通风系统,"克里斯托夫提高嗓门,努力盖过嗡鸣声,"它把悬浮在空气里的所有化学颗粒物和细胞都吸出去,省得我们把它们都吸到肺里。"

他猛地推开一扇门,就好像让屋里的东西在我们面前亮相,接着他招手让我们进去。屋里机器发出震耳欲聋的轰鸣,黛博拉和扎卡里亚的助听器发出尖叫,克里斯托夫只好提高嗓门大声喊:"这是我们存放细胞的地方。"扎卡里亚受不了了,抬手拔掉助听器;黛博拉则调节音量,绕过克里斯托夫,走进一间满是白色冷柜的屋子。冷柜轰鸣,一个摞一个,那场面就像洗衣房。黛博拉望了我一眼,惊得目瞪口呆。

克里斯托夫顺手拉开一个从地板顶到天花板那么高的白色冰柜,里面立刻冒出一股白雾。黛博拉吓得尖叫一声,跳到扎卡里亚身后。扎卡里亚倒是很沉着,面无表情,双手插兜。

"别担心,"克里斯托夫喊道,"一点也不危险,只是温度太低。这些冰柜和家里那些零下 20 度冰柜不一样,这些都是零下 80 度的。所以一打开柜门就会有水汽凝结。"他示意黛博拉靠近点。

"里面全是她的细胞。"他说。

黛博拉放开扎卡里亚，慢慢移近冰柜，直到脸上感到丝丝凉意。在她的面前，排列着上千个几厘米高的塑料管，里面都装着红色液体。

"上帝啊，"她惊叫道，"真不敢相信里面全是我妈妈。"扎卡里亚仍在一边默不作声。

克里斯托夫伸手到冰柜里取出一支小管子，指着侧面的"海拉"字样说："这么一小瓶里，细胞都是几百万计的，闹不好有上亿个。她的这些细胞能永远保存下去。五十年，上百年，甚至更长。需要的时候只要拿出来解冻，细胞就又能开始生长。"

他把小管子上下摇了摇，话题一转，开始讲解操作这些细胞的注意事项："我们用这么一间屋子专门放海拉细胞，这至关重要。因为细胞一旦污染就不能再用了。而且你可不希望海拉细胞污染其他细胞。"

"苏联就出过这事儿对吧？"黛博拉说。

克里斯托夫愣了一下，随即恍然大悟，他笑着说："没错，你知道这件事，真厉害。"他解释了海拉污染的缘由，然后说："她的细胞造成了几百万美元的损失，倒有点像找回了公道，对吧？"

"科学家做了那么多事都不告诉我们家，我妈妈只是把这件事找补回来了，"黛博拉说，"可不能惹海瑞塔，否则她用海拉细胞给你好看！"

大家都笑了。

克里斯托夫又伸手从背后的冰柜取出另一管细胞递给黛博拉，眼神里充满了温情。她有一瞬间不知如何是好，望着他伸过来的手，接着一把抓过管子，放在掌心不停揉搓，好像冬天暖手一样。

"她可真冷。"黛博拉拢起双手，朝管子哈了口气。克里斯托夫示意我们跟他去看细胞培养箱，黛博拉没动。扎卡里亚和克里斯托夫走开后，黛博拉举起管子贴在唇上。

"你很有名，"她轻声说，"只是没人知道。"

克里斯托夫带我们走进一间小实验室，屋里摆了好几台显微镜，旁边还有好多吸量管和容器，侧面都贴着标签，有的写着"生物性危险物"，还有的写着"DNA"。他指着实验台上方的通风口说："我们可不希望癌细胞在空气里到处飞，这个口把空气抽上去，空气经过过滤系统，悬浮的细胞就被拦截、杀死了。"

他给我们解释什么是培养基，还讲了他通常是如何解冻细胞，让它们开始生长的。"细胞会长得越来越密，最后充满培养液，就是后面那些大瓶子，"他指着几排三四升的大瓶说，"这时候我们就可以拿它们做实验了，比如把待测试的癌症药物倒进培养液里，看细胞的反应。"他告诉扎卡里亚和黛博拉，要测试一种药物，必须先做细胞试验，然后才能用在动物和人身上，姐弟俩频频点头。

克里斯托夫在一台培养箱前蹲下身子，从里面取出一平皿海拉细胞。"细胞特别特别小，"他说，"所以我们现在必须到显微镜那儿才能看见它们。"他打开显微镜电源，把平皿放到载物台上，然后指了指连接显微镜的小显示器。屏幕上显出绿色荧光，黛博拉倒抽一口气。

"颜色真美！"

克里斯托夫凑近显微镜目镜，把细胞调到焦面上，屏幕上出现了图像，感觉不像细胞，倒更像一池模模糊糊的绿水。

"在这个放大率下你看不到什么细节，"他说，"画面没有太大意思，因为细胞太小了，就算用显微镜也未必看得见。"他咔嚓咔嚓转动旋钮，并把放大率逐渐调高，直到绿池塘变成几百个清晰可见的细胞，细胞中心隆起，而且颜色很深。

"哇，"黛博拉小声嘟囔，"看到细胞了。"她伸手触摸屏幕，指尖从一个细胞移到另一个。

克里斯托夫用指尖划出细胞轮廓。"这是一个细胞，"他说，"大致是个三角形，中间有个圆，看出来了吗？"

他取过一张纸，花了差不多半小时时间，画图讲解细胞的基础知识，中途黛博拉也问了很多问题。扎卡里亚把助听器声音调大，凑近克里斯托夫和他面前那张纸。

"所有人都聊细胞啦,DNA啦,"黛博拉突然说,"可我就是不知道DNA到底是什么,细胞又是什么。"

"啊!"克里斯托夫兴奋地叫起来,"DNA是细胞里的一种东西!在细胞核里,要是我们能把细胞继续放大,就能看到一些类似这样的东西。"说着他画了一条弯弯曲曲的长线。"人类细胞的细胞核里有46条这样的DNA,我们管它们叫染色体。我给你们的大相片里那些彩色的东西就是染色体。"

"哦!我弟弟把那张照片挂在他墙上了,就挨着妈妈和姐姐的照片,"黛博拉说着转向扎卡里亚,"你知道吗,照片就是这个人给的。"

扎卡里亚盯着地面点点头,嘴角微微上扬,露出不易察觉的笑容。

"照片上的DNA里包含海瑞塔·拉克斯所有的遗传信息,"克里斯托夫说,"你们的妈妈高吗?"

"不高。"

"她的头发是黑色的,对吧?"

我们点点头。

"嗯,所有信息都写在她的DNA上,"他说,"她的癌症也不例外,是来自DNA的一个错误。"

黛博拉的脸色一下阴沉下来。许多人告诉过她,她从妈妈那儿遗传了一部分DNA。她可不希望妈妈的癌症也在这部分DNA里。

"当人暴露在化学物质或辐射中,DNA就会出错,"克里斯托夫说,"但你妈妈DNA中的错误是由HPV引起的,也就是人乳头瘤病毒,这是引起生殖器疣的病毒。好消息是,病人的孩子不会遗传这种DNA改变,因为只有接触病毒才会发生。"

"所以我们的身体里没有让她的细胞永生不死的那些东西?"黛博拉问道。克里斯托夫摇了摇头。"这么多年来终于有人明确告诉我们了!"黛博拉叫起来,"谢天谢地,我一直琢磨呢!"

她指着屏幕上一个看起来比其他细胞都长的细胞说:"这个就是

癌细胞吗？其他的都是正常细胞对吗？"

"事实上，海拉细胞全是癌细胞。"克里斯托夫说。

"等等，"黛博拉问，"你的意思是我妈妈的正常细胞一个也没活下来？我们看到的全是癌细胞？"

"没错。"

"哦！看看，我一直以为我妈妈的正常细胞也活着。"

克里斯托夫再次凑近显微镜，让细胞在视野中快速移动。突然，他叫道："看，就在这儿呢！看见这个细胞了吗？"他指着屏幕中心说："看见中间巨大的细胞核了吗？看起来好像要从中间一分为二？这细胞正在分裂，就在我们眼前！分裂得到的两个细胞里都将含有你妈妈的 DNA。"

"上帝保佑。"黛博拉轻声感叹，用手捂住嘴。

克里斯托夫继续滔滔不绝地讲解细胞分裂，可黛博拉的注意力根本不在这儿。她就像着了魔，盯着那个细胞变成两个，这个过程就像胚胎时期的海瑞塔在妈妈子宫里一样。

黛博拉和扎卡里亚注视着屏幕，瞠目结舌，双颊凹陷。这是他们自婴儿时期以来离活着的妈妈最近的时刻。

许久，扎卡里亚终于发话了。

"如果这些真是我妈妈的细胞，为什么它们都不是黑的？我妈妈是黑人啊。"

"在显微镜下，细胞没有颜色，是透明的。"克里斯托夫解释说，"所有细胞看起来都一样，除非我们给它们染色。你无法从细胞颜色判断这个人是什么人种。"他示意扎卡里亚凑近一点："你想从显微镜里看看它们吗？这比屏幕上看得清楚。"

克里斯托夫教黛博拉和扎卡里亚用显微镜，他说："从这里，这么看……把你的眼镜摘掉……用这个旋钮聚焦。"细胞终于清晰地浮现在黛博拉眼前。那一瞬间，她眼前是妈妈的细胞组成的海洋，闪着莹莹的绿色。

"太美了。"她小声感叹了一声,继续默默凝视细胞,"上帝,真想不到我也能亲眼在显微镜下看我妈妈的细胞,从没想过能有这么一天。"

"是,我想霍普金斯在这件事上处理得真糟糕。"克里斯托夫也说道。

黛博拉挺起身望着他,不敢相信这句话竟是出自一个霍普金斯的科学家之口。接着她又趴到显微镜上,边看边说:"约翰·霍普金是个学习的地方,特别重要。但这件事的主人公是我妈妈。似乎没人注意到这点。"

"没错,"克里斯托夫说,"我们看书,到处都是'海拉'这'海拉'那的。也有人知道海拉是一个人名字的缩写,可没人知道到底是谁。这可是一段非常重要的历史。"

黛博拉听了这话激动极了,那神情像是要上去给克里斯托夫一个拥抱。她望着面前的科学家,仿佛看着个幻象,她摇着头说:"简直难以置信。"

突然,扎卡里亚开始大骂乔治·盖伊。黛博拉用手杖狠狠戳他脚趾头,扎卡里亚才把说了一半的话咽回去。

"扎卡里亚对发生的事憋了一肚子的气,"黛博拉对克里斯托夫解释道,"我一直努力让他保持冷静。他偶尔也会爆发,不过他真的努力控制自己了。"

"你们的怨气都是很自然的。"说完,克里斯托夫拿出他购买海拉细胞的产品目录。上面列着一大串不同的克隆海拉细胞,每瓶售价167美元。

"你们该拿到。"克里斯托夫对黛博拉和扎卡里亚说。

"是啊,没错,"黛博拉说着就笑了,"可我们拿一管妈妈的细胞干吗使呢?"

"不,我是说你们该得到钱,至少该得一部分。"

黛博拉吃了一惊,说:"没关系。你知道,当人们听说海拉是谁,第一句总是：'你们应该都是百万富翁！'"

克里斯托夫点点头说："她的细胞是很多研究项目的前提，未来如果我们找到了攻克癌症的方法，绝对得感谢你们妈妈的细胞。"

黛博拉念了句"阿门"，对克里斯托夫说："他们肯定能靠这些细胞赚钱，我们无能为力。可我们什么也拿不到。"她的语气里没有一丝怒气。

克里斯托夫说他觉得这样是不对的，珍贵的细胞难道不该像石油一样吗？要是你在其他人的领地上发现了石油，这些石油当然不会自动归他所有，可人家也能得到分成。"可要是同样的事发生在细胞上，就没人知道该怎么做了。"他继续说道，"你妈妈当年得病，医生想怎么样就怎么样，病人问也不问。如今病人有权要求知情。"

黛博拉又说了句"阿门"。

克里斯托夫把自己的手机号码留给姐弟俩，说任何时候有问题都可以打电话给他。我们朝电梯走去，扎卡里亚把手放在克里斯托夫背上，说了声谢谢。来到外面，他也对我报以同样的感谢，接着便转身朝回家的公共汽车站走去。

黛博拉和我默默地看着他离开，接着她突然搂住我说："姑娘，你刚刚见证了奇迹。"

2001

33 黑人疯人院

我曾经跟黛博拉承诺,一定陪她做几件事:第一件是看她妈妈的细胞;第二件就是查出埃尔西到底出了什么事。因此,从克里斯托夫实验室回来第二天,黛博拉和我踏上了一段历时一星期的旅程——就从克朗斯维尔开始,我们的任务是找到埃尔西的病历,然后去克洛弗,最后要抵达海瑞塔的出生地罗阿诺克。

我们在母亲节当日出发。对黛博拉来说,这一天从来都是个哀伤的日子,而这次开头就不顺。她本打算在我们离开前带孙子小阿尔弗雷德去监狱看爸爸。可她儿子突然打电话来,说现在不想见到黛博拉或小阿尔弗雷德,等有一天他不用隔着玻璃看他们再说。不过,他说他想知道关于外婆海瑞塔的事,还嘱咐黛博拉把路上的发现都告诉他。

"我一辈子都在等他说这句话,"她哭着告诉我,"只是实在不忍心看他在监狱里和我说。"她还是那句老话:"我不会让这件事拦住我。我要专注于那些让人振奋的事,比如看我妈的细胞,调查我姐姐的事。"因此我们一如既往,驾着各自的车开向克朗斯维尔。

我从没琢磨过旧时的黑人疯人院应该长成什么样子,不过绝不是我们看到的这样。克朗斯维尔医学中心占地大约 5 平方公里,其中山丘翠绿，齐整的草坪间步道蜿蜒，樱桃树枝低垂，还有野餐桌星罗棋布。红砖主楼外围装饰着白色梁柱，门廊里点缀着吊灯和宽敞的椅子。看起来，这真是一个品酒饮茶的好地方。以前的一栋医疗楼如今被改成食物赈济处；还有的成了警察刑事调查局、替代性高中和扶轮社（Rotary club）活动点。

我们步入主楼，长长的白墙走道两边是一间间空荡荡的办公室。我们大声叫："嗨？""有人吗？"还不住感叹："这地方真怪。"走廊尽头有一扇白色门板，上面覆盖着多年的尘土，还有手印，门上挂着模板印刷的"病历室"几个字，已经残缺不全，下面用小字写着"禁止通行"。

黛博拉抓住门把手，深吸一口气。"准备好了吗？"她问。我点点头。接着她抓住我的胳膊，将门一把推开，和我一起走进去。

透过一扇厚重的白色铁门，展现在我们眼前的是空无一物的病历室，房间有仓库大小，但是没有工作人员，没有病人、访客，没有椅子，连一本病历也没有。窗户全从里面闩住，上面盖满灰尘和铁丝网；地毯经过几十年的踩踏已经皱褶累累。齐腰高的渣煤砖墙沿着屋子的走向把屋子隔成两半，一侧是等待区，另一侧写着"非公莫人"，里面立着几排大大的金属架，上面什么也没有。

"我真不敢相信，"黛博拉轻声说，"病历都不在这儿了？"她伸手抚过空荡荡的架子，嘟囔说："他们就是在1955年杀掉她的……我想看看以前的病历……里面一定有见不得人的东西……要不干吗给烧了？"

克朗斯维尔一定发生了可怕的事，不需别人告诉，我们也能从四周的状况有所知觉。

"我们去找个人问问情况吧。"我说。

我们走到另一条走廊，黛博拉突然高喊："打扰一下！我们是来找病历的！有人知道在哪儿吗？！"

一个年轻女人从办公室探出头，让我们去走廊尽头的办公室看看，接着我们又从走廊尽头的办公室被指到另一间办公室。最后，我们终于找到一个高个儿男人，他留着圣诞老人一样的白胡子，还长着一对浓密杂乱的眉毛。黛博拉冲上前说："嗨，我叫黛博拉，这是我的记者。你可能听说过我们，我妈妈和她的细胞是载入史册的，我们要找一份病历。"

那人笑着问："你妈妈是哪位？你说的是什么细胞？"

我们说明来意，他告诉我们，病历目前都在另一座楼里，而且关于克朗斯维尔已经没有多少历史保留下来了。"我也希望我们能有个档案管理员，"他说，"我觉得我比你们知道得多不了多少。"

男人名叫保罗·鲁兹（Paul Lurz），是医院的业绩及未来发展部主管，他刚好是个社会工作者，以前的专业是历史，离开校园后，这也一直是他的个人爱好。他示意我们到他办公室坐坐。

"上世纪四五十年代的时候，用于治疗黑人的经费很少，"他说，"所以恐怕克朗斯维尔当年对黑人来说并不是个舒服的地方。"他问黛博拉："你说你姐姐在这里待过？"

黛博拉点头。

"给我讲讲她的事。"

"我爸爸总说她的脑子从没长大过。"她说着从包里掏出一份皱巴巴的死亡证明复印件，慢慢朗读："埃尔西·拉克斯……死亡原因（1）呼吸衰竭（2）癫痫（3）脑瘫……在克朗斯维尔州立医院居住五年。"她又取出扎卡里亚挂在墙上的那张埃尔西的照片，递给鲁兹："我不信我姐姐得了这么些病。"

鲁兹摇着头说："从这张照片来看，她一点也不像得了脑瘫。多可爱的孩子。"

"她的脑子确实有问题，"黛博拉说，"她从没学会怎么用马桶。可我觉得这可能是因为耳聋。因为我爸妈是近亲结婚，又有梅毒，我和我所有兄弟都有点神经性耳聋。有时候我想，要是有人教她手语，或许她能活到今天。"

鲁兹跷着腿坐在椅子上,凝视着埃尔西的照片,然后平静地说:"你得做好心理准备,有时候知道了真相和什么也不知道一样痛苦。"

"我准备好了。"黛博拉点头说。

"我们这儿曾经发生过特别严重的石棉污染,"他说,"50年代以前的病历大多遭到了污染,当年上级没有让人逐页清理来拯救档案,而是装在口袋里拉走埋了。"

他走向书桌旁的小储藏间,里面靠墙摆着书架和文件柜。屋子紧里面塞了一张面朝墙面的小桌子。鲁兹从1964年起就在克朗斯维尔工作,当时他还是个二十多岁的实习学生,从那时起就有一个习惯,把将来可能做历史资料的东西都收藏起来,像病历啦,引起他注意的入院报告复印件啦,等等。比如曾经来过一个婴儿,一只眼睛失明,脸部畸形,无家可归;另一个孩子没有明显的精神疾病,也住了进来。

鲁兹消失在储物间,里面应声响起丁零哐啷的翻箱倒柜声,只听他喃喃自语:"好像有几份……几周前还看见来着……啊!这儿呢。"他从储物间踱出来,怀里捧着好几个大本子,都是皮革书脊和深绿布封面,书页泛黄,由于经年累月而卷曲,表面尘土覆盖。

"都是尸检报告。"他翻开一本,一股霉味立刻充满房间。他说,这些是1980年代从一座废弃大楼的地下室翻出来的。他第一回翻开这些本子的时候,里面跑出好几百只虫子,四下逃窜,全爬到他桌上。

从1910年建院到1950年代发现医疗记录遭到污染,曾经有上万名病人住进过克朗斯维尔。他们的记录如果保存至今,一定能把鲁兹这样的储物间堆满好几个。可如今,我们面前这些就是仅有的记录了。

埃尔西死于1955年,于是鲁兹取出包含那一年部分记录的大册子,黛博拉兴奋地叫起来。

"你刚才说她全名叫什么?"鲁兹边说边用手指由上至下划过一串名字,这些字全都字迹工整,旁边还有页码。

"埃尔西·拉克斯。"我脱口而出,接着越过他的肩膀看那些名字,心怦怦直跳。突然我感到一阵眩晕,指着书页说:"哦我的上帝!不就在这儿呢吗！"

黛博拉倒抽一口气，面无血色，紧闭双眼，紧紧抓住我的胳膊以免摔倒，低声说："感谢上帝……感谢上帝。"

"哇，我还真没想到，"鲁兹说，"几乎不可能找到。"

黛博拉和我情不自禁地拍手跳起来。不管病历上有什么，至少会告诉我们一点埃尔西生前的事儿，肯定比不知情要好。

鲁兹打开到埃尔西那页，却立刻闭上眼，把书压在胸口，我们还没来得及看到任何东西。他说："我还没见过这册子里还有照片。"

他放下册子让我们看，时间在此刻静止了。我们三个凑近书页，头几乎顶在一起，黛博拉突然哭起来："我的宝贝啊！她看起来和我女儿一模一样！……和达文一样！……她长得就像爸爸！……她也有拉克斯家光滑的橄榄色皮肤。"

鲁兹和我只是呆呆望着照片，一句话也说不出来。

照片上的埃尔西站在一面量身高的墙跟前，墙上标记着数字。海瑞塔曾经花几小时梳理的头发如今蓬乱卷曲，刚好到一米五那条刻度线。那双曾经美丽的眼睛已经肿得几乎睁不开了，且略显淤青。她望着镜头下方哭泣，脸庞变形到几乎不可辨认，鼻孔发炎，沾满鼻涕；嘴唇几乎肿成两倍大，周围的皮肤皲裂发黑；舌头伸出，也是肿的。看上去埃尔西似乎在尖叫，她的脸不自然地向左扭，下巴被一双白人的大手固定住。

"她的脸是被强行掰在那儿的，"黛博拉喃喃地说，"他们为什么让她这么待着？"

没人说话。我们只是站在那儿，注视着那双捏着埃尔西脖子的手。这是一双女人的手，指甲修剪整齐，小指微微翘起，好像指甲油广告里那种手，这会儿却捏住一个哭泣孩子的喉咙。

黛博拉把埃尔西小时候那张照片摆在这张照片旁边。

"哦，她可真美。"鲁兹轻声感叹。

黛博拉抚摸着克朗斯维尔照片上的脸庞。"她看起来就像在找我，她肯定很需要她的妹妹。"

照片就贴在埃尔西的尸检报告上方,我和鲁兹读下去,时不常念出一两个词:"诊断为智障"……"同梅毒直接相关"……"死前六个月不断用手指按压喉咙自我催吐"。报告结尾写道,埃尔西"呕吐物呈咖啡末状",可能是血块。

鲁兹刚大声念出"呕吐物呈咖啡末状",一个身穿深色西装的矮胖秃头男人冲进房间,勒令我不许记笔记,还质问我们的来意。

"她们是病人家属,"鲁兹厉声说,"他们就是来看病人的病历的。"

那男人顿了一下,望着他面前的两个女人,一个五十多岁的黑人和一个二十来岁的白人。黛博拉拄着拐杖,挑衅地望着对方,接着从包里掏出三张纸:一张自己的出生证明,一张是埃尔西的死亡证明,还有一张授权她处理埃尔西相关事务的法律文书,她花了好几个月才搞到这份文件,就是在这种场合派用场的,省得外人对我们的调查进行阻挠。

她把文件递给来人,对方已经抓过尸检报告开始读。黛博拉和我瞪着他,气不打一处来,我们都不知道,他是克朗斯维尔唯一一个曾经努力保护拉克斯家隐私的职员。

"黛博拉能复印一下尸检报告吗?"我问鲁兹。

"可以,只要提交一份申请就可以。"说着他从桌上拿起一张纸,递给黛博拉。

"我该怎么写呢?"黛博拉问。

鲁兹念道:"本人黛博拉·拉克斯……"

不一会儿,黛博拉在撕下的纸上写好了申请书。她递给鲁兹说:"我还想放大复印一下那张照片。"

鲁兹递来一摞照片和文件让我读,接着就走出去复印,后来的男人跟在他身后也出去了。文件最上面是一篇1958年的《华盛顿邮报》文章,那是在埃尔西死后三年,标题是:

过度拥挤的医院"损失"本来有望医治的病人

克朗斯维尔人手不足,延误病人病情

看到这个标题,我立马将报纸扣在腿上,怕黛博拉看到。我觉得自己得先读完正文,才能帮她做好心理准备面对这些材料里描述的可怕历史。可她一把从我手中抢走报纸,大声读出标题,然后茫然地抬起头。

"这张不错。"她指着一幅大插图,画面上是各种各样神情绝望的人,有人抱着头,有人躺在地上,还有人蜷缩在墙角。"我要把它挂在我的墙上。"她把报纸递还给我,让我读给她听。

"你确定?"我问,"这里可能会说一些让你难过的事,要不我先看一遍再复述给你听?"

"不用,"她生气了,"就像他说的,他们没钱花在黑人身上。"她绕到我背后,随着我的阅读用目光扫过报纸,时不常指出一两个词:"毛骨悚然?""可怕的黑人病房?"

埃尔西临终待的这个地方,比黛博拉能想象的还要糟。病人被挤在火车里,从附近医院拉到这儿来。埃尔西去世的1955年,克朗斯维尔的病患达到2700人,这是历史最高纪录,比医院实际最大容纳量多了近800人。根据医院仅存的1948年的统计资料,当年克朗斯维尔平均每名医生要负责225个病人,死亡率远高于出院率。病人被锁在通风极差的小隔间,没有厕所,就在地板的下水道口解决。黑人,不管成人还是小孩,不管得的是痴呆、肺结核、"焦虑"、"缺乏自信",还是癫痫,都住在一起。能住人的地方都塞满了人,包括没有窗户的地下室和用栅栏拦起来的门廊。有床的时候,他们就两个或更多人睡在一张小床垫上,头脚相对,而且必须爬过许多酣睡的人才能到达自己的床铺。患者不分年龄、性别统统住在一起,通常还有性犯罪者。有时候,有人拿着自制武器掀起暴动。那些不服管的病人被捆在床上,或被单独锁进小黑屋。

后来我了解到，埃尔西在克朗斯维尔期间，科学家时常拿病人做实验，从没取得过知情同意，比如有个实验是"涉及100位癫痫病人的充气脑X射线成像和头颅X射线研究"。充气脑X射线成像技术是1919年发明的。要知道，大脑悬浮在液体中，这些液体对保护大脑至关重要，但也给脑成像带来了相当的难度，因为它让影像变得特别模糊。所谓"充气X射线成像"，就是先在颅骨上钻孔，让大脑周围的液体流出，再压入空气或氦气，这样X射线得到的影像就会特别清晰。这样做的后果是剧烈头痛、眩晕、癫痫和呕吐，直到脑脊液再重新填满颅骨内腔为止，过程持续两三个月。然而，充气脑X射线成像也可能对大脑造成永久伤害，因此这项技术已经于上世纪70年代被明令禁止。

没有任何证据显示，科学家拿克朗斯维尔的病人做实验前得到过病人本人或亲属的同意。鲁兹后来告诉我，根据参与充气脑X射线成像实验的人数以及实验开展的年代来看，很可能医院里的癫痫患儿无一逃脱，埃尔西也在其中。与此类似的还有一个实验，叫"精神运动型癫痫研究中对颞颥深层探针的使用"，在这项实验中，医生要把金属探针扎进病人的大脑。

埃尔西死后不久，克朗斯维尔换了院长，一上任就让几百名无须继续住院的病人回家了。《华盛顿邮报》引述了他的话："对病人最残忍的做法就是把他关起来，然后忘记他。"

我大声读出这一句，黛博拉喃喃道："我们没有忘记她。妈妈死了……没人告诉我她在这儿，否则我一定会把她弄出来。"

离开克朗斯维尔时，黛博拉感谢鲁兹提供信息，她说："医生，我已经等了很久、很久了。"鲁兹问黛博拉是否确定自己还好，黛博拉的泪水涌上双眼，她说："我一直跟我兄弟们说，你了解过去的时候不能带着仇恨。你必须记住，时代不同了。"

走出大楼，我问黛博拉是不是确实没事。她笑了，好像在说你是不是疯了。"我们来这儿真是明智的决定,"说着她疾步走向停车场,钻进车,摇下窗户,"现在我们去哪儿?"

鲁兹刚才提到,其他克朗斯维尔的资料可能保存在安纳波利斯的马里兰州立档案馆,那儿距离克朗斯维尔约有 11 公里。他认为那里不太可能有 1950 年代的资料,不过看看无妨。

"我们去安纳波利斯吧,看能不能找到更多我姐姐的资料。"

"我不知道这样合适不,"我说,"你不需要休息一下吗?"

"坚决不要!"黛博拉大喊,"我们还要做很多报道,现在刚找到感觉!"话音刚落,她拿姐姐的新照片在车窗外晃了两下,接着车便呼啸而去。我赶紧跳上车追过去。

差不多十分钟后,我们的车抵达州立档案馆的停车场,黛博拉的身体在座椅上摇摆,我关着车窗都能听到她车里的福音音乐。走进档案馆,她径直走向前台,从包里掏出妈妈的病历在头顶挥舞:"他们都管我妈妈叫海拉!所有电脑里都有她的名字!"

前台的人说档案馆里没有埃尔西的病历,这倒让我松了口气。真不知道黛博拉还能承受多少,我也真怕我们找出什么可怕的真相。

那天剩下的时间发生了什么有些模糊。我们开车到克洛弗,每次停下,黛博拉都抓着姐姐的新照片从车里跳出来,塞给每个人看,不管是街上素昧平生的妇人,给我们加油的男子,小教堂牧师还是餐厅服务员,无一例外。黛博拉总是兴致勃勃地告诉对方:"嗨,我叫黛博拉,这是我的记者,你可能听说过我们,我妈妈凭她的细胞被载入史册了,我们刚找到我姐姐这张照片!"

每一次对方的反应都一样:完全吓坏了。可黛博拉全然不觉,继续笑着说:"我们的报道进展顺利,真让人高兴!"

越讲到后来,照片背后的故事就越复杂。有一次黛博拉说:"她哭得眼睛都肿了,因为她特别想念妈妈。"还有一次她告诉一位妇人:"我姐姐很难过,她一直在找我,可一直没找到。"

有时候她会突然在路边停下,招手示意我停到她旁边,好跟我讲刚才开车时冒出的种种想法。有一次她突然觉得有必要搞个保险箱，好把妈妈的《圣经》和头发藏在里面；还有一次她问我要不要为海瑞塔的签名申请版权，省得被人给偷去了。一次在加油站等洗手间，她突然从包里拎出一把锤子说："我希望家族能把家屋给我，让我搞成个历史遗迹。可他们不会答应的，所以我要去把门把手拿走，至少是拿到点东西。"

还有一次黛博拉从车里爬出来，几乎要哭了。"我几乎没法看路，"她说，"我总控制不住地看姐姐的照片。"原来刚才她开车的时候，一直把埃尔西的两张照片放在副驾驶座上，不时用眼睛瞟。"脑子里不停地想这想那，我一直在想象她死前那几年是怎么过的。"

我不忍心看黛博拉继续折磨自己，真想把照片拿走，可我知道她不会同意。所以我只能不断劝她，我们已经出来这么多天了，或许该回家待几天，没准这么多报道已经超出她的承受范围。可每次黛博拉都回答："要是你觉得我会就此收手，你一定是疯了。"所以每次我们都继续下去。

那天路上，黛博拉说晚上住下之后，我该把她妈妈的病历拿去看，说了不止一次。"我知道你得把每一页都仔细读读，做笔记什么的，因为你需要知道所有的事实。"终于，晚上 9 点，我们在安纳波利斯和克洛弗之间的一家旅馆住下了。黛博拉把病历交给了我。

"我要睡了，"她一边走进我隔壁的房间一边说，"你自便吧。"

2001

34 病历

然而几分钟后,黛博拉就敲响了我的门。她换了一件长及膝盖的大白T恤,上面一个简笔画老奶奶正从炉子里取出烤饼干,旁边用孩子的笔体写了"奶奶"两个字。

"我决定不睡了,"她若无其事地说,"我想和你一起看看那些玩意儿。"她说话神神道道的,像刚灌了几杯浓咖啡。黛博拉一手抓着埃尔西在克朗斯维尔的照片,另一只手抓起我放在梳妆台上的病历口袋。她走到我床边,像我们第一次见面时那样,把里面的东西一股脑儿倒在我床上。

"咱们开始干吧。"她说。

摆在我们面前的足有一百多张纸,许多都被压得皱皱巴巴,残损破裂,而且没有任何顺序。我愣着看了一会儿,为摆在面前的工作不知所措。接着我说,或许我们可以一起整理这些东西,然后我找个地方把我要的东西复印下来。

"不行!"黛博拉吼道,旋即有点紧张地笑了,"我们就在这儿看吧,你需要的就记笔记。"

"那没准得好几天。"我说。

"不会的。"黛博拉说着,爬过成堆的纸张,然后把腿一盘坐在床中间。

我拉过一把扶手椅,打开笔记本电脑,开始整理这些文件。有一份地契,是黛博拉用戴得到石棉伤害赔偿后分给她的 2000 美元买的克洛弗的一小块地。还有 1997 年的报纸,上面印着劳伦斯儿子的半身照,图注写着:通缉,劳伦斯·拉克斯,持枪抢劫。除此之外还有网上购买海拉细胞的订购单、收据,黛博拉所属教堂的新闻小报,无数张海瑞塔双手叉腰的照片。黛博拉总结的十几页生物名词和法律名词解释也混在其中,甚至有一首她写自己一生的诗:

> 癌症
> 检查
> 支付不起
> 富有白人没问题
> 我妈是黑人
> 贫穷黑人没钱付
> 生气,是的我很生气
> 我们被利用,取血、欺骗
> 我们得为看病自己埋单,你能怎样
> 约翰·霍普金医院
> 和所有拿走我妈细胞的地方,
> 什么也没给她。

读这首诗的时候,黛博拉抓起她从一本制作家族谱系的书里复印的几页,举给我看:"我就是从这儿知道了要借助法律力量,所以才带着那些东西去克朗斯维尔找我姐姐的资料。他们就知道我不是好糊弄的!"她说这话的时候看着我,我两只手还不停地在纸堆里翻找。

一张病历上的字特别小,我把纸凑到眼前念道:"这位 28 岁的……什么……我看不清,手写的……'Rh 阳性'。"纸上的日期是 1949 年 11 月 2 日。

"哦,哇!"我恍然大悟,"这是你出生前三天,这时你妈妈怀着你呢。"

"什么?哦我的上帝!"黛博拉尖叫着,一把抓过病历,目瞪口呆地盯着它看,"上面还说了什么?"

我跟她说就是例行检查。"看这儿,"我指着纸上一处说,"她的宫颈扩开 2 公分……就要生了。"

黛博拉拍着手,在床上跳起来,接着又抓过另一张病历。

"读读这个!"

日期是 1951 年 2 月 6 日。"这是她得宫颈癌一周后去医院复诊,"我说,"她刚做了活检,从麻醉中醒来,这上面说她感觉一切良好。"

接下来的几个小时,黛博拉不停地从纸堆里抽出纸来让我读,让我整理归类。她时而因为什么事高兴得尖叫,时而恐慌;有时候看我拿着她妈妈的病历看,就心神不宁。每当她惊慌失措,就会拍着床说:"我姐姐的尸检结果呢?"要么就是:"哦不,我把房间钥匙放哪儿了?"

有时候她会把几张纸藏在枕头下面,后来又觉得让我看看也无妨,就再拿出来。有一次她递给我一张她妈妈的尸检报告。几分钟后,又给我一张纸,同时说这是她的最爱,因为上面有她妈妈的签名,这也是海瑞塔留下的唯一手迹。这份文件是镭治疗的知情同意书,培养出海拉细胞的样品就是这次取得的。

黛博拉逐渐安静下来。她抱着埃尔西在克朗斯维尔的照片侧身蜷缩着,很久不出声。我以为她睡着了。突然,她轻声说:"哦我的上帝。我不喜欢他们这么抓着她的脖子。"她举起照片,指着那双白人的手。

"嗯,"我说,"我也不喜欢。"

"我知道你希望我没注意到这些,对吗?"

"不,我知道你看到了。"

她重新躺下。我们就又这么继续了几个小时,我看文件、记笔记,黛博拉长时间静静盯着埃尔西的照片，只偶尔发出感叹："我姐姐看起来很害怕。"……"我不喜欢她的表情。"……"她是不是呛到了？"……"我猜后来她明白再也见不到妈妈了，然后就放弃了。"黛博拉不时狠狠地摇摇头，似乎想把什么想法从脑子里甩出去。

最后我终于熬不住了，靠在椅背上揉眼睛。已经是半夜了，但面前还摆着一大堆没整理的文件。

"你可能得复制一份你妈妈的病历，把它们都按顺序订好，这样就不会乱了。"我说。

黛博拉眯起眼睛看着我，突然起了疑心。她穿过房间爬到另一张床上，趴着看她姐姐的尸检报告。几分钟后，她跳起来，抓起字典。

"他们把我姐姐诊断为痴呆（idiocy）？"说着她大声念出字典上的解释："'痴呆：完全无知或痴傻。'"她一把将字典扔到地上："他们认为我姐姐就是这个毛病？她就是傻？是个笨蛋？他们怎么能这样？"

我跟她说，医生通常用"痴呆"这个词来描述智力迟缓，以及遗传性梅毒导致的大脑损伤。"差不多算是个遗传学名词，只是用来说这个人有点迟钝。"

她挨着我坐下，指着尸检报告上另一个词："这又是什么意思？"我给她解释。然后，我看到她的脸沉了下来，下巴一垂，轻声说："我不想让你把这个词写进书里。"

"不会的，"我说，可我犯了一个错误——我笑了。并不是因为好笑，而是她想护着姐姐，让我觉得特别温情。她从没干涉过我要往书里写什么，而这个词我也根本不会写，因为毫不相关。所以我笑了。

黛博拉瞪着我，突然怒吼："我叫你别把这个词写到书里！"

"我不会的。"我说，发自内心的。可我脸上还挂着笑容，这次更多是因为紧张。

"你骗人！"黛博拉大声吼道。她关上我的录音机，握紧拳头。

"我没骗你，我发誓，看，我把这句话录下来，要是我在书里写了，你可以告我。"我打开录音机，对着话筒说我不会把那个词写进书里，然后再关上。

"你就是在骗人！"她又叫起来，同时跳下床，站在我面前，用手指着我的脸说："要是你没骗人，为什么笑？"

她疯狂地把床上的纸塞回帆布口袋，而我则不停地解释，试图让她平静下来。但她突然把口袋扔在床上，一把将我扑到墙上，照着我胸口就是一拳，打得我头撞在墙上，喘不上气。

"你是谁派来的？"她尖叫道，"是不是约翰·霍普金？"

"什么？不是！"我也喊起来，拼命喘气，"你知道我是为自己工作。"

"是谁派你来的？谁给你钱？"她大吼着，双手紧紧把我按在墙上，"谁付的今天的房钱？"

"我们不是谈过这些了吗！"我说，"你不记得了吗？信用卡，学生贷款。"

接着，我头一次对黛博拉失去了耐心。我挣脱她的手，说别他妈的碰我，到一边冷静冷静。她紧紧贴着我，凶狠地瞪着我，时间似乎过了好几分钟。突然，她咧嘴笑了，还用手抚平我的头发，说："从没见你生过气。我甚至琢磨你究竟是不是人类啊，从不说脏字。"

之后，或许想对刚才发生的事给我个解释，她终于对我讲了科菲尔德的事。

"他就很会装，"她说，"我跟他说我宁愿在火上走，也不让他把妈妈的病历拿走。谁也不能拿走病历。世界上所有人都拿了她的细胞，我们从妈妈那儿得到的就只有这些病历和她的《圣经》了。就因为这样，我才会对科菲尔德这么生气。我们从妈妈那儿就拿到这么两件东西，他还想抢走一个。"

黛博拉指着我放在床上的笔记本电脑说："我也不想让你把所有字都打下来，你的书里需要什么，就打什么，不要见什么记什么。我希望我家人是唯一掌握所有材料的人。"

34 病历

我保证不会把所有病历内容都抄下来，黛博拉说她要睡觉了，可在随后的几小时里，她每隔一二十分钟就来敲我的门，第一次身上飘着桃子味："我得上车拿乳液，想我应该来顺便打个招呼。"后面每次都有新的借口："我把指甲锉落在车里了！"……"《X 档案》开演了！"……"突然想吃烤饼！"她每次来敲门我都把门大大敞开，好让她看到屋里的状况，包括病历都好好的，和她离开时一样。

她最后一次敲开门，径直冲进洗手间，越过洗手池贴近镜子。"我是不是发作了？"她大声喊道。我走进洗手间，她把额头上一道两三厘米长的红印指给我看，像是荨麻疹。

她转身拉下 T 恤衫，让我看她的脖子和后背，上面布满了红条痕。"我得抹点油，"她说，"可能应该吃片安眠药。"她回到自己的房间，屋里立刻传出电视声。尖叫、哭声和枪声整夜没停，不过 6 点之前我再没见到她。那时候我刚躺下一个小时，她敲着我的房门喊："有免费早餐啦！"

我双眼红肿，黑眼圈严重，而且还穿着前一天的衣服。黛博拉望着我笑了。

"我们可真够混乱的！"她指着满脸的荨麻疹说，"老天啊，我昨晚紧张死了。什么也干不下去，就把指甲给涂了。"她伸出手来给我看。"涂得糟透了！"说着她笑了，"肯定是吃了药之后干的。"

不仅是指甲，她指甲周围的皮肤上全跟消防车一样红。"远看还差不多，"她说，"我要还在靠这个吃饭，准得被炒鱿鱼。"

我们一起走到大堂去享用我们的免费早餐。之后黛博拉还用餐巾包了好几个小蛋糕带走，她看着我说："咱们之间什么问题也没有，卜卜。"

我点头说我知道。可那时我对任何事都不确定。

2001

35 灵魂净化

那天晚些时候,荨麻疹已经爬满了黛博拉的后背,她双颊泛红,斑斑点点,双眼下全是条痕,眼皮又肿又亮,就像涂了血红色的眼影。我反复问她是不是真的没事,并建议我们停一下好让她去医院看看。她只是一笑置之。

"常事,"她说,"我没事。买点苯海拉明就好了。"于是她就买了一瓶揣在书包里,没事就拿出来大口喝,半天不到,三分之一已经下肚了。

到了克洛弗,我们沿着河边和主干道漫步,穿过海瑞塔从前的烟草田。还去家屋看了看,黛博拉说:"我想让你帮我和姐姐合个影。"

她站在屋前,把两张埃尔西的照片面朝我举在胸前。家屋附近有当年海瑞塔最爱的那棵橡树,后来被人砍了,黛博拉让我给她和埃尔西在树墩前照相;后来又在海瑞塔妈妈的墓碑前照了一张。接着她跪在两块可能埋着她妈妈和姐姐的凹地前,对我说:"给我和姐姐在这儿照一张吧,就在她和妈妈坟前。好歹算我们仨唯一一张合影。"

最后我们来到海瑞塔的姐姐格拉迪丝的家,这是一座黄色小木屋,门廊里摆了几张摇椅。格拉迪丝坐在阴暗的木板墙面客厅里。屋外很温暖,穿长袖衫就够了,格拉迪丝却点着炉子,炉子是黑色的,比一般的大,热得她汗流浃背。格拉迪丝有关节炎,手脚膨大;她的后背弯得厉害,几乎碰到膝盖,得靠胳膊肘才能撑起来。她没穿内衣,身上套了件薄睡袍,由于在轮椅上坐得太久,已经掀到了腰上。

格拉迪丝见我们进屋,赶紧整理睡袍,双手却抓不住。黛博拉走过去帮她拉扯好衣服,并问道:"大家都去哪儿了?"

格拉迪丝没回答,隔壁却传来她丈夫的呻吟声,此时他正躺在病床上,时日无多了。

"哦对了,"黛博拉说,"他们上班呢,对吧?"

格拉迪丝还是没出声,于是黛博拉提高嗓门,好让她听见:"我有了个网络!我要给妈妈建一个网站,这样也许能拿到些捐助或基金什么的,要是有钱了,我就回来在她坟上建个纪念碑,把老家屋改成博物馆,让这儿的人记得我妈妈!"

"你要在博物馆里搁什么?"格拉迪丝问道,那语气就好像黛博拉说了什么疯话。

"细胞,"黛博拉说,"放细胞,这样人们就能看见她生长。"

她想了想,说:"还得放一张她的大照片,没准再放个蜡像什么的。还有老房子里那些旧衣服和旧鞋。那些玩意儿的意义大着呢。"

这时,房门突然开了,格拉迪丝的儿子加里走进来大喊:"嘿,姐姐!"加里刚50岁,长着拉克斯家典型的光滑皮肤,上唇留着细细的胡须,下唇蓄着一撮小胡子,门牙之间有一道缝,颇招女孩子喜爱。他穿着红蓝相间的橄榄球短袖衫,正配红蓝两色的牛仔裤和运动鞋。

黛博拉尖叫一声,抱住加里的脖子,接着从口袋里取出埃尔西的照片。"看我们从克朗斯维尔找到什么了!是姐姐!"加里的笑容凝固了,伸手接过照片。

"照得不好,"黛博拉说,"她冷得直哭。"

"可以看看她小时候在门廊照的那张照片,"我说,"那张还不错。"

加里看着我,似乎在说:到底发生了什么?

戴博拉和她的表弟加里·拉克斯站在晒干的烟草垛前,摄于2001年。

"这张照片让黛博拉有点难过。"我说。

"我明白。"他轻声说。

"而且她刚看过她妈妈的细胞。生平第一次。"我告诉加里。

加里点点头。这些年来,加里和我聊过很多,他比家里任何一个人都更理解黛博拉,也清楚这么多年来她经历了什么。

黛博拉指着自己脸上的荨麻疹说:"我的疹子发作了,红肿起疹。我是一边哭,一边又很高兴。"她开始在屋里踱步,脸上汗水闪烁。这时,炉子里噼啪作响,似乎要吸光屋里的氧气。"我了解到的这些事让我感到我真的有一个妈妈,也体会到了她经历的那些痛苦,"她说,"虽然很痛苦,但我仍然想知道更多事,对我姐姐也一样。这让我觉得和她们之间的距离近了,但我确实很想她们,真希望她们还活着。"

加里目光不离黛博拉,穿过屋子坐在一个超大的躺椅上,示意我们也过去。黛博拉没有照办,还在油毡地板上继续徘徊。一边抠掉指甲上的红色指甲油,嘴里一边前言不搭后语地说着些不相关的事,有

35 灵魂净化

新闻里听说的杀人案,还有亚特兰大的堵车。加里眼皮不眨地盯着她从房子一端走向另一端。

"姐姐,"他终于开口了,"坐下吧。"

黛博拉飞快地走过去,一屁股坐在离加里不远的摇椅上,拼命摇晃,上身前后摆,双脚猛踹,像要把椅子掀翻。

"你绝对想不到我们知道了什么!"她说,"他们给妈妈的细胞里注射各种各样的东西,唔,比如毒药什么的,看这些药能不能杀人。"

"黛尔,"加里说,"做点对你自己有好处的事。"

"是,我是想这样。"黛博拉回答说,"你知道吗,他们把她的细胞注射到监狱杀人犯身体里?"

"我是说放松点,"加里说,"试着做点什么,让你自己放松下来。"

"这我也没办法,"黛博拉摆手叫他住口,"我无时无刻不在担心,这事儿那事儿的。"

"就像《圣经》说的,"加里轻声说,"人赤条条来到世上,也赤条条地走。有时候我们太杞人忧天,没什么可担心的时候也要担心。"

黛博拉恍然大悟地点点头说:"老担心,把身体都搞坏了。"

"现在你看起来可不怎么样,老姐。给你自己点时间。"加里说,"就像我开车,不琢磨去哪儿,来回绕圈也无所谓。就是要找时间,借脚下的路让我放松。每个人都需要这样的方式。"

"要是我稍微有点钱,"黛博拉说,"就给自己买一辆房车,到处开,不在一个地方待着。要是你总换地方,就没人能烦你。"

说完她又站起来走来走去。

"我唯一放松的时候就是开车过来的路上,"她说,"可这次我一边开,脑子里一边不停地想我妈妈和姐姐的遭遇。"

"姐姐"和"妈妈"字眼一出口,黛博拉突然脸颊发红,慌乱不堪。"你知道吗,他们把妈妈的细胞发射到太空,还拿核弹把它们炸碎。他们还做了……你们怎么说来着……唔……克隆!……没错,他们就用她做克隆来着。"

加里和我紧张地对视,然后同时开口,想把她从自己的想象里揪出来。

"他们没有克隆活人,"我说,"记得吗?"

"不用怕,"加里说,"上帝说,只要尊敬父母,我们就能在地球上活很长时间。而你正是在做这件事,你在尊敬你妈妈。"他闭上眼,笑着说:"我喜欢《诗篇》里的一段,说即使你父母病了,上帝会照顾你。即使你失去他们,比如你的妈妈和姐姐,上帝的爱也永远不会背弃你。"

可黛博拉一点也没听进去。

"你一定不会相信,"她说,"你知道吗,他们把她的细胞和老鼠细胞混在一起做人鼠。他们甚至说她已经不是人了!"她大声狂笑,奔向窗户。"老天啊!"她大喊,"外面下雨了吧?"

"及时雨啊。"加里嘟囔着,身体在椅子里前后摇摆。

黛博拉抓起一直挂在脖子上的蓝缎带钥匙链,上面写着"WWJD"。"这是什么?"她问,"广播站?我从没听说过 WWJD。"她开始从脖子上把缎带往下扯。

"别闹了,老姐,意思是'耶稣会怎么做(What Would Jesus Do)',"加里说,"你知道的。"

黛博拉停下手,跌坐回椅子上。"你相信吗,他们甚至拿那什么艾滋病毒感染她,之后再注射到猴子体内。"她盯着地面,猛烈摇晃起来,胸脯随着呼吸快速起伏。

加里则平缓地摇晃椅子,审视黛博拉的一举一动,像医生查看病人。"别因为你根本无能为力的事而折磨自己,把自己都搞病了。"加里望着黛博拉,她正不住地揉搓眼旁的红疹。加里轻声说:"不值当……有些事得让上帝去解决。"他垂下眼皮,喃喃地说:"黛博拉又在为黛博拉做什么呢?"

她没有回答,加里望着我说:"刚才我在和上帝说话,他试着让我说话,让我移动。"黛博拉管加里叫"信徒",因为他总在谈话中间忽然像上帝附体一样说话。这个习惯开始于 20 年前他 30 岁那年,前一分钟他还在豪饮、玩女人，转眼间心脏病接连发作，做了几次心脏搭桥手术，醒来就开始传道。"

"我一直不想让上帝插手，因为有外人在场，"他害羞地望着我笑了，"可有时他就是不肯袖手旁观。"

加里缓缓从椅子上站起身来，褐色的眼眸变得虚空、缥缈，他展开双臂伸向黛博拉，黛博拉也挣扎着站起来，摇摇晃晃走过去，揽住他的腰。黛博拉一触到加里，他的上身就像触电一样抖动，手臂突然合拢，双手捧着黛博拉的脸颊，手掌对着下巴，四根手指绕到后脑勺，拇指扶在鼻梁上。他浑身颤抖，把黛博拉的脸靠在自己胸膛上。黛博拉无声地啜泣，肩膀随之起伏，加里的泪也划过双颊。

他们抱在一起前后摆动，加里突然用美妙的男中音仰天高歌。

"欢迎进入这个地方……欢迎进入这个破裂的容器。"开始声音很小，后来则越来越嘹亮，充满屋子的空间，再涌向烟草田里，"您希望驻留在子民的赞美中，所以我举起手，敞开心灵，将这份赞美献给您，上帝。"

"欢迎进入这个破裂的容器，上帝。"他轻声说，用手掌握住黛博拉的头，双眼猛然睁开再闭上，随即开始布道，汗水顺着他的脸颊流下。

"您曾经说过，上帝，只要信徒把手按在病人身上，他们就能痊愈！"他的声音忽高忽低，从轻声呢喃到高声吼叫再恢复平静，"我意识到了，上帝，今天晚上就有些医生无能为力的事！"

"阿门，上帝。"黛博拉咕哝着，她的脸抵在加里胸膛上，嗓音含糊不清。

"今晚我们感谢您，"加里低声说，"关于细胞，我们需要您的帮助，上帝……我们需要您帮忙，把细胞的重担从这个女人身上减轻一些！减轻些吧，上帝，把这些负担都拿走，我们不需要！"

黛博拉开始在加里怀里剧烈抽泣："感谢您，上帝……感谢您，上帝。"加里紧闭双眼，随着她大声喊道："感谢您，上帝！今晚感谢您！"两人声音越来越大。加里突然停下，泪水混杂着汗水从他脸上涌出,滑落到黛博拉身上。黛博拉高声喊道:"感谢您耶稣!"接着连续喊了几声"赞美上帝"和"哈利路亚"。加里仍旧前后摇摆身躯,再度引吭高歌,他的嗓音低沉而苍老,仿佛来自那些耕作在烟草田里的祖先:"我知道上帝是善良的,哦——我知道上帝是仁慈的。"

"真的很仁慈。"黛博拉轻声说。

"他把食物送上桌……"加里放低嗓音开始哼鸣。黛博拉说:"告诉我该怎么走,上帝。告诉我在细胞的事上该何去何从,上帝,求你了。我会服从你的旨意,上帝,求你帮我卸下重担。我没法独自面对……我以为我行。现在再也受不了了,上帝。"

黛博拉说这些话的时候,加里一直在哼鸣。

"上帝啊,谢谢您让我得知妈妈和姐姐的消息,可再帮帮我吧,因为我知道我没法独自承担这些负担。拿走那些细胞,上帝,拿走重担。取下重担,帮我放下!上帝,我再也没法承受了,你以前想让我把这些负担给你,我没有照办,现在请吧!哈利路亚,阿门!"

接着,加里从起身到现在第一次扭过脸来,直视我。

我坐在离他们只有一两米远的躺椅上目睹了这一切,惊得目瞪口呆,大气都不敢出,只有疯狂地记笔记。换任何一个场合,我可能觉得所见所闻疯狂至极,但加里和黛博拉的表现,却是那天最合理的事。我脑子里只有一个念头:哦天哪,这是我给黛博拉带来的。

加里凝视我的双眼,搂着黛博拉颤抖的身躯,轻声对她说:"你并不孤单。"

接着他望着我说:"她再也不能承担这些细胞的负担了!上帝,她没办法了!"接着他将双臂举过黛博拉的头顶,高喊:"上帝,我知道你派丽贝卡小姐来,帮忙卸下细胞的担子!"他把手朝我一伸,两手直指我头的两侧。"把重担给她吧!"他喊道,"让她去承担。"

我被这句话吓了一跳,只在心里想:等等,不该这样呀!

黛博拉离开加里的怀抱,摇了摇头,抹了下眼泪,大声呼了一口气。他俩都笑了。"谢谢,老弟,"她说,"我感觉轻松多了!"

"有的事你必须学会放下，"加里说，"你越坚持，结果就越糟。一旦放手，这些负担自然就跑到其他地方了。《圣经》说上帝能承担一切。"

黛博拉伸出手来抚摸加里的脸颊。"你总能知道我需要什么。你最了解怎么照顾我。"

"不是我知道，是上帝知道，"加里笑着说，"这些话并不是从我嘴里说出来的，是上帝在跟你说话。"

"哦，哈利路亚，"黛博拉咯咯笑道，"明天我要再来和他说说话！阿门！"

屋外的雨已经滴滴答答下了好一阵，此时突然飘泼而下，夹着冰雹打在铁皮屋顶上，好像巨大的掌声。我们三人走到门口驻足观看。

"这是上帝在说话，他听见咱们了，"加里笑道，"他把水龙头拧大，要把你的灵魂清洗干净，老姐！"

"赞美上帝！"黛博拉喊出来。

加里和她拥抱道别，接着也拥抱了我。黛博拉打开她长长的黑色雨衣，举在头顶，点头示意我钻进去。她让雨衣搭在我俩头顶，用手臂紧紧搂住我的肩膀。

"清洗灵魂，你准备好了吗？"她高声朝我喊，接着一把将门推开。

2001

36 天上的形体

第二天早上黛博拉的荨麻疹有所好转,可双眼仍然红肿,她决定回家看病。我留在克洛弗,因为还想问问加里昨晚发生的事。当我走进他的客厅,他正身着一件鲜绿色的衬衫,站在塑料折叠椅上换灯泡。

"我忘不了那首歌,太美了,"我说,"整个早上都在唱。"说着我哼了几小节:"欢迎进入这个地方……欢迎进入这个破裂的容器。"

加里从椅子上跳下来,挑起眉毛看着我,大笑起来。

"你有没有想过这个调子为什么在你脑子里挥之不去?"他问,"我知道你不愿意想这个问题,但这是基督要告诉你一些事。"

他说这是一首赞美诗,然后跑出客厅,拿回一本软皮蓝色《圣经》,封面上烫着大大的金字。"我想把这个送给你,"他用手指弹了弹封面说,"他为我们而死,好让我们有可能享受永恒的生命。很多人不信,可人确实能永生不死。看看海瑞塔就知道了。"

"你相信海瑞塔在那些细胞里?"

他低头看我,像在笑我真是个傻孩子。"那些细胞就是海瑞塔。"说着将《圣经》拿回去,打开《约翰福音》指着一段文字说:"读读这段。"我的目光扫过文字,他突然用手捂住纸面,说:"大声读。"

于是我这辈子第一次大声朗读《圣经》:"信我的人,虽然死了,也必复活。凡活着信我的人必永远不死。"

加里翻开另一页让我读:"或有人问:'死人怎样复活,带着什么身体来呢?'无知的人哪,你所种的,若不死,就不能生!并且你所种的,不是那将来的形体,不过是子粒……神随自己的意思给它一个形体,并叫各等子粒各有自己的形体。"

"神选择了海瑞塔,"加里轻声说,"当上帝选择一个天使执行他的旨意,你永远无法预料这个天使将以什么形态出现。"

加里又指着另一段让我读:"有天上的形体,也有地上的形体。但天上形体的荣光是一样,地上形体的荣光又是一样。"

几天前,当克里斯托夫将海瑞塔的细胞投影在他实验室的显示器上时,黛博拉曾由衷感叹:"真美。"她说得没错。那些细胞美得超凡脱俗,发着绿莹莹的光,像水一样游动,平静而飘忽,真像来自天上的形体。它也确实能在空中飘浮。

我往下读:"死人复活也是这样:所种的是必朽坏的,复活的是不朽坏的……若有血气的身体,也必有灵性的身体。"

"海拉?"我问加里,"你的意思是海拉是她灵性的身体?"

加里笑着点点头。

此时此刻,读着这些段落,我彻底明白了为什么拉克斯家有人坚持认为上帝选择了海瑞塔,让她永生。只要相信《圣经》句句真言,海瑞塔细胞的不朽就有了完美的解释。这些细胞理应在她死后几十年繁衍生存,理应在空中飘浮,理应帮人们研制出疾病疗法、被人们送上太空。天使就是这样,《圣经》说的。

科学家却说,海瑞塔的细胞之所以不死,都是因为端粒,还有HPV和她DNA的相互作用。对黛博拉和她家人(当然还有世界上很多人)来说,《圣经》上的答案当然比科学家提供的答案更加实在。上帝选海瑞塔做天使,她死后重生的形态就是不死的海拉细胞。这显然比黛博拉几年前从维克多·麦库西克的遗传书上读到的东西更好理解，那本书里用临床术语大谈海拉细胞"非典型的组织生物学特性"和"反常的恶性特征",还提到"肿瘤特异性",称海拉细胞"为形态学、生物化学等领域提供了信息宝库"。

上帝告诉他的追随者:"我赐给他们永生,他们永不灭亡"。简单、扼要,切中要害。

"你最好小心点,"加里对我说,"用不了多少时候,你就会相信了。"

"我怀疑。"说完我俩都笑了。

他从我手上拿过《圣经》,又找出一段,指着其中的一句交给我说:"神叫死人复活,你们为什么看作不可信的呢?"

"你明白吧?"他说着露出调皮的笑。

我点点头,加里将我手中的《圣经》合上。

2001

37 "没什么好怕的"

黛博拉到医生那儿一测,血压和血糖都高得吓人,医生说我们在克洛弗的时候她没中风或者犯心脏病简直是奇迹。他说,像黛博拉这么高的指标,随时可能犯病。被这么一说,途中黛博拉种种诡异行为突然之间变得不那么奇怪了,困惑、恐慌、前言不搭后语,这些全是血压和血糖过高的症状,再发展下去就可能变成中风或心脏病。皮肤发红肿胀也是症状之一,难怪她喝了那么多苯海拉明,红斑一点没见好。

医生说她必须完全避免压力,因此我们一致决定,她待在家里,再不和我一起出去做调查。可黛博拉还是放心不下,嘱咐我路上一定给她打电话,向她汇报所见所闻。于是,接下来的几个月间,我独自在外调查,但同时对信息进行筛选,对黛博拉只报喜不报忧。比如,我会给她讲海瑞塔在克利夫家跳舞、看男孩们打棒球的故事,还有从地区档案和遗嘱里搜罗出的拉克斯家族史。

尽管如此,我俩都清楚,她和海拉细胞的渊源只是暂告段落,美国癌症研究基金会纪念海瑞塔的活动还叫她去做报告呢。她虽然惧怕舞台,但坚决要去,已经开始准备演讲稿了。

一天下午,她在为会议做准备的当间儿打电话给我,突然说她要去上学,决心已定。"我一直想,要是我懂点科学,我妈和我姐姐的故事就不会这么可怕了,"她继续说,"所以我一定要去。"不出几天,她已经给当地几个社区活动中心轮番打电话。其中的一家提供成人教育课程,黛博拉立马报名参加数学和阅读的分班测评。

"要是达到十年级水平,我就能上大学了!"她对我说,"你能想象吗?到了那个时候,和我妈有关的所有科学知识,我就都能看懂了。"她梦想成为一名牙医助理,但后来又想到放射科当技术员,那么一来,她就能顺便学习癌症,帮助和她妈妈一样的放疗患者了。

会议一天天临近,黛博拉镇静如常,我反而开始焦虑,不停地问她:"确定愿意去吗?""血压如何?""你的医生知道你要去做报告吗?"她每次都说感觉良好,还说连医生也这么说。

黛博拉参加了分班测评,注册了课程,一心想学到十年级,然后上梦寐以求的社区大学。她在电话里乐不可支地叫道:"一个星期后的今天我就坐在教室里了!"

可其他事似乎都不朝期望的方向发展。会议眼看就要开始,劳伦斯和扎卡里亚突然打电话给她,再次跟她强调不该对外人随便说话,还说他们想告世界上所有拿海瑞塔细胞做过实验的科学家。桑尼劝他们少管闲事:"她现在只是到一些地方,说几句话,学点东西,你们自己不想去,就别干涉她。"可劳伦斯非要黛博拉把收集的妈妈的材料都交出来。

黛博拉的儿子阿尔弗雷德也从监狱打来电话,说他的案子要开庭,罪行是持枪抢劫和谋杀未遂,时间就在会议之后。当天黛博拉还接到另一个电话,通知她说劳伦斯的儿子刚因抢劫被捕,和阿尔弗雷德关在同一所监狱。

"姑娘,最近魔鬼频繁出动,"她跟我说,"我爱这两个男孩,但我现在不想让任何事搅乱我的心情。"

说这话的第二天正是2001年9月11日。

早上8点，我打电话给黛博拉，告诉她我要离开匹兹堡，出发去华盛顿参加会议。不到一小时，第一架飞机撞上了世贸大厦。我的一位记者朋友打我手机，把这个消息告诉了我，他警告我别去华盛顿，说那儿不安全。接着第二架飞机也撞上了。我调转车头往回走，等到了家，电视上全是五角大楼断壁残垣的画面，还有城内各个大楼人流疏散的情景，其中包括罗纳德·里根大厦，这里正是计划召开海瑞塔纪念会的场所。

我给黛博拉打电话，她的声音充满恐惧。"这完全是珍珠港事件重演，"她说，"还有俄克拉何马爆炸案！我不去华盛顿了！"实际上她想去也去不成了。华盛顿封闭了，航班也暂停运营，美国癌症研究基金会只好取消大会，重开遥遥无期。

接下来的几天，黛博拉和我通了很多次电话，我们想理清恐怖袭击的来龙去脉。黛博拉很难接受会议被取消的事实，她特别沮丧，担心再等十年才会有人想起纪念她妈妈。

"9·11"事件五天后，正是星期天早上，阿尔弗雷德不日即将受审，黛博拉去教堂替他祷告，顺便祈祷纪念会重新召开。她身着红色正装坐在前排，双手交叉放在腿上，听她丈夫就"9·11"事件布道。大约过了一小时，黛博拉发现自己的胳膊动弹不得了。

这时的达文已经九岁，每次礼拜都坐在唱诗班里看着奶奶。这一天，他看到黛博拉的面容和脸松垮下来，以为她来之前不小心吃了安眠药。黛博拉看见他眯着小眼望着自己，努力想招手，让他知道出事了，可胳膊就是不听使唤。

礼拜接近尾声，全体起立，黛博拉扭动嘴唇想叫出声来，可她什么声音也发不出，人们只听达文喊道："奶奶出事了！"黛博拉单膝向前栽倒，达文飞也似的从唱诗班冲出来，同时高喊："爷爷！爷爷！"普鲁姆望着黛博拉，脱口喊出："是中风！"

达文一听"中风"这个词，立刻抓起黛博拉的皮夹，掏出车钥匙，向她的车跑去。他打开所有车门，把副驾驶座尽量放倒，接着跳上驾驶座,他很矮,脚还远远够不着踏板。他把车打着,好让普鲁姆上车就能开走。

转眼之间,车已经载着黛博拉飞驰在弯曲的马路上。她坐在副驾驶座上,意识时有时无,达文凑在她身边大喊:"奶奶,别睡着!"只要一看见奶奶合上双眼,他就狠狠打她的脸。普鲁姆不停地叫达文住手:"孩子,你会杀了你奶奶的!"但达文坚决不肯停手。

他们开到消防站,医护人员把黛博拉从车上拉下来,给她输氧、打针,还给她做静脉注射,最后把她送上了救护车。望着救护车的背影,一位消防员告诉达文,刚才他打奶奶的脸,做得很对。

"小子,你帮了你奶奶,"消防员说,"你救了她一命。"

黛博拉醒来第一句话就是"我要测验"。医护人员以为她想验血或者做大脑断层扫描(CT),实际上她说的是入学考试。

医生终于同意家人探视。达文、普鲁姆和黛博拉的女儿拉敦亚全来了。黛博拉直挺挺地坐在床上,眼睛瞪得大大的,很疲惫,但至少还活着。她的左半身仍然虚弱,手臂还不能运动自如,可医生说她很幸运,没准能完全康复。

"赞美上帝!"普鲁姆喊道。

几天后,黛博拉出院了,这天恰是我生日,而且我们本来约好在克洛弗见面。她给我留言:"生日快乐,卜卜。"她的声音非常镇静:"对不起我没法去给你庆祝,我前几天中风了。这是早晚的事,不过感谢上帝,我现在没事了。我一边的嘴还不太好,所以说话有点费劲,不过医生说我会恢复正常。你继续报道吧,别为我担心,我好着呢。从知道他们拿了我妈的细胞后,我还没像现在这么好过。感觉特轻松,你明白吗?这件事好像把负担都卸下了。发生了这些事,我心里对上帝很感激。"

医生告诉黛博拉,通常第二次中风都会比第一次严重。"相信我,"他说,"你可不想再来一次。"他劝黛博拉做好准备,了解中风的种种预兆,学会如何控制血压和血糖。

"上学又多了一条理由。"她说,"我报了糖尿病和中风课,好了解这些知识。没准将来再报个营养课,学学该怎么吃。"

黛博拉的中风事故似乎还缓和了家里的紧张气氛:兄弟们天天打电话,对黛博拉问长问短,扎卡里亚甚至想来探望。黛博拉希望这次事件之后,兄弟们都能接受自己的做法,理解她搜罗妈妈信息的心情。

她打电话给我说:"姑娘,我得抓紧歇歇,好赶紧和你一起继续调查!可从今以后我要坐你的车。一切都会好的,这是我醒来之后明白的。只要别再那么慌里慌张,对自己小心点,别老吓唬自己。因为我妈妈和那些细胞的事根本没什么好怕的。我不能再被任何事阻挠了,我想知道更多。"

可在黛博拉了解真相的路上,阻挠终究存在,那就是钱。她的社会保障金连付生活费都不太够,更别说付学费和书本费。她想了几个赚钱的招数,比如制作彩色的抛弃式婴儿奶瓶,里面有事先配比的水和配方奶粉,这样忙碌的妈妈就可以一手抱孩子,一手摇晃奶瓶。她仔仔细细地画了幅说明书,和专利申请一起提交上去,结果发现光做个样品就要上千美元,只好作罢。

最后黛博拉放弃了上学的念头,转而将希望寄托在孙子辈上,希望孙子、孙女、侄孙们都能接受教育。

"海瑞塔的孩子没机会了,"她在电话里告诉我,"我们的时代已经过去了,未来是拉克斯家族下一代的。"

黛博拉中风两个月后,我们一起去普鲁姆的教堂看他主持桑尼九个月大的孙女杰布莉娅(JaBrea)的受洗仪式。典礼开始时,教堂内座无虚席。普鲁姆身穿一袭黑袍站在讲坛后,前襟上缝着个红色十字,额头渗满了汗珠。一位盲人琴师拄着拐走到钢琴前开始演奏,所有人随着音乐齐声高唱:"站在我身边,在这趟旅程中,因为我不想徒劳而返。"

海瑞塔的儿子桑尼与他刚刚受洗的孙女杰布莉娅,摄于 2001 年。

普鲁姆指着我露出狡黠的笑。

"过来,站在我身边!"他高声喊道。

"姑娘,你有麻烦了。"黛博拉悄声说,用胳膊肘顶我的肋骨。

"我才不上去呢,"我小声回答,"我们假装没看见他。"

普鲁姆在头顶挥了挥手,指着讲坛示意我过去。黛博拉和我紧紧盯着他身后的唱诗班,面无表情,假装什么也没看见。普鲁姆不肯善罢甘休,转了转眼睛,对着话筒大声喊:"今天我们有个客人!丽贝卡·思科鲁特,你今天早上愿意支持我们吗?"

这么一来,所有人都顺着他手指的方向看过来,黛博拉轻呼一声"啊哦"。

我站起身来。

"丽贝卡·思科鲁特姊妹,"普鲁姆说,"我知道这对于你来说可能不是时候,但对我来说正是时候。"

"阿门。"黛博拉坐在我身后,语气突然很严肃。

37 "没什么好怕的"

"约翰·霍普金斯取走我太太的妈妈的身体,拣他们想用的用,"他突然对着话筒大喊,"他们满世界卖她的细胞!现在我想邀请丽贝卡·思科鲁特姊妹上台,跟大家讲讲她和我太太以及那些细胞的事。"

我从没去过教堂,更别说当着一教堂的人讲话。黛博拉推我的后背让我上去,我满脸通红,喉咙哽住。普鲁姆叫众人给点鼓励,教堂里立刻掌声雷动。我只好硬着头皮走上讲坛,从普鲁姆手里接过话筒。他拍拍我的后背,轻声示意我"照自己的意思说"。我照办了。我对大家讲了海瑞塔细胞的故事,讲了这些细胞对科学的意义,下面的人不住地喊"阿门"、"哈利路亚"和"上帝怜悯",我的声音越来越洪亮。

"很多人以为她叫海伦·拉恩,"我说,"其实她的真名是海瑞塔·拉克斯,她生了五个小孩,其中一个就坐在你们中间。"我指着黛博拉,此刻她正把杰布莉娅抱在腿上。她面带笑容,泪珠簌簌划过脸颊。

普鲁姆走上前来,拿过话筒,紧紧搂住我的肩膀,不让我离开。

"刚开始,丽贝卡姊妹给我们打电话,我非常生气,"他说,"我太太也是。最后我们说:好吧,但你必须拿我们当寻常人看,而且要把所有进展都告诉我们。"

他望着黛博拉说:"全世界都会知道你妈妈是谁。可你和桑尼,以及拉克斯家所有孩子,可能都没法从细胞里拿到任何好处。"黛博拉点点头,普鲁姆举起双臂,指向杰布莉娅。婴儿身穿白色蕾丝裙,头上扎着个蝴蝶结,真是个美得让人窒息的天使。

"这孩子有一天会知道,她的曾祖母海瑞塔做了一件对天下有益的事!"普鲁姆高喊,抬手指向达文和其他孩子,"还有那个孩子……那个……和那个。现在故事已经发展到他们这一代,他们必须了解,并从这件事得到教育,明白自己也能改变世界。"

他再次将手臂举过头顶,高喊哈利路亚。这时,杰布莉娅宝宝也突然挥挥小手,发出响亮而开心的叫声。教堂里响起齐声的欢呼——"阿门"。

2009

38 通往克洛弗的漫漫长路

2009年1月18日是个星期天,天气晴朗而寒冷,我驶下高速路,前方就是克洛弗。汽车驶过一片片绿色田野,我心里寻思:去克洛弗的路好像没有这么长啊。接着就意识到自己刚刚开过了克洛弗邮局,对面是一片空旷的田野。邮局对面以前不是镇中心吗?我很纳闷,如果那是邮局,那其他东西都去哪儿了?我又往前开了一会儿,琢磨着:难道邮局搬家了?突然一个念头闪过我的脑海。

克洛弗已经不在了。

我跳下车跑到田里,跑到过去电影院所在的位置——当年海瑞塔和克利夫就是在这里看巴克·琼斯的电影的。全没了。格雷戈里和马丁的杂货铺、阿博特的服装店也没了,只剩一片空荡荡的田野。我惊得捂住嘴,不敢相信眼前的一切,直到看见脚下泥土和草里镶嵌的砖头与白瓷砖碎片。我蹲下身子,把它们从土里挖出来。海瑞塔年少故乡所剩的残骸就这样被我装满衣兜。

一定得给黛博拉寄去,我想,克洛弗已经不在了,她绝对不会相信。

我站在从前的主干道上凝视克洛弗的残迹,和海瑞塔有关的那段历史仿佛正飘逝风中。2002年,也就是加里抱着黛博拉的头,把细胞的重担转移给我的第二年,他突然因心脏病发作而辞世,享年52岁。出事那天,他正要去参加"虱子"母亲的葬礼,手里举着自己最好的西服,准备放到"虱子"的车的后备箱里,省得在路上揉皱了。几个月后黛博拉打来电话,告诉我克利夫的哥哥弗雷德因喉癌去世。接着是戴,因中风在家人面前去世。再后来是"虱子",他用一颗子弹穿头结束了自己的生命。每次黛博拉都在电话里痛哭失声。

这些电话似乎源源不断。

"不管我们去哪里,不管故事如何发展,死亡总是如影随形,"她说,"但我自己还撑在这儿。"

杰布莉娅受洗后,拉克斯家变化不多。博贝特和劳伦斯继续过日子。劳伦斯不再怎么过问细胞的事,只是他和扎卡里亚时不常还会头脑一热冒出告霍普金斯的念头。

桑尼于2003年做了心脏搭桥手术,那年他56岁。他只记得被麻醉失去意识前医生站在身边,对他说他妈妈的细胞是医学史上最重要的事件。他一睁眼,已经负债超过12.5万美元,因为没有医疗保险覆盖手术费用。

扎卡里亚接连被协助生活机构和公租房扫地出门,因为他用啤酒瓶砸一个女人的后背,然后把她推倒,撞碎了一大扇玻璃窗。之后他有时和桑尼一起开卡车挣钱。

2004年,黛博拉离开丈夫,独自住进协助生活机构。她早就想这么干了,和普鲁姆纷争不断的生活令她厌烦,而且他们的房子台阶太多。女儿拉敦亚也在自家开了一家协助生活机构,黛博拉搬出去后,为了养活自己,开始全职为女儿工作。每天早上,黛博拉离开自己住的协助生活机构,到女儿那里为五六个男住户做饭。两年后,她辞去这份工作,因为身体再也吃不消每天上下台阶了。

2006年,黛博拉同普鲁姆正式离婚,她得把个人收入全都列出来,这样才能免交申请费。在她的清单上,有每月732美元的社会残障人

2009年拉克斯一家的合影。从右上角顺时针方向依次为：海瑞塔的儿子，桑尼（头戴棒球帽）；桑尼的长女，杰瑞；海瑞塔的小儿子，扎卡里亚；海瑞塔的长子，劳伦斯；劳伦斯的儿子，罗恩；黛博拉的孙子，阿尔弗雷德；劳伦斯的孙女，考特妮；桑尼的妻子，谢里尔；桑尼的儿子，大卫；劳伦斯的女儿，安东妮塔；桑尼的女婿，汤姆。中间：劳伦斯的妻子，博贝特，身旁是她与劳伦斯的孙女艾瑞卡（戴眼镜）。

士福利金和每月 10 美元的食品券，账户里没有分文存款。

我回到克洛弗废墟之前已经几个月没和黛博拉联络了。最后一次通话时，我告诉她书稿已经完成，她说希望我去巴尔的摩读给她听，这样若是遇到难懂的部分就可以随时讨论。从那之后我打过很多次电话，想约个时间履行诺言，可她始终没有接。我给她留言，但也不想催她。她需要做好充分的心理准备，我想，她准备好了自然会给我来电话。从克洛弗回来，我又留言给她，说"从克洛弗带了点东西给她"，还告诉她"绝不会相信那边发生了什么"。可仍然音讯全无。

就这样反复留言了很多次，2009 年 5 月 21 日我再打过去，这次连录音也满了。我只好拨通了桑尼的电话，想再对他说这些年来我说过无数次的话："能不能转告你妹妹，别再闹了，让她赶紧给我回电话。我有些事必须和她说。没时间了。"桑尼接起电话，我说："嘿，桑尼，我是丽贝卡。"电话那头却是一阵沉默。

最后他终于说："我一直在找你的电话。"听到这句，泪水一下涌上我的双眼，我知道只有一个理由会让桑尼找我。

我打电话前一周半，黛博拉去侄女家过母亲节。桑尼特地为她做了蟹肉饼，孙子孙女们都来了，大家欢声笑语。晚餐后，桑尼送黛博拉回她心爱的住处，然后和她道别。第二天黛博拉在家待了一整天，吃了桑尼捎来的蟹肉饼，还和达文通过电话，达文说自己正在学车，想转天早上来她家练车。第二天达文再打电话给黛博拉，却没有人应答。几小时后桑尼像往常一样来看黛博拉，看到她躺在床上，双臂盘在胸前，面带微笑。他以为黛博拉在睡觉，碰碰她的胳膊说："黛尔，起床啦。"可她并不是在睡觉。

"她去了更好的地方，"桑尼告诉我，"恰好选在母亲节后犯心脏病，没有其他更好的死法了。她一辈子受了那么多苦，现在终于能快乐了。"

桑尼发现妹妹去世之后，从她头发上割下一绺，夹在妈妈的《圣经》里，和海瑞塔以及埃尔西的头发放在一起。"她同她们团圆了，"桑尼说，"你知道，世界上没有任何其他地方是她更想去的了。"

黛博拉死的时候应该是很满足的：孙子小阿尔弗雷德已经12岁，即将升入八年级，在学校表现还不错。劳伦斯和博贝特的孙女艾瑞卡（Erika）考入了宾夕法尼亚州立大学，她在入学申请中写道，自己受曾祖母海瑞塔的启发，决定研习科学。她后来转到马里兰大学，毕业后继续攻读心理学硕士，成为海瑞塔后代中第一个一直读到研究生的孩子。黛博拉的孙子达文17岁了，即将高中毕业，他答应过黛博拉一定要上大学，直到把海瑞塔的所有事都搞明白。黛博拉曾经告诉我："这样我就死而无憾了。"

桑尼对我讲述黛博拉死讯的时候，我望着桌上她的照片，这张照片已经在我桌上待了快十年了。画面上的她目光坚毅，眉头紧锁，看上去有点生气。她穿着一件粉色衬衫，手里握着一瓶苯海拉明。画面上其他东西都是红色的：指甲、脸上的红疹，还有脚下的土地。

接下来几天，我总望着她的照片出神，反复听我们的对话录音，看我见她最后一面时记下的文字。那次，黛博拉、达文和我并排坐在床上，背靠着墙，腿伸向床外。我们刚刚一口气看了两部黛博拉最喜欢的电影，一部是讲述黑人家族沧桑史的《根》（Roots），另一部是动画片《小马王》（Spirit），后者的主角是一匹被美军捕获的小野马。黛博拉让我们把两部连在一起看，她的用意是让我们看到二者的相似之处。她说小马王为获自由而战，正如《根》中的昆塔·肯特（Kunta Kinte）。

"人们老想阻挠他们做自己想做的事，就像对我和我妈妈的故事那样。"她说。

电影结束后，黛博拉跳下床，换上另一盘录像带。她按下播放按钮，屏幕上出现了年轻时代的自己。BBC有十几盘没有剪入纪录片的带子，这就是其中之一。屏幕上的她坐在沙发上，妈妈的《圣经》摊开放在膝上，当年她的头发是褐色的，不见今日的灰白，眼睛也很明亮，一点黑眼圈也没有。她说话的时候，手指轻轻抚摸妈妈那绺长发。

"我时不常翻开《圣经》看看我妈妈的头发，"黛博拉对着镜头说，

"只要想着她的头发,我就觉得不那么孤独了。我想象有妈妈是什么感觉,对她笑、对她哭,抱着她,都是什么感觉。但愿有一天我会同她相见,我盼着那一天。"

年轻的黛博拉还说,她很高兴死后不用再给妈妈讲细胞和家里人的事,因为海瑞塔肯定已经知道了。"她一直看着我们,目睹世间发生的一切,"黛博拉说,"她耐心地等着我们。不需要言语,我们会相拥而泣。我真的相信,她就在天堂,过得很好,因为她为人间那么多人受苦。人们都说天上没有痛苦……我真想到那儿去找她。"

我们坐在床上,黛博拉坐在我和达文之间,对着屏幕上年轻的自己点点头,说:"天堂看起来应该就像弗吉尼亚的克洛弗一样,那是这个世界上我和妈妈最喜欢的地方。"

她伸手抚摸达文的头,轻声说:"我不知道自己会怎样离开,只希望能平静地走。但我跟你说,要是永生意味着永远不死,那我真不想这样。你一个人活着,其他亲人都在你面前变老死去,那得多伤心。"接着她笑了:"可我没准会像妈妈那样,变成海拉细胞回来,这样我们就能一块儿为这个世界做好事了。"她停顿了一下,随即点点头说:"我想我会喜欢这个结局。"

他们如今身在何处

小阿尔弗雷德·卡特，黛博拉的儿子，目前在狱中服刑，他因持危险致命武器抢劫和一级持枪攻击罪被判刑 30 年。在狱中他接受了戒毒和戒酒治疗，并辅导其他服刑人员学习高中同等学力课程，每月靠此项工作挣得 25 美元。2006 年他写信给当年的主审法官，说自己想偿还当年偷盗的钱款，希望知道该把钱寄给谁。

基南·凯斯特·科菲尔德勋爵爵士医生，下落不明。最近一次，他因用偷来的支票在梅西百货买东西被捕，在监狱待了几年。入狱期间又打了几场官司。2008 年科菲尔德刑满释放，提交了一份长达 75 页的诉状，法官读后称其"不可理喻"，之后他就音讯全无。他告了 226 个机构和个人，索赔 100 亿美元，说以前的案件都该改判他胜诉，而且所有未经许可印出他名字的机构和个人都该进入被告之列，因为他已经给自己的名字申请了版权。我在写这本书期间一直没能同他取得联系，因此没能采访到他。

克利夫·加勒特，海瑞塔的表兄，2009 年前一直住在克洛弗的农场，后来身体每况愈下，只好搬到弗吉尼亚州的里士满和儿子同住至今。

海拉细胞仍然是全世界实验室使用最多的细胞系之一。截至2009年，利用海拉细胞所做的论文数量已达6万篇，并以每月超过300篇的速度稳步增加。同时，海拉细胞污染问题尚未彻底解决，每年由此造成的损失达数百万美元。

霍华德·琼斯，海瑞塔当年的医生，目前是约翰·霍普金斯和东弗吉尼亚医学院的名誉教授。他和已故妻子乔治安娜（Georgeanna）在弗吉尼亚州的诺福克（Norfolk）成立了琼斯生殖医学中心。二人是不孕症治疗的先驱，在他们的手中诞生了美国第一例试管婴儿。本书（英文版）付印时（2009年），他已99岁高龄。

玛丽·库比切克现已退休，目前居于马里兰州。

扎卡里亚、桑尼和劳伦斯·拉克斯，黛博拉的去世对他们产生了很深的影响。为了筹办葬礼，劳伦斯用信用卡付了6000美元，并正在为购置墓碑存钱。扎卡里亚戒了酒，将注意力转移向禅修者和其他获得了内心平静的人，琢磨他们的生活。他开始多花时间陪家人，包括为数众多的侄子侄女。这些孩子经常抱他、亲他。他的笑容也多了。桑尼发誓要完成黛博拉的遗愿，让世人都知道他们的妈妈。如今再聊到海瑞塔，拉克斯家的兄弟们会更关注她的细胞对科学做出的贡献，而不是成天想着告约翰·霍普金斯了。不过扎卡里亚和劳伦斯仍然认为海拉细胞的盈利中应该有他们家一份。

克里斯托夫·伦盖威尔就职于赛诺菲—安万特集团（Sanofi-Aventis），这是全球最大的制药公司之一。他在集团中任肿瘤药物研发部门全球总裁。他手下的很多科学家都在科研中经常用到海拉细胞。他现居于法国巴黎。

达文·米德和小阿尔弗雷德，黛博拉的孙辈，他们同另外22位海瑞塔的后代一起居住在巴尔的摩，其中包括她的孙子、曾孙和玄孙。另有两位住在加利福尼亚州。

约翰·穆尔后来向美国最高法院上诉，但被拒绝受理。他死于2001年。

罗兰·帕蒂略，莫豪斯医学院教授，他坚持每年举行海拉大会纪念海瑞塔。他和妻子帕特（Pat）为海瑞塔的坟墓买了块碑。

詹姆斯·普鲁姆，黛博拉的前夫，目前仍然在巴尔的摩担任牧师。

考特尼·斯皮德女士还经营着自己的杂货店，同时教当地孩子算数，她希望有朝一日成立海瑞塔博物馆。

关于海瑞塔·拉克斯基金会

在本书出版之前，作者丽贝卡·思科鲁特建立了海瑞塔·拉克斯基金会。作者将把本书的部分收入捐献给基金会。请访问基金会网站以获取更多信息：HenriettaLacksFoundation.org。

人物表

拉克斯家庭成员

戴维·"戴"·拉克斯（David "Day" Lacks），海瑞塔的丈夫，也是她的表兄。

小戴维·"桑尼"·拉克斯（David Jr. "Sonny" Lacks），海瑞塔和戴的第三个孩子。

黛博拉·"戴尔"·拉克斯（Deborah "Dale" Lacks），海瑞塔和戴的第四个孩子。

埃尔西·拉克斯（Elsie Lacks），**出生时的本名为露西尔·埃尔西·普莱曾特**（Lucile Elsie Pleasant），海瑞塔的第二个孩子，也是她的大女儿。她由于癫痫被送到医院，15岁就死了。

伊丽莎·拉克斯·普莱曾特（Eliza Lacks Pleasant），海瑞塔的母亲，在海瑞塔四岁的时候就去世了。

格拉迪丝·拉克斯（Gladys Lacks），海瑞塔的姐姐，一直反对海瑞塔嫁给戴。

约翰尼·普莱曾特（Johnny Pleasant），海瑞塔的父亲，在他的妻子去世之后，就抛弃了他们的十个孩子。

劳伦斯·拉克斯（Lawrence Lacks），海瑞塔和戴生下的第一个孩子。

洛蕾塔·普莱曾特（Loretta Pleasant），海瑞塔刚出生时使用的名字。

汤米·拉克斯（Tommy Lacks），海瑞塔和戴的外祖父和抚养人。

扎卡里亚·巴里·阿卜杜勒·拉赫曼（Zakariyya Bari Abdul Rahman），出生时的本名是乔·拉克斯（Joe Lacks），海瑞塔和戴的第五个孩子，他出生后不久，海瑞塔就被诊断出宫颈癌。

拉克斯大家族的成员

艾伯特·拉克斯（Albert Lacks），海瑞塔的白人曾外祖父。他和一位名叫玛丽亚的女奴生下五个孩子，并把拉克斯种植园的一部分作为遗产留给了这几个孩子，这部分种植园后来就成为"拉克斯镇"。

阿尔弗雷德·"猎豹"·卡特（Alfred "Cheetah" Carter），黛博拉的第一任丈夫。他们的婚姻充满了暴力，以离婚告终。

小阿尔弗雷德（Alfred Jr.），黛博拉和猎豹的第一个孩子，"小小阿尔弗雷德"的父亲。

博贝特·拉克斯（Bobbette Lacks），劳伦斯的妻子。海瑞塔死后，她伸出援手，抚养劳伦斯的弟弟和妹妹，发现他们受到虐待后，还站出来为他们伸张正义。

克利夫·加勒特（Cliff Garret），海瑞塔的表兄，他们小时候一起在烟草地里干活。

"乔疯子"·格利南（"Crazy Joe" Grinnan），海瑞塔的表兄，作为戴的情敌，他也曾经追求过海瑞塔，最后败给了戴。

达文·米德（Davon Meade），黛博拉的外孙，经常去陪黛博拉住并照顾她。

埃塞尔（Ethel），盖伦的妻子，照顾海瑞塔的三个最小的孩子，但对他们非常凶恶残暴。

弗雷德·加勒特（Fred Garret），海瑞塔的表兄，劝戴和海瑞塔搬到了特纳车站。

盖伦（Galen），海瑞塔的表兄。海瑞塔死后，他和妻子埃塞尔搬去和戴同住，照看海瑞塔的孩子们。然而后来他却猥亵黛博拉。

加里·拉克斯（Gary Lacks），格拉迪丝的儿子，黛博拉的表兄。他不是神职人员，却充当了布道者的角色，给黛博拉做过信仰治疗。

拉敦亚（LaTonya），黛博拉和"猎豹"的第二个孩子，达文的妈妈。

"小小阿尔弗雷德"（"Little Alfred"），黛博拉的孙子。

玛格丽特·哈里斯（Margaret Harris），海瑞塔的表姐妹，也是她的好朋友。每次海瑞塔在约翰·霍普金斯医院放疗之后，就到她家去。

詹姆斯·普鲁姆牧师（Reverend James Pullum），黛博拉的第二任丈夫，早先是一位钢铁厂工人，后来转行做了牧师。

萨蒂·斯特迪文特（Sadie Sturdivant），玛格丽特的姐妹，海瑞塔的表姐妹和好朋友，在海瑞塔生病期间给予了很多支持。有时候，她和海瑞塔会在夜里溜出去跳舞。

相关的医疗人员和科学家

亚历克西·卡雷尔（Alexis Carrel），法国外科医生，也是诺贝尔奖得主，他宣称成功培养了"永生"的鸡心细胞。

切斯特·索瑟姆（Chester Southam），癌症研究者，为了验证海拉细胞是否能使人感染上癌症，他开展了不符合医学伦理的科学研究。

克里斯托夫·伦盖威尔（Christoph Lengauer），约翰·霍普金斯医学院的癌症研究者，他参与研发了荧光原位杂交技术（FISH），这种技术可以用于原位检测和确定DNA序列。他主动接触拉克斯家的成员。

伊曼纽尔·曼德尔（Emanuel Mandel），犹太人慢性病医院（JCDH）的医学系主任，作为合作者参与了索瑟姆医生不符合医学伦理的研究。

乔治·盖伊医生（Dr. George Gey），约翰·霍普金斯医院组织培养研究组的负责人。他从海瑞塔的癌变组织中成功培养出了能在实验室条件下生长的海拉细胞。

霍华德·琼斯（Howard Jones），海瑞塔在约翰·霍普金斯的妇科医生。

伦纳德·海弗利克（Leonard Hayflick），微生物学家，他通过实验证明，正常细胞分裂五十次左右之后会走向死亡。这种现象后来被命名为"海弗利克上限"。

玛格丽特·盖伊（Margaret Gey），乔治·盖伊的妻子和研究助理。她受过正规训练，是一位外科护士。

玛丽·库比切克（Mary Kubicek），乔治·盖伊的实验室助理，她第一次成功培养了海拉细胞。

理查德·韦斯利·特林德（Richard Wesley TeLinde），海瑞塔被诊断为癌症时美国国内顶级的宫颈癌专家之一。在研究过程中，他使用了从海瑞塔和其他宫颈癌患者的癌变组织里取得的样本。

罗兰·帕蒂略（Roland Pattillo），莫豪斯医学院妇科教授，也是乔治·盖伊唯一的黑人学生。为了纪念海瑞塔，他在莫豪斯组织起一年一度的"海拉大会"。

斯坦利·加特勒（Stanley Gartler），遗传学者。他宣称，大多数研究者正在日常使用的培养细胞都被海拉细胞污染了。这一言论引发了恐慌，被形象比喻为"海拉炸弹"。

苏珊·许（Susan Hsu），维克多·麦库西克实验室的博士后，被指派联系拉克斯家的成员，从他们身上取样做遗传学研究，但取样并没有经过知情同意。

维克多·麦库西克（Victor McKusick），约翰·霍普金斯医院的遗传学者，曾利用从海瑞塔的孩子们身上取的样本来研究海拉细胞，但没有经过知情同意。

沃尔特·纳尔逊－里斯（Walter Nelson-Rees），遗传学家，他追踪并公布了被海拉细胞污染的细胞系，且不提前知会被他曝光的研究人员。他一直充当"海拉污染"督察员的角色。

记者和其他

考特尼·"妈妈"·斯皮德（Courtney "Mama" Speed），特纳车站的居民，斯皮德杂货铺的主人。她整合资源筹建海瑞塔·拉克斯博物馆。

约翰·穆尔（John Moore），癌症患者。在加州大学治疗癌症期间，医生用他的癌细胞培养出了"穆（Mo）细胞系"，他因此把医生和校董会告上法庭，最后以败诉告终。

迈克尔·戈尔德（Michael Gold），《细胞阴谋》一书的作者。他在没有获得拉克斯家成员同意的情况下，发表了海瑞塔病例中的细节，以及海瑞塔的组织的活检结果。

迈克尔·罗杰斯（Michael Rogers），《滚石》杂志记者，1976 年发表了一篇关于拉克斯一家的文章，也是最早联系拉克斯一家的记者。

基南·凯斯特·科菲尔德爵士勋爵（Sir Lord Keenan Kester Cofield），曾试图控告约翰·霍普金斯医院和拉克斯一家。

泰德·斯莱文（Ted Slavin），血友病患者，从医生那里得知自己的细胞非常有价值。斯莱文创立了"必要元素"生物公司，起初专门售卖自己的细胞，后来也售卖其他人的细胞，从而让这些细胞提供者能从自己提供的生物材料中获利。

时间线

1889 年　约翰·霍普金斯医学院成立。

1912 年　亚历克西·卡雷尔宣布成功培养出"永生的"鸡心细胞。

1920 年　海瑞塔·拉克斯在美国弗吉尼亚州罗阿诺克市出生。

1947 年　《纽伦堡公约》诞生,规定了人体实验的伦理标准。第二次世界大战期间,纳粹医生用犯人做实验,事后他们受到了审判,《纽伦堡公约》正是这次审判的成果之一。

1951 年　乔治·盖伊用海瑞塔的宫颈细胞,成功培养了第一个能"永生"的人细胞系。他从海瑞塔·拉克斯的名和姓中各取一个字,命名了这个新的细胞系——"海拉细胞"。

1951 年　海瑞塔·拉克斯因患发展异常迅猛的宫颈癌病逝。

1952 年　海拉细胞成为第一例被邮寄的活细胞。

1952 年　塔斯基吉研究所建成第一个"海拉工厂",工厂以非营利的模式运作,为实验室和科研人员提供大量海拉细胞。几年后,微生物联合公司成立,开始以售卖海拉细胞盈利。

1952 年　科学家用海拉细胞研制脊髓灰质炎疫苗。

1953年　海拉细胞成为第一个被用于分子克隆的细胞。

1954年　"海伦·拉恩"这个假名作为海拉细胞的提供者,第一次出现在媒体上。

1954年　切斯特·索瑟姆在病人不知情的情况下给他们注射海拉细胞,以确定这是否会引发癌症。

1957年　"知情同意"这个词第一次正式出现在法庭文件中。

1965年　科学家将海拉细胞和小鼠细胞进行细胞融合,制造出第一例人—动物融合细胞。

1965年　纽约州教育委员会裁定,索瑟姆和他的一位同事的行为违反职业道德,号召业内对人体实验制定更严格的行为准则和知情同意规范。

1966年　美国国立卫生研究院规定,所有他们资助的研究都必须经过审核委员会评议,确保以人为实验对象的实验都符合研究院新的伦理准则。

1966年　斯坦利·加特勒宣称,海拉细胞已经污染了无数的细胞系,在业界犹如投下一枚"海拉炸弹"。

1970年　乔治·盖伊因胰腺癌病逝。

1971年　在一篇纪念盖伊的文章里,海瑞塔·拉克斯作为海拉细胞的提供者,第一次被拼写正确,出现在杂志上。

1973年　拉克斯一家终于得知,海瑞塔的细胞还活着。

1973年　约翰·霍普金斯的科研人员从海瑞塔的子女身上取样,继续关于海拉细胞的研究,却没有得到他们的知情同意。

1974年　《人体实验对象联邦保护政策》(又称《通用规则》)规定,所有以人为实验对象的科学研究必须使用知情同意书。

1975年　《滚石》杂志刊登了迈克尔·罗杰斯写的关于海拉细胞和拉克斯一家的文章。拉克斯一家这才知道海瑞塔的细胞已经被商业化了。

1984 年　约翰·穆尔就他对自己组织的所有权，把他的主治医生和加州大学校董会告上法庭，结果却败诉了。穆尔提起上诉。

1985 年　海瑞塔的病历在其家人并不知情的情况下，被部分发表。

1988 年　加州上诉法院对约翰·穆尔做出有利判决，表示受试者有权决定自己的人体组织被如何处置。穆尔的医生和加州大学提起上诉。

1991 年　加州最高法院最终判决约翰·穆尔败诉，其理由是：一旦组织从身体取出，无论病人是否同意，其对组织的所有权随即消失。

1996 年　《健康保险转移和责任法案》规定，医生和医疗机构公开病人病历是违法行为。

1999 年　美国兰德公司公布了一项报告，"保守估计"光是美国就保存了来自 1.78 亿人的 3.07 亿份组织样本。其中大多数样本的收集都没有经过知情同意。

2005 年　美国哈瓦苏帕原住民控告亚利桑那州立大学，因为科研人员把他们捐献的用于糖尿病研究的组织擅自用于精神分裂和近亲生殖研究。

2005 年　6000 名病人发起诉讼，要求华盛顿大学把他们的组织样本从"前列腺癌样本库"里移除，结果两度败诉。

2005 年　到此时为止，美国政府为已知人类基因的 20% 颁发了专利，其中包括阿尔茨海默氏症、哮喘、结肠癌，以及鼎鼎大名的乳腺癌风险基因。

2006 年　美国国立卫生研究院的一位科研人员把上千份组织样本以 50 万美元的价格卖给辉瑞制药公司，被控违反了联邦利益冲突法。

2009 年　美国国立卫生研究院投资 1350 万美元建成样本库，专门保存胎儿血样。

2009 年　明尼苏达和得克萨斯州的病人上诉，要求在全国范围内禁止未经同意贮存胎儿血样，并用这些血样做研究，因为多数样本都能追溯到提供血样的婴儿。

2009 年　超过 15 万名科学家与美国公民自由联盟和乳腺癌患者一起，联合发起对 Myriad Genetics 公司所有的乳腺癌风险基因专利权的诉讼。他们认为对基因授予专利权违反了专利法，并阻碍了科学研究。

后 记

每当我对别人讲述海瑞塔·拉克斯和她的细胞的故事,人们的第一个问题总是:医生拿她的细胞不告诉她,这难道不违法吗?医生用细胞做研究,不该先征得你的同意吗?答案是否定的——至少在1951年,甚至在这本书(英文版)付诸印刷的2009年,答案都是否定的。

今日绝大多数美国人都有些组织存放在某个地方。去医院做例行的抽血检查,除痣,切阑尾、扁桃腺,或者切除身体任何部分,切下的组织都未必直接投入垃圾箱,而有可能被医生、医院或实验室保留下来。保存往往是无期的。

1999年,美国兰德公司公布了一项报告(这是该领域第一个,也是目前唯一一个报告),"保守估计"光是美国就保存了来自1.78亿人的3.7亿个组织样本。报告表示,这个数字还在以每年2000万的速度增长。样本来自常规医疗程序、检测、手术、临床实验和科研捐赠。它们被储藏在实验室冰柜、实验架或工业化的液氮罐里,军事基地、联邦调查局、国立卫生研究院、生物技术公司和大多数医疗机构中都有。生物样本库中存有阑尾、卵巢、皮肤、括约肌、睾丸、脂肪，甚至多数被切除的包皮。美国从上世纪60年代末开始要求所有新生儿做遗传筛查，所以大多数美国婴儿的血液样本也被生物样本库储存下来。

组织研究规模越来越大，照凯西·哈德森（Kathy Hudson）的话说："过去，也许佛罗里达州研究人员的冰箱里有60个样本，犹他州科学家那儿也有一些，然而现在已经形成规模了。"哈德森是一位分子生物学家，早年在约翰·霍普金斯成立遗传学及公共政策中心，目前是美国国立卫生研究院的办公厅主任。2009年，国立卫生研究院投资1350万美元建成样本库，专门保存全国新生儿的样本。而在此之前几年，美国癌症研究所为了定位癌症基因也开始收集组织样本，预计总量将达百万；"基因地理工程"（Genographic Project）则计划建立人类迁移史图谱，他们效仿了国立卫生研究院追踪癌症基因的方法。这些年，上百万的公众把样本寄给"23和我"（23andMe）之类的公司做个性化DNA检测。这些公司会为客户提供个人医疗和家族谱系信息，而反过来，它们要求客户先签署协议允许公司保存他们的样本，以做未来科研之用。

科学家利用这些样品做各式各样的研发，从流感疫苗到育根药。他们让平皿里的细胞接受各种处理，辐射、药物、化妆品、病毒、家用化学药物，甚至还有生物武器，然后看细胞的反应。没有这些人体组织的帮助，就没有肝炎和HIV检测法的诞生；狂犬病、天花和麻疹疫苗将无法开发；白血病、乳腺癌、结肠癌的新药也将遥遥无期。而那些利用人体生物材料开发产品的商人们也将失去数十亿美元的商机。

我们该如何面对这样的状况？答案并非显而易见。科学家拿走的又不是一条胳膊或者什么重要器官，他们只用了一丁点你自愿抛弃的组织。但无论如何，你的一部分毕竟被人取走了。而人们对身体所有权通常特别在意，哪怕一丁点也算身体的一部分。更别说其他人可能用你那一丁点组织赚钱，有时候还可能从这些组织里发现对你不利的遗传因素和疾病史。然而,"觉得"自己有所有权是一回事,是否具有法律效力是另一回事。到目前为止,没有判例能清楚界定一个人是否对自己的组织有所有权或控制权。当组织还在你体内时,它们毋庸置疑是你的;可一旦被切出来就不好说了。

凯西·哈德森女士曾组建小组座谈,专门研讨公众对人体组织问题的感受,她相信组织权利有朝一日很有可能带来一场社会运动。

她说:"我能想象有人会说:'不行,你不能拿我的组织。'我只能说,我们最好现在就着手解决问题,未雨绸缪,别等问题发展到不可收拾再做反应。"

这里大体有两方面的问题:知情同意和经济利益。对多数人来说,了解他们的组织是否或如何被用于科学研究是最重要的,其次才是从中获利。尽管如此,截至这本书(英文版)付印之时,以科研为目的保存血液和组织并不需要知情同意,因为相关法律一般不涉及组织研究。

美国《人体实验对象联邦保护政策》又称《通用规则》,规定所有以人为实验对象的科学研究必须使用知情同意书。可实际上大部分组织研究都不包括在内,有两种情况:第一,组织研究不是联邦政府出钱;第二,研究人员很多时候接触不到组织"捐赠者",甚至根本不知道"捐赠者"是谁,因此不属于人体实验。所以大多数组织研究根本不受《通用规则》管辖。

今天,如果医生想专门从人身上取组织做科学研究,像海瑞塔当年的情况,就必须取得同意。可如果是诊断过程,比如在给痣切片的过程中取样再用于科研,则无须知情同意。尽管多数研究所还是会取得患者同意,但做法不一。其中确有一些会提供相当数量的信息,多得差不多能凑成一本小册子,详细解释用病人组织要做什么;可大多数只在同意书上附上短短一行,说明切除的组织可能被用于教育或科研。

美国国立综合医学遗传和发育生物学系主任朱迪斯·格林伯格（Judith Greenberg）表示，美国国立卫生研究院对其生物样本库取样所需的知情同意遵循"非常严格的规范"。她说："捐赠者必须知道组织研究的可能后果。"可这些规范只适用于国立卫生研究院的研究，而且不具备法律约束力。

赞同现状的人认为：没必要专为组织研究颁布新法律，目前的监督措施已经足矣。而且研究所不是还有各自的伦理审核委员会吗？至于条例，现在已经有许多专业规范了，比如美国医学联合会的《伦理公约》（要求如果病人组织样本将被用于科研或带来利益，医生必须告知患者）；《纽伦堡公约》之后也产生了很多规范，比如《赫尔辛基宣言》和《贝尔蒙特报告》等，这些规范都把知情同意书列为必须。可问题还是没有解决，不管条例还是公约，毕竟不是法律，很多组织权利支持者认为内部审核根本不起作用。

某些组织权利支持者认为：捐赠者除了知道自己的组织被用于科研，还应享有决定组织用途的权利。比如有人可能不想让自己的组织被用于核武器或堕胎研究，还有人可能不想让自己的组织被用于种族差异和智力差异研究，因为这些研究有悖于自己的信仰。此外，他们认为捐赠者应该有权决定自己的组织由谁使用。在他们看来，这点至关重要，因为从组织样本里获得的信息有可能对捐赠者造成伤害。

2005年，美国哈瓦苏帕（Havasupai）原住民控告亚利桑那州立大学，因为科研人员把他们捐献的用于糖尿病研究的组织擅自用于精神分裂和近亲生殖研究。本案目前仍然悬而未决。2006年，700多名刚生完小孩的妈妈发现，医生未经同意拿她们的胎盘测试胎儿畸形，为的是万一孩子生下来有缺陷，他们好拿结果给自己辩护。另外还有一些公司未经员工同意做遗传检查，然后依据结果拒付赔偿金或拒绝保险理赔申请。（此类行为已被2008年出台的《反基因歧视法》禁止。）

鉴于这些先例，越来越多的社会活动家，包括伦理学家、律师、医生和患者，纷纷通过诉讼推动新法规的产生，以期有一天人们能赢得自己组织的掌控权。越来越多的组织"捐赠者"也站出来，通过法律手段争取对自身组织和 DNA 的控制。2005 年，6000 名病人要求华盛顿大学把他们的组织样本从"前列腺癌样本库"里移除，但遭校方拒绝。几年间这个案子纠缠不断，病人两度败诉，理由都和穆尔判例里一样，即给予病人相关权利会影响科研进展。2008 年这些病人向最高法院上诉，仍然遭到驳回。本书送交印刷时，他们正考虑提出集体上诉。2009 年 7 月，明尼苏达和得克萨斯州的病人上诉，要求颁布法令禁止未经同意贮存胎儿血样和拿胎儿血样做研究，因为多数样本都能追溯来源。病人提出，拿这些样本做研究将会侵犯他们孩子的隐私。

美国联邦政府 1996 年颁布了《健康保险转移和责任法案》，这样，医生未经拉克斯家同意擅自将海瑞塔的名字和病历公之于众的行为就属于违法。而《通用规则》规定组织样本和其捐赠者身份之间的联系也受到严格监管，所以像海拉细胞那样用捐赠者名字缩写来命名样本的事儿也再不会发生，而代之以数字命名。可正如国立卫生研究院的朱迪斯·格林伯格所说："100%的匿名是不可能的，因为从理论上来说，我们现在可以做基因测序，从细胞追溯到供体。所以现在的知情同意程序必须更详尽地列举组织研究的风险，这样人们才能理性决定是否真想参与其中。"

范德比尔特大学生物医学伦理与社会中心主管埃伦·赖特·克莱顿（Ellen Wright Clayton）既是医生，也是一位律师，她认为应该围绕这件事开展"公开讨论"。她说："要是有国会议员提出一项法案，说'从此以后只要去看医生寻求治疗，不管是病历还是组织样本，都可以不受限制地用于科研，不需征得病人同意'，要是我们能讲得这么通俗直白，人们能真正明白现在是什么状况，然后还表示认可，我就会对我们目前的做法更坦然。因为目前事情并不像人们想象的那样。"

伊利诺伊理工学院科学、法律和技术学院院长洛丽·安德鲁斯

(Lori Andrews)希望看到更彻底的改变,她曾呼吁民众成为"DNA强征中的自觉反对者",即干脆拒绝提供组织样本,从而引起政策制定者的足够重视。

哈佛大学副教务长戴维·科恩(David Korn)负责的是校内科研事务。他觉得让病人拥有自己组织的决定权是缺乏远见的。他说:"知情同意听起来当然好。让人们决定自己身体组织的归属,看似明智,实际上组织的价值也受到了减损。"科恩以西班牙流感大流行作为论据。上世纪90年代,科学家利用保存了几十年的组织样本重构了病毒基因组,通过研究当年的病毒为何如此致命来研究如今的禽流感。样本来自一名死于1918年的士兵,但当时是不可能以未来研究之由征得知情同意的。科恩说:"这个理由在当时是不可想象的,因为当时根本没人知道什么是DNA!"

科恩认为,公众对科学应履行的责任远比知情同意重要。"我觉得为了发展科学、造福人类,人们有义务献出他们身上一点点资源。因为将来所有人都会受益,所以现在每人都该承担风险,允许从他们身上取一点碎屑做科研。"在他看来只有一个例外,就是组织捐献行为同个人宗教信仰产生冲突的时候。"有的信仰认为,要是不以全尸入殓,这人就会永世漂泊得不到救赎,这也可以理解,人们应该尊重这种信仰。"尽管对以科研为目的利用人体组织表示认同,可他也承认,要是人们根本不知道自己的组织被用于科研,也就谈不上反对。

安德鲁斯说,相对于自主权和个人自由,"科学绝不是一个社会中至高无上的价值"。"你可以这么想,我能决定死后我的钱归谁。当然要是这些钱被别人拿走了,对我没什么影响。可活着的时候,知道自己想把钱给谁就给谁,在心理上是一种安慰。肯定不会有人说:'她不能这么做,因为这可能不是对社会最好的办法。'现在把这句话里的'钱'换成'组织',就是反对把操控权交给病人那派人的逻辑了。"

加州大学洛杉矶分校诊断分子病理学实验室主管韦恩·格罗迪(Wayne Grody)曾经非常激烈地反对组织研究中取得知情同意的制

度。不过这么多年来,他同安德鲁斯和克莱顿这样的人争论多了,也变得越来越温和。"我确信我们需要再加把劲,让知情同意制度更完善更具体。"说是这么说,他还是没想清楚究竟该怎么做,"一个人的组织就像进入加工流程,混入上百万样本中,你怎么区别各种不同的要求?有的病人希望自己的样本被用于结肠癌研究,有人觉得我们怎么用都无所谓,只要别商业化。难道要把所有人的组织都标上不同的颜色以示区分吗?"不管具体怎么操作,格罗迪强调,知情同意应该只适用于未来样本的获取,至于过去已经保存的上百万样本,包括海拉细胞,就不要再追究了。"不然怎么办啊,难道让我们把以前的样本全扔了?"

爱荷华大学生物医学伦理中心创始人罗伯特·韦尔(Robert Weir)认为,要是知情同意的问题不解决,只可能有一个结果:"病人觉得自己的参与得不到认可,最后会诉诸法律。"韦尔希望少一点法律纠纷,多一些公开讨论。"应该把这件事摆到台面上,商讨出一个我们大家都能接受的法律条款,"他说,"毕竟打官司是无奈之举。"实际上现在这类事多半要闹到法庭,尤其是其中涉及金钱利益的时候。

说到金钱利益,问题不在于人体组织和组织研究是否会商业化。因为这已经是既成事实,将来也将持续如此;毕竟,要是不商业化,各个公司就没法制造出我们目前依赖的众多药物和诊断方法。关键在于如何面对这种商业化,包括科学家是否应该告诉人们他们的组织可能被用来谋取利益,还有提供原材料的人在这样的产业中应处于什么位置。

法律禁止买卖人类器官和人体组织用于器官移植和治疗,然而,付费收集和处理捐献的器官却完全合法。现在在业界并没有一个公开的数字,但据估计一个人整个身体的价值大约在 1 万至 1.5 万美元。像约翰·穆尔那样,仅细胞就价值上百万美元,绝对是极少数情况。事实上,正如一只小鼠或一只果蝇并没有多大的科研价值,大多数细胞系和组织样本本身也意义不大。它们的科研价值正是作为很多样本的一分子体现出来的。

目前，给科研院所提供组织的公司规模不等，从私人小企业到大型集团都有，后者如 Ardais，向贝斯以色列女执事医学中心、杜克大学医学中心等机构购买病人组织的使用权，支付金额尚未公开。

"谁拿到钱，这些钱又用在哪里，是不容忽视的问题。"克莱顿说，"我不知道该怎么做，只知道要是所有人都有钱分，只有提供原材料的人被排除在外，是完全没道理的。"

究竟该如何对组织捐赠者提供补偿，政策分析专家、科学家、哲学家、伦理学家提出了林林总总的方法。有人建议借鉴社保系统的经验，让补偿随捐赠次数的增加逐渐升级；有人建议给捐赠者免一部分税；有人说不如设立类似于音乐版权费的"使用权利费"；或者要求使用了人体组织的研究将一定比例的利润捐回科研或医疗慈善机构，或全部用回科研。

总之，论战双方专家都担心，要是直接补偿病人，总有一天会出现利用人体组织谋利的现象：比如有人会为自己的组织开出天价，有人会让用了自己组织的非营利或非商业项目付钱给他。种种类似状况都会对正常的科研造成阻挠。但在大多数情况下，组织捐赠者在意的根本不是钱。他们同大多数组织权利活动家一样，并非关心个人利益，而是想确保研究成果对公众和整个科研界保持透明。事实上，一些病人团体已经成立了自己的组织样本库，好对用途进行把控，包括将来给成果申请专利。一位女士已经拿到了自己孩子疾病基因的专利，将来科研怎么做，给谁授权，她说了算。

在人体生物材料所有权和所有权对科研产生影响的争论中，"基因专利"是众人关注的焦点。2005 年公布的最新数据显示，美国政府为已知人类基因的 20% 颁发了专利，其中包括阿尔茨海默氏症、哮喘、结肠癌和鼎鼎大名的乳腺癌风险基因。这就意味着基因研究的决定权交到了制药公司、科学家和大学手里，他们既能决定对这些基因做什么样的研究,也能给从中开发的治疗和诊断方法定价。有些公司在主张专利权方面做得非常极致,万基遗传公司(Myriad Genetics)拥有对 BRCA1 和 BRCA2 基因的专利,多数可遗传的乳腺癌和卵巢癌都是由这两个基因的突变导致的,该公司对这两个基因的检测要价 3000 美元。万基曾经被控垄断,因为其他人都不能提供类似检测,而科学家若非得到万基的同意并支付高昂的专利许可费,也不能就降低检测成本和开发新疗法进行研究。进行这种研究的科学家曾收到禁止令和诉讼威胁。

2009 年 5 月,美国公民自由联盟、几名乳腺癌幸存者和代表 15 万科学家的专业团队联名控告万基遗传公司对乳腺癌风险基因的专利。控告理由众多,其中一条是给基因申请专利的做法已经严重影响了科研,他们希望停止这种做法。原告科学家为数众多,其中有很多还来自顶级研究所,这本身就证明以前所说的"生物专利不会影响科研"是站不住脚的。

迄今为止生物研究中重要的所有权之争,洛丽·安德鲁斯几乎都参与其中,而且都是无偿的,其中就包括轰轰烈烈的乳腺癌基因官司。她说法院以前总担心组织捐赠者会干扰科研进展,现在科学家恰恰扮演了这个角色。"这很有讽刺意义,"她说,"穆尔案中,法院的论点是,要是把人体组织的财产权交予个人,科研就将受到阻碍,因为个人可能为了谋利而限制别人对自己组织的使用。然而这样的判决无异于搬起石头砸自己的脚,它把商业价值转交给研究人员了。"安德鲁斯和加州最高法院一位持反对意见的法官一致认为,规定并没有对商业化起到任何限制作用,安德鲁斯等人认为,这样做的后果是使科学家不愿分享样本与实验成果,这同样会阻碍科研进展;他们甚至担心这样做会影响医疗救治。

二人的想法并非无稽之谈。一项调查显示,53% 的实验室曾有过因权利人主张专利权而停止提供遗传检测或相关研发工作的经历,67% 认为专利权影响了医学研究。即使想研究遗传性血色素沉着这种最普通的血液异常，科研机构也要付2.5万美元的专利许可费；要想开发商业化医疗测试，则需支付高达25万美元的费用。以此计算，要想做全套遗传病检测，学术机构成本最低，大约需要4640万美元，而成本最高的商业实验室要4.64亿美元。

关于人体生物材料商业化的争论最终总会回到一点：不管你喜不喜欢，我们毕竟生活在一个市场取向的社会，而科学是这个市场的组成部分。巴鲁克·布卢姆伯格曾使用泰德·斯莱文的抗体开展乙肝研究并因为这方面的贡献获得了诺贝尔奖，他对我说："一个人觉得医学研究商业化是好是坏，取决于他的资本主义倾向有多明显。"布卢姆伯格认为，商业化总体而言利大于弊，不然我们怎么得到想要的药和检测？不过他也并不否认弊端存在。"我觉得，商业化确实对科研造成了影响，"他说，"因为它改变了科研的精神。"以前至少信息免费流通，现在则受到专利和所有权的限制。"科研人员成了企业家。这促进了经济，也刺激了科研。可同时带来了弊端，比如研究开放度降低，关于所有权也出现了争执。"

斯莱文和布卢姆伯格之间从没签署过知情同意书，也没办过所有权转让手续；斯莱文只是伸出手臂贡献了样本。"如今我们生活在一个完全不同的时代，伦理和商业环境都变了，"布卢姆伯格觉得今天的病人可能不再像当年那样慷慨，"他们恐怕希望像其他人那样，尽可能扩大商业价值。"

布卢姆伯格多年来从事的重要科学研究很大程度上获益于免费和无限量的组织材料。然而他仍然认为不该为了获取实验材料而对病人有所隐瞒："泰德当时迫切需要钱，对这样的人来说，如果科学家能将他的抗体商业化而他本人无权获利，肯定是没道理的。别人想用他的抗体赚钱，他凭什么没有发言权？"

针对这种情况，我问过许多科学家的意见，很多人都同意布卢姆伯格的看法。韦恩·格罗迪说："我们这儿是资本主义社会，泰德·斯莱文这样的人充分利用了这一点。你知道，我是这么想的，一个人越早想到，将来就有越多的掌控权。"

问题是一般人"早想不到"，除非他能看到自己的组织对科研有潜在的价值。泰德·斯莱文、约翰·穆尔和海瑞塔·拉克斯的区别在于，有人告诉斯莱文他的组织很特殊，科学家想用它们做科研，所以他才能在组织离开自己身体前拟好条件，获得控制权。换句话说，他"知情"然后"同意"。所以最后问题归结为，科学界究竟有多少义务促成第二位斯莱文。于是我们又回到了"同意"这个复杂议题。

法律没有规定科研中保存组织必须取得知情同意，也没有规定要告诉捐赠者他们的组织可能创造经济利益。2006 年，国立卫生研究院的一位科研人员把上千份组织样本交给辉瑞制药公司，以此获得 50 万美元。他被控违反了联邦利益冲突法，并不是因为没对组织捐赠者讲清经济利益和组织的价值，而是因为作为联邦政府雇佣下的科研人员，不该接受制药公司的钱。国会对他的案子进行调查，并举行听证会；从始至终，一直没人提及病人利益和病人知情权。

约翰·穆尔一案的主审法官曾表示，如果组织样本有可能创造经济利益，就该如实告诉患者。但从那之后，人们从未制定法律来贯彻这个判决，所以穆尔案依然只能作为判例。今天，是否告知信息的决定权掌握在研究所手里，但许多研究所选择了隐瞒。有些知情同意书对钱的问题避而不谈；有的只有一句"本机构可能将你的样本或医疗信息让渡或出售给第三方"；有的干脆简洁明了地写道"无偿给予组织样本"；还有的本身就含糊其辞："你的样本为大学所有……目前无法确定你是否会从科研利益中获得经济报偿或得到分红"。

组织权利活动家表示，公开人体组织潜在的经济利益至关重要。"这么做不是为了让病人从金融活动中分一杯羹，"洛丽·安德鲁斯说，"是给人表达愿望的权利。"克莱顿认同这种看法，可他同时也说："根本问题不在于钱，而是有人认为组织捐赠者是谁根本不重要。"

穆尔案之后，国会举行听证会并发表报告。报告指出，人体组织研究已经赢得了上百万美元的利润。国会组建特殊委员会，对现状进行评估,并提出指导性意见。委员会发现,人类细胞和组织所参与的生物技术研究,对促进人类健康"大有希望",然而随之而来的大量伦理和法律问题"都没有得到解决","没有一条法规、政策或伦理条例适用于此"。他们得出结论,这种状况必须得到澄清。

1999年,克林顿总统成立的国家生物伦理顾问委员会颁发了一份报告,表示联邦政府对人体组织研究监管"不充分",而且"职权不明"。它提出几点具体建议,以确保病人对自己组织的使用持有决定权。然而报告却对利益分配问题避而不提,只说当前形势"引发了一系列问题",亟待进一步调查。然而报告却没有为现状带来多大的改进。

多年后,我询问参与了1990年代那些激烈论战的韦恩·格罗迪,国会的建议和伦理委员会的报告后来为什么石沉大海。

"很奇怪,但我也不知道,"他说,"要是你搞明白是怎么回事,别忘了告诉我。所有人都想忘了这件事,就跟不提它问题就不存在了一样。"然而问题一点没有消失,关于人体组织的案子仍然不断涌现,看来,这件事还不会这么快消失。

尽管有不少先例,也赢得了不少媒体关注,拉克斯家却从没付诸行动,把和海拉细胞有关的人告上法庭。一些律师和伦理学家对我说,由于现在让海拉细胞隐姓埋名已经不可能了,那么和海拉细胞有关的研究就该遵守《通用规则》。海瑞塔细胞里的一些DNA也存在于她后代体内,所以我们可以说,用海拉细胞做研究也就是拿拉克斯家的孩子做研究。这些专家还说,《通用规则》规定研究对象可以随时退出科研活动,所以按理来说拉克斯家现在可能可以要求全球停止和海拉细胞有关的研究。事实上也真有这样的先例,一位妇女曾成功将她父亲的DNA从冰岛基因库里去除。我把这个可能性告诉科研人员,所有人都吓了一跳。哥伦比亚大学微生物及免疫学教授文森特·拉卡涅洛(Vincent Racaniello)曾经计算,光他自己的研究就培养了8000亿个海拉细胞。他说要是有一天海拉细胞的使用受到限制,那将是一场灾难。"对科学的影响将无可估量。"

而拉克斯一家在法律上并没有多少选择。他们没法对当年医生获取细胞提出控告，原因有几个，最基本的一点是，诉讼时效都过期几十年了。理论上来说他们可以通过法律手段要求终止涉及海拉细胞的研究，理由是海瑞塔的 DNA 也在他们身上，而现在隐去海瑞塔这个名字已经不可能了。我就此征询过几位法律专家的意见，他们都说胜诉几率甚微。不过，拉克斯家也并没想让海拉细胞研究全部告停。本书（英文版）印刷过程中，桑尼对我说："我不想给科学研究惹麻烦，黛尔肯定也不想。除此之外，我为妈妈和她给科学所做的一切感到骄傲。我只希望霍普金斯和其他从中获益的人们做点事纪念她，也给她的家人应有的待遇。"

致 谢

我一次次看到人们为海瑞塔和海拉细胞的故事而激动,之后又化作动力。大家都想做点什么,以感谢海瑞塔为科学所做的一切,弥补她家人付出的牺牲。很多人付诸行动,在我写作这本书的过程中给予了非常大的帮助。感谢所有付出时间、提供信息、金钱和对此事给予关注的人。碍于篇幅,我无法记下所有人的名字,只想让你们知道,没有你们的帮助,就没有这本书的诞生。

首先,我要把深深的感激献给拉克斯一家。

黛博拉是这本书的灵魂,她的活力、笑容、痛苦、决心,以及她难以置信的力量,给了我灵感和动力,让我这么多年来坚持下来。我很荣幸能在她生命中留下痕迹。

感谢劳伦斯和扎卡里亚信任我,把他们的故事同我分享。桑尼看到这件事的价值,在家人中为我说话。他是如此真诚和乐观,一直坚信我能把这本书写出来。

黛博拉的孙子达文和阿尔弗雷德对奶奶的愿望非常支持,鼓励她去探寻自己妈妈和姐姐的故事。感谢这两个男孩为我和黛博拉带来欢笑,也谢谢他们回答了我那么多问题。感谢博贝特·拉克斯,几十年来，这个坚强的女性将整个家庭维系在一起。她耐心接受了我数小时的采访，帮我准备需要的文件，分享她的所知，毫不保留。感谢桑尼的女儿杰瑞·拉克斯—维侬（Jeri Lacks-Whye），她是个非常可靠的女孩，帮我核查事实、搜集相片，曾经为了我不惜和她的大家庭发生争执。感谢她和她妈妈雪莉·拉克斯（Shirley Lacks），还有劳伦斯的孙女艾瑞卡·约翰逊、考特尼·西蒙娜·拉克斯，以及黛博拉的儿子小阿尔弗雷德·卡特，感谢他们的坦诚和热情。詹姆斯·普鲁姆一直支持我，感谢他同我分享他的故事，也感谢他的笑容和祈祷。我同样感谢加里·拉克斯，他在我的语音信箱里留下美妙的歌声，每当我过生日，他总会为我哼唱温柔的旋律。

倘若没有海瑞塔·拉克斯的家人、朋友、邻居的鼎力相助，我就根本不可能用文字再现海瑞塔的生平。尤其要感谢弗雷德·加勒特、霍华德·格林、赫克托·"虱子"·亨利、本·拉克斯、卡尔顿·拉克斯、老戴维·"戴"·拉克斯、埃米特·拉克斯、乔治亚·拉克斯、格拉迪丝·拉克斯、鲁比·拉克斯、亚瑟·拉克斯、波利·马丁、萨蒂·斯特迪文特、约翰·特里和多莉·特里、彼得·伍德。特别感谢克利夫·加勒特，他是个讲故事高手，是他把海瑞塔的年轻时光和克洛弗的过往活生生地展现在我眼前，感谢他逗我发笑。谢谢克莉丝汀·普莱曾特·托金，她是海瑞塔的远房亲戚，是她帮我追溯海瑞塔父亲家族的历史，一直到奴隶时代，还把她的调查结果毫无保留地同我分享。她阅读了本书初稿，给我提供了许多宝贵建议。还要感谢考特尼·斯皮德热情分享她的故事，并召集众人同我对话。

很幸运，我见到了库比切克，她有清晰的记忆、无尽的耐心和热情，这对我来说非常珍贵。小乔治·盖伊和他妹妹弗朗西斯·格林在父母的实验室度过了许多童年时光。他们活灵活现地为我描述了当年的情景。也要感谢弗朗西斯的丈夫弗兰克·格林。

感谢我一路遇到的图书管理员和档案管理员，他们花费了大量时间，帮我查旧报纸、杂志、相片和影像等资料。特别感谢安迪·哈里森，他是阿伦·梅森·切斯尼医学档案馆乔治·盖伊档案的主管；感谢匹兹堡大学图书馆学系的学生艾米·诺特瑞斯和伊莱娜·维达莱；感谢弗朗西斯·沃尔茨提供大量资料和故事；感谢海普·哈古德、菲比·埃文斯·莱托查和蒂姆·维希涅夫斯基。纽约公立图书馆的戴维·史密斯给予我很多帮助，就像对其他幸运的写作者一样，而且他还为我在沃特海姆研究区保留了安静一角。"为一毛钱奔走"基金会的档案管理员戴维·罗斯对本书怀有极大的兴趣，他为这本书花费了很多时间，我从他的努力中获益，欠他很多人情（和午餐）。

更有数以百计的人慷慨付出宝贵时间，接受我的采访，我要对他们表达深深的感激，尤其是乔治·安纳斯、劳里·奥瑞利安、巴鲁克·布卢姆伯格、埃伦·赖特·克莱顿、纳撒尼亚尔·康福特、路易斯·迪格斯、鲍勃·格尔曼、卡罗尔·格雷德、迈克尔·格罗丁、韦恩·格罗迪、凯尔·哈利、罗伯特·海、凯西·哈德逊、格罗弗·哈钦斯、理查德·基德韦尔、戴维·科恩、罗伯特·科曼、约翰·马斯特斯、斯蒂芬·奥布莱恩、安娜·奥康奈尔、罗伯特·波拉克、约翰·拉什、朱迪斯·格林伯格、保罗·鲁茨、托德·萨维特、特里·沙勒、马克·索贝尔、罗伯特·韦尔、芭芭拉·威奇，和朱利叶斯·扬纳。特别感谢洛丽·安德鲁斯、鲁思·法登和丽萨·帕克，他们付出时间和勇气，从各自的专业角度帮助我，他们在我开始这项写作的初期便同我探讨，启发我的想法，在初稿写成后给我提了很多建设性意见。还要感谢邓肯·威尔逊，他让我参考了他的毕业论文草稿和另外一些非常有价值的素材。

我要特别感谢几位科学家：霍华德·琼斯、维克多·麦库西克和苏珊·许，他们同我分享了珍贵的回忆，对我没完没了的提问报以坦诚和耐心。伦纳德·海弗利克总共接受了我长达十几小时的电话采访，而且他非常忙，接到我电话时经常出门在外或正在工作中。他的回忆和学识对本书的成形是非常丰富的资源。海弗利克和罗伯特·史蒂文森都在阅读草稿后给我反馈了非常宝贵的意见。史蒂文森更是从一开始没有太多科学家参与进来时就支持我，对我帮助非常大。

我要感谢罗兰·帕蒂略愿意花时间了解我的意图，信任我，教我很多知识，帮我联络上黛博拉。他和他妻子帕特从一开始就对我敞开大门，也敞开心灵，之后一直支持我。他们也读过本书初稿，给我提出了诚恳的意见。

克里斯托夫·伦盖威尔一直充满热情，而且主动希望接触拉克斯一家，他的态度让人非常振奋。我要感谢他的耐心、坦诚和远见。他回答了我许多问题，本书草稿写成后还给了我真诚并且非常有用的反馈。

另外，好几个写过海拉细胞的作家也拨冗帮助我。迈克尔·戈尔德在他的著作《细胞阴谋》里详细梳理了细胞污染的来龙去脉，为我提供了宝贵的素材。迈克尔·罗杰斯于1976年在《滚石》杂志发表了关于海拉细胞的报道，这篇文章在我开始调查之初成为我重要的参考资料，后来我得以联系上他，每次同他交谈总是那么令人愉快。我的书得到了《医疗种族隔离》(*Medical Apartheid*) 一书作者哈丽特·华盛顿的大力支持，她和我讲过1994年为《出现》(*Emerge*) 杂志采访拉克斯一家的经验，并对本书初稿给予了宝贵的评价。

我要特别感谢伊桑·斯凯利和洛温斯坦·桑德勒律师事务所，他们无偿帮我成立了海瑞塔·拉克斯基金会。感谢孟菲斯大学提供经费，让我完成本书最后阶段的研究和查证工作。感谢我的学生和同事，尤其感谢克里斯滕·依弗森和理查德·鲍施。他们是良师益友，本人也是非常好的作家。特别感谢约翰·卡尔代拉佐（John Calderazzo）和李·古特金（Lee Gutkind）十多年来的鼓励、支持和友谊。在我自己远没有意识到之前，约翰就坚持认为我有写作的潜质，并不断启发我。从李那里，我学会故事的结构，并正式进入专业写作领域，学会早上5点爬起来写作。感谢生物老师唐纳德·德夫勒热情洋溢的讲授，是他让我得知海瑞塔的故事。

本书列举的事实均经过严格查证，出版前更是先由若干专家复核，以确保内容无误。感谢他们的时间,以及他们给予我的宝贵反馈:艾瑞克·安格纳(Erik Angner,我的挚友,他从本书构思阶段就大力支持我)、斯坦利·加特勒、琳达·麦克唐纳德·格伦、杰瑞·曼尼考夫、琳达·格里菲斯、米里亚姆·凯尔蒂(她从个人档案中为我提取了特别有用的文件)、乔安妮·曼娜斯特(@sciencegoddess)、阿朗德拉·尼尔森(我应该特别感谢她的直率,使我没有遗留下特别重要的内容)、理查·珀塞尔、奥马尔·金特罗(他也为本书及本书网站提供了很多漂亮的海拉细胞图片和视频)、劳拉·斯塔克,以及基斯·伍德。我也要感谢阅读了本书部分章节的人,尤其是纳撒尼尔·康福特和汉娜·兰德克,汉娜对海拉细胞和细胞培养历史所做的大量工作,尤其是她的著作《培养生命》(*Culturing Life*),为本书的写作提供了丰富的素材。

对于一位作家来说,最幸运的事就是能遇到像文森特·拉卡涅洛这样愿意付出时间分享自己学识的人。他读过我几版初稿,给我提供了很多资料和极为宝贵的意见。他坚信,向公众进行科学传播,既要确保准确,又要尽量简单(这个想法在他的播客"每周病毒学"和推特@profvrr上得到了很好的实践),他的这种理念应该得到更多科学家的认可和效仿。戴维·克罗尔(David Kroll,推特@abelpharmboy)也非常支持本书的写作,他自己也乐于在个人博客(Scienceblogs.com/terrasig)上写作科学文章。他给了我很多有用的反馈和研究资料,甚至曾亲自带着扫描仪到图书馆帮我扫描了几份重要文件。能成为他的朋友,是件非常荣幸的事。

我的研究生助理利·安·万斯科伊(Leigh Ann Vanscoy)以极大的热情投入她的工作,努力查询照片,获得各种授权许可,并在本书成稿的最后阶段协助查证。帕特·沃尔特斯(patwalters.net)是我杰出的研究助理和好朋友,他自己也是颇具天赋的年轻作家和记者。他以无比的热情投入工作,对整本书的事实做了精细的核查。他关注细节,挖掘隐蔽的事实,他的工作让我免于很多错误(我连基本的数学计算都不灵光)。这本书得益于他的贡献。能得到他的帮助,我感到非常幸运,我相信他必定前途无量。

还有很多人对事实的调查和考据给予了帮助,我想向他们表达诚挚的感谢。《纽约时报杂志》的查理·威尔逊(Charles Wilson)核查了本书中摘录自该杂志的部分,同他的合作非常愉快。当我无法亲自赶往巴尔的摩,希瑟·哈里斯 Heather Harris 坚持不懈地替我收集法庭和档案文件,很多时候还是受我临时委托。yourmaninthestacks.com 网站专门提供图书馆查询服务,对我的所有请求,该网站的阿夫·布朗果真都查询得既透彻又迅速。佩奇·威廉姆斯在自己繁忙的写作中抽出时间,协助我进行最后的查证。我应该对我的老朋友丽萨·索恩给予特别的感谢(外加几副护腕),她帮我把大部分采访录音做了录入,还根据所听到的内容提了极好的建议。

感谢众多杰出的记者、作家和编辑,他们在我写作过程中给予我鼓励、建议、反馈和温暖的友谊,尤其是嘉德·阿布姆拉德、阿伦·伯迪克、丽萨·戴维斯、尼科尔·戴尔、珍妮·埃弗里特、乔纳森·弗兰岑、伊丽莎白·吉尔伯特、辛迪·吉尔、安德鲁·赫斯特、唐·霍伊特·戈尔曼、艾莉森·格温、罗伯特·克鲁尔威奇、罗宾·马兰茨·赫尼格、马克·乔纳特、阿尔伯特·李、艾瑞卡·劳埃德、乔伊斯·梅纳德、詹姆斯·麦克布赖德、罗宾·麦克尔森、格利高里·摩尼、迈克尔·莫耶、斯科特·莫尔雷、凯蒂·奥伦斯坦、亚当·佩恩伯格、迈克尔·波轮、科里·鲍威尔、马克·罗泰拉、莉琪·斯库尔尼克、斯泰西·沙利文、保罗·塔夫、乔纳森·韦纳和巴里·约曼。特别感谢丁替·W.摩尔、戴安娜·休姆·乔治和参与中部大西洋非虚构创意写作夏季大会的各位杰出作家。我们当年一起在大会上授课,可惜如今会议已经不再活动,我想念你们所有人。也感谢之前同我合作过的几位编辑,我在他们的帮助下发表过与本书相关的报道,他们是《纽约时报》的派蒂·科恩,《约翰·霍普金斯杂志》的苏·德·帕斯夸莱,《匹特杂志》的萨莉·弗莱克,还有《纽约时报杂志》的詹姆斯·赖尔森。我还要感谢ScienceBlogs.com的各位博主、总给予我帮助和启发的"看不见研究所（Invisible Institute）"、了不起的Birders，以及脸书（Facebook）和推特上的诸位好友，他们给我提供了很多资源，为我带来欢乐和鼓励，分享我大大小小的喜悦时刻。乔恩·格鲁克在本书写作初期便提出了很多很好的编辑意见；杰基·海因策慷慨借车给我，让我消失几个月专心写作；特别感谢阿尔弗雷德·弗兰奇，他和我比赛，特意让我赢了，帮我跨出写作本书最困难的第一步。

深深感谢美国国家图书评论社董事会的同行，他们对好书的热忱时刻启发和激励我，让我保持批判性思维。特别感谢丽贝卡·米勒、马塞拉·瓦尔德斯和阿特·温斯洛，多年来，他们一直给我鼓励，在初稿写成后给我提了很多珍贵的意见。约翰·弗里曼花费了很多时间和我探讨写作，也谈论本书的构思，我也要感谢他的福特汽车和他的友谊。

非常感谢我的经纪人——美国作者之家的西蒙·利普斯加，在别人都放弃的时候依然与我并肩作战，甚至为我而战。他像个摇滚明星，也是我的好朋友，我怎能不欣赏他？和如今众多图书一样，我的书也经过了很多波折才付梓，在经历了三家出版社和四位编辑之后，我的书有幸在皇冠出版社（Crown）落脚，雷切尔·克雷曼担任了我的编辑。她对我的书像对待她自己的书一样用心，从始至终一直支持，倾注了超乎我想象的时间和心血。能和这样出色的编辑、这样全力以赴的出版社合作，是写作者最大的幸运。我深深感谢皇冠出版社的"《永生》团队"，他们对本书抱有不可思议的热情，并为本书的诞生做出了非凡的努力，不仅令人称赞，也让我自叹弗如。我要特别感谢蒂娜·康斯坦伯对我长期不断的支持；感谢不知疲倦的考特尼·格林哈尔什所做的公关工作；感谢帕蒂·伯格用创意的手法抓住每一个市场机会；感谢艾米·布尔斯坦、雅各布·布龙·斯泰因、斯蒂芬妮·陈、惠特尼·库克曼、吉尔·弗莱克斯曼、马修·马丁、飞利浦·帕特里克、安斯利·罗斯纳、考特尼·辛德、芭芭拉·斯特曼、凯蒂·温赖特和阿达·米中，能和你们合作我感到万分荣幸。同样感谢兰登书屋学术市场部的莱拉·李和迈克尔·詹蒂莱，他们对本书充满信心，努力让它走进校园；感谢兰登书屋营销人员，特别是约翰·黑斯蒂、迈克尔·坎德尼斯、吉安娜·拉莫特和米歇尔·苏尔卡对本书的接纳和推广。

我要深深感谢艾瑞卡·戈德曼、乔恩·米歇尔、鲍勃·波德拉斯基，他们之前都在弗里曼出版社工作，谢谢他们从一开始就对我和我的书充满信心，鼓励我坚持自己的看法和做法。也要感谢路易斯·奎尔在本书写作初期的帮助。感谢卡罗琳·森瑟别克斯自始至终对本书的厚爱，正是她把本书介绍给皇冠出版社，让它最终有了着落。

谢谢兰卡斯特文学社的贝特西和迈克尔·赫尔利，他们交给我西弗吉尼亚州山间美丽别墅的钥匙，让我可以几个月安心写作，那里是写作的天堂，我对他们的感激无以言表。我想，假如有更多类似兰卡斯特文学社的机构来对艺术进行支持，这个世界一定会更美好。在山上，除了僻静的别墅，还有特别好的邻居，乔和露·雷柏让我生活得安全、充实、快乐、充满关爱。杰夫和吉尔·申德让我几个月无休止的写作过程充满了生活情趣，感谢他们的友谊和趣味，也感谢他们有那么美的环境让我遛狗，谢谢他们的 Baristas 咖啡和 JJS 按摩中心，这里是我最爱的咖啡厅，吉尔为我提供了足够的食物和咖啡因，杰夫帮我按摩胳膊上他所谓的"作家结"，还在我需要的时候帮我斟满饮料，不厌其烦地和我聊我的书。感谢西弗吉尼亚州的新马丁斯维尔镇对我的接纳和欢迎。感谢当地书店的希瑟努力找出那些有跳跃性结构的好小说让我参考，从而构思自己这本书的结构。

我有幸拥有那么多好朋友，即使我不断以写书繁忙为由回绝他们的邀约，他们仍然积极地支持我。我感谢我所有的好朋友，特别是安娜·巴加格里奥提、兹维·比伯、斯蒂文·福斯特（庆祝委员会！）、昂丁·吉尔里、彼得·马哈莫、杰西卡·迈斯曼（小笨蛋！）、杰夫和琳达·米勒、埃莉斯·米特尔曼（P 和 PO！）、艾瑞娜·雷恩、希瑟·诺兰（她也读了本书的初稿，并提出了非常有建设性的意见）、安德里亚·斯加兰蒂诺、伊莉萨·桑代克和约翰·齐贝尔。谢谢瓜尔提耶罗·皮奇尼尼在本书写作初期给我鼓励和支持。特别感谢亲爱的朋友斯蒂芬妮·克勒舒尔特，时刻给我带来喜悦，让我保持年轻。谢谢奎尔·罗杰斯—布洛赫，我从心里感谢我们共同经历的一切，那些欢笑，那些美酒，还有疯狂时刻看的那些傻乎乎的电影（是的，先生，是他干的！）。没有她，我就不会是今天的样子。她向我敞开家门，让我在巴尔的摩工作一天后有家可回，给我出主意，帮我度过写作难关。当我写不下去或没有经费时，她又总是鼎力相助，她对初稿提出的意见给了我很多启发（一部分书稿是我在电话里念给她听的）。她的丈夫基诺对我也非常好，他会在我精疲力竭的时候递上芒果，他们的儿子（我的教子）阿里奥更是带给我很多欢乐。奎尔的母亲特莉·罗杰斯让我深受启发，她也给了我不少建议，让我非常受用。

能有迈克·罗森沃尔德（mikerosenwald.com 是他的个人网站）这样的好朋友是一件极其幸运的事。作为一位作家、记者和读者，他给了我很多启发。迈克自始至终给我鼓励、同情和建议，更有几次给了我非常有用的点拨。他读了我好几个版本的初稿（其中好几部分都是在电话里听的），给我的建议都很有帮助。我真心希望有一天能报答他。

我的家人支撑我完成了本书的写作：马特是世界上最好的大哥，耐心与我长谈，分享我的欢笑，还总提醒我要照顾好自己。可爱的侄子尼克和贾斯汀永远带给我欢乐，这本书让他们度过了很多没有姑姑相伴的假期，我期望将来能弥补他们。嫂子勒妮一直支持我，她不仅是我的好朋友，也是一位眼光敏锐的好读者，给我指出错误和矛盾之处。还有我的继母贝弗利，她也读了好几版的初稿，给了我宝贵的支持和意见。身为一位社会工作者，她的敏感和所受的专业训练让我获益匪浅，帮助我深入理解拉克斯家人的复杂感受。

多年来，我的父母和他们的伴侣毫无保留地支持我，这本书应该献给他们。我母亲贝特西·麦卡锡始终对我和本书充满信心。她充满鼓励的话语、务实的想法，以及亲手编织的小礼物，都是我的动力，让我能清醒前行。她的干劲儿、美感和坚定的决心一直指引我。她和她丈夫特里在我最艰难的时候鼓励我，阅读我不断修改的初稿，给我提了许多富有智慧的意见。

无尽的感激献给我的父亲弗洛伊德·思科鲁特（Floyd Skloot），谢谢他教我用写作者的眼光看世界，带我领略好书的魅力，珍惜这本书如同对他自己的作品一样。他总是鼓励我追求自己所爱，为自己的理想而奋斗，哪怕我辞去稳定工作、冒险当一名自由撰稿人，他仍然支持我的决定。本书出版前他读了六遍，还不算之前零零散散读的那些。他不仅是我的父亲，也是我的同行和朋友，更无私地为我的书进行宣传。我无法形容心中的感恩。

最后是戴维·普雷特（David Prete），我全部的焦点（你懂的）。本书曾堆砌了太多冗余内容，长得不可思议，是他沉下心来阅读，用他作为作家和演员的天赋帮我整理思路，将手稿浓缩为可以成书的篇幅。他的风度和心肠，他的支持和体贴，还有精湛的厨艺，让我活得很开心。即使"丽贝卡·思科鲁特的永生不死的写书工程"霸占了我们全部的生活，他仍然无所保留地支持我。我的爱和感激献给他，我是个非常幸运的女人。

注释

写作本书用到的素材装满了几个档案柜,上百小时采访录音的摘录塞满了几个书架,采访的人来自很多领域,有拉克斯家人、科学家、记者、法律学者、生物伦理学研究者、卫生政策专家,还有历史学家等等。我无法在附录里列出他们所有人的名字,但已在致谢中向他们表达感谢,并在书中引用之处提到了他们的名字。

由于资料来源非常广泛,很难一一罗列,此处只收录最有价值和可以公开查到的部分。其他信息和资料,请参见我的网站 RebeccaSkloot.com。

条目先后顺序大多遵照章节顺序。不过由于拉克斯家人和乔治·盖伊出现在书中若干章节,我把他们的资料集中列在最前面。没有注释内容的章节,相关资料通常是围绕盖伊和拉克斯家人的。

海瑞塔·拉克斯和她的家人

为了还原海瑞塔的生平和她诸位亲人的生活,我参考了对她家人、朋友、邻里,以及熟悉他们居住地往昔的专家所做的采访,另外借鉴了拉克斯家保留的声音和影像资料,以及 BBC 纪录片《众生之路》的未剪辑母带。我还参考了黛博拉·拉克斯的日记、海瑞塔的病历、法律文件、警方记录、家庭相片、报纸杂志的报道、社区简讯、遗嘱、地契、出生和死亡证明。

乔治·盖伊和他的实验室

为了还原乔治·盖伊和玛格丽特·盖伊的生活和工作,我参考了约翰·霍普金斯医学院阿伦·梅森·切斯尼医学档案馆（AMCMA）里有关乔治·盖伊的档案、马里兰大学组织培养协会档案馆（TCAA）、盖伊的私家档案馆，以及相关的学术论文和采访，采访对象涵盖了他们的家人、同事、癌症研究和组织培养领域的科研人员。

前言

海拉细胞总质量的估计值来自伦纳德·海弗利克，他推算正常人细胞株可能达到的最大质量为 2000 万吨，而海拉细胞的潜力比这个大无限倍，因为海拉细胞的生长不受"海弗利克上限"所约束。海弗利克在给我的邮件中写道："要是我们让海拉细胞分裂 50 代，如果所有细胞都存活，总质量就是 5000 万吨。显然，实际上我们根本没有能力培养这么多细胞。"有关正常细胞生长潜力的更多资料，请见海弗利克和穆尔黑德发表于《实验细胞研究》(Experimental Cell Research) 1961 年第 25 期的《人双倍体细胞株的连续培养》(The Serial Cultivation of Human Diploid Cell Strains)。

我提及的关于拉克斯家的文章，请见《乌木》(1976.6) 中《海拉细胞奇迹》，以及《黑玉》(1976.4) 中《家人为拉克斯女士的贡献而自豪》两篇文章。

第一部 生命

01 检查

海瑞塔第一次去约翰·霍普金斯医院就诊的日期众说纷纭，通常认为是 1951 年 2 月 1 日。此项日期分歧源自抄写错误，她的医生于 2 月 5 日就注意到了。其他记录都显示她的肿瘤于 1 月 29 日被确诊，因此我在书中采用这一日期。

关于本章及后续章节涉及的约翰·霍普金斯历史，请参见 AMCMA 里的相关记录，以及阿伦·梅森·切斯尼所著《约翰·霍普金斯医院和约翰·霍普金斯医学院：编年史》和蒂莫西·R. B. 约翰逊、约翰·A. 罗克、J. 唐纳德·伍德拉夫所编《最初的一百年：约翰·霍普金斯医学院和约翰·霍普金斯医院妇产科》。

本章及后续章节中提到的约翰·霍普金斯种族隔离政策的实施，均来自采访，以及路易斯·卡瓦尼亚罗发表在约翰·霍普金斯《Dome》杂志第 55 卷第 7 期 (2004.9) 的《我们的方式》(The Way We Were)（请参考 http://www.hopkinsmedicine.org/dome/0409/featurei.cfm），AMCMA 未发表文稿《约翰·霍普金斯医学院种族隔离和废除种族隔离的历史》(A History of Segregation and Desegregation at The Johns Hopkins Medical Institutions) (1989)，以及《黑人高等教育杂志》第 25 期（1999 年秋）的文章《约翰·霍普金斯大学种族记录》(The Racial Record of Johns Hopkins University)。

关于种族隔离政策对医疗服务的提供所造成的影响及后果，参考：C. 范恩·伍德沃德所著《吉姆·克洛的奇异职业》；P. 普雷斯顿·雷诺兹和雷蒙德·伯纳德发表在《美国天主教社会学评论》第10卷第2期(1949.6)的《种族隔离的后果》(Consequences of Racial Segregation);阿尔伯特·W. 邓特发表在《黑人教育期刊》第18卷第3期(1949年夏)的《美国对黑人开发的医院服务及设施》(Hospital Services and Facilities Available to Negroes in the United States);小阿尔弗雷德·扬考尔发表在《美国社会学评论》第15卷第5期(1950.10)的《胚胎及婴儿死亡同城市居住隔离间的联系:社会流行病学调查》(The Relationship of Fetal and Infant Mortality to Residential Segregation: An Inquiry into Social Epidemiology);《内科学年鉴》第126卷第11期(1997.6.1)《医疗和公民权利,1945—1963:辛普金斯同摩西·H. 科恩纪念医院诉讼案》(Hospitals and Civil Rights, 1945—1963: The Case of Simkins v. Moses H. Cone Memorial Hospital)。

海瑞塔的病历是她的家人交给我的,不便公开,但部分诊断结果可以在霍华德·琼斯发表于《美国产科学和妇科学期刊》第176卷第6期(1997.6,S227-S228)《海瑞塔·拉克斯在约翰·霍普金斯医院第一位医生对她的记录:海拉细胞系的起源》(Record of the First Physician to see Henrietta Lacks at the Johns Hopkins Hospital: History of the Beginning of the HeLa Cell Line)一文中找到。

02 克洛弗

弗吉尼亚州烟草种植的历史来自弗吉尼亚州历史协会、哈利法克斯当地网站、南波士顿图书馆的档案和新闻,以及包括塔拉·帕克·蒲柏所著《烟草业剖析:从种子到香烟》在内的书籍,这本书向非专业读者系统介绍了烟草业的历史。

几本书帮我重构了海瑞塔生活的时代和环境,包括小亨利·普雷斯顿·杨的《弗吉尼亚州哈利法克斯郡时代的我们》,波卡洪塔斯·怀特·埃德蒙兹的《哈利法克斯史》,杰罗姆·沃森的《特纳车站》,卡伦·奥尔森的《钢厂工人的老婆们》,马克·路特的《制钢》。特纳车站的历史是由历史上的新闻稿件及文件中查得,文件均取自位于马里兰州邓多克的邓多克-帕塔普斯科河口历史协会和北角图书馆。

03 诊断和治疗

宫颈涂片法的开发和发展,请见乔治·N. 帕帕尼科拉乌和H. F. 特劳特发表于《美国产科学和妇科学期刊》第42期(1941)的《子宫颈涂片法对子宫癌变的诊断价值》(Diagnostic Value of Vaginal Smears in Carcinoma of Uterus),以及乔治·帕帕尼科拉乌和H. F. 特劳特的《用子宫颈涂片的方法对子宫癌变进行诊断》(Diagnosis of Uterine Cancer by the Vaginal Smear)(1943)。

理查德·特林德对原位癌和浸润性癌变的研究,以及他对不必要的子宫切除术的看法,在多篇论文中有所记录,包括发表在JMSMS(1949.7)的"Hysterectomy: Present-Day Indications", G. A. 加文、H. W. 琼斯和R. W. 特林德发表在《美国医学会杂志》第149卷第8期(1952.7.2)的Clinical Relationship of Carcinoma in Situ and Invasive Carcinoma of the Cervix，R. W. 特林德、H. W. 琼斯和 G. A. 加文发表在《美国产科学和妇科学期刊》第 66 卷第 5 期（1953.11）的 What Are the Earliest Endometrial Changes to Justify a Diagnosis of Endometrial Cancer？特林德发表在《产科学与妇科学》第 1 卷第 1 期（1953.11）的 Carcinoma in Situ of the Cervix；我还参考了霍华德·W. 琼斯、乔治安娜·琼斯和威廉·E. 蒂克纳撰写的《理查德·韦斯利·特林德传》。

镭的历史和把它用作癌症治疗的历史资料，参见《最初的一百年》，美国环境保护署网站 epa.gov/iris/subst/0295.htm；D. J. 德桑蒂斯和 D. M. 德桑蒂斯发表在《放射学》第 11 期（1991）的 Radiologic History Exhibit: Wrong Turns on Radiology's Road of Progress；以及凯瑟琳·考尔菲尔德的《多重暴露：放射治疗编年史》。

19 世纪 50 年代宫颈癌标准治疗程序请参考，A. 布伦斯威格发表在《美国产科学和妇科学期刊》第 61 卷第 6 期（1951.7）的 The Operative Treatment of Carcinoma of the Cervix: Radical Panhysterectomy with Pelvic Lymph Node Excision；R. W. 格林发表在《缅因医学会杂志》第 42 卷第 11 期（1952.11）的 Carcinoma of the Cervix: Surgical Treatment（A Review）；R. T. 施密特发表在《美国医学会杂志》第 146 卷第 14 期（1951.8.4）的 Panhysterectomy in the Treatment of Carcinoma of the Uterine Cervix: Evaluation of Results；以及 S. B. 古斯伯格和 J. A. 克罗斯卡登发表在《癌症》第 4 卷第 5 期（1951.9）的 The Pathology and Treatment of Adenocarcinoma of the Cervix。

L 细胞（第一株长生不死的细胞，取自小鼠）的生长状况记录在 W. R. 厄尔等人发表在《国立癌症研究所杂志》第 4 期（1943）的 Production of Malignancy in Vitro. IV. The Mouse Fibroblast Cultures and Changes Seen in Living Cells。

盖伊在海拉细胞之前的细胞培养工作，请参见 G. O. 盖伊发表在《威斯康星 JJ》第 28 卷第 11 期（1929）的 Studies on the Cultivation of Human Tissue Outside the Body；G. O. 盖伊和 M. K. 盖伊发表在《美国癌症杂志》第 27 卷第 45 期（1936.5）的 The Maintenance of Human Normal Cells and Human Tumor Cells in Continuous Culture I. A Preliminary Report；此外，该内容也在 G. 盖伊、F. 邦、M. 盖伊发表在《得克萨斯生物和医学报告》的 An Evaluation of Some Comparative Studies on Cultured Strains of Normal and Malignant Cells in Animals and Man（1954 年冬）一文中进行了概述。

04 海拉细胞的诞生

盖伊开发的转管培养设备在《美国癌症期刊》第 17 期（1933）An Improved Technic for Massive Tissue Culture 中进行了描述；他早期拍摄细胞的工作请见《外科学年鉴》第 125 期（1946）Phase Contrast Microscopy of Living Cells。他最终发表的海拉细胞系最初培养经过的论文摘要，请见 G. O. 盖伊、W. D. 科夫曼和 M. T. 库比切克发表于《癌症研究》第 12 期（1952）264-65 的 Tissue Culture Studies of the Proliferative Capacity of Cervical Carcinoma and Normal Epithelium。关于他对海拉细胞和其他培养细胞工作的详细讨论，请参见 G. O. 盖伊发表在《哈维讲座系列第 50 集》1954—55 的 Some Aspects of the Constitution and Behavior of Normal and Malignant Cells Maintained in Continuous Culture。

05 "黑色已经在我身体里扩散得到处都是了"

特林德针对"子宫切除术带来的精神影响"所做的讨论请见《密歇根州医学会杂志》1949 年 7 月发表的 Hysterectomy: Present-Day Indications。

06 "有个女的来电话了"

第一届海拉研讨会的论文发表在《美国产科学和妇科学期刊》第 176 卷第 6 期（1997.6），题目是 The HeLa Cancer Control Symposium: Presented at the First Annual Women's Health Conference, Morehouse School of Medicine, October 11, 1996。该文是由罗兰·帕蒂略所编纂的。

非专业人士若想了解塔斯基吉研究，请见詹姆斯·H. 琼斯的综述 Bad Blood: The Tuskegee Syphilis Experiment，以及瓦内萨·诺辛顿·甘布尔主席的 Final Report of the Tuskegee Syphilis Study Legacy Committee（1996.5.20）。

07 细胞培养的生与死

乔治·盖伊的电视节目 Cancer Will Be Conquered 被收录在《约翰·霍普金斯大学：科学综述系列特别收藏》（1951.4.10）。

若想深入了解细胞培养的完整历史，请见汉纳·兰德克的 Culturing Life: How Cells Became Technologies，以及戴维·M. 弗里德曼的 The Immortalists: Charles Lindberg, Dr. Alexis Carrel, and Their Daring Quest to Live Forever。约翰·霍普金斯对细胞培养的贡献，请见发表于《医学史快报》的综述 History of Tissue Culture at Johns Hopkins（1977）。

为了重现亚历克西斯·卡雷尔和他不死鸡心的故事，我参考了如下资料：A. 卡雷尔和 M. T. 伯罗斯发表于《实验医学期刊》（1911.1.15）的 Cultivation of Tissues in Vitro and Its Technique，发表在《实验医学期刊》（1912.5.15）的 On the Permanent Life of Tissues Outside of the Organism，阿尔伯特·H. 埃贝林发表在《实验医学期刊》（1922.5.30）的 A Ten Year Old Strain of Fibroblasts，以及《科学美国人》（1942.1）的 Dr. Carrel's Immortal Chicken Heart，《科学美国人》（1912.10.26）的 The 'Immortality' of Tissues，麦克卢尔的 On the Trail of Immortality（1913.1），《新闻周刊》（1935.12.21）的 Herald of Immortality Foresees Suspended Animation，《全球成果》第 28 期（1914.10）Flesh That Is Immortal，《纽约时报杂志》（1913.9.14）

Carrel's New Miracle Points Way to Avert Old Age！亚历克西斯·卡雷尔发表在《金书杂志》(1928.6) 的 The Immortality of Animal Tissue, and Its Significance,《时代周刊》第 31 卷第 24 期的 Men in Black (1938.6.13)。诺贝尔奖网站也收录了许多非常有参考价值的关于卡雷尔的资料。

欧洲细胞培养历史，请参见 W. 邓肯发表在《医学社会史》第 18 卷第 2 期 (2005) 的 The Early History of Tissue Culture in Britain: The Interwar Years，以及邓肯·威尔逊在曼彻斯特大学的毕业论文'Make Dry Bones Live': Scientists' Responses to Changing Cultural Representation of Tissue Culture in Britain, 1918-2004。

卡雷尔的鸡心细胞实际上并非长生不死，文中结论来自对伦纳德·海弗利克的采访；也在 J. 维特科夫斯基发表在《生物化学进展》(1985.7) 的 The Myth of Cell Immortality，以及他发表在《科学》第 247 卷 (1990.3.23) 给编者的信中有所总结。

09 特纳车站

海瑞塔当年的地址出现在《巴尔的摩太阳报》雅克·凯利 Her Cells Made Her Immortal 一文 (1987.3.18)。《滚石杂志》中迈克尔·罗杰斯的文章题目为 The Double-Edged Helix (1976.3.25)。

10 铁道的另一侧

克洛弗的衰败，请见弗吉尼亚电气和能源公司的经济学研究文章 South Boston, Halifax County, Virginia；《弗吉尼亚公报》的 Town Begins to Move Ahead (1974.5.23)；《华盛顿时报》的 Town Wants to Disappear (1988.5.15)；以及《弗吉尼亚公报》的 Supes Decision Could End Clover's Township (1988.5.18)；ODEC 电力公司的 Historical Monograph: Black Walnut Plantation Rural Historic District, Halifax County, Virginia (1996.4)。人口数据在 census.gov 可以查询。

第二部 死亡

12 暴风雨

遗体解剖的法院判决和相关权利的发展史，请见苏珊·莱德勒的 Subjected to Science。

13 海拉工厂

若想进一步了解脊髓灰质炎疫苗的历史，请见黛比·布克钦和吉姆·舒马赫的 The Virus and the Vaccine；戴维·M. 欧申斯基的 Polio: An American Story；杰弗里·克鲁格的 Splendid Solution: Jonas Salk and the Conquest of Polio；保罗·欧非特的 The Cutter Incident: How America's First Polio Vaccine Led to the Growing Crisis in Vaccines。

最初以海拉细胞培养脊髓灰质炎病毒的详细过程,以及邮寄方式的后续发展,均以信件的形式被收藏于 AMCMA 以及小儿麻痹基金会档案馆,还可以在 J. 赛弗顿、W. 谢勒和 G. O. 盖伊发表于《实验医学期刊》第 97 卷第 5 期的 Studies On the Propagation in Vitro of Poliomyelitis Virus 一文中找到。

塔斯基吉研究所大量培养海拉细胞的设施,在小儿麻痹基金会档案馆的信件、支出报告和其他文件中有所描述。相关综述可参考拉塞尔·W. 布朗和詹姆士·H. M. 亨德森发表于《医学史期刊》第 38 期(1983)的 The Mass Production and Distribution of HeLa Cells at the Tuskegee Institute。

得益于海拉细胞的科学研究进展,从 AMCA 和 TCAA 收藏的信件和论文中可以查到。汉纳·兰德克的书 Culturing Life: How Cells Became Technologies 也提供了详细的概述。本章提及的大多数学术论文收集在罗伯特·波洛克编写的 Readings in Mammalian Cell Culture 一书,包括 H. 伊格尔发表于《科学》第 122 卷(1955):501-4 的 Nutrition Needs of Mammalian Cells in Tissue Culture; T. T. 普克和 P. I. 马库斯发表在《美国科学院院刊》第 41 期(1955)的 A Rapid Method for Viable Cell Titration and Clone Production with HeLa Cells in Tissue Culture: The Use of X-irradiated Cells to Study Conditioning Factor;蒋有兴和 A. 莱文发表在《细胞遗传学》第 42 期(1956.1.26)的 The Chromosome Number of Man。也可参见 M. J. 科特勒发表在《医学史快报》第 48 卷第 4 期(1974)的 From 48 to 46: Cytological Technique, Preconception, and the Counting of Human Chromosomes; M. J. 斯韦姆发表在《微生物学年评》第 13 期(1959)的 Microbiological Aspects of Tissue Culture;J. 克雷吉发表在《癌症研究进展》第 2 期(1954)的 Survival and Preservation of Tumors in the Frozen State;W. 谢勒和 A. 胡佳希安发表在《实验生物及医学进展》第 87 卷第 2 期(1954)的 "Preservation at Subzero Temperatures of Mouse Fibroblasts (Strain L) and Human Epithelial Cells (Strain HeLa);徐道觉发表在《遗传学期刊》第 43 期(1952)的 Mammalian Chromosomes in Vitro: The Karyotype of Man;D. 派尔曼发表在《科学》第 160 卷(1969.4)的 Value of Mammalian Cell Culture as Biochemical Tool;以及 N. P. 萨尔兹曼发表在《科学》第 133 卷第 3464 期(1961.5)的 Animal Cell Cultures。

本章涉及的其他素材包括:徐道觉的 Human and Mammalian Cytogenetics: An Historical Perspective; C. 莫伯格发表在《体外细胞和发育生物学:动物》的 Keith Porter and the Founding of the Tissue Culture Association: A Fiftieth Anniversary Tribute, 1946-1996。

14 海伦·拉恩

关于把海瑞塔名字透露给公众的争论的往来信件,被收藏在 AMCA。指出海拉细胞系来自"海瑞塔·拉克斯"的文章是《明尼阿波利斯星报》(1953.11.2)的 U Polio-detection Method to Aid in Prevention Plans。最先指出海拉细胞系来源是"海伦·L"

的文章是比尔·戴维森发表在《科利尔》的 Probing the Secret of Life（1954.5.14）。

17 违背法理，违背伦理，可悲可叹

索瑟姆的癌细胞注射实验在他为作者或联合作者的很多科学论文中都有所记载，包括：《科学》第 12 卷第 3212 期（1956.7.20）Neoplastic Changes Developing in Epithelial Cell Lines Derived from Normal Persons；《科学》第 125 卷第 3239 期（1957.1.25）Transplantation of Human Tumors；《科学》第 125 卷第 3239 期（1957.1.25）Homotransplantation of Human Cell Lines；《癌症研究》第 21 期（1961.10）：1302-16，Applications of Immunology to Clinical Cancer Past Attempts and Future Possibilities；《纽约科学院年报》第 277 卷第 1 期（1976）History and Prospects of Immunotherapy of Cancer。

媒体也对索瑟姆拿犯人做研究做了报道，如：《纽约时报》（1956.5.23）的 Convicts to Get Cancer Injection；《新闻周刊》（1956.6.4）的 Cancer by the Needle；《纽约时报》（1956.6.14）的 14 Convicts Injected with Live Cancer Cells；《时代》（1957.2.25）Cancer Volunteers；《纽约时报》（1957.4.15）Cancer Defenses Found to Differ；《纽约时报》（1956.7.18）Cancer Injections Cause 'Reaction'；《纽约时报》（1957.8.1）Convicts Sought for Cancer Test。

关于索瑟姆癌细胞注射研究以及后来的听证会，最全面的资料请见杰伊·卡茨的 Experimentation with Human Beings。他为此文收集了大量原始通信、法律文件和其他资料，若是没有他的整理，这些珍贵资料很可能失传，因为当时评议委员会并没有保存。文章还可见杰伊·卡茨发表在《斯坦福法律评论》第 20 期（1967.11）的 Experimentation on Human Beings。海曼的诉状详情，请见 William A. Hyman v. Jewish Chronic Disease Hospital（42 Misc.2d 427; 248 N.Y.S.2d 245; 1964 and 15 N.Y.2d 317；206 N.E.2d 338; 258 N.Y.S.2d 397; 1965）。也可参考病人诉状，Alvin Zeleznik v. Jewish Chronic Disease Hospital（47 A.D.2d 199; 366 N.Y.S.2d 163; 1975）。比彻的论文请见 H. 比彻发表在《新英格兰医学期刊》第 274 卷第 24 期（1966.6.16）的 Ethics and Clinical Research。

围绕索瑟姆事件的伦理争议，媒体也做了很多报道，如：《纽约时报》（1964.1.26）的 Scientific Experts Condemn Ethics of Cancer Injection；厄尔·优贝尔发表在《纪事邮报》（1961.1.25）的 Why the Big Fuss；埃莉诺·兰格发表在《科学》第 143 卷（1964.2.7）的 Human Experimentation: Cancer Studies at Sloan-Kettering Stir Public Debate on Medical Ethics；以及埃莉诺·兰格发表在《科学》（1966.2.11）的 Human Experimentation: New York Verdict Affirms Patient Rights。

关于人体实验的伦理和历史，苏珊·E. 莱德勒的 Subjected to Science: Human Experimentation in America Before the Second World War，以及乔治·J. 安纳斯和迈克尔·A. 格罗丁的 The Nazi Doctors and the Nuremberg Code: Human Rights in Human

Experimentation 是必读文献。二者都为我本章的写作提供了重要素材。有关犯人实验的历史，请见艾伦·霍恩布勒姆的 Acres of Skin: Human Experiments at Holmesburg Prison。艾伦也把索瑟姆去世前对他的采访内容慷慨与我分享。

如果想要进一步了解生物伦理学的历史，包括索瑟姆争议的后话，请参见阿尔伯特·R. 乔森的 The Birth of Bioethics；David J. Rothman's Strangers at the Bedside: A History of How Law and Bioethics Transformed Medical Decision Making；乔治·J. 安纳斯的 Informed Consent to Human Experimentation: The Subject's Dilemma；M. S. 弗兰克尔发表在《科学和医学伦理》第 2 卷第 48 期（1975）的 The Development of Policy Guidelines Governing Human Experimentation in the United States: A Case Study of Public Policy-making for Science and Technology；以及 R. B. 利文斯顿的 Progress Report on Survey of Moral and Ethical Aspects of Clinical Investigation: Memorandum to Director, NIH（1964.11.4）。

关于知情同意制度的发展，请见鲁斯·法登和汤姆·比乌坎普的 A History and Theory of Informed Consent。第一次提到"知情同意"的案例，请参见 Salgo v. Leland Stanford Jr. University Board of Trustees（Civ.No.17045.First Dist., Div. One, 1957）。

18 "诡异的杂交"

在家培养海拉细胞的步骤，请见《科学美国人》（1996.4）中 C. L. 斯唐所写的 The Amateur Scientist: How to Perform Experiments with Animal Cells Living in Tissue Culture。

在太空中进行细胞培养研究的过程，请参见阿伦·A. 凯茨伯格在航空航天医学院所做的太空医学讲座之 The Effects of Space Flights on Living Human Cells（1960），以及 K. 迪克森发表在《美国引力与空间生物学通报》第 4 卷第 2 期（1991.7）的 Summary of Biological Spaceflight Experiments with Cells。

尽管海拉细胞的空间研究合法且饶有成果，但现在我们已经知道，该行动的主要目的是从太空对苏联进行侦查拍摄，而细胞培养项目只是为侦查行动打掩护的。关于用"生物荷载"来掩饰间谍行动的细节，请参考德韦恩·A. 戴等人编写的 Eye in the Sky: The Story of the Corona Spy Satellites。

最早提出海拉细胞可能对实验室其他细胞造成污染的论文是 L. 科里尔等人发表在《科学》（1958.7.25）的 Common Antigens in Tissue Culture Cell Lines。关于细胞污染其他猜测的论文包括：L. B. 罗宾森等人发表在《科学》第 124 卷第 3232 期（1956.12.7）的 Contamination of Human Cell Cultures by Pleuropneumonia like Organisms；R. R. 格纳、R. A. 库姆斯和 R. 史蒂文森发表在《细胞实验研究》第 28 期（1962.9）的 Results of Tests for the Species of Origins of Cell Lines by Means of the Mixed Agglutination Reaction；R. 杜尔贝科发表在《科学》第 142 卷（1963.11.15）的 Transformation of Cells in Vitro by Viruses；R. 史蒂文森发表在 H. 胜田编辑的《癌细胞培养》一书中

的 Cell Culture Collection Committee in the United States (1968)。美国标准菌种收藏所（ATCC）的历史，请见：R. 史蒂文森发表在《人双倍体细胞株的界定和应用方面的进展和研讨：奥帕蒂亚（1963）》的 Collection. Preservation, Characterization and Distribution of Cell Cultures；以及 W. 克拉克和 D. 吉尔里发表在《应用微生物学进展》第 17 期（1974）的 The Story of the American Type Culture Collection: Its History and Development (1899-1973)。

细胞融合早期研究的重要资料包括：巴斯克、索瑞尔、科纳费尔发表在《法国科学院会议报告》第 215 期（1960.10.24）的 Production of Cells of a 'Hybrid' Nature in Cultures in Vitro of 2 Cellular Strains in Combination；H. 哈里斯和 J. F. 沃特金斯发表在《自然》第 205 卷（1965.2.13）的 Hybrid Cells Derived from Mouse and Man: Artificial Heterokaryons of Mammalian Cells from Different Species；M. 韦斯和 H. 格林发表在《美国科学院院刊》第 58 卷第 3 期（1967.9.15）的 Human-Mouse Hybrid Cell Lines Containing Partial Complements of Human Chromosomes and Functioning Human Genes；以及 B. 埃富斯和 C. 韦斯发表在《科学美国人》第 20 卷第 4 期的 Hybrid Somatic Cells (1969)。

哈里斯融合细胞研究的更多信息请见他在邓纳姆演讲的细胞融合部分的内容 The Formation and Characteristics of Hybrid Cells (1970)；他的文章，The Cells of the Body: A History of Somatic Cell Genetics；他发表在《自然》第 206 卷（1965）的 Behaviour of Differentiated Nuclei in Heterokaryons of Animal Cells from Different Species；发表在《细胞科学杂志》第 2 期（1967）的 The Reactivation of the Red Cell Nucleus；以及 H. 哈里斯和 P. R. 哈里斯发表在《细胞科学杂志》第 5 期（1966）的 Synthesis of an Enzyme Determined by an Erythrocyte Nucleus in a Hybrid Cell。

除此之外还有更多媒体报道，包括伦敦《星期日泰晤士报》（1965.2.14）的 Man-Animal Cells Are Bred in Lab，《华盛顿邮报》（1965.3.1）的 Of Mice and Men。

20 海拉炸弹

这一章的写作是根据 AMCA 和 TCAA 收集的通信和其他文件，以及发表在《美国国家癌症研究所专论》第 58 卷第 26 期（1967.11.15）的 The Proceedings of the Second Decennial Review Conference on Cell Tissue and Organ Culture, The Tissue Culture Association, Held on September 11-15, 1966。

培养细胞遭到污染的事例在大量文献中有所记载，包括：S. M. 加特勒发表在《自然》第 217 卷（1968.2.4）的 Apparent HeLa Cell Contamination of Human Heteroploid Cell Lines；N. 奥斯普伯格和 S. M. 加特勒发表在《实验细胞研究》第 61 期（1970.8）的 Isoenzyme Stability in Human Heteroploid Cell Lines；E. E. 弗雷利、S. 埃克和 M. M. 文森特发表在《科学》第 170 卷第 3957 期（1970.10.30）的 Spontaneous in Vitro Neoplastic Transformation of Adult Human Prostatic Epithelium；A. 吉田、S. 渡边和 S. M.

加特勒发表在《生化遗传学》第 5 期（1971）的 Identification of HeLa Cell Glucose 6-phosphate Dehydrogenase；W. D. 彼得森等人发表在《实验生物学与医学会会报》第 128 卷第 3 期（1968.7）的 Glucose-6-Phosphate Dehyadrogenase Isoenzymes in Human Cell Cultures Determined by Sucrose-Agar Gel and Cellulose Acetate Zymograms；Y. 松谷和 H. 格林发表在《科学》第 163 卷第 3868 期（1969.2.14）的 Somatic Cell Hybrid Between the Established Human Line D98（presumptive HeLa）and 3T3；以及 C. S. 斯图尔伯格、L. 科里尔等人发表在 In Vitro 第 5 期（1970）的 The Animal Cell Culture Collection.

关于细胞污染争论的详细描述，请见迈克尔·古德的《细胞阴谋》。

21 暗夜医生

关于暗夜医生和美国黑人用作医学研究的历史，参见：格拉迪斯—玛丽·弗赖伊的 Night Riders in Black Folk History；T. L. 塞维特发表在《南部历史杂志》第 48 卷第 3 期（1982.8）的 The Use of Blacks for Medical Experimentation and Demonstration in the Old South; Medicine and Slavery: The Disease and Health Care of Blacks in Antebellum Virginia; F. C. 韦特发表在《医学图书馆协会通报》的 Grave Robbing in New England (1945)；W. M. 科布发表在《国家医学会期刊》（1951.5）的 Surgery and the Negro Physician: Some Parallels in Background；V. N. 甘布尔发表在《美国预防医学杂志》第 9 期（1993）的 A Legacy of Distrust: African Americans and Medical Research；V. N. 甘布尔发表在《美国公共卫生杂志》第 87 卷第 11 期（1977.11）的 Under the Shadow of Tuskegee: African Americans and Health Care。

可公开查询的详细资料，请参见哈里特·华盛顿的 Medical Apartheid: The Dark History of Medical Experimentation on Black Americans from Colonial Times to the Present。

霍普金斯医院及医学院的历史，请见第一章相关注释。

1969 年美国公民自由联盟控告霍普金斯医院立项研究犯罪行为的遗传学基础，相关资料请见杰伊·卡茨 Experimentation with Human Beings 一书中 Johns Hopkins University School of Medicine: A Chronicle. Story of Criminal Gene Research 章节。更多资料请见哈里特·华盛顿的 Born for Evil？该文收录在 Roelcke 和 Maio 的书《20 世纪人体实验伦理》（2004）。

约翰·霍普金斯做铅相关研究的资料，来自法院文件和美国卫生及公共服务部的记录，以及对案件 Ericka Grimes v. Kennedy Kreiger Institute, Inc. (24-C-99-925 and 24-C-95-66067/CL 193461) 相关人员所做的采访。也可参见 L. M. 科派尔曼发表在《西奈山医学杂志》的 Children as Research Subjects: Moral Disputes, Regulatory Guidance and Recent Court Decisions (2006.5)；J. 波拉克发表在《卫生保健法律及政策期刊》的 The Lead-Based Paint Abatement Repair & Maintenance Study in Baltimore: Historic

Framework and Study Design (2002)。

22 "她应得的名誉"

海瑞塔的名字首次被公开是在 H. W. 琼斯、V. A. 麦库西克、P. S. 哈珀和 K. D. 巫发表在《产科学和妇科学》第 38 卷第 6 期（1971.12）的 George Otto Gey (1899-1970): The HeLa Cell and a Reappraisal of Its Origin。也可见 J. 道格拉斯发表在《自然》第 242 卷（1973.3.9）的 Who Was HeLa？J. 道格拉斯发表在《自然》第 242 卷（1973.4.20）的 HeLa；B. J. C 发表在《科学》第 184 卷第 4143 期（1974.6.21）的 HeLa (for Henrietta Lacks)。

关于海瑞塔癌症的误诊以及该误诊是否影响了她的治疗，资料来自对霍华德·W. 琼斯、罗兰·阿蒂略、罗伯特·库尔曼、戴维·菲什曼、卡梅尔·科恩等人的采访。我参考的文献包括 S. B. 古斯伯格和 J. A. 克罗斯卡登发表在《癌症》第 4 卷第 5 期（1951.9）的 The Pathology and Treatment of Adenocarcinoma of the Cervix。

海拉细胞污染争议的资料来源请见第 20 章注释。1971 年美国《国家癌症法》的条文可在 cancer.gov/aboutnci/national-cancer-act-1971/allpages 找到。

后续相关争议的资料来源包括：L. 科里尔发表在《科学》第 180 卷第 4084 期（1973.4.27）的 Cell Repository；W. A. 纳尔逊－里斯等人发表在《科学》第 184 卷第 4141 期（1974.6.7）的 Banded Marker Chromosomes as Indicators of Intraspecies Cellular Contamination；K. S. 拉瓦帕等人发表在《自然》第 259 卷（1976.1.22）的 Examination of ATCC Stocks for HeLa Marker Chromosomes in Human Cell Lines；W. K. 海尼发表在《遗传》第 82 期（1976）的 HeLa Cells and Their Possible Contamination of Other Cell Lines: Karyotype Studies；W. A. 纳尔逊－里斯和 R. R. 弗兰德梅耶发表在《科学》第 191 卷第 4222 期（1976.1.9）的 HeLa Cultures Defined；M. M. 韦伯发表在《泌尿学研究》第 14 卷第 5 期（1977.3）的 Present Status of MA-160 Cell Line: Prostatic Epithelium or HeLa Cells？；以及《细胞系的起源和自然史》（Alan R.Liss, Inc., 1978）中收录的 W. A. 纳尔逊－里斯的 The Identification and Monitoring of Cell Line Specificity。

我还参考了直接参与争议的相关人物的发表或未发表的言论。其中已发表论文包括：W. A. 纳尔逊－里斯刊登在《自然科学会报》第 356 卷第 1410 期（2001.6.29）的 Responsibility for Truth in Research；S. J. 奥布赖恩发表在《美国科学院院刊》第 98 卷第 14 期（2001.7.3）的 Cell Culture Forensics；以及 R. 查特吉发表在《科学》第 16 卷第 315 期（2007.2.16）的 Cell Biology: A Lonely Crusade。

第三部 永生不死

23 "它还活着"

本章内容部分参考了收藏在 AMCMA 的信件、黛博拉·拉克斯的病历,以及发表在《细胞遗传学》(Cytogenetics and Cell Genetics)第 13 期(1974):1-216,Proceedings for the New Haven Conference (1973): First International Workshop on Human Gene Mapping。

维克多·麦库西克的科研经历,请见国家医学图书馆网站:nlm.nih.gov/news/victor_mckusick_profiles09.html。他创立的遗传资料数据库现名为 OMIM,可以在 ncbi.nlm.nih.gov/omim/ 有所了解。

保护人类实验对象的相关规范,请见:The Institutional Guide to DHEW Policy on Protection of Human Subjects, DHEW 书号 No. (NIH) 72-102(1971.12.1);美国卫生、教育和福利部 no.18(1972.4.14)的 NIH Guide for Grants and Contracts;《NIH 记录》(1973.10.9)Policies for Protecting All Human Subjects in Research Announced;美国卫生、教育和福利部刊发的《联邦公报》第 39 卷第 105 期第 2 部分(1974.5.30)Protection of Human Subjects。

若想了解更多人体实验监管史,请见牛津大学出版社出版的 The Human Radiation Experiments: Final Report of the President's Advisory Committee。也可登录网站 hss.energy.gov/HealthSafety/ohre/roadmap/index.html。

24 "至少他们该承认她的功劳"

原来的微生物联合公司分成几部分,并入后来几家更大的公司,包括 Whittaker Corp、BioWhittaker、Invitrogen、Cambrex、BioReliance,以及 Avista Capital Partners。如果想了解这些公司,以及其他销售海拉细胞公司的状况,请参见 OneSource CorpTech Company Profiles 或 Hoover.com 网站。

关于海拉细胞的价钱,请查询相关生物医药耗材公司的产品目录,如 Invitrogen.com。

专利信息请在 Patft.uspto.gov 搜索 "HeLa" 进行查询。

非营利组织 ATCC 的信息,包括经费报告,请于 Guidestar.org 网站搜索 "American Type Culture Collection"。想查询 ATCC 的海拉细胞条目,请于 Atcc.org 网站查询 "HeLa"。

海拉细胞和植物细胞杂交的相关信息,请参考:《新闻周刊》(1976.8.16)的 People-Plants;C. W. 琼斯、I. A. 马斯特兰格罗、H. H. 史密斯、H. Z. 刘和 R. A. 梅克发表在《科学》(1976.7.30)的 Interkingdom Fusion Between Human (HeLa) Cells and Tobacco Hybrid (GGLL) Protoplasts。

迪安·卡拉夫特试图用"精神意念疗法"杀死海拉细胞,最终治愈癌症,相关内容可参见他的书《触碰希望》(A Touch of Hope)，也可以在 YouTube.com 网站搜索 "Dean Kraft" 观赏相关视频。

对拉克斯家人进行血液分析的研究详情，请见 S. H. 许，B. Z. 沙克特等人发表在《科学》第 191 卷第 4225 期的 Genetic Characteristics of the HeLa Cell。这项研究的经费来自美国国立卫生研究院，拨款号为 5P01GM019489-020025。

25 "谁允许你卖我的脾脏？"

穆尔的故事大部分可以参见法院和政府文件，尤其值得参考的是"美国众议院科学与技术委员会关于从病人身上取样用于研发商业生物医学产品的听证会"中的 Statement of John L. Moore Before the Subcommittee on Investigations and Oversight (1985.10.29); John Moore v. The Regents of the University of California et al. (249 Cal. Rptr.494)；John Moore v. The Regents of the University of California et al. (51 Cal.3d 120, 793 P.2d 479, 271 Cal.Rptr.146)。

Mo 细胞系的专利号是 4438032，可于 Patft.uspto.gov 网站查询。

穆尔案及其影响的相关文献不胜枚举，一些有用资料如：威廉·J. 柯伦发表在《新英格兰医学期刊》第 324 卷第 14 期（1991.4.4）的 Scientific and Commercial Development of Human Cell Lines；戴维·W. 戈尔德发表在《新英格兰医学期刊》（1991.6.13）的 Correspondence: Commercial Development of Human Cell Lines；G. 安纳斯发表在《黑斯廷中心报告》（1990.11—12）的 Outrageous Fortune: Selling Other People's Cells；B. J. 特劳特发表在《公司法杂志》（1992 年冬）的 Patent Law—A Patient Seeks a Portion of the Biotechnological Patent Profits in Moore v. Regents of the University of California；以及 G. B. 赖特和 K. W. 欧康纳发表在《癌症研究》第 8 期（1990）的 Rights, Duties and Commercial Interests: John Moore versus the Regents of the University of California。

约翰·穆尔案件的媒体报道，有如：阿伦·L. 奥滕发表在《华尔街日报》（1996.1.29）的 Researchers' Use of Blood, Bodily Tissues Raises Questions About Sharing Profits；《科学》（1988.8）刊载的 Court Rules Cells Are the Patient's Property；朱迪斯·斯通发表在《发现》（1988.8）的 Cell for Sale；乔安·O'C. 汉密尔顿发表在《商业周刊》（1990.4.3）的 Who Told You You Could Sell My Spleen？《华盛顿邮报》（1990.7.13）的 When Science Outruns Law；以及 M. 巴里纳加发表在《科学》第 249 卷第 4966 期（1990.7.20）的 A Muted Victory for the Biotech Industry。

关于管理部门对穆尔案件的回应，请见：《美国政府出版处》发表的 U.S. Congressional Office of Technology Assessment, New Developments in Biotechnology: Ownership of Human Tissues and Cells - Special Report（1987.3）；美国商务部的国家技术信息服务刊出的 Report on the Biotechnology Industry in the United States: Prepared for the U.S. Congressional Office of Technology Assessment (1987.5.1)；以及美国国会

技术评估办公室刊出的 Science, Technology and the Constitution (1987.9)。还可以参见 1993 年 2 月 18 日提出，但从未通过的"Life Patenting Moratorium Act of 1993"(103rd Congress，S.387)。

查克拉巴提案中涉及的嗜油细菌的详情，可在 Patft.uspto.gov 网站查询专利号 4259444 进行了解。若想了解案件相关内容，请见 Diamond v. Chakrabarty（447 U.S.303）。

关于本章提到的其他细胞所有权之争的，请参考：发表在《科学》（1982.1.15）的 Hayflick-NIH Settlement；L. 海弗利克发表在《实验老年医学》第 33 期 nos.1-2 (1998.1-3) 的 A Novel Technique for Transforming the Theft of Mortal Human Cells into Praiseworthy Federal Policy；玛乔丽·桑发表在《科学》（1983.4.22）的 Scientists Settle Cell Line Dispute；艾弗·罗伊斯顿在 AFCR 公共政策报告会第 42 届年会上的报告 Cell Lines from Human Patients: Who Owns Them？（华盛顿市，1985.5.6）；以及 Miles Inc v. Scripps Clinic and Research Foundation et al. (89-56302)。

26 侵犯隐私

今天，公开病人的病历是否违反《美国健康保险转移和责任法案》（HIPAA），得权衡多方面因素，其中最重要的是，究竟谁是信息公开者。HIPAA 保护"所有'可以查证出个人身份的医疗信息'……确保这些信息不能经由电子、纸质和口头媒介被公开"。但是该法案的保护对象只包括"接受规范的主体"，包括医疗机构、"提供、支付或接受卫生保健费"的医疗保险提供方，以及以数码形式递送被约束的医疗信息的个人和机构。也就是说，只要不在规范对象之列，即使透露或公开了个人医疗记录也不算违反了 HIPAA。

美国政府隐私权及保密组主席罗伯特·格尔曼是一位医疗隐私专家，他表示，如果现在约翰·霍普金斯教员透露海瑞塔的医疗信息，将很可能违反 HIPAA，因为霍普金斯是被规范的主体。

然而，2009 年 10 月本书付印之际，海瑞塔的部分医疗记录再度在未经她家人许可的情况下被公开出去。公开信息的是一篇学术论文，联合作者包括内利斯空军基地麦克·奥卡拉汉联邦医院的布伦丹·卢西亚、海拉细胞污染问题先驱（文章发表两年前去世的）沃尔特·A. 纳尔逊—里斯，和约翰·霍普金斯医院解剖室主任格罗弗·哈钦斯。详情请参见 B. P. 卢西亚、W. A. 纳尔逊—里斯，和 G. M. 哈钦斯发表在《病理学和实验室医学档案》第 133 卷第 9 期（2000.9）的"Henrietta Lacks, HeLa Cells, and Culture Contamination"。

这篇论文公布的部分资料，此前已在迈克尔·古德的《细胞阴谋》中出现过。但除此以外他们还公开了一些额外信息，包括首次公开了海瑞塔宫颈切片照片。

格尔曼表示："这篇论文很可能违反了 HIPAA，然而要想确认，就需要进一步详加调查，这又涉及复杂的因素，包括他们是如何获得这些医疗信息的。"我打电话给论文主要作者卢西亚，询问他是如何获得海瑞塔的病历，以及他们在将这些信息公之于众前是否获得了海瑞塔家人的许可。他给我的回复是，这些数据来自联合作者——霍普金斯的哈钦斯。"从理论上来说，确实应该征求家人的同意，"他说，"我印象中，哈钦斯博士试图联系一位家庭成员，然而没有成功。"这篇文章的三位作者通过了伦理审查委员会的审查，允许他们在一系列论文中引用解剖报告；在其他论文中，他们均使用了名字的缩写，隐去了病人的真实身份。卢西亚指出，海瑞塔的病历有一部分之前已经公开了，包括她的姓名。"因此在这些文章中，用名字缩写实际上没有什么用，"他说，"谁都能猜到她是谁，因为他的名字已经和细胞联系在一起了。"

在大部分情况下，死者无法享有活人的全部隐私权，唯一的例外是通过HIPAA。"就算是杰弗逊总统的病历，只要还没被销毁，而且由被规定主体拥有，就受到该法案的保护，"格尔曼说，"无论病人是死是活，医院都不能公开病历。只要你的个人隐私是被HIPAA管着，哪怕太阳的氢燃料都耗光了，个人隐私也会滴水不漏。"

另外还需要考虑的一点是，虽然海瑞塔已经不在人世，没法享有活人的隐私权，然而我问过的很多法律和隐私权专家都指出，拉克斯家人其实可以提出，公开海瑞塔的病历其实也等于侵犯了他们的隐私。尽管当时还没有类似判例，但现在已经有了。

如果想了解更多关于医疗信息机密性的信息，以及相关争议，请见：洛丽·安德鲁斯的 Medical Genetics: A Legal Frontier；赫尔曼、舒克曼、利拉、福塞特、桑德拉·奈等人的 Confidentiality of Health Records；M. 辛格勒发表在《新英格兰医学期刊》第307卷第24期（1982.12.9）：1518-1521 的 Confidentiality in Medicine: A Decrepit Concept；R. M. 格尔曼发表在《北卡罗来纳法律期刊》第62卷第255期(1984.1)的 Prescribing Privacy；《美国统计学家》第31卷第2期（1977.5）的 Report of Ad Hoc Committee on Privacy and Confidentiality；C. 霍尔登发表在《科学》第198卷第4315期（1977.10.28）的 Health Records and Privacy: What Would Hippocrates Say？以及 C. 莱文发表在《黑斯廷中心报告》第7卷第6期（1977.12）的 Sharing Secrets: Heahh Reeords and Health Hazards。

相关案件，请见：Simonsen v. Swensen (104 Neb.224,117 N.W.831,832,1920；Hague v. Williams (37 N.J.328,181 A.2d 345.1962)；Hammonds v. Aetna Casualty and Surety Co. (243 F.Supp.793 N.D. Ohio, 1965)；MacDonald v. Clinger (84 A.D.2d 482, 446 N.Y.S.2d801, 806)；GrKfen v. Medical Society of State of New York (11 N.Y.S.2d109, 7 Misc.2d 549.1939)；Feeney v. Young (191, A.D.501, 181 N.Y.S.481.1920)；Doe v. Roe (93 Misc.2d 201, 400 N.Y.S.2d 668, 677.1977)；Banks v. King Features Syndicate, Inc. (30 F.Supp.352.S.D.N.Y.1939)；Bazemore v. Savannah Hospital (171 Ga.257, 155 S.E.194.1930)；以及 Barber v. Time (348 Mo.1199, 159 S.W.2d 291.1942)。

27 永生不死的秘密

杰里米·里夫金一案的更多详情，请见 Foundation on Economic Trends et al.v.

Otis R Bowen et al.（No.87-3393），以 及 Foundation on Economic Trends et al.v. Margaret M. Heckler, Secretary of the Department of Health & Human Services et al. (756 F.2d 143)。关于本案的媒体报道，可参见苏珊·欧奇发表在《华盛顿邮报》（1987.12.16）的 Suit Filed Against Tests Using AIDS Virus Genes; Environmental Impact Studies Requested；以及威廉·布思发表在《科学》第 239 卷第 4838 期（1988.1.22）的 Of Mice, Oncogenes and Rifkin。

关于海拉细胞究竟属何物种的争议，请参见 L. 范·瓦伦发表在《演化学理论》第 10 卷第 2 期（1991）的 HeLa, a New Microbial Species。

关于细胞永生不死的讨论，请参考：L. 海弗利克和 P. S. 穆尔黑德发表在《实验研究》第 25 期（1961）的 The Serial Cultivation of Human Diploid Cell Strains; L. 海弗利克发表在《实验研究》第 37 期（1965）的 The Limited in Vitro Lifetime of Human Diploid Cell Strains；G. B. 莫林发表在《细胞》第 59 期（1989）的 The Human Telomere Terminal Transferase Enzyme Is a Ribonucleoprotein That Synthesizes TTAGGG Repeats；C. B. 哈利、A. B. 富彻和 C. W. 格雷德发表在《自然》第 345 期（1990.5.31）的 Telomeres Shorten During Ageing of Human Fibroblasts；C. W. 格雷德和 E. H. 布莱克本发表在《细胞》第 43 期（1985.12）的 Identification of Specific Telomere Terminal Transferase Activity in Tetrahymena Extracts。

若想了解更多关于衰老和人类寿命延长的研究，请参见史蒂芬·S. 霍尔的 Merchants of Immortality。

关于用海拉细胞做 HPV 研究的资料，请见：迈克尔·勃沙特等人发表在《欧洲分子生物学学会杂志》（EMBO Journal）第 3 卷第 5 期（1984）的 A New Type of Papillomavirus DNA, Its Presence in Genital Cancer Biopsies and in Cell Lines Derived from Cervical Cancer；R. A. 杰苏达桑等人发表在《抗癌研究》第 14 期（1994）的 Rearrangement of Chromosome Band nqi3 in HeLa Cells；N. C. 波佩斯库等人发表在《细胞遗传学》第 44 期（1987）的 Integration Sites of Human Papillomavirus 18 DNA Sequences on HeLa Cell Chromosomes；以及 E. S. 斯里瓦特杉等人发表在《美国人类遗传学杂志》第 49 期（1991）的 Loss of Heterozygosity for Alleles on Chromosome 11 in Cervical Carcinoma。

28 伦敦之后

海拉研讨会的相关信息，请见第 06 章注释。

科菲尔德漫长诉讼史的节选，请见：Sir Keenan Kester Cofieid v. ALA Public Service Commission et al. (No.89-7787)；United States of America v. Keenan Kester Cofield (No.91-5957)；Cofield v. the Henrietta Lacks Health History Foundation, Inc., et al. (CV-97-33934)；United States of America v. Keenan Kester Cofield (99-5437)；以及 Keenan Kester Cofield v. United States (1:08-mc-001 10-UNA)。

29 海瑞塔村

本章提到的《霍普金斯杂志》的文章，请见丽贝卡·思科鲁特发表在《约翰·霍普金斯杂志》(2000.4) 的 Henrietta's Dance。

本章提到的其他文章，包括鲍勃·斯德普尼发表在《独立报》(1994.3.13) 的 "Immortal, Divisible; Henrietta Lacks"；《纽约时报》发行的《独立记录》(1976.8.8) 中的 "Human, Plant Cells Fused: Walking Carrots Next？"；布赖恩·西尔科克发表在伦敦《星期日泰晤士报》(1965.2.14) 的 Man-Animal Cells Are Bred in Lab；以及迈克尔·福赛思发表在《世界新闻周刊》(1997.6.3) 的 The Immortal Woman。

31 海拉，死亡女神

以海拉命名的人物曾经出现在好几本美国的漫威漫画书中。例如《漫威漫画组》第一期第 189 册 (1971.6) 的 "The Mighty Thor: The Icy Touch of Death!"。

33 黑人疯人院

描写克朗斯维尔历史的文章，请见《华盛顿邮报》(1958.11.26) 的 Overcrowded Hospital Loses' Curable Patients。克朗斯维尔的历史也连载于《巴尔的摩太阳报》(1949.1.9-19) 的 Maryland's Shame，作者是霍华德·M. 诺顿。本章的写作也参考了克朗斯维尔给我的资料，包括他们的"历史回顾"、"人口普查"，及"小规模计划：社区设施"。

我和黛博拉拜访之后几年，克朗斯维尔医院就正式关闭。相关报道请见小罗伯特·雷丁发表在《华盛顿时报》(2004.6.28) 的 Historic Mental Hospital Closes，这篇文章的链接为 Washingtontimes.com/news/2004/jun/28/20040628-115142-8297r/#at。

36 天上的形体

本章中，加里·拉克斯给我的《圣经》版本是 Good News Bible: Today's English Version (American Bible Society, 1992)。

后记

我引用的数字，包括有组织用于科学研究的美国人数，以及这些组织是如何被使用的，可以在伊莉萨·艾斯曼和苏萨娜·B. 哈加的《人体组织来源手册》(Handbook of Human Tissue Sources) 中找到。关于美国国家生物伦理咨询委员会对人体组织用于科学研究的调查，以及委员会在政策方面的建议，请见 Research Involving Human Biological Materials: Ethical Issues and Policy Guidance, vol.1: Report and Recommendations of the National Bioethics Advisory Commission，以及 vol.2:

Commissioned Papers (1999)。

用人体组织进行研究的文献,以及与之相关的伦理和政策争议,资料相当庞杂,包括 E. W. 克雷顿、K. K. 斯坦伯格等人发表在《美国医学联合会期刊》第 274 卷第 22 期 (1995.12.13):1806-7 的 "Informed Consent for Genetic Research on Stored Tissue Samples",和后续的《给编辑的信》;罗伯特·F. 韦尔和罗伯特·S. 奥利克的 The Stored Tissue Issue: Biomedical Research, Ethics, and Law in the Era of Genomic Medicine;罗伯特·F. 韦尔编写的 Stored Tissue Samples: Ethical, Legal, and Public Policy Implications;E. 里奇和戈尔德的 Body Parts: Property Rights and the Ownership of Human Biological Materials;戴维·马努斯、亚瑟·卡普兰和格伦·麦吉编写的 Who Owns Life? 以及洛丽·安德鲁斯的 Body Bazaar。

相关诉讼,请参见:Margaret Cramer Green v. Commissioner of Internal Revenue (74 T. C. 1229);United States of America v. Dorothy R. Garber (78-5024);Greenberg v. Miami Children's Hospital Research Institute (264 F.Supp.2d 1064); Steven York v. Howard W. Jones et al. (89-373-N); The Washington University v. William J. Catalona, M. D., et al. (CV-01065 and 06-2301); Tilousi v. Arizona State University Board of Regents (04-CV-1290); Metabolite Laboratories, Inc., and Competitive Technologies, Inc., v. Laboratory Corporation of America Holdings (03-1120); Association for Molecular Pathology et al. v. United States Patent and Trademark Office; Myriad Genetics et al.(案件相关文件请见 aclu.org/brca/);以及 Bearder et al. v. State of Minnesota and MDH(请见 cchconline.org/pr/pro31109.php)。